Tom Liehr wurde 1962 in Berlin geboren. Seine erste Veröffentlichung war eine Wandzeitung, die er in der siebten Klasse anfertigte, mit dem Namen «Rauhfaser quer». Schon in jungen Jahren schrieb er als freier Journalist für das P.M.-Magazin. Doch der eigentliche Startschuss seiner Autorenlaufbahn war 1990 der «Playboy-Literaturwettbewerb» (später «Gratwanderpreis»), bei dem er mit zwei eingesandten Geschichten die Plätze eins und drei belegte. Seitdem hat Tom Liehr elf Romane (unter anderem «Leichtmatrosen», «Nachttankstelle» und «Landeier») und zahlreiche Short Storys veröffentlicht. Daneben hat er als DJ und Rundfunkproduzent gearbeitet und führt seit vielen Jahren ein Unternehmen für Softwareentwicklung. Tom Liehr lebt mit seiner Familie in Berlin.

TOM LIEHR

DIE WAHRHEIT ÜBER METTING

ROMAN

Rowohlt Taschenbuch Verlag

Originalausgabe
Veröffentlicht im Rowohlt Taschenbuch Verlag,
Hamburg, November 2020

Redaktion Heiko Arntz
Covergestaltung any.way, Barbara Hanke / Cordula Schmidt
Coverabbildung Dragon Images / Shutterstock;
Enrique Díaz / 7cero /
Getty Images
Satz aus der Nyte InDesign
bei Pinkuin Satz und Datentechnik, Berlin
Druck und Bindung CPI books GmbH, Leck, Germany
ISBN 978-3-499-00184-0

Die Rowohlt Verlage haben sich zu einer nachhaltigen Buchproduktion verpflichtet. Gemeinsam mit unseren Partnern und Lieferanten setzen wir uns für eine klimaneutrale Buchproduktion ein, die den Erwerb von Klimazertifikaten zur Kompensation des CO_2-Ausstoßes einschließt.
www.klimaneutralerverlag.de

FSC www.fsc.org
MIX
Papier aus verantwortungsvollen Quellen
FSC® C083411

Für Colin

Nichts hiervon ist wirklich passiert,
aber es ist trotzdem die Wahrheit.

Wenn du urteilst, obwohl du
nur Meinungen kennst und keine
Beweise, dann ist es egal,
um welches Vergehen es geht –
deines ist das schlimmere.

TEIL 1

HINTERLASSEN-SCHAFTEN

Es sind nicht die Orte,
es sind immer die Menschen.
(Jan Friesmann)

«WENN dir der Stecker herausgezogen wird und du verwandelst dich kurz darauf in ein Häufchen Asche, dann ist es auch genau das, was von dir übrig bleibt – nur dieses Häufchen Asche», sagte Marieluise zu mir. «Natürlich gibt es ein paar Dinge, die du zu Lebzeiten angestoßen hast und die noch etwas nachwirken. Aber all das wird nach und nach vergehen. Die Erinnerung an dich stirbt mit den Menschen, die dich gekannt haben, und kaum einer bewirkt so viel, dass die Erinnerung an ihn über mehr als eine Generation hinausreicht. Aber manchmal kann man etwas hinterlassen, das dazu geeignet ist, auch später noch Dinge zu verändern. Sie in die eine oder andere Richtung umzulenken.»

Sie lächelte schmal und legte eine Hand auf die Truhe, die zwischen uns auf dem Tisch stand.

«Ich werde dir das hier hinterlassen. Es enthält ein Geheimnis, ein kleines, amüsantes Geheimnis, dessen Enthüllung aber große Wirkung haben kann. Wenn du das hier irgendwann öffnest, musst du erst ein Rätsel lösen, um hinter dieses Geheimnis zu kommen, und dann noch eines, nämlich die Frage, was du mit diesem Wissen anfangen willst.»

Sie legte mir sanft einen Handrücken an die Wange, weshalb ich nicht widersprach, denn ich wollte weder über ihren Tod reden noch etwas von ihr erben. Ich wollte, dass alles so blieb, wie es war.

«Ich bin mir sicher, dass du das Richtige tun wirst», erklärte sie abschließend, dann nahm sie die große, verzierte Holztruhe vom Tisch und verschloss sie wieder in ihrem Wandschrank.

1.

MEINE Mutter, die auf den Namen Ingeborg getauft war, wollte mich *Tamás* nennen, nach ihrem ungarischen Großvater, aber mein Papa bevorzugte *Thomas*, was zu jener Zeit eher ein Sammelbegriff als ein Vorname war. Ganze Heerscharen männlicher Kinder hießen so, oder Andreas, Bernd, Michael, Stefan und im schlimmsten Fall Harald. Meine Eltern einigten sich schließlich auf einen Kompromiss und wählten *Tomás*, also einen Hybriden, unterm Strich aber *worst of both worlds*, weil der Name einerseits ganz anders geschrieben als ausgesprochen wurde, so ähnlich wie bei der *Worcestersoße*, die ja eigentlich irgendwie «Wuhsterscheiersoße» heißt, was auch kein Mensch je begreifen wird. Andererseits war auch mein Tomás nur eine Form von Thomas.

Das a in meinem Vornamen wurde durch einen Akut gekennzeichnet und deshalb gedehnt, das s am Ende war im Ungarischen ein sch, und da die Ungarn alle Wörter auf der ersten Silbe betonen, lautete mein Name, wenn er richtig ausgesprochen wurde: «Tohmaasch». Wie froh konnte ich sein, dass mich jedermann quasi ab meiner Geburt schlicht Tom nannte, mit kurzem o, wie im Englischen. Meine Grundschullehrer, die uns nicht mit Kosenamen ansprechen durften, sagten der Einfachheit halber oder weil sie's nicht besser wussten *Thomas* zu mir, wodurch ich an meinen offiziellen Vornamen nur erinnert wurde, wenn ich ihn buchstabieren musste, was ich ungerne tat, da kaum jemand wusste, was ein Akut ist – der kleine Schrägstrich nach rechts auf dem a eben, wie der Accent aigu im Französischen.

Bis zu meinem siebten Lebensjahr glaubte ich, dass in allen Häusern auf der ganzen Welt überwiegend sehr alte und kranke Menschen lebten, die auch noch ständig starben. Ich wusste damals noch nicht, dass meine Eltern ein Alten- und Pflegeheim betrieben und leiteten. Genauer gesagt: Es war mir zwar erklärt worden, ich verstand die Bedeutung der Erklärung jedoch nicht. Meinem Vater oblag die Geschäftsführung und meine Mutter führte die kleine Schar Krankenschwestern und Helfer an. Da wir auch im Heim wohnten, glaubte ich, dass alle Menschen so leben würden, wie wir das taten, und ich glaubte außerdem, dass es sehr viel mehr alte und kranke Menschen als jüngere und gesunde gab. Diese Auffassung wurde dadurch bestärkt, dass sich auch in unserer dünn besiedelten Nachbarschaft entweder Rentnerwohnungen oder weitere Altenheime befanden. Das war in unserem kleinen Vorort einfach so, weil man dort billig wohnte, über die Felder einen schönen Ausblick hatte und das massierte Auftreten gerontischer Individuen hier nicht so sehr störte wie in der pittoresken Innenstadt, die aber auch vor allem von verrenteten Touristen besucht wurde. Ich ging damals nicht in einen Kindergarten und hatte keine Freunde in meinem Alter. Natürlich war mir klar, dass es außer mir weitere Kinder und außer den Leuten, die im Altenheim arbeiteten, auch andere Menschen gab, die nicht steinalt waren, aber ich hielt die Geronten eben für die beherrschende Spezies, für die erdrückende Mehrheit der Weltbevölkerung.

Dass ich falschlag, ging mir erst auf, als wir einen Familienurlaub machten, den ersten seit meiner Geburt. Vorher hatten uns höchstens kurze Ausflüge in die nähere Umgebung geführt, an Orte, wo es ebenfalls viele Alte gab, die uns auch meistens begleiteten, jedenfalls jene Bewohner, die noch gehen oder geschoben werden konnten. Ungefähr die Hälfte war schon am Einzugstag bettlägerig.

Dieser Urlaub führte uns nach Menorca, in ein Familienhotel in der Nähe der kleinen Cala Figuera, unweit des Hafens. Wie erstaunt war ich, als wir am Morgen nach der spätnächtlichen Ankunft in einem hübschen, hellen und verblüffend lauten Speisesaal zwischen ungefähr drei Dutzend jungen Paaren mit Kindern in meinem Alter saßen. Ich beobachtete mein Umfeld irritiert und suchte nach den mehrheitlichen Omas und Opas, die hier ja auch sein mussten, aber sie kamen nicht. Als mich meine Mutter fragte, was mich so offensichtlich umtrieb, und ich es ihr erklärte, wurde sie erst sehr ernst, fast ein bisschen traurig, und dann lachte sie laut und lange. So laut, dass andere im Speisesaal aufmerksam wurden und uns interessiert zuschauten – interessiert und freundlich, das prägte sich bei mir ein.

Und dann erklärte mir Mama den Irrtum, versuchte tatsächlich, einem Siebenjährigen zu verdeutlichen, warum die Alten und Pflegebedürftigen in Heime wie das unsere verklappt wurden, wo sie auf den nahen Tod warteten. Ich war völlig erschüttert, obwohl ich nicht ganz verstand, was sie da zu erklären versuchte, aber ich weiß auch noch, dass ich sie zu Tränen rührte, als ich ihr im Anschluss versprach, niemals zuzulassen, dass sie ihre letzten Tage einsam in einem Heim verbringen müsste. Dieses Versprechen fiel mir leicht, denn ich ging ohnehin davon aus, dass meine Mutter niemals alt werden würde. Ich verstand längst noch nicht, dass es von meiner Mutter eine Ausgabe gegeben hatte, die mir ähnelte, was Größe, Alter und Lebensgewohnheiten anging, und ich begriff umgekehrt ebenfalls nicht, dass auch mir das Schicksal bevorstand, zu altern und dann irgendwann zu sterben. Ich hielt das für nahezu ausgeschlossen, nein, mehr noch: Es lag mir als Idee für mein eigenes Leben ferner als diejenige, eines Tages einen Bart zu tragen. Als ich sechs Jahre alt war, hatte mir mein Vater zu demonstrieren versucht, wie man sich rasiert. Er war mit dem summenden Apparat durch mein Gesicht gefahren, aber das lustige Knistern, das zu hören war, wenn er das bei sich tat, blieb aus. Das war seine Art, sich an der Erziehung zu beteiligen. Er gab gelegentlich sein Bestes, nur sein Timing war unter aller Sau. Nicht viel später führte er ein hypernervöses Gespräch mit mir, von dem ich erst Jahre danach verstand, dass es eine Unterhaltung gewesen ist, die meiner Aufklärung dienen sollte, dass es um Sex ging. Er hatte hochkonzentriert und schwitzend vor mir gesessen, immer wieder «zwei Menschen» gesagt, dann den Satz enden lassen, die Stirn in Falten gezogen und mit den Händen gestikuliert, um seltsame, verzweifelte Schiebe- und Stechbewegungen auszuführen. Auf mehreren Blättern Papier hatte er parallel Zeichnungen angefertigt und immer gleich wieder durchgestrichen: eine Art halbiertes U-Boot; eine an einem Ende abgerundete Banane, die aus unerfindlichen Gründen auf der anderen Seite mit einer senkrechten Wand verschmolz; zwei

Täler im Querschnitt, an deren Tiefpunkten sich seltsame Markierungen befanden; ein Ypsilon, daneben ein senkrecht stehender Mund; außerdem viele, viele Kreise. Schließlich zwei Bienen, die ich immerhin sofort erkannte. Mein Vater war eigentlich ein begabter Zeichner (das hatte ich von ihm, ich konnte auch recht gut malen), doch was er hier zu zeigen versucht hatte, hatte sich mir damals nicht erschlossen. Am Ende hatte er schnaufend und erschöpft das Wort «Kinder» ausgestoßen, fast klang es nach einem Fluch. Aber immerhin hatte er versucht, seinen Sohn aufzuklären.

Metting-Hasenhügel bildete den südlichen Zipfel von Metting, einer Kleinstadt am Rand der Lüneburger Heide. Der deutsche Dichter Jan Friesmann, der im beginnenden zwanzigsten Jahrhundert durch seinen Lyrikzyklus *Stolze Worte* schlagartig berühmt geworden war und Anfang der sechziger Jahre für sein Gesamtwerk sogar den Nobelpreis für Literatur erhalten hatte, war das prominenteste Kind unserer kleinen Stadt. Er bezeichnete sie kurz vor seinem Tod im Jahr 1968 als den langweiligsten Ort der Welt, ein nichtssagendes Stück Erde, eine intellektuelle Einöde, bewohnt von abstoßenden, unbeschreiblich spießigen Menschen, die den lieben langen Tag nichts Besseres zu tun hatten, als sich gegenseitig das Leben zur Hölle zu machen. Und er empfahl den Stadtoberen denn auch, auf das Ortsschild des «verdammten Kaffs» das Wort «Hölle» zu schreiben, denn schlimmer als in Metting konnte es nach Friesmanns Meinung auch dort nicht sein.

Trotz dieser stolzen Worte wurde der Dichter ganz offiziell und ziemlich intensiv in Metting verehrt, und man ließ nicht etwa «Hölle» auf die Ortsschilder schreiben, sondern den

Zusatz «Friesmann-Stadt»», sodass Besucher mit schwarzer Schrift auf gelbem Grund begrüßt wurden, die da lautete: «Friesmann-Stadt METTING». Es gab eine Straße, einen Weg, eine Chaussee und einen Platz, außerdem vier Häuser und eine Schule, die nach dem Dichter benannt waren. Darüber hinaus standen zwei bronzene Denkmäler im überschaubaren Zentrum des Städtchens, eines fast vier Meter hoch und auf dem Mettinger Rathauspatz, das andere, etwas kleinere, direkt vor dem Friesmann-Museum, in dem man seinen Kindheitsschreibtisch und andere Möbel aus der Elternwohnung bewundern konnte – Stücke übrigens, deren Authentizität von nicht wenigen Fachleuten angezweifelt wurde. An vielen Häusern hingen Messingschilder, die darauf hinwiesen, was Jan Friesmann mit diesen Gebäuden zu tun gehabt hatte. Es gab Plaketten an Häusern, in denen angeblich sein Kinderarzt, einige Lehrer und irgendwelche Verwandte gelebt hatten. Dem Dichter verdankte Metting nicht unerhebliche Einkünfte, weil ganzjährig Friesmann-Fans als Touristen zu uns kamen, überwiegend ältere Semester, weil Friesmanns Lyrik bei den Jüngeren nicht besonders beliebt war, um es vorsichtig auszudrücken. Die andere Einnahmequelle war die kleine Fabrik eines Fahrzeugpolsterherstellers nördlich von Metting.

Die Grabstätte des prominenten Sohns der Stadt befand sich allerdings nicht auf dem Mettinger Friedhof, sondern in Augsburg, wo Friesmann zuletzt gelebt hatte und auch gestorben war. Er hatte im Übrigen verfügt, dass es keinerlei Ehrungen in seinem Geburtsort geben dürfe. Doch sein Testament war von Friesmanns Witwe erfolgreich angefochten worden. Deshalb wechselte ich im Alter von dreizehn Jahren also auf Mettings «Jan-Friesmann-Gymnasium». Es gab sowieso nur dieses eine in der Stadt. Neben dem Schild mit dem Ortswappen und dem Namen der Schule befand sich eine Tafel, in die eines von Friesmanns berühmtesten Gedichten eingraviert war, «Krieg für Gott», aus dem Jahr 1921:

Krieg für Gott

Da war mal ein Krieg
Bei Mutti, ach so präzise
Ach so blau
Doch der Weg
Nicht bei Mutti, doch im Bett
Der war irr
Nun wurde es hinterlistig
He, Gott!
Und ewig glimmen die Wälder …

Ich verstand nicht, was diese Worte bedeuten sollten. Lyrik war ein Schatz, zu dem mir keine Karte den Weg wies. Aber Dr. Theuert, mein Deutschlehrer ab der siebten Klasse, liebte und verehrte jeden Vers, den Friesmann geschrieben hatte, weshalb er den depressiven Dichter, der am Ende Selbstmord verübt hatte, ständig zitierte und oft thematisierte. Genau genommen war es die einzige Sache, für die sich Dr. Theuert, der immerzu schwarze Kleidung trug, begeistern konnte. Diese Begeisterung manifestierte sich auch in einer euphorischen Friesmann-Biographie, die Theuert unter dem Titel *Jan Friesmann – Jahre in Metting* im Selbstverlag veröffentlicht hatte, wodurch es das schmale und unansehnlich ausgestattete Büchlein zwar in jedem Laden der Stadt – von der Apotheke bis zur Zoohandlung – zu kaufen gab, aber nirgendwo sonst in der Republik. Die Touristen jedoch nahmen es gerne mit, zumal jedes Exemplar vom Autor handsigniert war. An der Schule gehörte es allerdings nicht zur Pflichtlektüre, obwohl der Lehrer das immer wieder durchzusetzen versuchte.

Immerhin war er der einzige Pädagoge, der sich wunderte, dass ich *Thomas* genannt wurde, obwohl mein Name doch so ganz anders geschrieben wurde.

«Das ist ein ungarischer Name, oder?», fragte er eines Tages in der achten Klasse, während er mir mein Hausaufgabenheft zurückgab, das er durchgesehen hatte.

«Mm-mh», antwortete ich und nahm das Heft entgegen, ohne aufzusehen.

«Eine Endung auf s …», sagte er und sann eine Weile vor sich hin, bis er fortfuhr. «Wenn ich nicht irre: stimmloser postalveolarer Frikativ. Ein Zischlaut. Ess-Zeh-Hah im Deutschen, wie in *Schule*. Aber die deutsche ist auch keine ugrische Sprache.»

«Was ist eine ugrische Sprache?», fragte eine Mitschülerin hinter Theuert und erlöste mich aus der unangenehmen Situation. Das Interesse meines Deutschlehrers wechselte schnell, weil er sich für wenig interessierte, von Jan Friesmann abgesehen. Theuert drehte sich um und beantwortete die Frage, während ich die Vier minus für meinen letzten Aufsatz zur Kenntnis nahm. Weil Theuert grundsätzlich keine Einsen gab, war es rechnerisch eine Drei minus, also ein Grund zur Freude. Der Deutsch- und der Sportunterricht waren die mir besonders verhassten Fächer an der Schule. Sport, weil ich darin eine Niete war. Deutsch wegen Dr. Theuert – und wegen meiner Schreibschwäche. Meiner Legasthenie, wie Theuert das nannte. Genau wie Frau Awusi, meine Klassenlehrerin, doch die lächelte fies, wenn sie es sagte.

Das Alten- und Pflegeheim «Horizont» in Metting-Hasenhügel war ein langgestreckter, kreuzförmiger Bau aus braunroten Ziegeln. In den kurzen Seitenflügeln befanden sich links die Empfangshalle mit Büro-, Freizeit- und Sanitäreinrichtungen und rechts unsere Dreizimmerwohnung. Es gab zudem im hinteren Bereich des Grundstücks, also von der Straße aus nicht sichtbar, eine kleine Kapelle, an die sich eine Garage für die zwei Firmenfahrzeuge und unser privates Auto anschloss. Dorthin ging kaum jemand, nur manchmal meine Mutter, um heimlich eine Zigarette zu rauchen, oder ich mit meinem besten – und einzigen – Freund Filip, um Unsinn auszuhecken. Ganz selten schlichen Angehörige in die kühle, immer etwas dämmrige Kapelle, um dort leise ein Gebet zu sprechen oder sich flüsternd über den Inhalt des Testaments zu unterhalten, weil zwar soeben jemand verschieden war, aber die Trauer die Gier nicht bändigen konnte.

War jemand gestorben, kam sofort ein neuer Bewohner. Einige Neue wurden von ihren Angehörigen gebracht. Ich habe es nur ein einziges Mal erlebt, dass ein zukünftiger Bewohner im eigenen Auto vorfuhr, das kurz darauf von einem Gebrauchtwagenhändler abgeholt wurde, während der alte Herr weinend daneben stand. Die allermeisten wurden von einem der zwei privaten Mettinger Krankentransportdienste zu uns gefahren, überwiegend vom billigeren der beiden, denn unsere Betreuten erhielten zum Großteil Sozialamtsleistungen, weshalb es auch zehn Doppel-, aber nur vier Einzelzimmer gab. Die Zweibettzimmer waren mit runden Aufklebern mit Gemüsesorten markiert, mit Karotten, Gurken, Zwiebeln, Kartoffeln, Kohl, Salat, Tomaten, Paprika, Radieschen und einem langen, weißen Meerrettich, während die vier Einzelzimmer Obst an den Türen hatten, nämlich Bananen, Apfelsinen, Äpfel und Birnen. Warum das so war, wusste ich nicht, aber vielleicht konnten sich die Bewohner Gemüse- und Obstsorten leichter merken als Zahlen. Die Doppelzimmer lagen quasi unterhalb des Querbalkens des «Kreuzes» und hatten etwas kleinere Fenster als die Einzelzimmer, die außerdem über mehr Wohnfläche verfügten. In den Einzelzimmern wohnten Privatpatienten, die mein Vater aber lieber *Selbstzahler* nannte. Die auf staatliche Unterstützung angewiesenen Bewohner nannte er *Sozis*.

Die Wagen der Fahrdienste konnte man von weitem kommen sehen, denn das Heim lag am Rand des Vororts, umgeben von Getreidefeldern und nur wenigen anderen Häusern. Die Landstraße, die hier verlief, wurde kurz hinter der Stadtgrenze von einem Kreisverkehr unterbrochen, von dem jedoch keine Straßen abführten. Es gab zwei Ausfahrten, die aber nach wenigen Metern im Nichts endeten – traurige Überbleibsel eines prognostizierten Baubooms, der aber nie eingesetzt hatte. Möglicherweise hatte man Jan Friesmanns langfristige posthume Wirkung ein wenig überschätzt.

Manchmal stand ich an einem der Dachfenster und schaute zum Horizont (dem echten), während ein weißlackierter Mercedes-Benz Sprinter von «Heidetransporte Metting» in den Kreisverkehr hinein- und wieder herausfuhr, mit einer Trage oder einem gesicherten Rollstuhl auf der Transportfläche, auf dem Weg zu unserem Horizont. Einmal hatte ich beobachtet, wie der Transporter auf der ungefähr anderthalb Kilometer langen Strecke, die er vom Kreisverkehr aus noch vor sich hatte, anhielt, ein paar Minuten pausierte und schließlich wendete, bevor das Pflegeheim erreicht war: Der potenzielle Bewohner hatte nicht mehr lange genug gelebt, um sein Zimmer zu beziehen.

An einem besonderen Nachmittag im August schaffte es die neue Bewohnerin aber bis zu uns. Ich saß auf dem Sims eines Dachfensters, was mir eigentlich streng verboten war, doch meine Mutter servierte im Speisesaal den Nachmittagskaffee und mein Vater war mit dem in den Heimfarben rot-lila lackierten VW Polo zu einem Bankgespräch ins Zentrum von Metting gefahren. Das Risiko, erwischt zu werden, war also gering. Hinter mir kochte das Dachgeschoss vor dumpfer Hitze. Ich trug kurze Hosen und ein T-Shirt, meine nackten Beine hingen aus dem Fenster, doch ich vermied es, mit den Füßen die glühendheißen Dachschindeln zu berühren. Ich drückte ein krustiges Wassereis aus dem Plastikschlauch, das längst nach nichts mehr schmeckte, weil ich den Saft schon herausgesaugt hatte. Über den gelben Getreidefeldern flirrte die Luft, ein paar krächzende Dohlen umkreisten die wenigen Baumgruppen, ein einsamer Kondensstreifen verlängerte sich am blassblauen Himmel in Richtung Hannover. Der weiße Sprinter tauchte auf, dicht gefolgt von einem kleinen Lieferwagen, der offenbar dasselbe Ziel hatte. Ein neuer Bewohner mit etwas mehr Gepäck also. Die meisten hatten nur einen oder zwei verschlissene Koffer dabei, neben sich im Laderaum des Sprinters abgestellt. Ich zog die Beine an, drehte mich auf den Pobacken zurück in den Raum, kletterte vorsichtig über die Bretter, die im Dachgeschoss über die Querbalken gelegt worden waren, stieg die Leiter hinab, rannte dann vom ersten ins Erdgeschoss und rief dort nach meiner Mutter. Sie war traditionell diejenige, die Neuankömmlinge begrüßte, sozusagen die Pförtnerin der Friedhofswartehalle.

Ich war knapp dreizehn und lernte an diesem Tag Marieluise Benedickt kennen, die tatsächlich eine Großnichte von Jan Friesmann war, was sie den meisten Menschen gegenüber verheimlichte, mir aber schon ein paar Tage später verriet. Sie war zweiundachtzig Jahre alt, also fast siebenmal so alt wie ich, doch sie wurde meine erste große Liebe.

«Ist das eine Scheißhitze hier drin!», schimpfte sie, als der Fahrer von Heidetransporte Metting die Hecktür des Sprinters öffnete. «Noch zwei Minuten länger, und ich wäre heißgekochte Seniorensuppe.»

Das Wort «Scheiße» hörte man nicht oft von den alten Leuten, und niemals in dieser Lautstärke. Offiziell durfte ich es nicht benutzen, aber wie jeder Junge in meinem Alter führte ich in dieser Hinsicht schon seit Jahren ein Doppelleben. Ich stellte mich im Eingangsbereich auf die nackten Zehenspitzen, denn ich wollte unbedingt die Frau sehen, die zur Begrüßung verbotene Wörter verwendete. Der stark schwitzende Fahrer des Krankentransporters hievte mühevoll eine Rampe ans Heck des Wagens, kletterte hinein und schob kurz darauf einen Rollstuhl heraus, in dem eine winzige, gertenschlanke, grinsende alte Dame saß, die zu ihren blassroten, nackenlangen Haaren eine knallrote Sonnenbrille trug. Die meisten Omis, die man bei uns ablieferte, kamen in fleckigen Hauskleidern oder Kitteln, wozu sie Birkenstocksandalen trugen, während die Opas hellbraune Anzughosen bevorzugten, deren Gürtel etwa in Brusthöhe über taubenblauen Hemden und dunkelblauen Pullundern geschnürt waren. Dazu hatten sie meistens gelöcherte braune Sandalen an und bei Kälte – also in allen Monaten außer Juli und August – beigefarbene Windjacken von C&A. Marieluise Benedickt trug ein gelbes Sommerkleid und an ihren Füßen hellrote Flipflops. Ihre klitzekleinen Fußnägel waren lackiert. Auf den ersten Blick – und auch auf den zweiten, wie sich später zeigte – hatte sie starke Ähnlichkeit mit Maria Persson, der jungen Schauspielerin, die die «Annika» in den *Pippi Langstrumpf*-Filmen spielte – und die ich sehr süß fand. Nur die Haarfarbe war anders. Sie machte auf mich einen ziemlich fröhlichen Eindruck für eine Passagierin auf der letzten Fahrt. Die Hitze war ihr nicht anzusehen, aber dass die Alten sowieso nicht so stark schwitzten wie die Jungen, wusste ich längst – meistens war das Gegenteil ein Problem, die Dehydration: Sie tranken einfach zu wenig. Doktor Novak sagte, das läge daran, dass sie den Durst nicht mehr bemerkten. Ein Gedanke, der mich manchmal gruselte.

Der dicke und kahlköpfige Fahrer, dessen Kopfhaut glänzte und dessen Hemd unter den Achseln fußballgroß schweißgefleckt war, wuchtete inzwischen laut schnaufend Umzugskisten aus dem Wagen und knallte sie neben die Eingangstür des Heims. Dann machte er Anstalten, einzusteigen und davonzufahren.

«Junger Mann, dafür habe ich Sie nicht bezahlt», sagte Marieluise Benedickt nicht einmal laut, aber in einem Ton, der keinen Widerspruch zuließ. «Die Kisten kommen in mein Zimmer, bitte schön. Und zwar *pronto.*»

Der Fahrer trocknete sich die Kopfkugel mit einer Art Geschirrhandtuch, murmelte etwas, holte eine Sackkarre aus dem Auto und machte sich an die Arbeit.

«Und du, mein kleiner Scheißer? Bist du nicht etwas zu jung für ein Altersheim?»

Ich brauchte ein paar Sekunden, bis ich begriffen hatte, dass sie mich meinte. Ich war irritiert, wollte zuerst «Ich wohne hier nicht» antworten, was aber nicht der Wahrheit entsprochen hätte, denn ich wohnte ja hier, nur anders, als sie hier wohnen würde. Und länger.

«Ich bin der Sohn von Schwester Ingeborg», sagte ich schließlich und griff nach dem Ärmel meiner Mutter. Von den Bewohnern ließ sich Mama *Inge* nennen. Die alte Dame nickte lächelnd.

«Was ist in den Kartons?», fragte ich. Meine Mutter warf mir einen warnenden Blick zu. Ich betrat ihr Hoheitsgebiet. Die ersten Fragen an die Neuen gehörten ihr, und außerdem die immer gleichen Begrüßungsworte: *Herzlich willkommen im Pflegeheim Horizont. Sie werden sich bei uns wohlfühlen*. Diese Formel war eine glatte Lüge, wie mir inzwischen klar war, denn niemand fühlte sich wirklich *wohl* in einem Heim wie unserem. Aber die Neuankömmlinge lächelten und machten gute Miene zum bösen Spiel. Einmal hatte der teurere der beiden Mettinger Krankentransporte eine dicke, graugesichtige Frau mit schütteren, violetten Haaren gebracht, die auf einer Trage ins Haus gebracht werden musste und die unaufhörlich brüllte: «Ich will nicht in ein Siechenheim! Ich will nicht in einem Siechenheim sterben! Hilfe!» Doch selbst die hatte sich beruhigt, als Mama an ihre Trage getreten war, ihre zitternde Hand genommen und mit fester, aber einfühlsamer Stimme «Willkommen im Pflegeheim Horizont – Sie werden sich bei uns sich wohlfühlen» erklärt hatte.

Menschen mochten es, angelogen zu werden, das hatte ich

inzwischen herausgefunden, jedenfalls, wenn es um schlimme Dinge ging.

«Bücher», beantwortete die neue Bewohnerin jetzt meine Frage. «Mein Stoff. Mein Lesefutter.»

«So viele?»

Sie lachte fröhlich. Sie hatte ein sehr schönes, wohlklingendes Lachen. «Die reichen nur für ein paar Wochen. Dann kommt Nachschub. Ich bin eine Perlentaucherin.»

Bevor ich nachfragen konnte, was das zu bedeuten hatte, ergriff Schwester Inge das Wort: «Herzlich willkommen im Pflegeheim Horizont. Sie werden sich bei uns wohlfühlen.»

Die kleine alte Dame zwinkerte und erhob sich beinahe sportlich aus dem Rollstuhl. «Wenn Sie das sagen.»

Tatsächlich enthielten die Kartons Hunderte Taschenbücher, allesamt an der unteren Schnittkante mit Filzstiftstrichen oder Stempeln gekennzeichnet, also Mängelexemplare und Remittenden. Sämtliche Genres waren vertreten, von Liebesromanen über Krimis und Jugend-Abenteuerbücher bis zur Science-Fiction, von der Hochliteratur bis zum Trivialschmarren. Marieluise Benedickt erklärte mir das, während ich ihr half, die Kisten auszupacken und die Bücher stapelweise zu sortieren. Es war nicht nötig, sie in Regale oder Schränke einzuordnen, denn die alte Dame las zwei oder drei davon pro Tag, griff einfach nach dem nächsten, wenn sie eines beendet hatte, das sie achtlos in eine bereitstehende Kiste oder, bei heftigem Missfallen, in den Papierkorb warf. Sie hatte schon als Jugendliche das Schnelllesen erlernt. Als sie nämlich entdeckt hatte, dass das Romanelesen ihre größte Leidenschaft war, hatte sie beschlossen, sich die damals neuen Schnelllesetechniken anzueignen.

«Ich könnte es nicht ertragen, Geschichten langsam erleben zu müssen, weil ich langsam lese.» Sie blickte von einem unschön gestalteten, schmalen Buch auf, dessen Umschlagtext sie studiert hatte. «Nur wenn man etwas auch sehr schnell kann, kann man seine persönliche Geschwindigkeit dafür finden. Sonst bremst man möglicherweise das Erlebnis aus. Ich könnte tausend Wörter pro Minute lesen.» Sie pausierte kurz, zog die Stirn in Falten, in *noch mehr* Falten. Ihr Gesicht war von ihnen beherrscht, aber ich fand sie trotzdem hübsch, schon an diesem ersten Tag, obwohl oder vielleicht gerade weil ihre Haut so sehr derjenigen von Josefa, meiner Hausschildkröte, ähnelte. Aber es waren vor allem ihre Worte, ihr optimistisches, *frisches* Auftreten, ihre roten Haare und die Ähnlichkeit mit Maria Persson, die mich faszinierten. «Oder ich konnte das mal.» Sie zwinkerte fröhlich. «Ungefähr ein Dreihundert-Seiten-Roman pro Stunde. Aber so schnell will ich das überhaupt nicht. Also lese ich absichtlich langsamer, als ich eigentlich könnte.» Marieluise Benedickt atmete durch. «Ich bin außerdem auf der Suche.» Sie zeigte auf die vier zerlesenen Bücher, die einen Sonderplatz in einem kleinen Regal hatten, wo sich außerdem ein gerahmtes Schwarzweißbild von ihr selbst befand. Es zeigte sie neben einem Mann stehend, der verschmitzt unter einem breitkrempigen Hut hervorgrinste, ohne dass sein Gesicht zu erkennen war. «Es gibt so ungeheuer viele Bücher, aber nur wenige ungeheuer gute», sagte sie. «Um diese vier zu finden, habe ich mehrere tausend lesen müssen. Es waren Zufallstreffer.» Sie richtete sich ächzend auf, aber es klang wie das Ächzen, das manchmal auch von jüngeren Leuten beim Aufstehen zu hören war. Sie ging zu dem Regal, nahm einen der Romane in die Hand, ein schmales Taschenbuch mit einem unschönen dunkelroten Einband. Alison Wagener, *Pale-Gray Heart*. Ich las es Jahre später, als es immer noch ein Geheimtipp war – die Autorin verlor diesen Status nie. Eine fulminant erzählte Geschichte von einem kleinen, hochbegabten Mädchen, das von der alleinerziehenden Mutter, die als Gerichtsvollzieherin arbeitet, ziemlich kaltherzig und brutal behandelt wird und das später sein Glück findet, als es eine symbiotisch-liebevolle Beziehung mit einem intelligenzgeminderten jungen Mann eingeht. Besonders beeindruckt hatte mich bei der Hauptfigur, dass sie überhaupt nichts darauf gab, was andere Menschen von ihr und über sie dachten – eine Eigenschaft, die sie mit meiner Freundin verband, weshalb ich das Buch natürlich besonders gerne mochte.

Der deutsche Verlag hatte sich nicht einmal die Mühe gemacht, den Titel zu übersetzen, und auch an allem anderen gespart. Marieluise Benedickt betrachtete das schmale, hässliche Buch und lächelte. «Das hier habe ich schon dutzendmal gelesen, und es ist immer wieder eine Freude. Ich wünschte, es gäbe einen Buchladen, in dem einem solche Perlen empfohlen werden. Einen Buchhändler, der nur Bücher verkauft, die er selbst liebt. Und der einen guten Geschmack hat.» Sie lächelte versonnen und stellte das zerrupfte Buch zurück ins Regal. «Am besten den gleichen wie ich», ergänzte sie dann.

Irgendwann später führte sie mir das mit dem Schnelllesen einmal vor. Sie verschlang einen Roman in knapp anderthalb Stunden, und ich fragte sie anschließend ab; sie konnte sich tatsächlich an die gesamte Handlung erinnern. Ihr Gedächtnis war ohnehin verblüffend, aber nicht auf die Art, wie sich das bei den anderen Bewohnern darstellte, die sich immer besser an die Vergangenheit zu erinnern schienen, aber die Gegenwart manchmal nach Sekunden schon wieder vergessen hatten.

«Warum sind Sie eigentlich hier? Also, bei uns?», fragte ich sie bei dieser Gelegenheit. Ich wollte ihr damit ein Kompliment machen, weil sie im Vergleich zu den anderen Bewohnern so viel energischer, agiler, gesünder, sogar jünger wirkte. Ihr Alter, diese ungeheuren zweiundachtzig Jahre, konnte ich sowieso nicht einordnen. Die Zahl war willkürlich, absurd, fast schon magisch. Für mein Gefühl hatte Marieluise Benedickt mehr mit meiner Mutter zu tun, die damals achtunddreißig Jahre alt war, als mit den übrigen Bewohnern des Horizonts, die sich im Schnitt am Ende des siebten Lebensjahrzehnts befanden, wie mein Vater mal erklärt hatte. Die Sozis starben allerdings jünger als die Selbstzahler. Vielleicht grämte es sie, dem Sozialamt zur Last zu fallen. Menschen starben aus den seltsamsten Gründen, das wusste ich bereits.

Sie verzog skeptisch das Gesicht, lächelte aber gleich wieder. «Ich bin sehr krank, Junge. Nicht jede Krankheit kann man sehen. Ich habe Diabetes.» Als sie meinen fragenden Gesichtsausdruck sah, erläuterte sie: «Zuckerkrankheit. Und ich habe einen Tumor, den mir keiner mehr operiert.» Dabei strich sie sich mit dem rechten Handrücken über den hinteren Hüftbereich. «Ich schaffe das nicht mehr alleine. Und ich möchte auch nicht alleine sterben.»

«Ich helfe Ihnen», behauptete ich tapfer.

Da strahlte Marieluise Benedickt, genau wie Annika, als Pippi den Süßigkeitenladen leerkaufte, und mein Herz war gestohlen.

Neben den vielen Büchern, die sie im wahrsten Sinne des

Wortes konsumierte – weshalb ihr ein örtlicher Buchhändler fast jede Woche eine neue Kiste Nachschub schickte –, war ein anderer Gegenstand in ihrem Besitz von besonderer Bedeutung für mich: eine dunkelgrüne Olivetti-Schreibmaschine, und zwar eine elektrische – eine *Lexikon 90*. Ein grandios hässliches Trumm von einem Gerät, aber eine Maschine, mit der man viel schneller schreiben konnte als mit mechanischen Schreibmaschinen. An diesem Apparat brachte mir Marieluise später das Zehn-Finger-System bei, ließ mich stundenlang «kalla saal alaska» tippen, eine Wortkombination, die ich nie vergessen sollte – die ersten Wörter, die man mit acht von den zehn Fingern in ASDF-JKLÖ-Grundposition tippen konnte, ohne die Finger von den Tasten zu lösen. Ich machte das, bis ich es beherrschte, ohne darüber nachzudenken, und sogar ein Gespräch mit meiner Lehrerin führen konnte, während ich tippte. Auf der *Lexikon* tippte ich meine Wörter, stoisch und stundenlang. Zum Beispiel «Hund», ein Wort, das alles in mir mit einem t am Ende schreiben wollte, weil ich nicht begreifen konnte, dass man es mit einem t sprach, aber mit einem d schrieb, und irgendein Mechanismus verhinderte, dass sich die für mich falsch klingende, unlogische Schreibung in mir festsetzte. Also tippte ich das Wort seitenweise, um zu üben, es ohne darüber nachzudenken korrekt zu schreiben. Manchmal, wenn ich nach einer gewissen Zeit aufs Blatt sah, stand da zwanzig-, dreißigmal das Wort in der richtigen, offiziellen Schreibung, aber dann nur noch in meiner, die leider offiziell falsch war. Hundertmal «Hunt». Die vernünftigere Form, für die man eine Fünf bekam.

Als Marieluise Benedickt starb, erbte ich das gute Stück. Ich besitze es heute noch.

2.

BEVOR die Räume, in denen wir lebten, in eine Dienstwohnung umgewandelt worden waren, hatten sie als Aufenthalts- und Versorgungsbereich fungiert. Und da das Gebäude nur unterhalb der Räume unterkellert war, die zum Bewohnerbereich gehörten, also auf der Längsachse des Kreuzes lagen, fehlten uns private Abstell- und Hobbyräume. Dafür gab es ein großes Bad, eine noch größere Küche und drei riesige Zimmer, von denen eines formal mir gehörte. Aber tatsächlich nutzte Papa ungefähr ein Drittel davon für seine Modelleisenbahnanlage. Ein Dreizehnjähriger brauchte schließlich keine dreißig Quadratmeter für sich allein. Das meinten jedenfalls meine Eltern.

Die dreigeschossige Fleischmann-H0-Modellbahn war sein Ein und Alles. Sie stank nach Metall, Öl, Lötzinn, Plastikkleber, Elektrizität und diesem Zeug, das man für die Dampfgeneratoren der Loks brauchte. Wenn mein Vater seine Arbeit im Heim getan hatte, polterte er ohne anzuklopfen in mein Zimmer. Er zog den alten Bürodrehstuhl, den er zu diesem Zweck abgezweigt hatte, knatternd aus der Ecke, schob sich eine abgenutzte Schirmmütze in die Haare, damit sie ihn beim Basteln nicht störten, und fing an, zu löten, zu verdrahten, zu verkleben und zu reinigen. Er war geschickt mit den Händen. Im sozialen Bereich war er dafür ein Tollpatsch. Ob ich anwesend war oder nicht, interessierte ihn kaum. Vielleicht versuchte er aber auch, dadurch, dass er mich beim Hereinkommen ignorierte, mir meine Privatsphäre auf etwas originelle Weise zu lassen. Jedenfalls tat er so, als gäbe es zwischen seinem und meinem Bereich nicht nur ein hüfthohes Pressspanregal, sondern eine raumhohe Trennwand. Das misslang allerdings gründlich. Ich kam mir vor, als wäre ich unsichtbar oder wenigstens von geringer Opazität. Ich fühlte mich in meinem großen und aufgrund der Nordseitenlage der Wohnung recht dunklen Zimmer sowieso nicht wohl. Ich wäre gerne in ein winzig kleines Zimmer umgezogen, solange es nur mir und mir allein gehört hätte. Aber außer bei der Modellbahn war mein Vater nicht dazu bereit, Hand anzulegen, weshalb an eine Trennwand im Eigenbau nicht zu denken war.

Ein Problem war, dass mich sein Spielzeug kein bisschen interessierte. Ich fand es unfassbar langweilig, im Kreis fahrenden Zügen zuzuschauen, die sonst keinen Zweck erfüllten. Das eigentliche Problem bestand darin, dass ich mir meiner Ruhe niemals sicher sein konnte. Ich musste jederzeit mit ihm rechnen, während ich mich eigentlich auf die Hausaufgaben konzentrieren, etwas mit Fischertechnik konstruieren oder ein Bild malen wollte. Wenn mein alter Herr irgendwann ab dem späten Nachmittag erwartungsfroh lächelnd hereinkam, den schnarrenden Stuhl aus der Ecke zog und dann den *Roten Elch* oder das *Krokodil* fahren ließ – viele Lokomotiven waren nach Tieren benannt –, fühlte ich mich wie der Eindringling. Ich hockte währenddessen im Schneidersitz auf meiner französischen Liege und lernte für die Schule, bis genug Zeit verstrichen war, um das durch seine Anwesenheit noch ungemütlichere Zimmer verlassen zu können, ohne dass er das als direkte Reaktion auf sein Kommen verstanden hätte, was ihn, wie ich annahm, unglücklich gemacht hätte. Manchmal war er so selbstvergessen, so intensiv beim Spielen, dass er anfing, Geräusche zu machen. Er ließ seine Loks tuten, seine kleinen *Viking*-Autos brummen und er ahmte Unfallgeräusche nach, wenn es zu einer Entgleisung kam. Ich hüstelte dann, um Ruhe einzufordern, woraufhin er sofort still wurde – für eine Weile, bis es dann wieder losging. Manchmal kam mir Josefa zur Hilfe, meine griechische Landschildkröte, die in ihrer Kiste rumorte. Wenn Papa das hörte, hörte er ebenfalls auf mit seinen Geräuschen.

Josefa hatte ich von Herr Kacmarek übernommen, einem sehr dicken, sehr kranken und sehr einsamen Mann, der keine zwei Wochen nach dem Einzug ins Heim gestorben war. Er hatte es tatsächlich geschafft, ein Haustier ins Horizont zu schmuggeln. Eine einmalige Tat bisher. Solche Mitbewohner waren bei uns streng verboten. Mama hatte das beigebraun gepanzerte und halbverhungerte Tier in einem Pappkarton hinter seinen Hemden im schmalen Kleiderschrank entdeckt, und weil Herr Kacmarek keine Verwandten hatte und es in Metting kein Tierheim gab, bot sie mir an, die *Testudo hermanni* zu übernehmen. Ich fand das Vieh nicht besonders interessant, aber es war anspruchslos und tagaktiv, störte also auch nicht großartig. Manchmal beobachtete ich die Schildkröte, die ich nach der Ehefrau von Herrn Kacmarek benannt hatte, von der ein goldgerahmtes Schwarzweißfoto auf seinem Nachttischchen gestanden hatte. Josefa war auf beneidenswerte Weise mit sich zufrieden. Aber manchmal, wenn ich ihr ein Salatblatt hinhielt, schien sie mich aufmerksam zu betrachten, während sie langsam und genüsslich vor sich hin mümmelte. Und gelegentlich kam es mir sogar vor, als würde mich das Tier – während ihm ein großes Stück Salat seitlich aus dem Maul hing – tatsächlich *anlächeln*.

Was meinen Vater anging, so war er einfach kein großer Redner. Ich war mir sicher, dass er mich auf seine Weise sehr liebte. Es gelang ihm nur nicht, das auszudrücken und zu kanalisieren. Möglicherweise wartete er ja darauf, dass ich mich neben ihn hockte, ebenfalls eine Schirmmütze aufsetzte und beherzt nach dem Lötkolben griff, um den Wackelkontakt an der Stromschiene zu reparieren, und ich hatte tatsächlich schon darüber nachgedacht, genau das zu tun. Aber die blöde Eisenbahn interessierte mich so unfassbar wenig, dass ich nicht riskieren wollte, fortan dazu verdonnert zu sein, an Nachmittagen und Wochenenden im Kreis fahrenden Zügen, winzigen blinkenden Glühlämpchen, klickenden Weichen, Modellhäuschen aus dem Hause *Faller* und ebenso bewegungslosen Modellautos beim Nichtstun zuzusehen. Mein Vater wollte jedenfalls nicht mit mir reden, so viel war klar, und stundenlang stumm neben ihm sitzen, das wollte wiederum ich nicht. Also floh ich. Möglicherweise war Papa insgeheim erleichtert, wenn ich mich davonschlich.

Meine Eltern waren beide nicht sehr gesellige Leute, aber jeder auf seine Art. Während mein Vater ganz allgemein ein Problem mit Menschen hatte, musste man das Interesse meiner Mutter irgendwie herausfordern, aber das gelang nur wenigen. In ihrer Freizeit ergänzten sie einander auf diese Weise geradezu perfekt. Nach dem gemeinsamen Abendbrot – Brote,

Käse, Wurst, Apfelsaft – saßen sie schweigend nebeneinander vor dem Fernseher, am Samstagabend zusammen mit mir. Am Wochenende trank mein Vater dazu ein, zwei Flaschen Bier, meine Mutter jedoch verbrauchte zusätzlich zwischen Freitagnachmittag und Sonntagabend eine Halbliterflasche Orangenlikör der Marke *Sonnenstich*, die sie manchmal ab dem Sonntagnachmittag mit polnischem Wodka streckte. Außerdem war ihr am Wochenende das Rauchen in der Wohnung gestattet – meine Mutter war zu dieser Zeit eine hingebungsvolle Raucherin. Sie verbrauchte an Samstagen und Sonntagen jeweils drei Schachteln, rauchte sogar beim Kochen, in der Badewanne (Samstage waren Badetage, wir teilten uns das Wasser, und ich musste als Letzter hinein, durfte aber eine Handbreit Heißwasser dazulassen) und auf der Toilette. Man konnte jederzeit erschnuppern, wo in der Wohnung sie sich gerade befand, und bei gutem Licht war es an der unterschiedlichen Trübheit der Raumluft zu erkennen. Unter der Woche schaffte sie es, weitgehend auf Zigaretten zu verzichten. Wenn der Drang allzu stark wurde, verzog sie sich in die kleine Kapelle hinten auf dem Grundstück, um rasch eine *HB* zu inhalieren. Auf diese Weise waren beide Refugien, über die ich auf dem Grundstück verfügte, immerzu akut bedroht. Denn entweder kam mein Vater einfach in mein Zimmer, um mit seiner Eisenbahn zu spielen, oder meine Mutter schob mit der Schulter die Kapellentür auf, während sie schon dabei war, hastig die Fluppe anzustecken. Ich hatte nirgendwo meine Ruhe, und ich war fast dreizehn, also in einem Alter, in dem man begann, eine gewisse Privatsphäre zu schätzen, umso mehr, seit Marieluise Benedickt zu den Bewohnern des Horizonts gehörte und mir ziemlich viel Aufmerksamkeit schenkte.

Wenn ich an Marieluise dachte, überkam mich ein wohliges Gefühl, gepaart mit einem sehr seltsamen Kribbeln im Hüftbereich. Meine erste Erektion hatte ich natürlich schon Jahre zuvor gehabt, aber jetzt entdeckte ich, was es damit *genau* auf sich hatte – und wie man sie wieder loswurde, verbunden mit einer verblüffend angenehmen Körperwahrnehmung, aber auch einem durchaus irritierenden Flüssigkeitsabgang, der mich beim ersten Mal maßlos erschreckte. Ein von Marieluise – allerdings nicht zu diesem Zweck – überlassener Roman klärte mich halbwegs über die Hintergründe auf, und ab da wichste ich wie ein Weltmeister, unterbrochen lediglich von zwei sehr schmerzhaften Vorhautentzündungen, die mit heftigen Schwellungen einhergingen. Allerdings musste ich die Nächte abwarten, weil zu allen anderen Zeiten mit spontanen Besuchen zu rechnen war. Ich verbrauchte ziemlich viel Klopapier in dieser Phase.

Mama und Papa gingen mit den Bewohnern des Horizonts aufmerksam und liebenswürdig um, aber außerhalb des Heimes schienen sie sich kaum für Menschen (und auch nicht besonders füreinander) zu interessieren. Sie fuhren alle zwei Wochen am Sonntagabend auf ihren Klapprädern ins einzige Wirtshaus von Metting-Hasenhügel, um dort Königsberger Klopse zu essen und dazu einen Krug *Mettingbräu* zu trinken, was ihr gesamtes gesellschaftliches Engagement zusammenfasste, denn ansonsten gingen sie selten aus. Sie redeten nicht viel und hatten keine Hobbys, abgesehen von der Raucherei meiner Mutter und der Modelleisenbahnnarretei meines Vaters und einem weiteren, sehr obskuren Faible meines Erzeugers – seiner Vorliebe für Wurstwasser. Sein Opa hatte ihm das immer zu trinken gegeben, wahrscheinlich, wie mir mein Vater gestand, um den wenig geliebten Enkel zu ärgern, wenn dieser zur Aufsicht bei ihm deponiert worden war. Mein Uropa mampfte schmatzend die knackigen Wiener aus der Dose und überließ dem Enkel die Flüssigkeit. Aber der kleine Mann gewöhnte sich an den süßsäuerlichen, nach Ferment müffelnden Geschmack und fand daran Gefallen, weil Geschmack, wie er mir später erzählte, keine genetisch bedingte oder körperliche Sache ist, sondern eben eine der Gewöhnung. Und so hatte sich die Neckerei meines Uropas in etwas verwandelt, das die Aufenthalte bei dem ruppigen Alten reizvoller machte. Die Tat hatte sich gegen den Täter gekehrt.

Nur meinem Vater zuliebe gab es bei uns sehr oft Kartoffel- oder Erbsensuppe mit Würstchen, aber die Würste aßen meistens Mama und ich. Papa konnte es kaum abwarten, das Wurstwasser aus der Dose oder dem Glas zu trinken, kalt oder warm. Er mochte sogar das Wurstwasser, das nach dem Erhitzen der Würste im Topf übrigblieb. Diese eigenartige Geschmacksverwirrung faszinierte mich so sehr, dass ich es auch probierte – und anschließend eine Weile kotzend über der Kloschüssel hing. Meine Mutter verzog das Gesicht, wenn sie ihn beim Wurstwassertrinken sah, aber es störte sie nicht ausreichend, um zu protestieren. Protestiert wurde überhaupt nie in unserem Haus. Wir duldeten einander auf ruhige Weise. Niemand wurde je laut, und ich wurde auch nie geschlagen.

Mein Vater hatte einen einzigen guten Bekannten. Jockel war in seinem Alter und ebenfalls ein Kleinzugfetischist. Sie hatten sich über die Freundschaftsgesuche in einer Modelleisenbahner-Zeitschrift kennengelernt. Zum Leidwesen meines Vaters lebte Jockel in einem Ort namens Marbrunn in

Franken, also über fünfhundert Eisenbahnkilometer entfernt, weshalb sie am Wochenende lange Telefonate führten, für die sich mein Vater ins Büro zurückzog. In natura sahen sie sich nur selten. Sie schickten einander Briefe, die außerdem Fotos ihrer Anlagen oder von neuerworbenen Waggons und Zeitungsausschnitte enthielten, auf denen Modellbahnen zu sehen waren. Alle zwei, drei Monate kam Jockel zu uns übers Wochenende zu Besuch. Er war wie mein Vater hager, grobknochig und groß, dunkelhaarig und schnauzbärtig – sie ähnelten einander sehr. Jockel, dessen Vorname eigentlich Jürgen lautete, war etwas jünger als mein Vater, der Gerald hieß und im Frühsommer seinen zweiundvierzigsten Geburtstag gefeiert hatte.

Der September in jenem Jahr war kaum kühler als der August, und selbst in den Nächten blieb es heiß. Mein dunkles, großes Zimmer erwies sich jetzt als vorteilhaft, denn auch am Tag war es vergleichsweise kühl darin. Trotzdem lag ich in dieser Freitagnacht nackt auf der Bettdecke, dachte an Marieluise Benedickt – und außerdem darüber nach, ob es ernsthafte gesundheitliche Schäden verursachen würde, wenn ich schon wieder Hand an mich legte, obwohl ich das zuletzt vor einer Viertelstunde getan hatte und mein schlaffes Glied allmählich einer kleinen, schwerverletzten Gewürzgurke ähnelte.

Jockel war zu Besuch, seit dem späten Nachmittag, und natürlich waren beide Männer, mein Vater und er, gleich nach Jockels Eintreffen in mein Zimmer gekommen, um sich gegenseitig über die neuesten Entwicklungen bei den jeweiligen Anlagen zu informieren – an solchen Wochenenden verbrachte ich wenig Zeit in meinem eigenen Zimmer. Papa hatte während der vergangenen Wochen den Schattenbahnhof im ersten Untergeschoss seiner kleinen Welt stark ausgebaut und präsentierte das jetzt stolz. Ich hörte von ihm das Wort «Gleisharfe», das mir irgendwie gefiel. Ich fand es auch schön, ihn so begeistert reden zu hören, denn sonst schwieg er ja, wenn er bei mir im Zimmer war. Jockel hatte zwei seltene Loks mitgebracht, die er kürzlich erworben hatte und denen die beiden Männer ehrfürchtig dabei zusahen, wie sie summend im Kreis fuhren. Ich ließ sie nach einer halben Stunde allein, die Hausaufgaben zu Montag waren gemacht und draußen war es sowieso schöner.

Marieluise hatte sich von einem der Helfer einen Liegestuhl in den Garten bringen lassen, der jetzt hinter dem Heim auf der Wiese zwischen Haus und Garage stand. Am Bewohnertrakt gab es außerdem eine überdachte, graue Zementterrasse, auf der einige der rüstigeren Alten im Schatten um einen Blechtisch saßen und schwer atmend in ihre Teetassen starrten. Meine Freundin ließ ein Bein seitlich über den Liegestuhlrahmen baumeln, ihre Füße waren nackt. Auf eine solche Idee wäre kein anderer Heimbewohner je gekommen. Offenbar verlor man mit dem Alter nicht nur den Durst, sondern man wurde auch extrem lichtempfindlich. Marieluise trug ein schwarzes Band im Haar und einen hellblauen Hosenanzug. Ihr wahres Alter wurde erst halbwegs sichtbar, wenn man ihr näher kam. Ich fand sie aus jeder Entfernung attraktiv.

Natürlich las sie. Zurzeit einen Roman von Horst H. Baselik, von dem in ihren Remittenden-Kisten Dutzende Bücher zu finden waren. Der deutsche Autor veröffentlichte einen Bestseller nach dem andern. Einen davon hatte ich auch schon gelesen, einen Abenteuerroman über zwei Ehepaare, die nach einem Flugzeugabsturz auf einer einsamen Insel strandeten, dort dann ums Überleben und um die Liebe kämpften. Baseliks Sprache war leicht verständlich und die Geschichte spannend, aber Marieluise rümpfte die Nase, als sie mich jetzt bemerkte und von der Lektüre aufsah.

«Schund», erklärte sie lächelnd. «Gut gemachter Schund zwar, aber Schund. Und in jedem zweiten Roman gibt es einen Flugzeugabsturz in der Südsee.»

Ich widersprach nicht. Ich war nicht dazu in der Lage, Marieluise Benedickt zu widersprechen. Sie legte sich das Buch auf den Bauch, ich hockte mich neben den Liegestuhl.

«Na, Tom, mein Schöner. Hat dich der Papa wieder aus dem Zimmer vertrieben?»

Ich nickte und spürte, wie ich gleichzeitig errötete. An ihre Komplimente musste ich mich erst noch gewöhnen. Sie lächelte und nahm meine Hand. Ich erstarrte und sah mich dann kurz um.

«Meinst du, man spricht bereits über uns?», säuselte sie fröhlich. Ich fühlte mich ertappt und wurde wahrscheinlich noch farbiger. Trotzdem versuchte ich mich an einem Lächeln. Sie ließ meine Hand los.

«Papa hat Besuch», sagte ich und erklärte kurz, wer mit meinem Vater in meinem Zimmer zugange war.

«So, so», sagte sie und grinste. Dann beugte sie sich zur Seite und hob ein Buch vom Boden. «Das hier ist etwas für dich, glaube ich. Probier's mal.»

Es war *Das Sternennetz* von Bob M. Feinten, einem amerikanischen Autor. Science-Fiction, eher für Jugendliche. Ich las nicht viel und nicht immer gerne. Ich mochte Geschichten, aber das Lesen fiel mir schwer. Es strengte mich an, die Buchstaben tanzten vor meinen Augen, vor allem die Buchstaben, die ich anders und anderswo eingesetzt hätte. Aber wenn Marieluise mich dazu aufforderte, blieb mir nichts anderes übrig.

«Du musst viel lesen», sagte sie. «Bis du nicht mehr merkst, dass du es tust.»

«Okay», versprach ich und stand auf.

Im selben Moment kam Mutter in den Garten.

Sie klatschte in die Hände. «Es ist Zeit, meine Damen und Herren.» Offiziell durften die Bewohner des Horizonts tun und lassen, was sie wollten, weil sie oder das Sozialamt für Unterkunft, Kost und Pflege bezahlten und sie freiwillig hier waren, aber noch offizieller gab das Heim in Person meiner Mutter den Tagesablauf rigide vor. Und den meisten Alten gefiel das so.

«Es ist Zeit», wiederholte Marieluise Benedickt lächelnd.

Ich las an diesem Abend zwischen den Selbstbefriedigungsetappen fast das erste Drittel von *Das Sternennetz*. Nach einem wie immer holprigen Einstieg geriet ich in den Sog der Geschichte. Das Buch war ungeheuer spannend, phantasievoll und der Held ähnelte mir sogar ein bisschen. Bob M. Feinten erzählte von einem schlaksigen, eigenbrötlerischen, dreizehn Jahre alten amerikanischen Jungen, der von Außerirdischen gekidnappt wird, weil er eine besondere Eigenschaft hat – er kann das sagenhafte Sternennetz steuern, das viele Planeten verbindet und den bedrohten, freundlichen Aliens zur Flucht vor ihren fiesen, tödlichen Gegnern verhelfen kann. Der Junge namens Wilbur entdeckt die tollsten Welten, findet Freunde und erlebt mit ihnen aufregende Abenteuer.

Mir gefiel der Roman so sehr, dass ich am nächsten Morgen beschloss, meinen Freund Filip zu besuchen, um ihm von diesem großartigen Buch zu berichten. Wir tauschten unsere wenigen sozialen oder kulturellen Erlebnisse immer so schnell wie möglich aus.

Es war kühler geworden und nieselte aus einem kartongrauen Himmel. Ich verabschiedete mich von meinen Eltern und Papas Besuch, fütterte Josefa, zog meine Öljacke an und radelte los. In Metting-Hasenhügel war sowieso nie viel los, aber an leicht verregneten Samstagvormittagen war der Vorort praktisch eine Geisterstadt. Als ich die Hälfte des Weges bis zum nutzlosen Kreisverkehr hinter mich gebracht hatte, wurde es plötzlich dunkler und etwas kälter. Dann blitzte und donnerte es zweimal kurz nacheinander sehr laut. Es würde jeden Moment ein mordsmäßiges Gewitter geben. Ich hielt an und blickte zum Himmel, der inzwischen von einer geschlossenen, dunkelgrauen und sehr kompakten Wolkendecke beherrscht wurde. Am Horizont ging die Bewölkung bereits ins Schwarzbläuliche über. In Comics stand diese Farbe für die drohende Ankunft des wirklich, wirklich Bösen.

Kurzentschlossen drehte ich um und trat ordentlich in die Pedale. Die Entscheidung hatte ich keine Sekunde zu früh getroffen, denn als ich das Heim betrat, donnerte es in unmittelbarer Nähe markerschütternd – und dann setzte Regen ein, der von einem Moment zum nächsten so stark wurde, dass ich die Straße hinter mir nicht mehr sehen konnte.

In der Wohnung roch es nicht nach frischem Rauch, also war meine Mutter ausgegangen, wahrscheinlich zum Einkaufen. Ich hängte meine Öljacke an die düstere Garderobe im Flur, holte mir ein Glas Milch aus der Küche und ging zu meinem Zimmer. Das Gewitter hatte inzwischen richtig losgelegt, es donnerte in kurzen Abständen, dazu hatte heftiger

Wind eingesetzt, und der Regen trommelte gegen die Scheiben und das flache Dach. In den Räumen war es dadurch auf seltsame Weise zugleich recht laut und sehr leise, aber welche Geräusche auch immer die beiden Männer bei ihrer Betätigung machten, ich hörte sie nicht gleich, als ich die Tür zu meinem Zimmer aufschob und eigentlich mit dem Milchglas in der einen und dem Buch in der anderen Hand hineinbalancieren wollte.

Denn mein Zimmer war nicht leer.

Es war auf der falschen Seite nicht leer.

Und auf die falsche Art.

Jockel war von den Hüften abwärts nackt, hatte seine Hose bis zu den Unterschenkeln hinuntergeschoben. Er kniete vor meiner französischen Liege. Seine Unterarme lagen auf meinem Bett, um den Oberkörper abzustützen. Mein Vater war auf die gleiche Weise entkleidet und kniete hinter seinem Freund, dessen Brustkorb er umklammerte, während er die Hüften rhythmisch bewegte. Das Keuchen der beiden Männer war jetzt lauter als die Gewittergeräusche und für mich überdeutlich zu hören. Es fühlte sich sehr unangenehm an, dieses Keuchen wahrnehmen zu müssen. Dazu gab es ein leiseres, sich wiederholendes Klatschen, wenn die Hüften meines Vaters auf den Hintern von Jockel trafen.

Ich hatte nicht die leiseste Ahnung, was die beiden da taten. Ich war zwölfdreiviertel und ging Ende der Siebziger, zu einer Zeit, als es drei Fernsehprogramme mit Sendeschluss um kurz nach elf und sonst nichts gab, auf eine eher ländliche Schule in einer niedersächsischen Kleinstadt. Das Adjektiv *schwul* war mir bekannt, aber seine Bedeutung nicht einmal ansatzweise. Es war eines der heftigsten Schimpfworte, die an der Schule gebraucht wurden, übertroffen höchstens von «Spasti», mit dem es sich zur schlimmsten denkbaren Kombination verband, «schwuler Spasti». Auch meine Klassenkameraden wussten wahrscheinlich nicht sehr viel besser als ich, was diese Wörter bezeichneten, aber das machte die Sache nur noch bedrohlicher. Ich hatte gehört, dass *schwul* etwas damit zu tun hatte, dass sich Männer küssten, welchen Sinn das auch immer haben sollte. Aber diese beiden Männer in meinem Kinderzimmer küssten sich nicht.

Sie keuchten und ließen dabei nackte Hüften und nackten Po gegeneinanderklatschen.

Mir rutschte das Milchglas aus der Hand. Ich hatte vor Überraschung einfach vergessen, es weiter festzuhalten. Es klirrte laut, die Milch spritzte über die hellbraune, etwas abgewetzte Auslegeware auf dem Zimmerfußboden. Ich wollte mich instinktiv dafür entschuldigen, begriff aber, dass das etwas unangebracht wäre, dass sich hier eigentlich jemand anderes bei jemand anderem zu entschuldigen hätte, aber wofür, das verstand ich noch nicht.

Sie hörten sofort auf, das Keuchen setzte aus, ihre Köpfe schwangen synchron zu mir herum. Im Gesicht meines Vaters erkannte ich Überraschung, dicht gefolgt von Entsetzen, Jockel hob beide Hände vors Gesicht und drehte sich rasch zur Wand zurück.

«Junge», sagte mein Vater leise und entfernte sich ein bisschen von seinem Freund. Dabei versuchte er, seine Hose hochzuziehen und gleichzeitig aufzustehen. Jockel zerrte ebenfalls an seiner Hose.

«Papa», erwiderte ich leise. «Was macht ihr denn da?»

Obwohl er versuchte, das zu verbergen, sah ich für einen

kurzen Moment seine Erektion, die jetzt rasch abklang. Ich sah noch etwas, eine Art glänzende Haut auf seinem Penis. Ich wollte das wirklich nicht sehen, aber ich konnte nicht anders. Er war schließlich keine zwei Meter von mir entfernt. Das war vermutlich ein Präservativ, ein Kondom, ein Gummi. Er hatte eine Erektion gehabt. Ich zählte eins und eins zusammen und kam trotzdem zu keinem Ergebnis. Warum hatte mein Vater eine Erektion und eine Lümmeltüte und war nackt und kniete hinter seinem nackten Freund, *der doch überhaupt keine Muschi besaß?* Welchen Sinn hatte das? Warum spielten sie nicht mit der beknackten Eisenbahn, wie es richtig gewesen wäre? Und warum hatte ich in diesem Augenblick das irritierende, aber zugleich sehr bestimmte Gefühl, unfreiwillig etwas entdeckt zu haben, das besser noch für lange Zeit – im Idealfall für immer – verborgen geblieben wäre?

Jockel hatte es jetzt auch geschafft, seine Hose hochzuziehen. Er setzte sich auf den Fußboden und sah meinen Vater an. Papa sah von Jockel zu mir und wieder zurück. Die Verzweiflung in seinem Gesicht tat mir weh und ich fühlte mich dafür verantwortlich. Es war, als würde jemand mein Herz kneten, während es noch in meinem Brustkorb zu schlagen versuchte. Mir wurde ein bisschen übel.

«Junge», murmelte mein Vater abermals, gerade noch so hörbar.

«Papa.»

«Ich ... äh ... wir ...» Es war offensichtlich, dass er sich eine Antwort auszudenken versuchte, während er schon sprach. Dass er hoffte, rasch eine plausible Ausrede erfinden zu können. Er legte den Kopf schief, was mein Vater immer tat, wenn er log. Er war ein schlechter Lügner, weshalb er auch nur selten die Unwahrheit sagte. Aber es war längst zu spät, denn allmählich begriff ich, was ich da gesehen hatte. Ich wusste zwar nicht bis ins Detail genau, wie es in der korrekten, der üblichen Besetzung, in der heterosexuellen Variante, praktiziert wurde, aber letztlich gab es für die Nacktheit der beiden, das Kondom und die Erektion meines Vaters nur eine vernünftige Erklärung, obwohl sie mir wirklich nicht vernünftig vorkam.

Die beiden hatten Sex gehabt.

«Hast du Mama nicht mehr lieb?», fragte ich, während meine Haut kribbelte und sich mein Nacken anfühlte, als würde jemand mit sehr kaltem Atem dagegenhauchen. Eine Ahnung der weitreichenden Folgen des Geschehens überkam mich. Eine düstere Ahnung.

Er seufzte.

«Und mich?», ergänzte ich und kämpfte gegen den Tränendrang an.

«Das hat mit euch nichts zu tun», sagte er, und es klang sogar in meinen Kinderohren schwach.

«Ich gehe dann mal besser», sagte Jockel leise und schob sich aus dem Zimmer. Es sollte Jahre dauern, bis ich ihn wiedersehen würde.

Mein Vater sah sich um, blickte kurz aufs Bett, an dem sein Freund eben noch gelehnt hatte, ging dann zur Modelleisenbahn und zog den knarrenden Stuhl heran.

«Setz dich, Tomás», bat er. Er nannte mich fast nie so.

Ich setzte mich auf den Stuhl. Die Anlage war eingeschaltet, einige Häuser und Autos waren beleuchtet, aber es fuhr keine Bahn. Die Mütze meines Vaters lag am Rand, auf einem Stück Sperrholz, auf dem er an einer Kuhweide arbeitete. Die kleinen Plastikrinder lagen daneben, überwiegend auf der Seite. Aus Josefas Kiste war ein leises Scharren zu hören. Manchmal schleifte sie mit ihrem Panzer Blätter mit, die sich an den Öffnungen der Gliedmaßen verfangen hatten.

«Ich habe dich und Mama sehr lieb», sagte er, sich vor mir hinkniend. Sein Gesicht war dadurch unter meinem – ich blickte auf ihn herab. Ich ahnte, dass genau das seine Absicht war.

Sein Kopf war gerade geblieben. Also log er nicht. Ich nickte daher.

«Aber ich habe da außerdem dieses Gefühl», fuhr er fort. «Ich kann nichts dafür. Es ist auch nicht böse oder so, ganz im Gegenteil. Es ist einfach da. Es fühlt sich gut an, aber gleichzeitig fühle ich mich nicht gut dabei. Ich glaube nicht, dass du dir das vorstellen kannst. Niemand kann das.»

Das war die längste und komplizierteste Ansprache, die ich je von meinem Vater gehört hatte. Ich dachte an Marieluise Benedickt und daran, dass es auch in mir ein Gefühl gab, das einfach vorhanden war und sich gut anfühlte und gegen das ich nichts tun konnte, obwohl mir zugleich klar war, dass es auch nicht ganz richtig sein konnte, wenn ein knapp Dreizehnjähriger so für eine nette alte Dame empfand, wie rüstig, klug und attraktiv sie in seinen Augen auch war.

«Und was ist mit Mama?», fragte ich, wobei ich ihm, einem Impuls folgend, eine Hand auf die Schulter legte.

Papa lächelte traurig, gleichzeitig seufzte er. Dann neigte er den Kopf und legte seine Wange kurz auf meine Hand, was mich sehr rührte, aber ich ließ mir nichts anmerken.

«Ich werde es ihr sagen», erklärte er fast flüsternd. «Es wäre nicht in Ordnung, wenn wir beide, du und ich, dieses

Geheimnis mit uns herumtragen müssten. Es ist für mich schon schwer genug.»

Ich nickte dankbar.

«Aber ich möchte dich bitten, mir etwas Zeit zu geben», ergänzte er. «Nur ein bisschen. Okay?»

Dann stand er auf und ging davon.

3.

IM Alten- und Pflegeheim Horizont starben recht oft Menschen, denn dafür war es gemacht, das war sein Zweck. Es war ein Ort, an dem man die nicht sehr lange Zeit bis zum bevorstehenden Tod verbrachte, wo man auf den nahen Abgang wartete. Das gelang den Bewohnern unterschiedlich gut. Die meisten wollten nicht wahrhaben, dass es so war. Viele kamen schon in einem schwermütigen Zustand zu uns, andere hatten nach wie vor Hoffnung und waren grundlos optimistisch, träumten von einem dritten Frühling, von einer weiteren Runde im Kreise der Liebsten, die überhaupt keine Liebsten waren, sondern diejenigen, die ihre Verwandten zu uns abgeschoben hatten. Aber dazu kam es nie. Wer ins Horizont gebracht wurde, starb auch hier, Punkt. Die Konsequenzen dieser Tatsache, die Bedeutung des Umstands überhaupt, erschlossen sich mir erst mit der Zeit.

Während mein Vater ganz in der Logistik aufging, sich um organisatorische Fragen kümmerte, das Heim am Laufen hielt, wie meine Mutter das nannte, aber wenig direkten Kontakt mit den Untergebrachten pflegte, nahm es Schwester Inge sehr genau damit, jeden Einzelnen gut zu kennen und nicht nur das Begrüßungsritual zu leiten, sondern am Ende auch die *Entlassung* zu betreuen, wie sie das nannte, um es nicht zu hart klingen zu lassen. Deshalb machte sie morgens um halb sechs, bevor die Pfleger und Krankenschwestern kamen, zum Ende ihrer Nachtbereitschaft die Runde und schaute nach, ob noch alle am Leben waren – oder wer nicht mehr. Die meisten starben nämlich im Schlaf, und davon wieder die meisten waren Sozis. Nur von den Selbstzahlern schaffte es hin und wieder einer, die Tagesschicht mit besonders dramatischen Abgängen aufzuscheuchen, etwa Notarzteinsätzen in letzter Minute.

Im Heim lebten, wenn es ausgelastet war, vierundzwanzig alte Menschen, und pro Monat starb ein Sechstel davon, sodass wir, rein rechnerisch gesehen, nach einem halben Jahr vollständig neu belegt waren. Aber das stimmte natürlich so nicht. Hin und wieder hielt jemand zwei Jahre und länger bei uns durch. Die Sozis starben schneller als die Selbstzahler, und die Männer waren kürzer bei uns als die Frauen. Wenn der Tod kam und meine Mutter, Schwester Ingeborg, einen Bewohner vorfand, der den letzten Atemzug hinter sich hatte, nahm sie den Papierkorb, der neben dem Bett des Verstorbenen stand, ging damit in die Müllkammer, entleerte den Eimer dort und stellte ihn dann umgedreht – also mit der Öffnung nach unten – vor die Tür des Toten. Das war für alle im Haus das Zeichen, dass der Schnitter wieder zugeschlagen hatte und in den nächsten Tagen eine neue Urne auf dem Mettinger Hauptfriedhof versenkt werden würde. Außerdem würde Doktor Novak im Laufe des Tages vorbeischauen, um den Totenschein auszustellen. Es kam mir vor, als würde sich Mama darauf sogar freuen, denn bevor der knapp vierzig Jahre alte Arzt aus Metting-Schnecksel, der Villengegend unserer kleinen Stadt, bei uns eintraf, verbrachte meine Mutter eine Viertelstunde im Bad, um sich feinzumachen. Er kam außerdem mehrfach in der Woche vormittags, um nach dem Rechten zu sehen.

An diesem Sonntag nach den überaus irritierenden Erlebnissen mit meinem Vater und seinem Freund Jockel stand der umgedrehte Papierkorb vor der Tür von Georg Täter. Als ich morgens um acht durchs Erdgeschoss der Einrichtung streunte und noch nicht wusste, ob Marieluise Benedickt bereits wach war und wie ich ihr die Fragen stellen könnte, die seit gestern in mir brannten, entdeckte ich den billigen Eimer aus einem strohartigen Geflecht vor der Tür des Doppelzimmers, in dem Täter lebte. Und da sein Mitbewohner, ein ehemaliger Vorarbeiter der Mettinger Fahrzeugpolsterfabrik, vor zehn Tagen das Zeitliche gesegnet hatte und der Platz noch nicht neu belegt war, konnte nur er, Georg Täter, gestorben sein.

Ich blieb neben der Tür stehen und schaute den Papierkorb an, dieses seltsame Symbol, das sich meine Mutter ausgedacht hatte. *All der Müll ausgeleert, kein Platz mehr für neuen.* Ich wurde schlagartig traurig. Mit Georg Täter hatte ich oft zusammengesessen. Ich hatte mir seine Geschichten angehört, vor allem aber hatte ich ihm vorgelesen. Das war Marieluises Idee, weil sie meinte, durch das laute, eher langsame Vorlesen würde ich mir vielleicht die Schreibung einiger Wörter besser einprägen. Dann hatte sie ein paar harmlose Romane aus ihren Kisten herausgesucht, einfache Abenteuer- oder Liebesgeschichten. Meine Mutter hatte der Idee zugestimmt, und Georg Täter war einer der Ersten gewesen, denen ich vorgelesen hatte, anfangs noch scheu und holprig, aber schon nach zwei, drei Sitzungen wurde es allmählich besser. Nicht richtig gut, aber eben besser, und der alte Herr fand es großartig, wenn ich bei ihm saß und in meiner ganz eigenen Geschwindigkeit etwas aus dem Roman *Feuer am Strand von Bora Bora* von Horst H. Baselik vortrug, einer ziemlich abstrusen Liebesgeschichte um einen schneidigen deutschen Piloten, der zufällig an dem Atoll mit seiner Maschine abgestürzt war, und eine polynesische Schönheit, die vom Medizinstudium ausgerechnet in Deutschland träumte. Aber Georg Täter mochte sie.

Er stammte aus dem österreichischen Waldviertel, und er benutzte Wörter wie *Häusl, Kastl, Jänner, schiach, leiwand* und andere, und das auch noch in einer sehr eigenartigen Aussprache, wodurch er manchmal eine Viertelstunde lang etwas erzählte, und ich verstand nur fünf Minuten davon, aber diese fünf Minuten machten mir großen Spaß. Georg Täter, der bis kurz vor Schluss vor Energie strotzte, obwohl er seine Beine nicht mehr bewegen konnte, sagte *das* Cola, aber vor allem hatte er früher als *Schilehrer* am Arlberg gearbeitet, und er hatte mir seine Urkunde gezeigt, die in seinem Zimmer an der Wand hing und die am 17. Dezember 1936 von einer *Schi*-Akademie ausgestellt worden war. Da hatte wirklich mehrfach *Schi* gestanden. Hier, bei uns in Metting, wo kein Berg in der Nähe war und es nur alle fünf Jahre in nennenswerter Größenordnung schneite, schrieb man *Ski*. Ich verspürte den Wunsch, nach Österreich auszuwandern. Vielleicht kannten sie sich dort mit der Schriftsprache besser aus.

Georg Täter hatte vor vierzig Jahren eine Touristin kennengelernt, Hilde aus Metting, eine schneidige Boutiquebesitzerin. Die Einkaufsstraße, die durch die – nicht sehr große – Mettinger Altstadt führte, hieß *Mettinger Schmiss*, weil dort im neunzehnten Jahrhundert, als es noch eine kleine, national wie international bedeutungslose Universität in Metting gegeben hatte, Studentenverbindungen ihre Kämpfe ausgetragen hatten. Jene Hilde hatte am Mettinger Schmiss in einem Fünfundsiebzig-Quadratmeter-Laden Dessous und Damenoberbekleidung feilgeboten. Georg Täter hatte sich in die Provinzschönheit verguckt, hatte den Schilehrerberuf an den Nagel gehängt – der sich zuletzt in seinem Doppelzimmer im Alten- und Pflegeheim Horizont befand – und versucht, hier, in Niedersachsen, irgendwie sesshaft zu werden, allen Widrigkeiten – etwa der Sprachbarriere – zum Trotz. Aber Hilde hatte alsbald ihr sportiv-erotisches Interesse vom Schisport ab- und dem Tennisspiel zugewandt und sich den krabbenfischenden Freizeittennisspieler Jens von der Insel Sylt nach Metting geholt, während Georg Täter, wie so viele, in der örtlichen Fahrzeugpolsterfabrik landete, wo er fortan nicht Schi, sondern Gabelstapler fuhr. Auf die Idee, nach Österreich zurückzukehren, kam er nicht, weil man, wie er mir erklärte, ins Waldviertel und nach Niederösterreich grundsätzlich nicht zurückkehrte, außerdem hoffte er anfangs darauf, dass es sich Hilde noch einmal überlegte. Das tat sie allerdings nicht, aber er lernte einige Jahre später wieder eine Frau kennen. Mit über fünfzig wurde er noch einmal glücklich. Er heiratete, bekam einen Sohn – und verlor beide drei Jahre später bei einem Verkehrsunfall, der ausgerechnet von einem Tiroler verursacht wurde. Bei diesem Unfall erlitt er selbst eine Lähmung der unteren Extremitäten. Als Georg Täter bei uns einzog, war er erst siebenundsechzig – und damit im Vergleich zum Durchschnitt fast ein Jungspund. Er starb an diesem Sonntag, acht Monate vor seinem achtundsechzigsten Geburtstag. Ein freundlicher, ruhiger, aufmerksamer Mann, der sich sehr darüber gefreut hatte, wenn ich mich zu ihm gesetzt hatte, um ihm zuzuhören und vorzulesen. Und ich hatte ihm gerne zugehört und vorgelesen. Er saß, wenn ich in sein Zimmer kam, in dem klobigen, hochlehnigen Sessel, der neben seinem Bett stand, weil ihm dieses Möbelstück genug Seitenhalt gab, um aus eigener Kraft auch länger sitzen zu können. Den Garten hinterm Haus, wo die anderen Alten ihre Nachmittage verbrachten, mochte er nicht, außerdem war es zu beschwerlich für ihn, dorthin zu gelangen, denn damals kam man beim Bau von Altenheimen noch nicht auf die Idee, für einfache Wege und leichte Transportmöglichkeiten zu sorgen, und der Begriff «Barrierefreiheit» würde erst in Dekaden erfunden werden. Hätte er nach draußen gewollt, dann hätte ihn David, der Pfleger, in einen dieser primitiven, quietschenden, klapprigen Rollstühle heben und über viele Schwellen und Stufen bugsieren müssen und schließlich durchs Gelände des Gartens. Georg Täter verzichtete darauf und starrte stattdessen lieber aus dem Fenster auf das Wenige, was man von hier aus von Metting-Hasenhügel sehen konnte, und vollführte gelegentlich eine Art Phantomschmatzen. Das war, wie er mir erklärte, eine alte Angewohnheit, denn er hatte viele Jahre lang Kautabak konsumiert, bis es ihm von der Boutiquebesitzerin Hilde verboten worden war. Eigentlich sprach nichts dagegen, im Horizont mit der Tabakkauerei wieder anzufangen, aber es fand sich kein Pfleger, der bereit war, die vollgespuckten Messingnäpfe auszuleeren und zu reinigen, und auch Täters Mitbewohner lehnte dankend ab. Also blieb es dabei, dass Georg Täter gelegentlich seine Zunge in die Backe schob und dann eine leicht unsymmetrische, gut hörbare Kaubewegung ausführte. Anschließend beugte er den Kopf dezent nach vorne, aber auf die Simulation des Spuckens verzichtete er. Innerhalb einer Vorlesestunde machte er das zwanzigmal. Und zwischendrin erzählte er, wenn mich das Lesen zu sehr anstrengte.

Zum Beispiel von dem Unfall. Es sprengte meine jugendliche Vorstellungskraft, diese Möglichkeit einer plötzlichen, alles vernichtenden Katastrophe, und es machte mir Angst. Im Horizont erlebte ich das Sterben als Konsequenz des Hierseins, als ein allmähliches, aber unvermeidliches Sich-aus-dem-Leben-Schleichen. Es war ein Tod mit Ansage.

Anders bei Georg Täter. Er erzählte von jenem Abend, als er mit der Hilde-Nachfolgerin und dem gerade drei Jahre alten Sohn auf der Landstraße fuhr und ihnen plötzlich Scheinwerfer entgegenkamen. Scheinwerfer, die sich auf der falschen Straßenseite befanden und einfach nicht ausweichen wollten. Das tat Georg Täter im letzten Moment – aber dann auch der andere Fahrer, ein Bibliothekar aus Kufstein, der in Metting auf den Spuren von Jan Friesmann unterwegs war. Der Bibliothekar steuerte nun seinerseits gegen, wodurch er die Kollision doch noch auslöste, die Georg Täter eigentlich schon erfolgreich verhindert hatte. Frau und Kind waren sofort tot, der andere Fahrer ebenso. In einem schmerzhaften Prozess musste Täter dann auch noch gegen die Behauptung ankämpfen, er habe den Unfall verursacht, da er ja auf der falschen Spur gefahren sei. Das mikroskopisch kleine Stückchen Glück in dieser unfassbar großen Menge Unglück bestand aus zwei Jugendlichen, die zu Fuß an der Landstraße unterwegs gewesen waren und den Verlauf des Unfalls genau gesehen hatten. Sonst wäre Georg Täter zu allem Überfluss auch noch im Gefängnis gelandet.

Es tat ihm erkennbar gut, davon zu erzählen, aber es änderte nichts daran, dass es ihn zerbrochen und mit nur siebenundsechzig Jahren ins Horizont gebracht hatte, wo er in der Nacht von gestern auf heute gestorben war. Und ich – Tomás Lebesanft – war die letzte Person, die Georg Täter kennengelernt, der er sich anvertraut, der er seine Geschichte erzählt hatte. Das war ein Gedanke, der mich erfasste wie die Faust eines Riesen, der mich packte und für eine ganze Weile nicht mehr losließ. Ich war so etwas wie die Endstation in Täters Leben.

Doktor Novak würde eine natürliche Todesursache diagnostizieren und den Todeszeitpunkt auf kurz nach Mitternacht festlegen. Das machte Doktor Novak immer so, es war seine Hauptbeschäftigung im Horizont. Er kam dennoch gerne zu uns. Genau wie Grunwald, der Bestatter, der anschließend gerufen wurde. Ein eleganter älterer Herr, dessen Bestattungsinstitut am Nordende des Mettinger Schmisses lag und der sich immer festlich kleidete, wenn er ins Alten- und Pflegeheim Horizont kam, um zusammen mit seinem Sohn, seiner Adoptivtochter und einem Angestellten vorzufahren, einen seiner besonders günstigen Särge ins Haus hereinzutragen und mit dem verstorbenen Bewohner darin wieder hinaus, wo beides im wartenden Leichenwagen verstaut wurde. Meistens wurde der Vorgang so terminiert, dass die Heimbewohner gerade ihr Mittagessen erhielten, damit sie möglichst wenig davon mitbekamen.

Vorbereitungen waren natürlich trotzdem zu treffen. Alle zwei Monate kam Grunwald deshalb – wiederum festlich gekleidet – ohne unmittelbaren Anlass ins Horizont, verteilte Informationsschriften und Kataloge und präsentierte seinen «Sarg des Monats», meistens auch ein ziemlich billiges Stück, denn sogar unsere Selbstzahler waren keine Leute, die sich die Nachtodaufbewahrung in Mahagoni oder Palisander leisten konnten. Aber wenn der kleine, höfliche Mann durchs Heim ging, war er zuvorkommend und hochachtungsvoll, als wären die Bewohner keine Leute, die er das nächste Mal in totem Zustand aus dem Haus tragen würde, sondern zukünftige Freunde. Mit der Zeit schockierte mich der Papierkorb nicht mehr, aber er machte mich traurig – nicht nur, weil jemand gegangen war, den ich kannte. Ich erlebte im Altersheim mit, wie wenig nach dem Ende übrig blieb, wie unbeachtet von der restlichen Welt Menschen wegstarben, die vorher sechzig oder neunzig Jahre versucht hatten, ihren Anteil zu leisten und dazuzugehören. Am Ende interessierte das kaum noch jemanden. Sie waren schließlich zur Last geworden, derer man sich entledigte, man fand Ausreden, um sie nicht besuchen zu müssen, man sehnte ihren Tod herbei.

Keiner wollte sterben. Ganz egal, wie schlecht es ihm oder ihr ging. Nicht wenige wurden im letzten Moment religiös. Auch Georg Täter. Er hatte mir noch vor einigen Wochen erzählt, dass er mit Gott eigentlich nichts anzufangen wusste, dass das auch zu den Dingen gehört hatte, die ihm den Wechsel aus dem gläubigen Österreich in die vergleichsweise heidnische Lüneburger Heide erleichtert hatten, dass es hier keine omnipräsente Religiosität gab. Doch gegen Ende redete er auch hin und wieder davon, dass er Irmchen – die Frau im Auto hatte Irmtraut geheißen – und den kleinen Karl vielleicht bald wiedersehen würde, wobei er an die Zimmerdecke schaute, als würde sie transparent werden, wenn man nur intensiv genug hinsah, und als würde sich dahinter etwas verbergen. In meiner Familie war Religion kein Thema, obwohl wir natürlich zu allen Trauerfeiern mitschlurften, die überwiegend unter der Leitung von Tizian Odol in der kleinen protestantischen Kirche nicht weit vom Heim stattfanden. Aber evangelischer Religionsunterricht war zu dieser Zeit an der Schule noch Pflicht, also kannte ich die ganzen Geschichten, die für mich nichts weiter als Märchen waren, mit denen die Menschen ihre Ängste zu bekämpfen versuchten. Im Kleinen erlebte ich das täglich im Alten- und Pflegeheim Horizont, wo selbst gestandene Ex-Schilehrer, die längst dem Glauben abgeschworen hatten, auf der Zielgeraden doch noch dem Tischleindeckdich zum Opfer fielen, an den Goldesel zu glauben begannen, Frau Holle im Himmel auf den Leim gingen und den Däumeling auf seinem Blatt im Wasser für bare Münze nahmen. Schöne Geschichten allesamt, keine Frage, aber eben nur Geschichten und nichts weiter. Marieluise Benedickt war da ganz meiner Meinung, und wenn ich ihr erzählte, wie ich das sah, schaute sie mich aufmerksam und fast ein bisschen bewundernd an, was ich sehr genoss.

Ich ging an Georg Täters Zimmer vorbei, behielt aber den traurigen Papierkorb im Blick, wodurch ich fast rückwärts gegen den Pfleger David Plattner stieß. Er war in den Zwanzigern, ein fröhlicher, hellblauäugiger, ziemlich großer und breiter Typ, dessen Füße der Größe fünfzig in riesigen Birkenstocksandalen steckten, aus denen seine gigantischen Zehen hervorschauten, denn er trug nie Socken. Die Menge Horn, aus der allein sein linker großer Zehennagel bestand, hätte bei mir für alle Finger und Zehen gereicht. David hatte auf seinem eirunden, rosafarbenen Kopf drahtige, schüttere, rote Haare, die wie aus großer Höhe drübergestreut aussahen, dazu einen faserigen Kinnbart. Wenn ich ihn traf, sah ich mich reflexartig nach der Pflegerin Sylvia Tews um, die nicht nur im Horizont selten von seiner Seite wich. Sie nannte ihn «Dahfieht», er sie «Ssülfie», und wenn sie sich privat unterhielten, während sie unsere Gänge durchwanderten, verwendeten sie die B-Sprache. Dabei wiederholte man Selbstlaute und setzte ein B dazwischen. Aus Auto wurde *Aubautobo*, aus David und Sylvia wurden *Dabavibid ubund Sybylviabia*. Mein Freund Filip und ich versuchten uns auch daran, und ich verstand meistens, was sie sagten, wenn David und Sylvia in dieser Phantasiesprache miteinander redeten, aber sprechen konnte ich sie nicht.

«Hallo, Tom», sagte David und legte mir eine Hand auf den Rücken. Er sah zum Papierkorb. «Oh, der Täter ist tot.»

Ich nickte und musste schlucken.

«Der war noch nicht so alt», sagte der Pfleger. Ich hatte ihm schon häufiger zuschauen dürfen, beim Saubermachen der Einwohner, beim Ausräumen der riesigen Stoffwindeln, beim Wechseln von rotbraunen, eitrig verschleimten Wundverbänden, beim Füttern der zitternden Alten, deren Münder man kaum treffen konnte. Er scheute vor nichts zurück. Er machte seine Arbeit hier gerne. Seine Freundin Sylvia, die selbst nach meinem Dafürhalten um einiges zu hübsch für ihn war, war genauso engagiert.

«Siebenundsechzig», sagte ich.

«Siebenundsechzig», wiederholte David leise. Und dann: «Du bist auf der Suche nach Marieluise?» Er grinste schon wieder fröhlich. Die Leute, die im Pflegeheim arbeiteten, waren Pragmatiker und hatten deshalb nur sehr kurze Trauerphasen, wenn überhaupt. Nur mein Vater war bei jedem Toten erschüttert, nahm es als persönliche Niederlage und wurde jedes Mal traurig. Seltsam, aber mein Vater schien als Einziger das Konzept des Heims nicht verstanden zu haben. Dabei leitete er es. Er teilte die irrationale Hoffnung der Bewohner, dass das Leben noch mindestens ewig weiterginge.

Ich nickte als Antwort auf Davids Frage und kämpfte dagegen an, rot zu werden, aber natürlich vergeblich. Unbewusste Körperfunktionen, wie der Herzschlag, die sich der Steuerung entzogen. Das hatte ich von meiner Freundin gelernt.

«Sie ist in Uelzen im Krankenhaus, zu einer Untersuchung.»

«Ach», sagte ich.

«Ach», wiederholte David, klopfte mir auf den Rücken und ging davon. Also beschloss ich, Filip zu besuchen.

4.

MEIN bester Freund Filip und seine Familie lebten in Metting-Zeck, dem unansehnlichen Ortsteil unseres Städtchens, aus dem das Alten- und Pflegeheim Horizont einen Gutteil seiner Neubewohner rekrutierte. Zeck lag im Nordosten von Metting, in der Nähe der kleinen Fahrzeugpolsterfabrik, die in den fünfziger Jahren einen kurzen Boom erlebt hatte und deshalb für die Angestellten eine Reihe von Mietshäusern hatte bauen lassen. Daher stammte auch der Name des bis dahin nicht existenten Ortsteils, denn die Polsterfabrik war am Anfang des zwanzigsten Jahrhunderts von einem Herbert Adolf Zeck gegründet worden, dessen Namen sie auch trug: HAZ Fahrzeugpolster AG. In der Region nannte man sie abgekürzt *Hazag*. Als die Planungen für die Bauarbeiten begannen, hatte es in Metting Bestrebungen gegeben, dem neuen Ortsteil einen Namen zu geben, der mit dem berühmten Sohn des Ortes in Verbindung stand, der da allerdings schon lange nicht mehr in Metting lebte – etwa *Friesmannsberg* oder *Friesmannhausen*. Aber erstens ließ der berühmte Sohn aus der Ferne mitteilen, dass er alles in seiner schwindenden Kraft Stehende unternehmen würde, um diese Namensvergabe zu unterbinden, und zweitens und vor allem verkündete Hartmut Zeck, der Sohn des Firmengründers, in diesem Fall außerhalb von Mettings Stadtgebiet zu bauen, denn er halte den berühmten Lyriker für überschätzt und verstehe nicht eine Zeile, die Jan Friesmann geschrieben habe, und außerdem sei es ja wohl das mindeste, dass jemand, der einen kompletten neuen Stadtteil baue, auch bei der Namensvergabe eine Rolle spiele. Also gab man klein bei und ließ Metting-Zeck entstehen. Die Einwohner mussten von Beginn an mit der unerfreulichen Tatsache leben, von den anderen Mettingern als *Zecken* bezeichnet zu werden. Eine Bezeichnung, die mit der Zeit immer ärgerlicher wurde, denn der Begriff «Zecke» war damals noch nicht so gebräuchlich. Man warnte uns stattdessen vor einer Unterart, den Holzböcken, die im Wald und vor allem in der Nähe von morschem Holz auf unser Blut lauern würden.

Der Boom der Hazag in den Fünfzigern endete bereits Anfang der Sechziger, als einer der Hauptabnehmer damit begann, die Fahrzeugpolster im eigenen Haus herzustellen. Die Produktion reduzierte sich auf ein Drittel und ein Großteil der Wohnungen in den kastenförmigen, fünfstöckigen Häusern leerte sich. Den billigen Wohnraum okkupierten wenig später diejenigen, die sich das etwas teurere Wohnen in den anderen Ortsteilen Mettings – etwa Metting-Schnecksel, der Villengegend, in der Doktor Novak lebte – nicht leisten konnten. Oder eben die schlecht bezahlten Angestellten, die die Fabrik noch hatte.

Dazu gehörte Filips Mutter, die Fachschneiderin und kurz nach Filips Geburt mit ihrer Familie aus der Gegend von Kassel hierhergezogen war. Die Familie bestand neben Mutter und Sohn noch aus Melina, Filips Schwester, die zweieinhalb Jahre älter als er war, also zu dieser Zeit fünfzehn. Der Vater der beiden hatte sich schon vor Jahren verabschiedet, und keines der Kinder wusste, wohin genau; die Mutter sprach nicht darüber. Alle drei waren schwarzhaarig. Die Kinder hatten olivfarbene Haut und sahen der Mutter sehr ähnlich, die zwar eine gebürtige Deutsche war, aber ihre Eltern stammten aus Norditalien und waren Sinti, gehörten also den Roma an, die man hierzulande damals als Zigeuner bezeichnete. Von dieser Abstammung wusste, wie Filips Mama behauptete, in Metting eigentlich keiner. Aber weil die Mama einen – wie einige Mettinger fanden – seltsamen Dialekt sprach, kam das Gerücht auf, sie wären eben Zigeuner, also unterm Strich Diebe und Kindesentführer. Es half nicht, dem zu widersprechen, weshalb die beiden Kinder das auch kaum versuchten. Außerdem traf ja zu, dass sie zumindest von Sinti abstammten. Sie mussten damit leben, dass man sich erzählte, der Vater wäre dabei erwischt worden, ein geraubtes deutsches Kind in einen Teppich gewickelt zu haben, um es in die dunklen, südöstlichen Gefilde zu verschleppen, in denen Zigeuner nun einmal hausten, wenn sie nicht in Wohnwagen und mit Zelten unterwegs waren, um freundlich zu tun und hinterrücks die großzügigen Gastgeber zu beklauen.

Ich gehörte zu den wenigen, die wussten, dass Filips Mama aus Hessen stammte und in der BRD geboren worden war. Ihren Dialekt, der eigentlich ein Akzent war, mochte ich sehr, denn sie rollte das R ein wenig und sprach das U manchmal als Ü aus. Und sie gehörte zu den wenigen Personen, bei denen ich es akzeptierte, wenn sie meinen offiziellen Vornamen verwendete und korrekt betonte, also «Tohmasch» zu mir sagte. Ich wusste auch, dass der verschwundene Vater einem kleinen bayerischen Dorf an der deutschen Südgrenze entstammte. Aber selbst wenn man das durch Urkunden belegt und Zeugenaussagen bestätigt hätte – alle hätten Filip weiterhin *Zigeunerjunge* genannt, und unsere Klassenlehrerin, Frau Awusi, wäre immer noch als Erstes zu seinem Platz gegangen und hätte ohne Einwilligung seinen Ranzen durchsucht, wenn ein anderer Schüler den Verlust – also den vermeintlichen Diebstahl – irgendeines Gegenstand gemeldet hätte. Es hatte nicht den geringsten Sinn, gegen diese unfassbare Ungerechtigkeit zu protestieren, denn wenn man das versuchte, ging Frau Awusi stumm zum Lehrerpult, schlug das Klassenbuch auf und trug einen Tadel ein. Drei davon führten ins Rektorenzimmer. Beim fünften Tadel flog man. Und die nächste in Frage kommende Schule war dreißig Kilometer entfernt – dreißig Kilometer, die kein öffentliches Verkehrsmittel überbrückte.

Um nach Metting-Zeck zu gelangen, musste ich den nutzlosen Kreisverkehr durchqueren und noch ungefähr zwei Kilometer in Richtung Zentrum fahren, dann rechts am Mettinger Bruch abbiegen (wo man vor Jahrzehnten für kurze Zeit Schiefer abgebaut hatte), einen schmalen Laubwald durchqueren und die höchste Erhebung unseres Städtchens hochradeln, die kaum fünfzig Meter hohe Mettinger Kuppe. Dahinter ging es dann rasant bergab, direkt auf Zeck zu. Kurz davor passierte man noch einen großen Hof, der aus einem flachen, grauen Werkstattgebäude und einem Schrottplatz bestand, auf dem sich die ausgemusterten, zerkratzten, verbeulten und fahruntüchtigen ehemaligen Autos der Mettinger zu insgesamt fünf metallenen Hügeln stapelten. Manchmal konnte ich beim Vorbeiradeln die Männer sehen, die in der Werkstatt arbeiteten, und sie dabei beobachten, wie sie auf den Schrottbergen herumkletterten, um nach Ersatzteilen zu suchen. Und ich dachte dabei immer an das Alten- und Pflegeheim Horizont, das, wie ich fand, mit diesem Ort einiges gemein hatte, obwohl sich unsere Bewohner natürlich noch nicht in dem Zustand dieser Autos befanden. Aber sie waren auf dem Weg dorthin. Nur würde sie niemand nach ihrem offiziellen Ende als Ersatzteillager verwenden.

Metting-Zeck war eine rautenförmige Anordnung von drei Dutzend Mietshäusern rund um einen flachen Zweckbau, in dem ein paar Läden – Tabakwaren, Lebensmittel, Drogerieartikel, Schreibwaren –, eine Kneipe namens «Zecker Eck», ein Reisebüro und ein kleines Postamt untergebracht waren. Im Hintergrund konnte man die beiden geziegelten Schornsteine der HAZ Fahrzeugpolster AG sehen, von denen aber meistens nur einer rauchte.

Zwischen Metting-Zeck und der Fabrik lagen zwei riesige Flächen, die früher, als das Werk noch gut lief, als Parkplätze für die Angestellten gedient hatten, aber einer davon wurde schon seit Jahren nicht mehr zu diesem Zweck gebraucht und verwilderte zusehends. Dort kampierten tatsächlich hin und wieder echte Zigeuner, vor allem im Frühling und im Spätherbst, und es kam nicht selten vor, dass andere Bewohner von Metting skeptisch an deren Wäscheleinen entlanggingen, weil sie der Meinung waren, die strahlendweißen Laken und Hemden, die dort hingen, wären ihnen gewiss gestohlen worden (obwohl keiner etwas vermisste). Wie im Fall von Filips Ranzen, der niemals enthielt, was irgendein schusseliger Schüler irgendwo verbummelt hatte, hingen auch an den Leinen der Zigeuner nie Wäschestücke aus dem Besitz eines einheimischen Mettingers. Aber auch das hielt keinen von solchen Unterstellungen ab, und es entschuldigte sich nie jemand für die falschen Verdächtigungen. Stattdessen lagen hin und wieder alle Kleidungsstücke morgens im Staub des Parkplatzes, ohne dass nachts bemerkenswerter Wind geherrscht hätte, und zweimal kamen besonders selbstgerechte Mettinger sogar auf die Idee, einen Teil der Wäsche anzuzünden – eine Tat, nach deren Urheber kein Mettinger Polizist jemals ernsthaft fahndete. Die Polizei sah es im Grunde ja nicht anders und ging davon aus, dass die Zigeuner selbst schuld daran waren, was ihnen widerfuhr. Sollten sie doch woanders hingehen. Zigeuner waren Diebe, und ob sie nun gerade geklaut hatten oder nicht. Es traf nie die Falschen, wenn man sie verdächtigte.

Filip war ein halbes Jahr älter als ich, aber im Vorjahr geboren. Er war wie ich eher schmächtig und im Vergleich zu unseren Klassenkameraden klein. Filip wurde noch häufiger als ich darum gebeten, seinen Namen zu buchstabieren. Immer ging es darum, ob er mit einem oder zwei l und einem oder zwei p geschrieben wurde. Auf die Idee, dass er mit einem F geschrieben wurde, kam niemand, obwohl der Name exakt so geschrieben wurde, wie man ihn aussprach (was mir sehr gefiel). Wies Filip darauf hin, also dass sein Name mit F geschrieben wurde, dann wurde das nicht selten als weiteres Indiz dafür gewertet, dass er aus seltsamen Verhältnissen stammte und dass irgendwas mit ihm und seiner Familie nicht stimmen konnte. Schließlich schrieb kein vernünftiger Mensch diesen guten deutschen Namen auf diese Weise. Dabei stammte der Name aus dem Griechischen und hieß so viel wie Pferdefreund. (Filip hasste Pferde. Er fand, dass sie zu dumm für ihre großen Kräfte waren.) Wenn die Leute etwas glauben wollten, hielt sie kein Gegenbeweis dieser Welt davon ab, das auch zu tun. Sie glaubten sogar, dass jenseits der Zimmerdecke Irmchen und der kleine Karl auf Papas Himmelfahrt warteten.

Filips Mama lächelte, wenn ich davon sprach, wie engstirnig, dumm und gemein die Leute wären. Sie antwortete dann: «Vergebene Liebesmüh, gegen solche Vorurteile anzukämpfen. Diese Leute macht man nicht klüger durch Argumente und Beweise. Sie nicken freundlich, drehen sich um und lügen weiter. Hör einfach nicht hin. Hör lieber auf dein Herz. Bleib du selbst und lass dich nicht beirren.»

Es war einfach hinreißend, wie sich *beirren* aus ihrem Mund anhörte. Aber es war schwer zu ertragen, als Freund dieser Leute die Verletzungen mit ansehen zu müssen, die man ihnen unaufhörlich zuzufügen versuchte. Der Gedanke daran, wie es sich für sie selbst anfühlen musste, machte mich völlig fertig.

Die Wohnung der drei war so klein, dass sie in mein Zimmer gepasst hätte, ohne Papas Eisenbahn vorher abzubauen. Melina und Filip teilten sich ein winziges Zimmer, in dem neben dem Doppelstockbett gerade noch ein mikroskopischer Schreibtisch, ein Hocker und ein Regal für sehr wenige Spielsachen Platz hatten. Die Mutter schlief in der Wohnküche, wo sie abends den Tisch mit der Eckbank verband und eine Matratze darauflegte. Aber trotz der Kleinheit war die mit Nippes, Fotos und Andenken aller Art vollgestopfte Wohnung ungeheuer gemütlich, und ich besuchte Filip, so oft ich nur konnte. Ich mochte es viel lieber, mit ihm dort zu sein, als ihn zu uns zum Spielen einzuladen, obwohl er es bei uns ziemlich klasse fand. Er war fasziniert von Papas Eisenbahn, die wir natürlich auf keinen Fall berühren durften, fand aber vor allem den vielen überflüssigen Platz und den kleinen Garten hinter dem Heim großartig. Und er schaute den alten Leuten gerne dabei zu, was auch immer sie gerade taten, was meistens nicht viel war und dann auch noch extrem langsam ausgeübt wurde.

Es schien die beiden Geschwister nicht zu stören, sich ein Zimmer teilen zu müssen, obwohl sich Melina im sechzehnten Lebensjahr befand und inzwischen über sehr eindeutige weibliche Merkmale verfügte. Im Frühsommer hatte ich sie beinahe nackt gesehen, beim Umziehen, als wir zu dritt am Mettinger Fließ baden waren, und ich war mir sicher, dass sie mir neckisch zugezwinkert hatte, als sie bemerkte, dass ich zusah, wie sie den rostroten Einteiler über Po und Brüste langsam hochzog, wobei sie ein wenig mit dem Hintern wackelte.

Das Mettinger Fließ war ein flacher Bach und hatte so gut wie kein Gefälle. Es verbreiterte und vertiefte sich in der Nähe von Metting-Hasenhügel ein wenig, sodass sich bei entsprechendem Wasserstand eine kleine Badestelle bildete. Meistens aber nur bis Mitte, Ende August, dann nämlich überstieg der Druck der Elbe, in die sich das Mettinger Fließ dreieinhalb Kilometer hinter Metting-Hasenhügel ergoss, denjenigen der im Spätsommer allmählich versiegenden Quelle des kleinen Baches, sodass sich seine Fließrichtung umkehrte und das Elbewasser, intensiv geschwängert mit Industrieabwässern aus der Tschechoslowakei und der DDR, bis zur Badestelle drängte. Es war gesundheitsschädigend, geradezu lebensgefährlich, dann ins Wasser zu gehen, und um das zu verhindern, waren in der Nähe der Badestelle hölzerne Fließrichtungsanzeiger aufgestellt, die automatisch umklappten, wenn die Elbe im ungleichen Kampf siegte und also akute Gefahr drohte.

Dass Melinas Körper offensichtlich immer schöner wurde, empfand ich als ausgleichende Gerechtigkeit. Denn ihr Gesicht war eher nicht so schön. Von der starken Akne, der etwas zu breiten Nase und den schwarzen, struppigen Haaren einmal abgesehen, besaß sie eine große, flächige, dunkelrote und immer wieder verschorfende Brandnarbe, die die gesamte linke Wange einnahm und fast bis zur Schläfe hinaufreichte. Die Verletzung stammte angeblich von einem Unfall, den sie als Kleinkind am Elektroherd gehabt hatte. Wie es technisch möglich war, dass ein Kleinkind erst Küchenmöbel erklomm und dann mit der Wange auf eine erhitzte Herdplatte geriet, war nicht nur mir ein Rätsel. Melina hatte sozusagen mit dem Gesicht an der glühenden Metallplatte geklebt, bis die Mutter das brüllende, dreieinhalb Jahre alte Kind gerettet hatte. Das Einzige, was ich zu dieser Sache erfuhr, war, dass sie als Baby viel geschrien hatte, was den Vater sehr störte, seinerzeit, vor dem Unfall und seinem Abgang – nur kurze Zeit später. Die Mutter behauptete aber nie, dass er es gewesen wäre, jedenfalls nicht wörtlich.

Melina hatte noch einen zweiten körperlichen Makel. Ebenfalls in dieser frühen Zeit hatte sie sich bei einem unbeobachteten Sturz vom Wohnzimmersofa ein Bein gebrochen, aber der Vater hatte verhindert, dass die Mutter mit der kleinen Melina ins Krankenhaus fuhr, denn auch bei diesem Sturz war wohl etwas nicht mit rechten Dingen zugegangen. Der Knochen war nicht ganz gerade verheilt, und seither machte Melina mit dem linken Fuß eine leichte Drehbewegung, ließ ihn sozusagen nach außen schlenkern. Irgendwann, hatte mir Dr. Novak erklärt, als ich ihm von Melina erzählte, könnte man diesen Knochen erneut brechen, unter Narkose, und dann gerade verheilen lassen, aber man sollte damit nicht mehr allzu lange warten. Ich fand diese Vorstellung gruselig, sich narkotisieren und etwas brechen zu lassen, nur damit man ein bisschen besser aussah. Sonst störte sie diese Verletzung nämlich nicht. Und sowieso längst nicht so sehr wie diese flächige Narbe im Gesicht.

Sie ertrug das alles sehr tapfer. Sogar mehr als das. Melina war der freundlichste Mensch, der mir je begegnet war. Was auch immer ihr widerfuhr, welche Ungerechtigkeit oder Bösartigkeit ihr auch immer begegnete, Melina blieb freundlich und nahm es hin, gab dem Gegenüber die Chance, friedlich aus der Sache zu kommen.

Das heißt – bis zu diesem Ereignis im Frühjahr genau jenen Jahres, in dem im Sommer Marieluise Benedickt ins Horizont einzog.

Melina sprach selbst nie darüber, verweigerte jede Aussage, aber es war wohl so, dass Jörg Fitzner aus der 9f versucht hatte, Melina in die Jungentoilette der Turnhalle zu zerren und dort zu vergewaltigen. Was ihm auch beinahe gelungen wäre, hätte der Hausmeister auf seiner letzten Kontrollrunde nicht noch einen Abstecher dorthin gemacht, weil seine Blase vom *Mettingbräu* zwickte, das er, wie jeder am Jan-Friesmann-Gymnasium wusste, schon ab morgens in seinem Souterrainbüro pichelte. Der Hausmeister hörte deutliche Kampfgeräusche, Jörgs aggressives Zischeln und Melinas Versuche, trotz des zugehaltenen Mundes um Hilfe zu schreien. Er schlug mit dem Besen gegen die Klotür, der Schüler ließ ab, und Melina entkam, mit zerrissener Bluse und zwei blauen Flecken von Faustschlägen gegen die Schulter. Sie ging auf direktem Weg zu Fitzners Elternhaus, klingelte dort Sturm, stemmte die Hände in die Hüften und wartete schwer atmend. Fitzners Mutter öffnete, und Melina, deren Gesicht gerötet und tränenverschmiert war, erklärte energisch und mit nur leicht zitternder Stimme, wie mehrere Zeugen anschließend bestätigten: «Es ist mir egal, ob Sie mir glauben oder nicht, aber Ihr werter Sohn hat gerade versucht, mich zu vergewaltigen. Ich finde, Sie sollten wissen, mit wem Sie da unter einem Dach wohnen.» Dann drehte sie sich auf dem Hacken um und ging davon. Sie schaffte es fast bis nach Hause, brach in einer Telefonzelle am Rand von Metting-Zeck zusammen, wo sie erst nach einer halben Stunde die Kraft aufbrachte, zwei Groschen aus der Geldbörse zu fischen und ihre Mutter anzurufen.

Jörg Fitzner kam nie wieder in die Schule. Drei Wochen später war die Familie aus Metting fortgezogen. Melina hatte für kurze Zeit so etwas wie Heldenstatus. Aber es dauerte nur wenige weitere Wochen, bis die Geschichte allmählich aufgeweicht wurde, bis sich im Getuschel der Schüler Opfer- und Täterrollen vertauschten, bis man ihr erst eine Mitverantwortung für das Geschehen andichtete, dann eine missglückte Verführung daraus machte und schließlich die Tat vollständig in Frage stellte. Im Spätsommer war schon wieder alles wie früher, eigentlich aber sogar noch ein bisschen schlimmer. Filip und Melina waren zu Freiwild geworden, nicht nur für die Mitschüler. Wären sie keine Zigeuner gewesen, hätte das sicher anders ausgesehen. Und wäre Jörg Fitzner ein Zigeuner gewesen, hätte man ihn gleich nach der Tat auf dem Mettinger

Marktplatz am ausgestreckten Arm der überlebensgroßen, bronzenen Jan-Friesmann-Statue aufgeknüpft.

Ich klemmte mein Fahrrad in den Ständer vor dem Haus. Gerade in Metting-Zeck musste man sich wenig Sorgen darum machen, dass etwas gestohlen wurde. In Metting insgesamt wurden in dieser Zeit vielleicht fünf Fahrräder pro Jahr geklaut, meistens von Touristen. Also schloss ich es nicht an und stürmte die Treppen hoch in den dritten Stock. Es war immer noch sehr warm, ich kam ins Schwitzen. Als Filips Mama die Tür öffnete, stand ich keuchend davor.

«Ist jemand gestorben?», fragte sie fröhlich, wie sie das immer tat. Als wäre der Tod etwas, über das man einfach so plaudern könnte wie über das Wetter. Dann küsste sie mich zur Begrüßung auf die Stirn. Filips Mama küsste ihre Kinder andauernd und bei jeder Gelegenheit, ins Gesicht, auf den Kopf, sie küsste ihre Arme, Finger und Hände, manchmal sogar die Füße. Die beiden ließen das über sich ergehen, fanden es, glaube ich, sogar schön. Ich beneidete sie um diese Nähe und selbstverständliche Zärtlichkeit. Meine Mutter umarmte mich gelegentlich, mein Vater legte mir manchmal die Hand auf den Kopf. Die größte Nähe zueinander hatten wir, wenn wir an Samstagen nacheinander ins gleiche Badewasser stiegen.

Als Filips Mutter jetzt fragte, ob jemand gestorben sei, zögerte ich. Dann sagte ich: «Ja. Georg Täter.»

«Georg Täter», wiederholte sie. «War das ein Freund von dir? Ein Heimbewohner?»

Ich nickte.

«Tut mir leid», sagte sie und küsste mich abermals. Weil ich plötzlich den großen Wunsch verspürte, sie zu umarmen, tat ich das einfach. Ich dachte dabei nicht nur an Georg Täter, sondern auch an Marieluise Benedickt, vor allem aber an meinen Papa und seinen Freund Jockel. In diesem Augenblick bekam ich eine Ahnung davon, wie groß die Gefahren waren, die von überall drohten. Was, wenn das Ende meiner Familie bevorstand? Was, wenn ich wie Filip und Melina zu einem Kind ohne Vater werden würde? Okay, die beiden waren ohne ihren Papa offensichtlich besser dran, aber so höflich-distanziert es bei uns auch zuging – ich liebte meine Eltern sehr und sie liebten mich. Daran sollte und durfte sich nichts ändern. Meine Augen wurden feucht und mein Oberkörper begann zu beben, ohne dass ich etwas dagegen tun konnte.

Filips Mama drückte mich ihrerseits an sich und strich mir über den Kopf. «Filip ist noch nicht da», sagte sie. «Willst du mir erzählen, was passiert ist?»

Ich zögerte erneut, dann nickte ich. Ich musste mit einem Erwachsenen darüber reden. Marieluise Benedickt wäre mir lieber gewesen, aber Filips Mama schien mir auch eine sehr geeignete Person zu sein.

Sie führte mich an den Küchentisch, rührte mir eine Ovomaltine an und stellte sie vor mir auf den Tisch. Filip und Melina waren ganz vernarrt in das süße Zeug, aber ich trank es nur aus Höflichkeit. Also nahm ich jetzt einen Schluck, und dann erzählte ich, was ich am gestrigen Vormittag erlebt hatte.

Filips Mama hörte mir schweigend und sehr aufmerksam zu, wobei sie mich immer ernster ansah, je weiter ich mit meiner Erzählung kam, und das irritierte mich, denn Filips Mama, die ich in diesem Leben niemals nach ihrem Vornamen fragen würde, sah eigentlich immer fröhlich aus, zumindest ein bisschen fröhlich, ganz egal, was vorgefallen war. Mit ihrem Gesichtsausdruck bestätigte sie meine Vermutung, dass ich etwas miterlebt hatte, das schlimme Konsequenzen nach sich ziehen würde, dass ich versehentlich etwas ins Rollen gebracht hatte, was jetzt vielleicht nicht mehr aufzuhalten wäre.

Als ich geendet hatte, trank ich die Ovomaltine ganz aus. Filips Mama lehnte sich zurück und sah zur Decke, wie Georg Täter, wenn er an Irmchen und Karl gedacht hatte.

«Kein Mensch ist der, der er zu sein scheint, tief in seinem Inneren», sagte sie zur Decke. «Jeder Mensch trägt ein Geheimnis in sich. Das kann ein gutes Geheimnis sein oder ein schlechtes. Man kann sich die Geheimnisse nicht immer aussuchen. Mein Ehemann ...» Sie stockte. Melina hatte mir beim Baden am Mettinger Fließ erzählt, dass sie gegen ihren Willen immer noch verheiratet war, weil der Mann zwar verschwunden war, aber doch hier und da Lebenszeichen von sich gab, nur keine, die in Richtung Scheidung gingen. Er zahlte allerdings keine Alimente und reagierte auf keinen anwaltlichen Kontaktversuch, und da die Reform der deutschen Scheidungsgesetze noch bevorstand, war es ihr nicht möglich, ohne seine Einwilligung zum Familienrichter zu gehen. Genau genommen hätte sie nicht einmal arbeiten dürfen, denn es galt noch die gesetzliche Einverdienerregelung.

Ich nahm den Ovomaltinebecher vom Tisch und stellte ihn in die Spüle, um etwas zu tun, um ihr Zeit zu geben.

«Mein Mann war auch erst anders, am Anfang. Und dann habe ich nach und nach herausbekommen, welches Geheimnis er mit sich herumträgt. Er kann vielleicht nichts dafür, aber er verliert manchmal die Kontrolle. Er wird sehr brutal, und dann ...» Sie stockte wieder und sah mich an. Mir wurde kalt, als mich ihr Blick traf. Ihre Gesichtszüge litten unter den unschönen Erinnerungen, aber es war nicht nur das. Dann schüttelte sie den Kopf, um die Gedanken zu verscheuchen. «Aber bei deinem Papa ist das nicht so. Er hat da etwas in sich. Eigentlich ist es Liebe. Etwas Gutes.» Sie hob die Hände. «Aber es ist nicht für alle gut. Viele verstehen diese Art von Liebe nicht. Und deine Mama ...»

Sie brach ab. Ich hätte gern gewusst, wie der Satz weiterging. Ich fragte mich, wie meine Mutter reagieren würde, wenn sie das erfahren würde. Es ging über die Erduldung von Wurstwasser weit hinaus.

Das Türschloss knackte, die Wohnungstür öffnete sich, und Filip kam herein.

«Hi, Blutsbruder», sagte er, als er mich sah. Das mit dem Cowboy-und-Indianer-Spielen lag natürlich weit hinter uns, Filip als Winnetou und ich als Old Shatterhand, aber die Blutsbrüderschaft bedeutete uns immer noch etwas. An meinem rechten Unterarm, wo ich mich mit der Glasscherbe geritzt hatte, um die offene Wunde gegen die an Filips Unterarm zu halten, war nach wie vor eine etwas hellere Stelle zu sehen. Der kleine Ritzer hatte sich damals heftig entzündet. Wir hätten die Glasscherben vorher reinigen sollen.

«Hi, mein Bruder», antwortete ich und warf Filips Mama einen dankbaren Blick zu, wenigstens fürs Zuhören, auch wenn wir keine Lösung gefunden hatten. Sie deutete ein Nicken an. Jeder Mensch trägt ein Geheimnis in sich, hatte sie gesagt, und ich fragte mich jetzt, welches wohl meines war, das ich später vor anderen verheimlichen würde. Möglicherweise das gleiche wie mein Vater? Trug ich auch diesen Wunsch nach Nähe zu anderen Männern in mir, der dann zu solchen Situationen wie gestern führen würde? War mein Geheimnis nicht ganz so verwegen, oder war es vielleicht noch etwas Schlimmeres? War das *überhaupt* schlimm, was mein Vater fühlte? Oder war es bei mir wie bei Filips und Melinas Vater? Oder wie bei Jörg Fitzner? Waren all diese Geheimnisse von dieser Art? Ging es dabei immer um Gewalt und – Sex? Was war mit dem Onanieren? War das auch schon so ein Geheimnis?

«Mach dir keine Sorgen», sagte jetzt Filips Mama und strich mir dabei über die Haare.

Filip beobachtete sie aufmerksam. «Ist etwas nicht in Ordnung?», fragte er.

«Alles bestens», log seine Mama, aber es war eine verzeihliche Lüge. «Hier.» Sie drehte sich um und nahm ihre Geldbörse vom Küchenschrank, zog zwei Markstücke heraus und gab sie mir. «Geht euch ein Eis holen», sagte sie.

«Das ist viel zu viel für zwei Eis», protestierte ich. Capri, unser Lieblingseis, kostete nur dreißig Pfennig.

«Dann kauft euch noch was anderes», sagte sie, und die Fröhlichkeit klang fast wieder echt.

«Super», sagte Filip und zog mich aus der Wohnung.

Wir streunten durch Zeck, ohne viel miteinander zu sprechen, aber wir waren ja auch Blutsbrüder, die schweigend nebeneinander im gepflegten Trab auf ihren Rassehengsten in Richtung Sonnenuntergang ritten, massenweise Abenteuer hinter und noch mehr davon vor sich. Filip war zwar kleiner als ich, aber nicht nur durch seine schwarzen Haare und seine etwas dunklere Haut wirkte er selbstbewusster und irgendwie erfahrener, als gäbe es da ein Erbe, das er mit sich herumtrug und das ihn befähigte, einige Dinge leichter zu ertragen, die mich völlig fertigmachten.

«Vermisst du deinen Vater manchmal?», fragte ich ihn, während wir den Kiosk ansteuerten, an dem kleine Kinder für ihre Eltern stangenweise Zigaretten holten, außerdem Schnäpse in kleinen Flaschen und Bier in Nulldreier-Dosen. Ein paar Männer standen zu jeder Tageszeit davor, an der Seite des schmalen Bretts, das als eine Art Verkaufstresen unterhalb des Fensters angebracht war. Dahinter saß die Verkäuferin, eine ungepflegte Frau im Alter meiner Mutter, deren Hals ungewöhnlich lang war und die einen bemerkenswerten Oberlippendamenbart ihr Eigen nannte. Die Männer draußen tranken Kümmerlinge und Mettingbräu aus Flaschen. Sie beobachteten die Frau im Kiosk aus den Augenwinkeln, die aber nur wenig Interesse für die mittelalten Säufer aufbrachte.

«Ich kenne meinen Vater nicht», sagte Filip lächelnd.

«Ich weiß. Ich meine, hättest du gerne einen?»

Er lachte. «In unserer Wohnung ist kein Platz für noch jemanden.»

Ich nickte, weil das stimmte. Kaum vorstellbar, auch noch einen erwachsenen Mann in der kleinen Behausung unterzubringen. Trotzdem stellte mich seine Antwort nicht zufrieden. Ich wollte etwas anderes wissen, aber ich wusste nicht, wie ich das formulieren sollte.

«Stellst du dir manchmal vor, wie es wäre, einen Vater zu haben?»

Filip blieb stehen und sah mich an, wobei er langsam nickte. «Ja, natürlich. Ich hätte es gerne, dass Mama nicht alles allein schaffen muss. Sie arbeitet zehn Stunden am Tag in der Fabrik, manchmal putzt sie abends irgendwo und am Wochenende macht sie auch noch die Stadtführungen.»

Filips Mama hatte sich in der Bücherei und im Stadtarchiv

viel Wissen angelesen und führte manchmal an den Wochenenden und Feiertagen Touristengruppen durch Metting, zu den angeblichen Höhepunkten aus Jan Friesmanns Leben. Aber nur, wenn die «einheimischen» Führer – die, die keine Zigeuner waren – überlastet waren, etwa während der jährlichen Friesmann-Tage im September, wenn Hunderte von Literaturbegeisterten in unsere Kleinstadt strömten. Dann schanzte man ihr zähneknirschend ein paar Aufträge zu. «Wir helfen ihr im Haushalt, aber das ist trotzdem ganz schön viel Arbeit.»

«Und für dich? Brauchst du keinen Vater?»

«Wie meinst du das?»

Die Gegenfrage brachte mich ein bisschen aus dem Konzept, weil ich an meinen Vater denken musste, auf den ich um keinen Preis verzichten wollte, der aber gleichzeitig nicht gerade viel für mich oder gar mit mir tat. Eher im Gegenteil. Diese Eisenbahnsache belastete mich ziemlich. Wir spielten nicht zusammen Fußball. Er half mir nicht bei den Hausaufgaben, das war Mamas Aufgabe. Auch Mama tat es nur ungern. Auf den seltenen Familienausflügen liefen wir schweigend nebeneinanderher, aber es war ein anderes Schweigen als das zwischen Filip und mir. Manchmal schenkte mir mein Vater eine Kleinigkeit, und dann waren da noch seine hilflosen Versuche, mir Männersachen wie das Rasieren zu zeigen. Aber er hatte dafür gekämpft, dass ich ans Gymnasium durfte, obwohl sich Frau Carpentier, meine Grundschullehrerin, beharrlich geweigert hatte, eine Gymnasialempfehlung auszusprechen. Sie, die mich während der sechs Jahre zuvor unaufhörlich als Dummkopf bezeichnet hatte, die mir ungeduldig und mehr als unsanft mit der Handkante in den Nacken geschlagen hatte, weil ich Kind mit t am Ende schrieb und Pfand mit F am Anfang und Villa mit W. Die sich nicht dafür interessiert hatte, dass ich kein Problem damit hatte, Aufgabenstellungen zu begreifen, Lösungen zu finden, logische Zusammenhänge zu erkennen und organisiert zu arbeiten. Ich war sehr gut in Mathe – nicht so gut wie Filip, aber besser als die meisten in der Klasse. Aber sobald es ans Lesen und Schreiben ging, geriet ich ins Hintertreffen. Ich konnte mich nie lange genug konzentrieren, um nur halbwegs befriedigende Ergebnisse zu erzielen. Deshalb war ich für Frau Carpentier ein Idiot, wie sie meinen Eltern gegenüber rundheraus erklärte, ohne befürchten zu müssen, dafür belangt zu werden. Ein Idiot, der bestenfalls auf die Realschule gehörte, eigentlich aber auf die Sonderschule nach Hitzeberg, acht Kilometer von Metting entfernt, eine Einrichtung, um die sich schlimme Gerüchte rankten.

Zu dieser Zeit, Ende der Siebziger, überließ man die Kinder weitgehend sich selbst, ließ sie eigenständig aufwachsen, setzte sie Gefahren aus, kontrollierte nur gelegentlich mal und bestrafte, wenn es einem nötig vorkam. Aber das folgte keinem Plan, keinem erkennbaren Konzept, keinem Paradigma, sondern war einfach die Art und Weise, wie man mit Kindern umging. Ich bewältigte den zwei Kilometer langen Schulweg vom ersten Tag an allein, bei jedem Wetter, bei frühmorgendlicher Dunkelheit und spätwinterlicher Eiseskälte, ich verbrachte die Nachmittage unbewacht in der Wohnung, für die ich einen Schlüssel besaß, machte mir auf dem Gasherd Essen warm, spielte unbeaufsichtigt draußen, konnte mit vier Fahrrad fahren und schaffte mit sechs die Strecke nach Zeck, hin und zurück, ohne Unfall. Ich kaufte zweimal in der

Woche mit einer Liste in der Hand bei *Heidemeier* ein, einem Geschäft fünf Straßen vom Alten- und Pflegeheim Horizont entfernt, und trug dann den Korb mit Brot, Milch, Wurst, Käse und einer Flasche *Sonnenstich* nach Hause. Das Konzept der Helikoptereltern lag noch in weiter Ferne, die Idee davon, Kinder um jeden Preis zu behüten, jederzeit zu überwachen, zu steuern und zu optimieren. Erziehung bestand damals darin, zu schauen, was herauskommen würde. Eltern, die ganze Nachmittage mit ihren Kindern spielten, musizierten, mit ihnen kochten und bastelten oder sie zu Freunden oder in den Sportverein begleiteten und von dort wieder abholten, das gab es vielleicht in Filmen oder in Dänemark, aber nicht in Metting und Umgebung. Wie also meinte ich das? Was bedeutete mein Vater für mich?

«Keine Ahnung», sagte ich, um das Gespräch zu beenden. «Lass uns Eis kaufen.»

Als wir wenig später auf der Kante der Waschbetonmauer saßen, die das Grundstück mit dem Kiosk begrenzte, in die Sonne blinzelten und am Capri-Eis sogen (das aber seine aromatischen Bestandteile viel widerstrebender freigab als das Wassereis aus den Plastikschläuchen, das meine Mama im Eisfach aufbewahrte), dachte ich darüber nach, Filip von den gestrigen Ereignissen zu erzählen. Ich entschied mich dagegen, weil ich seine Reaktion zu sehr fürchtete. Vielleicht hätte er Verständnis gezeigt, mir sogar etwas Hilfreiches sagen können, aber vielleicht hätte ihn das auch schockiert und angewidert und möglicherweise unsere Freundschaft ins Wanken gebracht. Ich stellte mir vor, wie Filip fragen würde: «Und? Bist du dann auch schwul?», und diese Frage wollte ich aus seinem Mund um keinen Preis hören. Die dritte Möglichkeit bestand darin, dass er Verständnis nur heuchelte, ich aber zugleich in seiner Achtung sank, ohne dass er mich das direkt wissen ließ, und diese Möglichkeit war die schlimmste von allen.

Als wir das Eis aufgeschleckt hatten, steckten wir die hölzernen Stiele zu drei Vierteln in den Boden, wie wir das immer taten. Es war ein Ritual. Auf der Rückseite der Waschbetonmauer, auf der wir saßen, gab es so etwas wie ein Gärtchen, oder eher ein schmales Beet – eine nicht besonders gepflegte Anordnung von kleinen Pflanzen, und drum herum Unkraut, Lehm und brockige Erde. Wir hatten uns ein immergrünes Gewächs ausgesucht, von dem wir nicht wussten, worum es sich genau handelte (eine Konifere, wie ich später herausfand). Mit den beiden Eisstielen von heute war der schmale Stamm fast vollständig umrundet. Eine Anordnung, die etwa sechzig Zentimeter Durchmesser hatte und beinahe so aussah, als hätte sie jemand geplant.

5.

MARIELUISE Benedickt kam erst drei Tage später aus dem Krankenhaus zurück ins Horizont. David Plattner erzählte mir, dass man einige Untersuchungen bei ihr vorgenommen hatte, und sie hatte mir wohl nichts gesagt, damit ich mir keine Sorgen machte. Deshalb machte ich mir umso mehr Sorgen.

Ich saß allein in meinem Zimmer, das mein Vater seit den Geschehnissen vom Samstag nicht mehr betreten hatte, und übte Rechtschreibung, während ich versuchte, nicht an Marieluise Benedickt zu denken. Ich hatte die Buchstaben und ihren Klang in der ersten Klasse sehr schnell gelernt. In meinem kindlichen Unverstand dachte ich, dass Schreiben jetzt nur noch eine Sache der Kombination sei, indem man Buchstaben so zusammensetzte, dass ihre Klangfolgen die Wörter ergaben. Aber da hatte ich mich getäuscht. Es stellte sich heraus, dass diese nur der Nährboden für einen völlig unüberschaubaren und, was mich anbetraf, undurchdringlichen Dschungel aus widersprüchlichen Sonderregelungen waren. Die meisten kamen mir schrecklich unlogisch, fast schon absurd vor, und sie wollten sich einfach nicht in meinem Gehirn festsetzen.

Ich verstand nicht, worin der Unterschied bei Wörtern wie «und», «bunt», «Hund», «wund» bestand. Die Tatsache, dass die Mehrzahl von «Hund» «Hunde» war, reichte mir als Begründung nicht aus, zumal diese nicht in allen Fällen galt. Schließlich gab es genug Substantive, deren Plural ganz anders als der Singular geschrieben wurde, und sehr viel klangnäher. Was in drei Teufels Namen war der Unterschied zwischen «Mann» und «man», warum schrieb man das eine mit zwei, das andere aber mit nur einem n? Zum Verzweifeln brachten mich Wörter wie «Stadt» und «statt» oder «seit» und «seid», bei denen einem auch keine Mehrzahl aus der Patsche half (*«Städte»* – wie grausig). Ich war ungeheuer misstrauisch dem Ypsilon gegenüber, von dem ich nicht verstand, warum es mal wie ein Ü klang und dann wieder wie ein J verwendet wurde – und wozu man es überhaupt brauchte, wo es doch die beiden anderen Buchstaben gab. Ich nahm zur Kenntnis, dass man die Buchstabenkombination «Ph» hin und wieder wie ein F aussprach, und dass *Phosphor* also «Fosfor» und *Delphin* «Delfin» gesprochen wurde. Aber warum man *beides* brauchte und wie es zu unterscheiden war, erklärte mir niemand so, dass ich es hätte verstehen können. Ich traute dem V nicht über den Weg, das bei *Vögeln* und beim *Versprechen* eigentlich auch ein F war und bei *Villen* und *Veranden* plötzlich ein W. Es wollte mir nicht in den Schädel, warum es solche Chamäleonbuchstaben überhaupt gab. Oder sogar unterschiedliche Schreibungen für die gleiche Sache. Es gab im Heim eine Friederika Meier, aber es hatte auch schon Bewohner gegeben, die den offensichtlich gleichen Nachnamen «Meyer», «Maier» oder «Mayer» schrieben. Müsste man Meyer mit Ypsilon nicht eigentlich «Mejer» aussprechen? Oder sogar «Meüer»? Warum war das Ypsilon plötzlich ein i? Ich verstand nicht, warum man dem Q immer das u beimengen musste, obwohl es offenbar überhaupt keine deutschen Wörter gab, die mit einem Q ohne u dahinter auskamen. Und wenn man schon eine Kombination verwenden sollte, warum setzte man den Laut nicht einfach aus K und w zusammen? Schließlich sagte man «Kwark» und nicht «Kuark». Ein absurder Blödsinn war das. Und es machte mich fertig.

Aber das war nur die Spitze des Eisbergs. Je größer mein Wortschatz wurde, umso komplizierter wurde die Sache. Ich zweifelte bald an meinem Verstand. Vielleicht hatte meine Grundschullehrerin ja recht mit ihrer Einschätzung, denn selbst der wirklich und objektiv dumme Stefan Schießer, der es bis zur sechsten Klasse nicht schaffte, das kleine Einmaleins fehlerfrei aufzusagen, war schon in der dritten um Längen besser in Rechtschreibung als ich. Ich kam mir vor wie jemand, der zwar die Zahlen kennt, der aber nie lernt zu addieren, der sich deswegen alle Kombinationen merken muss, um beim Rechnen zu wissen, dass 117 plus 223 zufällig 440 ergibt. Aber von diesen Kombinationen gab es nur bei den dreistelligen Zahlen schon eine halbe Million, und die konnte man sich unmöglich alle merken.

Mit Marieluises Hilfe war es mir ein wenig gelungen, beim sehr langsamen Schreiben weniger Fehler zu machen, aber wenn ich schneller schrieb, was ich unbedingt tun und können wollte, denn es gab durchaus Dinge, die ich aufzuschreiben hatte, war wieder alles vergessen, und dann stand da abermals – *Hunt*. Ein bisschen half, dass ich die schlimmsten Kandidaten mit der Zeit kannte. Ich vermied sie, wo es ging, und verwendete Synonyme, die ich sammelte, etwa *Ort* für *Stadt* und solche Dinge.

Eine gute Übung waren meine Wörterlisten, die ich auf der

Lexikon anfertigte. Doch auch sie forderten höchste Konzentration. Sobald ich die Gedanken auch nur ein klitzekleines bisschen abschweifen ließ, tippte ich die Wörter ganz automatisch wieder in der falschen, in meiner Schreibung.

Beim Lesen war es umgekehrt. Wenn ich mich *nicht* konzentrierte, sondern das Gelesene in mich hineinfließen ließ, verringerte sich der Widerstand. Das klappte bei Geschichten ganz gut. Sobald ich aber konzentriert las, weil ich den Text unbedingt lernen oder verstehen musste, sah ich mich wieder vom Dschungel absurder Regeln umgeben. Ich blieb an Wörtern hängen, die dem Klang nach ganz andere waren, und starrte minutenlang ein Wort wie «Poet» an. Ich hatte gelernt, dass man den Selbstlauten A, O und U ein e folgen ließ, um den Umlaut abzubilden, wozu auch immer das gut sein sollte, schließlich ging das mit den Pünktchen deutlich einfacher. Aber hier war das oe plötzlich doch kein ö mehr, und so weiter. Und in «Museum» war das eu kein eu, sondern plötzlich ein e und ein u mit einer Pause dazwischen. *Museum* war eigentlich ein einfaches Wort, das ich häufig sagte, aber wenn es in einem Text vorkam, erkannte ich es manchmal nicht. Ich las «Mu-soim», aber das stand für nichts in meiner Sprache.

«Ich bin mir sicher, dass du das irgendwann schaffen wirst, mein Schatz», sagte eine Stimme neben mir. Josefa gab ein überraschtes Rascheln von sich. Ich saß im Schneidersitz auf dem Bett und kämpfte mit gleichklingenden G und K, als Marieluise Benedickt in der Zimmertür stand, die ich offen gelassen hatte, für den Fall, dass mein Vater vorbeikäme und Lust auf ein paar Runden mit dem *Roten Elch* hätte. Sie sah müde und erschöpft aus, aber sie lächelte. Ich sprang vom Bett und umarmte sie, und ich musste mich beherrschen, sie nicht einfach auf den Mund zu küssen. Es war aber auch schön, sie zu umarmen. Ich hatte sie vermisst, und ich freute mich, dass sie sich einfach über das Verbot hinweggesetzt hatte, dem zufolge Bewohner und deren Angehörige im Privattrakt nichts zu suchen hatten.

«Georg Täter ist am Sonntag gestorben», sagte ich zur Begrüßung.

«Ich weiß», antwortete sie. «Und übermorgen ist die Beerdigung.»

«Oh», sagte ich verblüfft. Das war für Mettinger Verhältnisse schnell.

«Lass uns in den Garten gehen», schlug sie vor. «Es ist so schönes Wetter.»

David und Sylvia spielten mit einigen Bewohnern Bingo auf der Terrasse. Sylvia saß an einem Küchentisch, auf dem die Plastiktrommel stand, in der sich die Bälle mit den Zahlen befanden. David stand neben ihr, vor einer Tafel, so einer Spiel-Schultafel für kleine Kinder. Acht oder neun Bewohner saßen an drei Blechtischen, allesamt viel zu warm eingepackt, und starrten auf die laminierten Kartons, die vor ihnen lagen. Sie waren mit dicken Filzern von Edding bewaffnet, die sie in Schulterhöhe hielten, quasi bereit zum Angriff. Auf den laminierten Spielkarten vor ihnen waren die Zahlen so groß, dass ich sie von hier aus lesen konnte, fünf Meter Luftlinie entfernt, wo wir auf Gartenstühlen saßen, die ich besorgt hatte. Sylvia, die sich verhältnismäßig fein gemacht hatte und tatsächlich so etwas wie Spielshow-Glamour verströmte, förderte eine Kugel aus der Trommel, hielt sie über den Kopf und verkündete beinahe singend: «Fünfzehn, meine Damen und

Herren, hier haben wir die Fünfzehn, die Eins und die Fünf, Eins-Fünf, also die Fünfzehn. Wer hat die Fünfzehn?» Das wiederholte sie dreimal in verschiedenen Variationen, wobei sie lächelte, überwiegend freundlich, nur ab und zu blitzte ein wenig Ironie auf.

Die Bewohner reagierten auf ihre Ansagen allerdings eher gemächlich und hielten die Eddings weiterhin in Schulterhöhe. Deshalb nahm ihr David, der die Zahl groß auf die Tafel gemalt hatte, die Kugel schließlich aus der Hand, und ging, das Beweisstück mit sich führend, zu jedem einzelnen Bewohner, um bei der Suche zu helfen. Sylvia drehte währenddessen an der Kurbel, die seitlich aus der Plastiktrommel ragte, und sie tat das mit großer Ernsthaftigkeit, als ginge es wirklich um etwas.

Zwei Alte hatten die Fünfzehn tatsächlich. Also wies David sie fröhlich darauf hin, brachte sie sogar dazu, sich über die Zahlen zu freuen. Eine wackelige kleine Dame – Gernhilde Hochhuth aus dem Tomatenzimmer – senkte von allein den Stift, um die Zahl auszustreichen. Bei der anderen musste David helfen. Das ganze Procedere dauerte ungefähr vier Minuten. Dann ging es von vorne los.

«Altwerden ist gruselig», sagte Marieluise, die wie ich dem Zeitlupengeschehen zuschaute, bei dem die Pfleger wie zwei völlig überdrehte Kobolde wirkten, obwohl sie auch nicht die Flinksten waren. «Du, mit deinen fast dreizehn Jahren, du denkst, dass das Leben mit jedem neuen Tag besser und spannender wird. Deine Welt wird täglich größer. Du kannst die Zukunft kaum abwarten.»

Ich neigte den Kopf leicht. Ganz stimmte ich ihr nicht zu, weil zu dieser Zukunft auch gehörte, dass es *sie* nicht mehr geben würde, in anderthalb, zwei Jahren, wenn die Prognosen der Ärzte stimmten – was während der vergangenen drei Tage geschehen war, hatte sie mir noch nicht erzählt.

Marieluise lächelte ein etwas trauriges Lächeln und fuhr fort: «Und dann, so ungefähr in der Mitte des Lebens, kommt der Zeitpunkt, ab dem du hoffst, dass es halbwegs so bleibt, wie es ist, dass es nicht viel schlechter wird. Du schaust morgens besorgt zwischen deinen Beinen hindurch in die Kloschüssel und freust dich, wenn da offensichtlich alles fest und kein Blut drum herum ist.» Ich schüttelte mich, aber sie schien das nicht zu bemerken. «Du lauschst in dich, wenn du dich bewegst, und hoffst darauf, dass keine neuen Schmerzen und knirschenden und knackenden Geräusche hinzugekommen sind.» Sie seufzte, hob den rechten Arm, etwa in die Position, in der die anderen Bewohner ihre Filzer hielten, aber ein Knacken war nicht zu hören. «Deine Reichweite nimmt ab, in jeder denkbaren Hinsicht. Du kannst nur noch so und so weit gehen. Du kannst nur noch so und so weit sehen, aber du musst auch viel näher an etwas heran, um alles zu hören und zu riechen, und es muss viel intensiver sein als früher, damit du es wahrnimmst. Ich habe es immer so sehr geliebt, an Blumenläden vorbeizugehen und diesen bestimmten Duft zu riechen, nicht so intensiv wie drinnen, aber doch kräftig, frisch und frühlingshaft.» Sie atmete tief ein, als könne sie dadurch olfaktorische Erinnerungen beschwören, und meine Gefühle für sie in diesem Augenblick waren sehr stark. «Inzwischen muss ich in den Laden hineingehen, wenn ich etwas riechen will.» Sie hüstelte. «Du fragst dich täglich, welche Strecken du noch schaffen wirst, du nimmst die vielen Krücken und Rollstühle um dich herum wahr. Deine Welt wird kleiner, bis du sozusagen die Wände mit den Händen berühren kannst – die Wände des Gefängnisses, in dem du unschuldig einsitzen musst.» Marieluise schnaufte auf sehr liebenswürdige Weise. «Als würdest du schon in einem Sarg liegen. Der ist dann auch nicht mehr weit entfernt. Aber was sich immer weiter entfernt, das sind deine Erinnerungen. Als wärst du das selbst nie gewesen, diese Person, die da mal von einem Erlebnis zum anderen stürzte, die so agil und fröhlich und erwartungsvoll war. Du schaust alte Fotos an und fragst dich, wie sich das damals angefühlt haben mochte. Wer das auf diesen Bildern eigentlich ist. Und du kannst dich einfach nicht mehr erinnern.» Ich streichelte ihr sanft über den Rücken, und es war mir egal, ob es jemand sah. Und es machte mich glücklich, als ich spürte, wie sie den Druck der Hand leicht erwiderte. «Aber das ist andererseits vielleicht auch gut, dass du dich an den besseren Zustand nicht mehr so genau erinnerst. An das Gefühl, wie es ist, zu springen. Weißt du, wann ich zuletzt so richtig gehüpft bin?» Ich schüttelte höflich den Kopf. «Ich weiß es selbst nicht mehr. Ich weiß, dass ich es mal konnte, und ich bin wirklich gerne gesprungen, aber heute hätte ich Angst davor, bei der Landung einfach zu zerbrechen.»

Sie legte den Kopf in den Nacken. Am Mettinger Himmel trieben faserige, hellgraue Wolken vor sich hin, aber die Lücken zwischen ihnen waren groß.

«Und dann die Einsamkeit. Weißt du, früher, da haben die Familien zusammengehalten, da haben drei, manchmal sogar vier Generationen unter einem Dach gelebt, die Kinder bei ihren Eltern, und deren Eltern auch, und wenn man früh genug Kinder bekommen hatte, waren sogar noch ein paar Urgroßeltern am Leben. Alle in einem Haus, in einer Wohnung. Da musste allerdings auch jeder mithelfen. Auch die Kinder mussten schon früh richtig arbeiten, und die Alten bis fast zum Schluss. Sie haben irgendwas genäht oder geflickt oder Kartoffeln geschält. Aber man hat sie respektiert und bei sich behalten, und sie mussten keine Angst haben, einsam zu sterben. Gut, die Menschen sind auch nicht so alt geworden. Man konnte froh sein, die Sechzig zu erreichen, je nachdem, welche Arbeit man ausgeübt hat. Viele Menschen waren arm, das Leben war viel härter als heute. Doch dann kam der allgemeine Wohlstand. Er hat alles verändert. Die Großfamilie ist auseinandergefallen. Junge Menschen leben heute schon früh allein. Sie wollen nicht mehr heiraten und keine Kinder kriegen, oder wenn sie Kinder haben, wollen sie sie schnellstmöglich loswerden.»

Das hatte ich so ähnlich schon im Sozialkundeunterricht bei Frau Awusi gehört.

«Zugegeben, früher war es natürlich auch nicht immer schön, so viele Menschen auf beengtem Raum, und wirklich freiwillig hat man das ja nicht gemacht. Es war einfach notwendig. Aber für die Alten war es besser. Heute wird man abgeschoben, erst in eine kleine Sozialwohnung und dann ins Sterbeheim.» Sie neigte den Kopf leicht, wie mein Vater das tat, wenn er im Begriff war, die Unwahrheit zu sagen. «Die da» – sie meinte die Bingospieler – «haben immerhin den Vorteil, dass sie das nicht mehr so wahrnehmen. Sie sind längst von Kokons umgeben, haben gerade noch Platz genug, um den Kopf zu drehen und mit den Fingern zu wackeln.»

Ich nickte, aber im Grunde begriff ich nicht, was sie mir da erzählte. Ich verstand, dass sie mir zu sagen versuchte, dass das Altwerden anstrengend war, dass die Einsamkeit am Ende schlimm war und dass Heime wie das Horizont eigentlich entwürdigend waren, aber was das genau bedeutete, wie sich das anfühlte, was es mit einem machte, das verstand ich nicht.

«Der Georg Täter also», sagte sie. «Das hat mich ein bisschen überrascht. Der war noch nicht so alt. Und auch nicht krank, soweit ich weiß.»

Ich nickte nur.

«Aber so ist das mit den Menschen.»

Ich erwartete, dass sie weitersprach, aber das war offenbar das Ende ihre Ansprache.

Im gleichen Moment hauchte Else Muttnick kaum hörbar: «Bingo.» Sie wohnte im Paprikazimmer, zusammen mit Martha Fluhr, die aber nicht mehr aus dem Bett herauskam. Auch den beiden las ich vor, auch aus *Feuer am Strand von Bora Bora*, und sie fanden die Geschichte spitze.

David, der erst seine Überraschung überwinden musste, dass ein Bewohner selbst dahintergekommen war, dass er das Spiel gewonnen hatte, rief ebenfalls «Bingo!», und dann gleich noch einmal, aber tausendmal lauter als die alte Dame. Er sprintete zu Else Muttnick, nahm ihre Bingotafel vom Tisch und hielt sie wie eine Trophäe über seinen Kopf, anschließend feierten er und Sylvia die Siegerin, als hätte sie mindestens vier Richtige im Lotto. Dem restlichen Publikum war das Geschehen komplett entgangen, und nur zwei Bewohner senkten die Schreibarme auf die Tische ab. Als David «Einen Applaus für die wunderbare *Ssülfie* an der Bingotrommel!» einforderte, reagierte an den Tischen niemand, also klatschten Marieluise und ich, wofür sich die beiden Moderatoren dankbar in unsere Richtung verbeugten.

«Und für den großartigen *Dahfieht*!», rief Sylvia in unsere Ovationen, die wir deshalb noch ein bisschen verlängerten.

«Ich gehe mich dann mal frischmachen», sagte meine Freundin anschließend. Sie wohnte im Zimmer mit der Banane an der Tür. Ich stand auf und reichte ihr eine Hand, aber sie brauchte eigentlich keine Hilfe beim Aufstehen.

«Du willst sicher wissen, warum ich im Krankenhaus war, oder?», fragte sie, während wir ins Haus gingen.

Ich antwortete nicht. Ich wollte es wissen, wenn es gute Nachrichten gab, und ich wollte es nicht wissen, wenn es schlechte Nachrichten gab, aber wenn ich ihr das gesagt hätte und sie würde anschließend schweigen, dann könnte sie es auch gleich sagen. Also deutete ich ein vorsichtiges Nicken an, von dem ich hoffte, sie würde es nicht sehen. Letztlich war mir die Ungewissheit lieber. Aber sie hatte mein Nicken wahrgenommen. Marieluise Benedickt entging so leicht nichts.

«Es geht schneller als erwartet», sagte sie, als wir den kleinen Gang betraten, an dem die vier Einzelzimmer lagen. «Die Geschwulst wächst rasch, und meine Blutwerte sind schlecht. Ab der kommenden Woche muss ich viele Medikamente nehmen. Und ich werde schon bald nicht mehr gehen können.»

Ich antwortete nicht, aber meine Augen übernahmen das.

«Vielleicht nur noch ein Jahr», sagte sie matt, während ich das Schniefen zu unterdrücken versuchte. «Vielleicht weniger. Damit hatte ich nicht gerechnet. Scheiße.» Und dann liefen auch ihr die Tränen über die Wangen.

6.

ALS Jan Friesmann in den Sechzigern den Nobelpreis bekam und wochen- und monatelang die Blicke der kulturell interessierten Weltöffentlichkeit auf Metting gerichtet waren, in einer Zeit, als in der HAZ Fahrzeugpolster AG noch Dreifachschichten gefahren wurden, war die große Zeit der weltfremden Stadtplaner gekommen. Man zeichnete Mettings Zukunft in den schillerndsten Farben. Der damalige Bürgermeister, Sohn eines örtlichen Getränkehändlers, der sich viel auf seine Ausbildungszeit in Hannover und das beinahe beendete Wirtschaftsstudium in Heidelberg einbildete, entwarf ein Metting, das großen Vorbildern wie Hildesheim oder Braunschweig Konkurrenz machen würde. Zu dieser Zeit entstand nicht nur der nutzlose Kreisverkehr, den ich vom Dach des Alten- und Pflegeheims aus sehen konnte, sondern noch so manche andere architektonische Meisterleistung. So etwa das Gebäude, in dem sich zu meiner Oberschulzeit das Jan-Friesmann-Gymnasium befand. Man hatte darauf gehofft, ein Amtsgericht, möglicherweise sogar ein Landgericht für Metting zu bekommen, und nach dem überkandidelten Motto des Bürgermeisters: «Biete Großes an, und du wirst Großes erhalten», wurde ein Gerichtsgebäude entworfen, in dem man mindestens ein Amtsgericht, ohne Not aber auch ein Landgericht hätte unterbringen können. Beide Verheißungen traten nicht ein. Noch vor dem Richtfest des Hauses war der Bürgermeister plötzlich verschwunden. In Richtung Südamerika, wie es hieß, nachdem er zuvor einen tiefen Griff in die Stadtkasse getan hatte. Dort wurde er dann, wie einige unbewiesene Legenden behaupteten, relativ rasch in brandgefährliche Drogengeschäfte verwickelt und im Rahmen einer Racheaktion an die Piranhas verfüttert, die in den Nebenflüssen des Amazonas auf frische Nahrung warteten. In Metting sah man ihn und das Geld nie wieder.

Das Gebäude wurde also zur Schule umfunktioniert. Das erforderte zwar den Anbau einer Turnhalle, aber irgendwie war das klassizistische Haus wie prädestiniert für diesen Zweck, denn es bot hohe, geräumige Schulzimmer, die streng und respekteinflößend wirkten, dazu reichlich Büroräume und ausreichend viele Sanitäranlagen, in denen man nur die Pinkelbecken zehn Zentimeter tiefer hängen musste, damit die Siebtklässler nicht gegen die weißgefliesten Wände strullerten. Im Keller gab es sogar Zellen – gedacht für die Untersuchungshäftlinge, die vor und nach ihren Verhandlungsterminen dort untergebracht werden sollten. Immerhin ignorierte man sie vorerst bei der Nutzungsplanung für die Schule, obwohl diese Art von Sanktion nicht wenigen Lehrern gut gefallen hätte. Die Justitia über dem Eingang – eine zwei Meter hohe Gipsfigur mit Schwert, Waage und verbundenen Augen, die von einem örtlichen Künstler geschaffen worden war und etwas Comicfigurenhaftes hatte – ließ man einfach stehen, was mehr als ironisch war, denn um die Wahrheit oder Gerechtigkeit ging es fortan in diesem Gebäude nur teilweise.

Neu brachte man am Tor das Ortswappen und eine Tafel mit einem Friesmann-Gedicht an, das berühmte «Krieg für Gott» aus dem Jahr 1921, das jeder patriotische Mettinger auswendig rezitieren konnte, von dem aber kaum jemand hätte sagen können, warum es ausgerechnet an einer Schule gut platziert wäre. Im Atrium der Schule, von dem aus sich die im Halbkreis geschwungenen, breiten und nach oben verjüngenden Treppen wie zwei Adlerflügel ins erste Geschoss erhoben, wo aus Gerichtssälen Klassenzimmer geworden waren, hing eine weitere Tafel mit einem weniger bekannten, späten Gedicht von Jan Friesmann (der zu Lebzeiten mehr als dreitausend Poeme verfasst hatte), «Schlichte Schulen» aus dem Jahr 1951:

Schlichte Schulen

Zwischen reiner Zehe
Ehrliche Autos
für das Opfer
Grünliche Herzen
kämpfen so leis
Lehrer
und tröpfelndes Glas

Zu diesem Gedicht hatten alle Siebtklässler obligatorisch innerhalb des ersten Halbjahres eine Kurzinterpretation abzuliefern. Die Elftklässler kassierten viel Geld für ihre alten Arbeiten, aus denen die Neulinge hemmungslos abschrieben, denn kein Schwein und erst recht kein Dreizehnjähriger verstand, was der spätberufene Dichter mit diesen Zeilen zu sagen versucht hatte. Das machte aber nichts, denn auch die Lehrer waren mit der Friesmannschen Lyrik überfordert. Wer da das

Opfer war, was die Zehe (*Zehe*?) zu bedeuten hatte, gar das Auto, die Schlichtheit oder die Grünfärbung der Herzen – all das war ein großes Rätsel. Aber genau das war es schließlich, was das Werk des Genies Friesmann auszeichnete, wie unser Deutschlehrer Dr. Theuert zu erklären nicht müde wurde – «diese Übersteigerung der inkohärenten Imagination, dieser Maximalismus an dramaturgischer Volatilität». Er hätte auch die B-Sprache von David und Sylvia verwenden können. Das, was Dr. Theuert ausführte, war noch schwerer zu verstehen als die Gedichte des Meisters.

Die 7b von Frau Awusi nutzte einen der kleineren Gerichtssäle auf der von der Straße abgewandten Seite des Gebäudes. Aber für die sechsunddreißig Schüler und die kleine, zartgebaute Lehrerin war trotzdem genug Platz.

Frau Awusi hatte ihre Referendariatszeit seit zwei Jahren hinter sich, als sie uns übernahm, aber sie war trotzdem schon über dreißig, denn sie hatte sich vor dem Lehramtsstudium erfolglos an einem Medizinstudium versucht. Dass diese Information sogar bis zur Schülerschaft durchgedrungen war, ärgerte Frau Awusi vermutlich sehr, aber das hinderte sie nicht daran, uns mit arroganter Selbstgerechtigkeit zu behandeln, und sie war in dieser Selbstgerechtigkeit – wie die meisten selbstgerechten Menschen – gnadenlos. Das traf vor allem meinen Freund Filip, den sie *Zigeunerjunge* nannte, wogegen ihm niemand half, denn schließlich war er ja nahezu zweifelsohne einer, und außerdem spielten zu dieser Zeit die Interessen von Kindern in etwa so eine große Rolle wie die von Lurchen, Insekten und Amöben. Wer Kindern Unrecht antat, trug immerhin zu ihrer Erziehung bei, das war das simple Konzept, dem unsere Welt damals folgte. Es war eine Welt der Erwachsenen, ohne Ausnahme und in allen Bereichen. Soziale oder gar kulturelle Angebote für Kinder und Jugendliche waren damals noch mindestens exotisch, eigentlich aber schlicht nicht existent. Das hieß jedoch nicht, dass man Kinder als potenzielle Erwachsene behandelte. Man behandelte sie überwiegend überhaupt nicht. Man ließ sie Parcours absolvieren und Hindernisse überwinden, über die man sich keine Gedanken machte. Die besonders käsigen Erwachsenen kommentierten das später so: *Geschadet hat's ihnen aber auch nicht.*

Frau Awusi war eigentlich recht hübsch. Sie hatte kastanienrote, wilde Haare, die ein bisschen an Indianerschmuck erinnerten. Aber das war auch schon das Einzige ihr, was man lobend hervorheben konnte. Frau Awusi liebte die Macht, die ihr das Lehreramt verlieh. Am besten gefiel ihr, wenn sie ganz offenkundig ungerecht sein konnte, um uns zu zeigen, wie sie gern betonte, was auf uns zukäme – im *richtigen* Leben. Zu diesem eigenartigen Spiel gehörte es, Schüler zu bevorzugen, ohne dass diese erkennbare Vorzüge aufwiesen, und andere zu benachteiligen, die keine größeren Fehler hatte als den, Frau Awusi gerade nicht zu gefallen. Filip, der Zigeunerjunge, stand ohne Zweifel und Ausnahme im Zentrum ihrer Verachtung. Es war völlig egal, wie sich Filip verhielt, ob er kooperierte oder protestierte, ob er sich unterwürfig gab oder bei ihren – keineswegs seltenen – Fehlern intervenierte – er konnte es ihr nicht recht machen. Filip gehörte für Frau Awusi nicht an diese Schule, nicht nur, weil er Zigeuner war, sondern weil er auch noch ein *kluger* Zigeuner war. Und sie genoss in diesem Punkt die volle Solidarität des Lehrerkollegiums, denn Zigeuner gehörten nach dessen Auffassung grundsätzlich nicht ans Jan-Friesmann-Gymnasium von Metting.

Es gab keinen Ausweg. Protest war undenkbar. Eltern kamen nur in die Schule, wenn man ihnen blaue Briefe sandte, und in diesen Briefen ging es nicht um pädagogische Konzepte, Achtsamkeit und individuelle Entwicklungschancen, sondern um Drohungen, Strafmaßnahmen und in der Konsequenz mehrwöchigen Stubenarrest.

Gleich hinter Filip gehörte ich zu Frau Awusis Lieblingsopfern – aufgrund meiner Legasthenie. Es spielte keine Rolle, wie zutreffend und inhaltlich korrekt war, was ich an schriftlichen Arbeiten ablieferte, meine Rechtschreibung verwandelte jedes Befriedigend in ein Ausreichend, wenn nicht Mangelhaft.

Sie hatte uns nach Handlichkeit angeordnet. Es gab sechs Reihen mit je drei Tischen. Die erste Reihe war ausschließlich mit Mädchen besetzt, mäßig hübschen und langweiligen Kindern, die schon in diesem Alter wie ihre Eltern auszusehen begannen. Dann folgte eine ähnliche Reihe, in der die ersten Jungs auftauchten, vor allem solche, mit denen kein anderer Junge befreundet sein wollte – Streber und Jasager. Filip und ich saßen in der vierten Reihe, immerhin nebeneinander. Und hinter uns, wo die Besetzung ausnahmslos männlich war, taten sich die Abgründe auf. Ganz hinten links, quasi direkt vor der Klassenzimmertür, saß der riesige Clemens Kummer, dessen Name das sprichwörtliche Omen war.

Wir hatten bei Frau Awusi Sozialkunde, Englisch und Biologie. Letzteres bedeutete, dass wir noch in diesem Halbjahr bei ihr Sexualkunde erhalten würden. Es kursierten an der Schule jede Menge Geschichten über den Sexualkundeunterricht von Frau Awusi, den sie offenbar recht originell und mit viel Körpereinsatz gestaltete. Filip und mich interessierte das weniger. Wir versuchten, die Stunden bei ihr einfach hinter uns zu bringen – und keine Fehler zu machen, Fehler in dem Sinne, dass wir Frau Awusis Aufmerksamkeit auf uns zogen. Aber das war manchmal einfach unmöglich, auch ohne unser Dazutun.

Ich begleitete Filip nach diesem Schultag nach Hause, wie ich das manchmal machte. Meine Mutter und Filips Mutter hatten das miteinander abgestimmt. Wenn Filips Mutter Nachtschicht hatte und also mittags zu Hause war, stand es mir frei, dort mit den dreien zu essen. Das tat ich gern, nicht zuletzt, weil Filips Mutter eine sehr gute Köchin war. Schwester Ingeborg bereitete uns Kotelett mit Mischgemüse und Kartoffeln zu, oder Kartoffelsuppe, immer wieder, nicht zuletzt wegen des Wurstwassers für Papa, oder irgendeinen anderen Eintopf, darunter einen namens «Pichelsteiner», den ich verabscheute. Filips Mama präsentierte mir eine Vorahnung auf den Siegeszug der mediterranen Küche, der Jahre später einsetzen würde. Sie stellte Nudeln selbst her, was vermutlich in Metting oder sogar in ganz Niedersachsen niemand außer ihr tat, aber das, was daraus dann später wurde, hatte mit den «Spaghetti mit Tomatensoße», die Mama viel zu selten kochte, so viel zu tun wie der in den Heimfarben lackierte VW Polo meines Vaters mit einem Formel-1-Rennauto. Die Spaghetti mit Tomatensoße meiner Mutter schmeckten zwar gut – das war zu Hause mein Lieblingsessen –, aber die Gerichte, die Filips Mama kochte, waren Offenbarungen. Bei ihr aß ich zum ersten Mal in meinem Leben Pizza – eine Speise, die ich erst lange skeptisch musterte, bevor ich einen Bissen nahm, wobei mich Melina mit ihrem neckisch-herausfordernden Lächeln beobachtete, das ich so schlecht deuten konnte. Als ich dann in den mit frischen Tomaten und Salami und Käse belegten, mit dem mir fremden Oregano (in der Mettinger Gegend hieß das «Wilder Majoran» und wurde nicht in der Küche verwendet) gewürzten, knusprigen Hefeteig biss, ertastete ich geschmacklich eine Welt, die eindeutig jenseits von Metting und Niedersachsen lag. Möglicherweise noch weiter weg. Ähnlich war es beim «Risotto», einer Art von Essen, die nichts mehr mit dem gemein hatte, was es bei uns gab. Ich *liebte* Risotto.

Als wir an diesem Tag in die Wohnung kamen, war mir trotzdem etwas unwohl, denn vor Filips Mama blieben Geheimnisse nämlich nicht lange welche. Sie begrüßte uns. Dann stellten wir die Schultaschen neben den Tisch und zogen unsere Hefte hervor. In Filips Familie wurden vor dem Essen Hausaufgaben gemacht, und wenn ich ihn begleitete, galt die Regel auch für mich.

«Warum sind die Sachen in deiner Schultasche so schmutzig, Filip, mein Süßer?»

Filips Mama machte ein besorgtes Gesicht, während sie ein Schulheft hochhielt, dessen Umschlag aussah, als wäre er durch eine Pfütze gezogen worden. Ich wünschte mir derweil, meine Mutter würde gelegentlich *Süßer* oder etwas Vergleichbares zu mir sagen. Mir war zwar bewusst, dass das eine Bezeichnung eher für Vier- bis höchstens Sechsjährige war, aber Filips Mama sprach es auf eine Weise aus, die das Wort zu einer richtigen Liebkosung werden ließ, ohne den geringsten Anteil Lächerlichkeit. Diese Familie beherrschte das – die Klaviatur des respekt- und liebevollen Lobes.

Filip warf mir einen Blick zu, der die Bitte vermittelte, seiner Mama nicht die ganze Wahrheit zu verraten. Er wollte das nicht aus Angst vor ihr, sondern weil er seine Mutter nicht damit belasten wollte, was geschehen war. Ich fand das ungerecht und falsch, meine eigene Familie und auch noch diese Familie anzulügen, um jemanden wie Frau Awusi zu schützen. Andererseits würde es auch nichts nützen, die Wahrheit zu sagen, und es würde Filips Mama nur wütend machen. Sie würde dann in die Schule marschieren und Frau Awusi zur Rede stellen, und dann würde, wie immer – überhaupt nichts passieren. Außer dass man sie hinter ihrem Rücken auslachte.

Ich entschied mich trotzdem für die Wahrheit. Es ging nicht an, dass die Lehrerin damit immer wieder durchkam. Dass alle damit immer wieder durchkamen.

«Frau Awusi hat Filips Ranzen auf den Boden ausgekippt», sagte ich leise. «Der Boden war nass und dreckig, weil der Hausmeister auf dem Schulhof Wasser verspritzt hatte.»

Filips Mama sah mich kurz an, dann Filip.

«Stimmt das?»

Er nickte.

«Und warum hat sie das getan, in Gottes Namen?» Sie zog andere Gegenstände aus dem Ranzen – die Federtasche, zwei Bücher und die Papiertüte mit den sorgfältig aufbewahrten Resten von Filips Schulbrot. Alle wiesen ähnliche Spuren auf.

«Christian Benker hat seinen Füller nicht gefunden», erklärte mein Freund.

«Christian Benker hat seinen Füller nicht gefunden?», wiederholte die Mama. Christian Benker war der Sohn eines Stadtrats. Ich wusste nicht genau, was ein Stadtrat für Aufgaben hatte, aber Christian Benker wurde nicht müde, auf die Prominenz und Bedeutung seines Vaters hinzuweisen. Ich glaube, er hätte nicht einmal selbst erklären können, was sein Papa tagsüber machte. *Städte raten?*

Filip nickte.

«Christian hat behauptet, er hätte seinen Füller bei Filip gesehen», sagte ich.

Und dann war Frau Awusi böse grinsend an Filips Platz getreten, hatte «Na, konnte der kleine Zigeunerjunge seine schmutzigen, kleinen Finger wieder nicht bei sich behalten?» gesagt, Filips Ranzen vom Haken seitlich am Pult gehoben, mit einer geschickten Bewegung geöffnet, in der Luft umgedreht und, begleitet vom Gelächter der Mitschüler, dabei zugeschaut, wie sich der Inhalt auf den schmutzigen Boden entleerte. Natürlich hätte Frau Awusi den Ranzen auch auf Filips Pult auskippen können, aber Frau Awusi wäre nicht im Traum auf die Idee gekommen, Rücksicht zu nehmen.

Natürlich befand sich Christians Füller nicht in dem kleinen Haufen.

Aber ich erzählte all das nicht.

«Frau Awusi hat meine Schulmappe durchsucht», sagte Filip vorsichtig.

«Sie hat deinen Ranzen ausgekippt. Auf den Boden», erklärte seine Mama. Filip nickte zaghaft. Ich nickte so stark, dass meine Zähne aufeinanderschlugen. Und ich spürte eine ungeheure Wut in mir aufsteigen, eine noch viel stärkere Wut als heute Vormittag in der Schule. Im Rückblick war es noch ungerechter, dümmer, gemeiner und niederträchtiger. Marieluise verwendete gelegentlich den Ausdruck «schofelig», der mir jetzt einfiel und den ich passend fand. Ich verachtete

Frau Awusi dafür, wie *schofelig* sie sich verhielt. Aber am schlimmsten war die Hilflosigkeit ihr gegenüber.

«Und dann?»

«Sie hat Christian aufgefordert, in meinen Sachen nach seinem Füller zu suchen.»

«Aha.»

«Aber Christian hatte seinen Füller schon gefunden.»

«Und dann?», wiederholte Filips Mutter. Ihre dunkelbraunen Augen waren schmal. Sie war wütend. Aber sie war auch erschüttert, das konnte ich deutlich spüren.

«Frau Awusi hat mir befohlen, die Tasche wieder einzuräumen.»

Filips Mutter atmete laut schnaufend durch die Nase ein. «Und hat sie sich entschuldigt? Oder diesen Christian *Benker* gebeten, sich zu entschuldigen?» Sie sprach den Nachnamen wie eine schlimme Beleidigung aus.

Filip und ich schüttelten synchron die Köpfe. Frau Awusi war schmallippig lächelnd zum Lehrerpult zurückstolziert und hatte dort den Unterricht fortgesetzt, als wenn nichts geschehen wäre.

Die Mutter meines besten Freundes setzte sich an den Küchentisch und nahm die Teetasse, die da stand. Der Löffel darin klapperte, als sie die Tasse mit leicht zitternden Händen zum Mund führte. In ihren Augen glitzerte es.

«Mama, ich möchte nicht, dass du etwas machst», bat Filip leise. «Das macht es nur noch schlimmer.»

Und es war wahrlich schon schlimm genug. Bei Frau Awusi konnte sich Filip melden, bis er schwarz, ach was, *schwarzbraungrünblauschillerndkariert* wurde, sie nahm ihn nicht ran, gab ihm aber schlechte mündliche Noten. In seinen Arbeiten fand sie immer wieder Fehler, die nur sie sah, wenn sie beispielsweise meinte, er hätte unleserlich geschrieben, obwohl seine Handschrift zu den präzisesten in der Klasse gehörte.

«Ich kann nicht *nichts* machen», antwortete sie, und es klang sehr, sehr müde. Sie erlebte all das nicht zum ersten Mal.

«Ich wünschte», sagte ich und nickte, um mich selbst bei der Idee anzufeuern, «ich wünschte, wir könnten uns irgendwie an ihr rächen.»

«Rache verdoppelt nur die Zahl der Menschen, die sich schlecht fühlen», sagte Melina, lächelte mir freundlich zu. Sie stand vom Tisch auf und wollte in ihr Zimmer gehen.

«Rache kann aber auch verhindern, dass es in Zukunft noch mehr Opfer gibt», sagte Filip an seine Schwester gewandt, die daraufhin kurz stehen blieb, sich zu ihm drehte und ein anerkennendes Nicken andeutete. Ich sah sie dadurch im Profil – von der Seite, auf der sie das Wundmal nicht hatte. Verblüfft stellte ich fest, dass sie eine richtig schöne junge Frau war, auf Melina-Art. Die Geschwister würden Probleme bekommen, wenn sie noch lange dieses winzige Zimmer teilten, so viel stand fest.

Wir machten unsere Hausaufgaben. Filip half mir bei der Rechtschreibung. Ich gab ihm Tipps in Bio, die aber nicht helfen würden. Frau Awusi hatte einmal sogar seine Hausaufgaben mit Wasser beträufelt, damit die Tinte verlief, und dann behauptet, er hätte sie bereits so abgegeben, weshalb es eine Fünf dafür gab.

Zwischendrin kam Melina zurück und setzte sich zu uns an den kleinen Tisch, direkt neben mich. Dabei berührte sie meinen Oberschenkel wie versehentlich mit der linken Hand. Dann begann sie mit einer Handarbeit, einer Stickerei. Ihre schlanken, flinken Finger flogen nur so um den Stickrahmen herum, das Muster auf dem eingespannten Stoff vergrößerte sich beeindruckend schnell, was sie offenbar kaum Konzentration kostete, denn sie lächelte dabei und schwatzte mit ihrer Mama, die am Herd stand und das Essen zubereitete. Melina war sehr geschickt. Im Haushalt der drei erledigte sie alle handwerklichen Arbeiten, montierte Regale, säuberte den Trap unter der Spüle, reparierte den Toaster und bastelte ständig an etwas herum. An den Wochenenden wanderte sie durch Metting-Zeck und sammelte Getränkedosen auf; zu dieser Zeit ging man noch recht nachlässig mit der Umwelt um. Überall auf den Straßen und Wegen lagen achtlos weggeworfene Zigarettenpackungen, gebrauchte Taschentücher und solches Zeug. Das Dosenpfand war auch noch nicht erfunden. Melina nahm die Cola-, Mettingbräu- und Fanta-Dosen mit nach Hause und reinigte sie. Dann ging sie mit einer Metallschere und einer Feinmechanikerzange zu Werke, baute aus den Blechdosen kleine Autos und Flugzeuge, Panzer und Doppeldecker, Häuschen, Figuren. Aber sie schnitt auch das Mettinger Rathaus und die Kontur der Hazag aus Blech, außerdem den Eiffelturm, Big Ben, die Pyramiden von Giseh, den Berliner Funkturm und die Prager Karlsbrücke. Ihre Miniaturen aus Blech waren sehr beliebt, und zusammen mit den Vorhängen, die die Mutter aus den Verschlüssen der Dosen anfertigte, eine begehrte Ware auf dem Mettinger Flohmarkt, alle zwei Wochen auf dem Marktplatz.

Es machte mir Vergnügen, sie zu beobachten. Nach ein paar Minuten bemerkte ich, dass sie mir bei der vermeintlich versehentlichen Berührung einen zusammengefalteten Zettel auf den Stuhl gelegt hatte. Ich sah sie kurz von der Seite an, aber sie tat so, als würde sie das nicht bemerken, also schob ich den Zettel in einem unbeobachteten Moment in die Hosentasche.

Die Stimmung entspannte sich. Melina erzählte von einem unfreiwillig lustigen Referat, das ein Mitschüler heute gehalten hatte, weil er das Thema komplett verfehlt hatte, und es hätte noch ein angenehmer Nachmittag werden können, der uns die unangenehmen Erlebnisse in der Schule vergessen ließ.

Aber dann klingelte es an der Tür, kurz darauf gefolgt von einem Klopfen. Es war ein selbstbewusstes Klopfen, ein «Ich habe ein Recht hereinzukommen»-Klopfen, und das war ziemlich irritierend, denn die einzigen Personen, denen diese Art von Klopfen zugestanden hätte, befanden sich schon innerhalb der Wohnung.

Melina wollte aufspringen, sah dabei aber zur Mama, die den Kopf schüttelte, die Hände an der Schürze abwischte und langsam zur Tür ging. Dort blieb sie stehen, wischte abermals die Hände ab und neigte den Kopf leicht nach vorne.

Sie wusste, wer auf der anderen Seite der Tür stand. Sie kannte dieses Klopfen.

Sie seufzte.

Ich sah zu Melina und Filip, die offensichtlich beide ahnten, was gleich geschehen würde.

Und dann öffnete Filips Mama die Tür.

Und dann seufzte sie noch einmal.

Draußen stand ein Mann. Ein gedrungener, kräftiger Typ, breitschultrig, aber kaum größer als sie. Er hatte eine Glatze, auf der eine rosafarbene, erhabene Narbe zu sehen war, die über dem rechten Augen begann und sich über den Kopf fortsetzte.

«Mojca», sagte er. Jetzt kannte ich ihren Namen. Mo-i-tsa.

«Ferdinand.» Es war nur eine Feststellung, keine Begrüßung.

Er neigte den Oberkörper, um an ihr vorbeizuschauen. «Sind das meine Kinder?» Er lachte, doch das Lachen klang nicht sehr fröhlich. «Waren es nicht eigentlich nur zwei?»

Filips Mama, *Mojca* – mir gefiel der Name, aber nicht der Mann, der den Namen ausgesprochen hatte –, drehte sich zu mir um.

«Tom, es ist wohl besser, wenn du jetzt nach Hause gehst.»

7.

UNSER familiäres Abendbrot hatte sich seit dem, was am Samstag passiert war, nicht spürbar geändert. Jürgen war natürlich sofort abgereist, und mein Vater hatte, während wir Leberwurstbrote aßen, meiner Mutter die Erklärung gegeben, der Freund sei wegen einer dringenden Familienangelegenheit nach Hause gerufen worden, wobei mein Vater den Kopf ziemlich schräg hielt. Aber weder das noch die Tatsache, dass Jockel regelmäßig davon geschwärmt hatte, hier, bei uns, für niemanden erreichbar zu sein, weil keiner wusste, dass er eben bei uns in Metting war, machte Mama hellhörig. Sie nickte lächelnd und ein bisschen abwesend, mampfte genüsslich ihr Brot und nippte ab und zu am *Sonnenstich*, der in einem kleinen Gläschen neben ihrem Saftbecher stand, während mein Vater an diesem Abend die Flasche *Mettingbräu* neben seinem Brotbrett unbeachtet ließ. Er warf mir gelegentlich Blicke zu, die mich völlig überforderten, also konzentrierte ich mich auf mein Brot, die gesalzenen Gurkenscheiben und mein Malzbier. Meine Eltern sprachen dann über die Fernsehshow, die am Abend im ersten Programm laufen würde, und auch hier schien Mama nicht zu bemerken, dass mein Vater einsilbig und unkonzentriert antwortete.

«Mir geht's nicht so gut», erklärte ich nach dem Essen. «Ich möchte ins Bett gehen.»

«Aber heute kommt Rudi Carrell.»

Ich nickte, und ich musste mich nicht einmal anstrengen, um dabei traurig auszusehen, was aber nicht daran lag, dass ich Carrell verpassen würde. Ich mochte *Am laufenden Band* ganz gerne, und für gewöhnlich sahen wir uns die Sendung gemeinsam an, wobei meine Mutter weitere Gläschen trank und Zigaretten inhalierte, während Papa Bier zu sich nahm. Was ich daran besonders mochte, war aber nicht die Show, die unterm Strich auch nicht sehr viel besser als ihre Konkurrenz war, sondern das Ritual des gemeinsamen Fernsehschauens. Ich genoss es, bei meinen Eltern zu sein, die Geborgenheit der Familie zu spüren. Vor der Show würden wir gemeinsam die Ziehung der Lottozahlen ansehen. Wir würden wie an jedem Samstag Karen Tietze-Ludwig dabei zusehen, wie sie ganz andere Zahlen zog als die, die meine Eltern angekreuzt hatten – immer die gleichen Zahlen, schon seit meiner Geburt, als sie damit angefangen hatten. Trotz der weit über sechshundert Ziehungen hatten sie beim Lotto noch nie etwas gewonnen, keinen einzigen müden Pfennig, aber an jedem Samstag hofften wir gemeinsam darauf, dass es diesmal klappen würde, und wir genossen anschließend den bittersüßen Geschmack der gemeinsamen Enttäuschung für ein paar Minuten – bis die Sache wieder vergessen war, weil die Show anfing. Und in der kommenden Woche stand ja eine erneute Ziehung an.

Aber dieses Ritual wäre für mich an diesem Abend unerträglich. Ich hatte keine Ahnung, welche Auswirkungen es haben würde, wenn mein Vater meiner Mutter erst gestehen würde, was er getan hatte, und dann auch noch, dass ich ihn und seinen Freund dabei gesehen hatte. Ich wusste nur, dass danach nichts mehr so sein würde wie vorher.

An diesem Nachmittag war ich nervös und verstört nach Hause gekommen. Filips Papa war zurückgekehrt, und ich nahm nicht an, dass es sich nur um einen kurzen Besuch handelte, um mal eben die Scheidung zu besprechen und den Unterhalt nachzuzahlen und was es da noch alles zu tun gäbe, um die Ehe mehr als zwölf Jahre nach dem Abgang endlich zu beenden. Denn dieser Ferdinand war der Mann, der ein dunkles Geheimnis hatte, das damit zu tun hatte, dass er, wie Filips Mama, die Mojca hieß, gesagt hatte, *die Kontrolle verlor*. Und sie auch schon verloren hatte. Denn er war der Mann, der wahrscheinlich für die immer wieder aufbrechende, flächige Brandnarbe auf Melinas Wange verantwortlich war. Das war der Vater, den Filip nicht kannte, weil er kurz nach dessen Geburt verschwunden war. Und ohne den die kleine, liebenswürdige Familie bislang eigentlich ganz gut zurechtgekommen war.

Ich holte *Feuer am Strand von Bora Bora* aus meinem Zimmer, in dem mein Vater ohne Mütze auf dem Kopf vor seiner ausgeschalteten Modelleisenbahn saß und die Konstruktion schweigend anstarrte, die Ellenbogen auf die Stuhllehnen gestützt und das Kinn auf die verschränkten Hände. Er reagierte nicht, als ich ins Zimmer kam, also schnappte ich mir den Roman und ging zu Else Muttnick und Martha Fluhr ins Paprikazimmer.

Die beiden alten Damen erwarteten mich schon, und beide lächelten erfreut, als ich hereinkam. Else Muttnick saß in einem Schaukelstuhl, Martha Fluhr lag – weil sie da ohne Hilfe nicht mehr herauskam – im Bett, dessen Kopfteil hochgestellt war. Auf dem Tischchen stand ein Glas Cola für mich bereit. Auf dem Fensterbrett thronte der kleine Plastikpokal, den Else Muttnick beim Bingo gewonnen hatte.

Dadurch dass ich den Roman zweimal vorlas, bekam ich zwar mehr Übung und wurde beim Vorlesen sicherer, aber mir fiel auch immer mehr auf, was für ein unfassbarer Stuss das eigentlich war, worauf sich der Erfolg des auflagenstärksten deutschen Autors begründete. In der Geschichte ging es um den deutschen Frachtpiloten Paul Fucchs, den ein Maschinenschaden zu einer extrem holprigen Wasserung weit vor dem Korallensaum des Bora-Bora-Archipels zwang. Paul *Fucchs*, mit zwei c vor dem h. Vermutlich um den konventionellen, männlichen Namen mit einem originellen Detail auszustatten, hatte der Autor das zweite c dazugesetzt. Kein Mensch hieß so. (Doch, fand ich Jahrzehnte später heraus, als mir das Buch in einem Antiquariat wieder in die Hände fiel und ich den Namen der Hauptfigur googelte. Aber Horst H. Baselik hatte damals auch nicht googeln können, und er kannte mit Sicherheit niemanden, der so hieß.)

«Ignorier das doch einfach», sagte Marieluise Benedickt, als ich sie einmal darauf ansprach. «Nimm es nicht so wichtig. Versuch, dich auf die Geschichte zu konzentrieren, und halt dich nicht mit Details auf.» Aber das sagte sich so einfach.

Paul Fucchs stürzte also beinahe ab, aber er hatte Glück im Unglück, denn trotz eines durch die Notlandung ausgelösten Armbruchs, mehrerer Prellungen und einer leichten Kopfverletzung, die eine Amnesie zur Folge hatte, trieb ihn die Strömung an den Korallensaum, wo zufällig gerade die unfassbar schöne, wohlgeformte, schwarzlanghaarige *und* kluge Marjah (*diesen* Namen hatte sich der Autor definitiv ausgedacht) in einem verdammten Einbaum unterwegs war, weil ihr Papa, der Fischer, bislang nicht vom Angeln zurückgekommen war und sie ihn verzweifelt suchte. Marjah und Paul Fucchs verliebten sich natürlich sofort ineinander, bis etwa in der Romanmitte der Gedächtnisverlust des Deutschen langsam nachließ und er sich daran erinnerte, daheim bereits mit einer extrem langweiligen, blassen und hellblonden Bankierstochter verlobt zu sein, die ihn ohnehin nur aus Prestigegründen heiraten wollte, während die hübsche Inselbewohnerin eigentlich einem Typen versprochen war, dem zwanzig große Boote gehörten, auf die ihr Vater extrem scharf war. Aber weil Paul Fucchs auch noch dabei geholfen hatte, dem seinerseits mit dem Fischerboot verunfallten Papa das Leben zu retten, zeichnete sich ab, dass es eine Lösung für das Dilemma geben würde.

Mein kleines Publikum fand den Roman hinreißend, vor allem die Szenen, in denen die erotische Spannung zwischen den beiden Hauptfiguren beinahe in körperliche Aktivitäten mündete. Paul und Marjah hatten zwar keinen Sex, bevor die Sache vollständig geklärt war, aber sie waren ständig dicht davor. Dadurch dass ich so langsam vorlas, erhöhte ich diese Spannung noch. Else und Martha ließen deutlich erkennen, wo es sie packte. Else klatschte oder setzte sich etwas gerader im Sessel auf, während Martha laut schnaufte oder kurzatmig kicherte.

Ganz kalt ließ mich das Geschehen aber auch nicht. Ich dachte an Marieluise Benedickt und irritierenderweise auch an Melina, und wenn der Autor die Vorzüge von Marjahs traumhaftem Körper ausführlich beschrieb, musste ich meine Sitzposition auf dem etwas unbequemen Vorlesestuhl korrigieren, damit es nicht zu Peinlichkeiten kam. Wobei kaum anzunehmen war, dass Else Muttnick und Martha Fluhr meine Erektion bemerkt hätten.

Ich las eine Stunde, dann kam David Plattner – zum Glück während einer harmloseren Passage – herein und beendete meine Vorstellung. Die beiden alten Damen wollten sich, wie jedes Mal, irgendwie erkenntlich zeigen, was mich sehr rührte. Aber ich nahm kein Geld von ihnen (sie waren beide Sozis) und ich wollte auch nicht noch eine Cola trinken (die David aus der Heimküche «organisierte»). Also schenkte mir Else Muttnick an diesem Nachmittag kurzerhand ihren Bingopokal aus Plastik. Ich bin nie ein Sammler gewesen, weil ich nicht zulassen wollte, dass Gegenstände zu viel Macht in meinem Leben ausüben können, aber dieses Ding besitze ich noch. Obwohl ich es nur selten zur Hand genommen habe, ist die hauchdünne, silbrige Schicht an vielen Stellen abgeplatzt und gibt das dunkelgraue Plastik darunter frei, wodurch es wie eine seltsame, aus der Zeit gefallene Antiquität aussieht. Und wenn ich es dann tatsächlich in die Hand nehme, sehe ich die Gesichter von Else Muttnick und Martha Fluhr deutlich vor mir.

Nach dieser Lesung geschah noch etwas. Ich wollte gerade gehen, das Buch in der einen und den Pokal in der anderen Hand, während David Plattner Martha Fluhrs Bett neu justierte und die alte Frau in eine andere Liegeposition manövrierte, weil Martha Fluhrs empfindliche, dünne Haut schnell wund wurde und sie nicht so lange in derselben Lage bleiben durfte. Während er das tat, sah ihn die alte Dame mit ihren wässrigen, immer leicht geröteten Augen aufmerksam an und fragte: «Aber Ingo kommt bald, oder?» Der Pfleger nickte abwesend. Doch sie fragte erneut: «Und der Ingo kommt bald, um mich zu holen?», woraufhin David Plattner bestätigte, dass Ingo sogar *sehr* bald kommen würde, um sie abzuholen. «Wir fliegen nämlich im Frühling zusammen nach Mallorca», sagte sie. «Mallorca ist im Frühling wunderschön, wissen Sie.» Der Pfleger nickte wieder und sagte: «Ja, Mallorca ist schön im Frühling.» Daraufhin entspannte sich Martha Fluhr und ließ über sich ergehen, was immer der Heimmitarbeiter mit ihr vorhatte.

Ingo, das war ihr ältester Sohn, von dem ein paar Fotos an der Wand neben ihrem Bett hingen. Das jüngste war acht Jahre alt – aufgenommen kurz bevor er an Leukämie gestorben war.

«Heute kommt Rudi Carrell», hatte meine Mutter mit einem bittenden Unterton gesagt, und vermutlich war das der Grund, warum ich letztlich doch blieb.

Zum Abendbrot gab es Jagdwurstbrote. Aber auf dem Tisch stand außerdem ein Teller mit dampfenden Wiener Würstchen aus der Dose, die von einer winzigen Manufaktur namens *Mettingwurst* hergestellt worden waren. Das war ein Betrieb, der einem Mettinger Fleischer namens Jakob Frankenthal gehörte. Als sich ein paar Jahre später das Gerücht verbreitete, Frankenthal sei überzeugter Vegetarier, würde also seine eigenen Produkte selbst überhaupt nicht konsumieren, ging es mit dem Laden genauso rasant bergab, wie zugleich eine neue, kleine Wurstfabrik zu Erfolg kam. Eine Fabrik, die jemandem gehörte, der zufällig mit der Chefredakteurin des *Mettinger Boten* verschwägert war – der Zeitung, in der der anonyme Leserbrief abgedruckt worden war, in dem Jakob Frankenthals unglaubliche, seltsame Neigung (oder Abneigung) thematisiert worden war. Ich mochte seine Würste, denn der Darm war nicht so fest wie bei den Büchsenwürstchen, die es bei Heidemeier aus Großfabrikation zu kaufen gab, aber diese Wiener standen heute sowieso nur auf unserem Tisch, damit neben Papas Brett ein Becher mit der Dosenflüssigkeit stehen konnte.

Als Erwachsener wurde ich, wie ich das für mich nannte, zum Werktagsvegetarier. Ich verzichtete unter der Woche auf Fleischprodukte aller Art, was nicht immer leicht war und umgekehrt einfacher gewesen wäre, als Wochenendvegetarier. Aber wann immer ich später im Leben ein Glas oder eine Dose Würstchen öffnete, musste ich unwillkürlich an diesen Abend denken.

Denn bei diesem Abendbrot, während wir die von Mama portionierten Jagdwurstscheiben auf unsere Brote legten, begann mein Vater plötzlich mit seinem Geständnis. Völlig unvermittelt fing er zu erzählen an – davon, dass es da in ihm etwas gäbe, einen Drang, ein Bedürfnis ...

Während er sprach, sah meine Mutter ihn nur an. Sie hörte ihm aufmerksam zu, aber ihr Gesicht blieb ohne Regung. Was er sagte, schien sie zur Kenntnis zu nehmen wie die Verkündigung einer Tatsache, die man längst kannte oder an der man sowieso nichts ändern konnte. In diesem Moment wurde mir klar, dass Mama längst davon gewusst haben musste. Und während Papa immer weitererzählte, begriff er dies ebenfalls, wie ich seiner Mimik entnehmen konnte. Er war nun deutlich verunsicherter als ohnehin schon, und der schlimmste Teil seiner Beichte stand ihm ja noch bevor – das Geschehen vom Samstag. Je näher er diesem Teil des Geständnisses kam, umso leiser und undeutlicher sprach er, aber meine Mutter, die sogar das Genuschel der Alten verstand, hatte damit sicher kein Problem. Eher mit dem, *was* er sagte. Mein Vater deutete an, dass es nicht nur die Leidenschaft fürs Modelleisenbahnbauen war, die seinen Freund Jürgen aus Marbrunn nach Metting führte, und dann schilderte er, wie aus dem gemeinsamen Hobby nach und nach eine Liebesbeziehung geworden war.

Meine Mutter hatte die ganze Zeit regungslos meinen Vater angesehen. Mich hatte sie offenbar vollständig ausgeblendet. Doch als sich abzeichnete, wo die Erzählung hinführen würde, was der Kern des Geschehens war, um den es bei diesem Geständnis ging, erstarrte Mama. Sie wurde zur sprichwörtlichen Salzsäule. Ihre Augen waren weit aufgerissen, und die einzige Bewegung, die an ihr zu erkennen war, war ein leichtes Zittern der linken Hand, die neben dem Brotbrett auf dem Tisch lag. Meine Mutter war ganz Pragmatikerin, eine Frau, die davon lebte, jede Situation zu beherrschen und zu kontrollieren, und das war in diesem Moment ganz eindeutig nicht mehr der Fall. Es entglitt ihr, und wie sich zeigte, war ihr schon vor einer ganzen Weile alles mögliche entglitten.

Als Papa jetzt davon sprach, wie und *wobei* ich ins Zimmer gekommen war, stieß sie in einer ruckartigen, gezielten Bewegung mit der linken Hand seinen Wurstwasserbecher um.

Dann stand sie auf. Sie holte eine Zigarettenschachtel aus dem braungrünen, gelbgeblümten Kittel, den sie bei der Arbeit in der Küche immer trug, und zog eine Kippe aus der Schachtel. Papa verstummte mitten im Satz, und wir beide beobachteten, wie meine Mama die Zigarette anzündete und einen tiefen Zug inhalierte. Dabei sah sie *mich* an. Das Wurstwasser plätscherte leise auf den Fußboden.

«Du triffst dich nicht mehr mit dieser Frau Benedickt!», verkündete sie. «Und mit der Vorleserei ist auch Schluss.»

Dann drehte sie sich um und ging qualmend davon.

8.

DIESE unfassbare, unverständliche und unerträgliche Ungerechtigkeit meiner Mutter hielt mich bis in die frühen Morgenstunden wach. Schwitzend drehte ich mich von einer Seite zur anderen, wendete immer wieder die schweißfeuchte Bettdecke, und konnte an nichts anderes denken als daran, dass sie mir tatsächlich *verboten* hatte, mich weiter mit Marieluise Benedickt zu treffen. Ich hatte nichts verbrochen, ich hatte jedes Recht gehabt, mein Zimmer zu betreten, ich hatte nichts ausgeplappert (außer Filips Mama gegenüber, aber das konnte sie nicht wissen) und auch sonst nichts Regelwidriges getan. Aber trotzdem bestrafte sie *mich*, und das in einer Härte, die ihr wahrscheinlich nicht einmal bewusst war. Oder vielleicht doch, vielleicht sogar *gerade*, ergrübelte ich, während draußen schon die Morgensonne zu schimmern begann und aus Josefas Kiste erste Regungen zu hören waren. Vielleicht störte sie meine besondere Beziehung zu Marieluise Benedickt schon ein Weilchen, aber sie hatte keine Möglichkeit gesehen, zu intervenieren, ohne sich zugleich eine Blöße zu geben. Also hatte sie gestern Abend die Chance genutzt, obwohl es um etwas völlig anderes ging. Als Reaktion auf Papas Geständnis war es trotzdem unverständlich, und davon abgesehen war es die schlimmste Bestrafung, die ich mir vorstellen konnte. Was sollte ich denn machen, wenn ich Marieluise nicht mehr treffen durfte? Und was würde Marieluise dazu sagen? Würden wir unsere Beziehung jetzt heimlich führen müssen? Und wie sollte das vonstatten gehen? Wir konnten ja schließlich nicht zusammen durchbrennen. Oder doch? All das beschäftigte mich so sehr, dass ich nicht für eine Millisekunde auf die Idee kam, darüber nachzudenken, wie es wohl inzwischen meinen Eltern erging.

Ich schlief nur noch eine Stunde, dann rasselte mein Wecker. In der Küche war wie immer für mich gedeckt, während Papa vermutlich noch schlief und Mama schon ihre Runden durchs Heim drehte. Heute sollte die Beerdigung von Georg Täter stattfinden, meines Wissens am späten Nachmittag, und außerdem war Visitentag. Ich trank ein Glas Milch und aß ein halbes Honigbrot. Ich war schrecklich müde und unendlich traurig. Ich überlegte, eine Krankheit vorzutäuschen, um nicht in die Schule gehen zu müssen, aber meine Mutter ließ sich nur von konkreten, sichtbaren Symptomen überzeugen. Selbst bei messbarem Fieber dicht an der Vierzig blieb sie skeptisch. Aber es war mir sowieso lieber, sie am heutigen Morgen nicht zu sehen, also wischte ich die Idee beiseite.

Filip kam nicht zum Unterricht, was Frau Awusi immerhin unkommentiert ließ. Möglicherweise nagten die Geschehnisse von gestern doch ein bisschen an ihrem Gewissen. Andererseits hatte es bislang keinen Beweis dafür gegeben, dass sie überhaupt so etwas wie ein Gewissen besaß.

Ich quälte mich durch den Unterricht, vor allem durch die unfassbar langweilige Kunststunde, in der uns Dr. Silbris, der dürre Endfünfziger, für den es niemanden außer *Leonardo* in der Kunst gab, fünfundvierzig Minuten lang das in Öl gemalte, irgendwie *dunkelbraune* Porträt einer Frau anstarren ließ, die uns nach meinem Dafürhalten anschielte. Ich schaffte es glücklich nur bis zur sechsten, der Englischstunde, ich der ich dann allerdings leider einschlief. Ich erwachte wieder, weil mir jemand mit etwas gegen den Kopf schlug. Der Jemand war natürlich Frau Awusi und das Etwas ein Englisch-Lehrbuch. Meine Nase krachte auf die Pultplatte, und ich merkte sofort, dass es zu laufen begann. Also zog ich das Stofftaschentuch aus der Hosentasche, in der seit gestern der Zettel von Melina steckte, den ich völlig vergessen hatte. Ein großer Fehler, denn während ich den Kopf in den Nacken legte und den metallischen Geschmack des Bluts im Mund spürte, bückte sich Frau Awusi, hob das gefaltete Stück Papier auf und hielt es mir triumphierend vors Gesicht.

«Was haben wir denn da?», fragte sie, natürlich rein rhetorisch.

«Wss 'n' ch», antwortete ich wahrheitsgemäß am schnell feuchter werdenden Taschentuch vorbei. Ich hatte den Zettel ja nur eingesteckt und bislang nicht gelesen. Ich hatte keine Ahnung, welche Art von Botschaft mir Melina hatte zukommen lassen. Oder, doch, vielleicht den Hauch einer Ahnung.

«Na, dann schauen wir mal», verkündete die Lehrerin. Sie entfaltete das Stückchen Papier, auf dessen einer Seite eine Zeichnung war, die ich mit meinen tränenden Augen aber nicht richtig erkennen konnte.

«Ich mag Dich, Tomás Lebesanft», las Frau Awusi laut und mit spöttischer Singsang-Stimme vor. Und dann noch einmal: «Ich *mag* Dich, Tomás *Lebesanft*.» Sie sagte allerdings

Thomas, und nicht Tohmaasch, wie es richtig gewesen wäre. Melina hatte meinen Namen korrekt geschrieben, wie ich später feststellte, als ich den Brief selber las. Erst da entdeckte ich auch, was es mit der Zeichnung auf der anderen Seite auf sich hatte.

Kollektives Gelächter erscholl in der Klasse, das hinten stärker als vorne ausfiel, und vom Koloss Clemens Kummer ganz hinten links war dessen lautstarkes «Hua, hua, hua!» zu hören, das klang, als würde ein grippekranker Kutscher erfolglos seine Pferde anzutreiben versuchen. Aber zu meinem großen Erstaunen war mir der Moment nicht peinlich, wie Frau Awusi das wohl erhofft hatte, sondern ich freute mich. Ohne das Nasenbluten hätte ich jetzt mitgelacht. Ich versuchte mich wenigstens an einem schiefen Lächeln. Die tolle große Schwester meines besten Freundes hatte mir so etwas wie eine Freundschaftserklärung zugesteckt, und das machte mich stolz und ein bisschen glücklicher, als ich noch am Morgen gewesen war.

Ich nahm das Tuch von der Nase und wandte mich zu der Lehrerin um.

«Damit mag mich mindestens ein Mensch mehr als *Sie*, Frau Awusi», erklärte ich so laut, wie es mir mit der blutverstopften Nase möglich war. Meine Ohren glühten vor Aufregung, und es kostete mich so viel Kraft, diesen Satz zu sagen, dass ich sicher war, vorläufig nicht mehr sprechen zu können. Die Klasse hörte auf, zu lachen. So mutig war ich ihr gegenüber noch nie gewesen. So mutig war ich in meinem ganzen Leben noch nicht gewesen.

Sie starrte mich wütend an, zerknüllte den Zettel in der Hand, ließ ihn einfach fallen und beugte sich zu mir herab. So leise, dass ich es gerade noch verstehen konnte, flüsterte sie: «Das, mein kleiner Zigeunerfreund, wirst du noch bereuen.»

Und sie sollte recht behalten. Von diesem Moment an nahm sie mich nie wieder ran, wenn ich mich meldete, und ich bekam von ihr nie wieder eine bessere Note als eine Vier. Das war letztlich ausschlaggebend dafür, wie sich meine Laufbahn und damit mein gesamtes Leben entwickeln sollten.

Ich musste wissen, was mit Filip los war, aber ich wollte seinem neuen alten Vater nicht über den Weg laufen, und für die Begegnung mit Melina musste ich mir auch etwas einfallen lassen. Denn die Zeichnung auf der Rückseite zeigte eindeutig ein Herz, und das machte aus der Freundschafts- eine Liebeserklärung. Das freute mich einerseits sehr und erfüllte mich mit einem gewissen Stolz, andererseits beunruhigte es mich auch, und ich würde einen Weg finden müssen, das damit verbundene Angebot so auszuschlagen, dass wir trotzdem Freunde bleiben konnten. Aber Melina war heute nach der Schule bei einer Freundin, wie ich wusste, und vom Vater hoffte ich, er müsse arbeiten oder etwas anderes tun, das Erwachsene eben tagsüber so taten.

Doch er war es, der mir die Tür öffnete.

«Ach, der Freund», sagte er nur, drehte sich um und ging in die Wohnung zurück. Von hinten war die erhabene, rosaschillernde Narbe auf der blassen Kopfhaut noch besser zu sehen. Mit seinem kugelrunden Kopf erinnerte er an den Vater aus den *Vater und Sohn*-Bildergeschichten. Als er jetzt vor mir herging, fiel mir auf, dass er seine Arme vom Körper leicht abgespreizt hielt, wie die Cowboys in den Filmen das taten, um jederzeit schussbereit zu sein, und beim Gehen wankte sein

Oberkörper hin und her, weil er die Knie offenbar nicht mehr so gut beugen konnte und sich die Schritte herbeipendeln musste, wie diese kleinen Plastikfiguren aus den Cornflakes-Packungen. Filip erzählte mir später, dass die Kopfnarbe von einer Schussverletzung stammte, die der Vater in Afrika abbekommen hatte. Deshalb hatte der sich dann den Kopf rasieren lassen, weil im Bereich der Narbe sowieso keine Haare mehr wuchsen. Die letzten Jahre hatte der Mann nämlich bei der französischen Fremdenlegion verbracht, wo sich Männer wie Filips Vater verdingten, um für Geld überall dort zu kämpfen, wohin sie gerade geschickt wurden. Die steifen Knie waren Folgen einer Nervenerkrankung, die er sich irgendwo in Asien geholt hatte, ebenfalls bei einem Einsatz.

Jetzt setzte er sich auf die Eckbank hinter eine Kaffeetasse und zündete sich eine Zigarette an. Rauchgeruch war in dieser Wohnung etwas völlig Neues.

Aber auch Filip war verletzt. Sein linkes Auge war blutunterlaufen, der Bereich drum herum schillerte bläulichgrün und war stark geschwollen. Das galt auch für seine Nase.

«Was ist passiert?», fragte ich, als wir in seinem winzigen Zimmer saßen.

Filip sah ängstlich zur Tür. Wir warteten ein Weilchen. Irgendwann hörten wir, wie die Wohnungstür geöffnet und wieder geschlossen wurde, und dann war es still. Der Vater war gegangen. Ich hatte meinen Blutsbruder noch nie so ängstlich gesehen. Ein bisschen ängstlich, ja – beispielsweise, wenn uns der riesige Clemens Kummer auf dem Schulhof auflauerte, und schockiert (Hannover 96 war Fortuna Düsseldorf unterlegen – Filip war ein Fan der Mannschaft von Hannover 96) und erschrocken (Donner – er sah den Blitz und wusste, was kommen müsste, aber der Donner überraschte ihn immer wieder) und besorgt (Frau Awusi in jeder Situation) auch schon. Aber eben nicht so. Diese Angst hier war anders.

Er erzählte, dass sie gestern von den Eltern früh ins Bett geschickt worden waren, aber sie hatten gelauscht, was in der kleinen Wohnung nicht schwer war. Der Vater hatte von der Fremdenlegion erzählt und dann gesagt, dass er es noch einmal versuchen wolle mit ihnen, dass er viel nachgedacht und sich gebessert habe und dass er ihr helfen könne. Aber Filips Mama wollte das nicht. Sie widersprach ihm wütend, wollte ihn fortschicken, forderte ihn auf, in einer Pension zu übernachten. Aber er erklärte, er sei ihr Mann und der Vater ihrer Kinder und er hätte das Recht auf seiner Seite. Dann kam es zum Streit und fast zu einem Kampf. Schließlich flüchtete Mojca ins Kinderzimmer und zwängte sich zu Filip in dessen Bettetage, während der Vater im anderen Raum weiter vor sich hin schimpfte. Am Morgen war der Junge dann in die Wohnküche gestapft und hatte zu seinem Erzeuger gesagt: «Ich möchte, dass Sie sofort wieder gehen, bitte.» Daraufhin hatte der Vater ihm, ohne groß auszuholen, mit der Faust ins Gesicht geschlagen und «Du hast mir überhaupt nichts zu befehlen, du verzogenes Großmaul» geblafft.

«Ach du Scheiße», keuchte ich erschrocken.

«Melina ist rausgerannt, zu Herrn Strecker nebenan. Der ist ja Polizist», erzählte Filip weiter. Und Herr Strecker, ein bärbeißiger Mittvierziger, dem zu begegnen nicht sehr viel Spaß machte, weil er ganz offen ein abgrundtiefer Kinderhasser war, hatte Melina tatsächlich in die Wohnung begleitet, wo Mojca soeben auf Ferdinand einzuschlagen versuchte, während Filip schreiend am Boden lag und sich das Gesicht hielt.

Strecker hatte die Situation tatsächlich entspannen können. Als Mojca und die Kinder forderten, er möge doch bitte dafür sorgen, dass Ferdinand verschwindet, zuckte er allerdings nur die Schultern.

«Ist das Ihr Ehemann?», fragte er Mojca, die zur Antwort traurig nickte.

«Und ist er der Vater von dem Jungen?», fragte er anschließend und nickte in Filips Richtung.

Die Mutter nickte wieder.

«Und dem Mädchen?»

Noch ein Nicken.

«Dann ist das eine Familienangelegenheit und nichts für die Polizei», erklärte er und verschwand wieder.

«Und jetzt?», fragte ich.

«Mama ist zu einem Anwalt gegangen», sagte Filip, und er sagte das leise, obwohl der Legionär nicht mehr da war. «Und Melina ...» Er stockte. «Melina will schauen, ob sie bei ihrer Freundin Marlies schlafen kann, wenigstens für ein paar Tage. Melina hat fürchterliche Angst, wenn er in der Nähe ist.» Filip berührte vorsichtig mit dem Zeigefinger die Haut unter dem geschwollenen Auge. «Und, Bruder, ich kann sie da gut verstehen.» Er versuchte zu lächeln, was mit dem lädierten Gesicht drum herum wirklich schrecklich aussah.

Die Wohnungstür klapperte. Aber es war keine Begrüßung zu hören, also war der Vater zurückgekehrt.

«Du gehst wohl besser nach Hause», sagte mein Freund.

Ich fand das sehr tapfer. Die Sache mit Frau Awusi und dem Nasenbluten und ihrer Drohung erzählte ich ihm nicht, weil ich es für keine gute Idee hielt, dass er von dem Zettel erfuhr, bevor das zwischen mir und Melina geklärt war.

Ich brauchte etwas länger für den Nachhauseweg, weil meine Nase immer wieder zu bluten anfing, weshalb ich vom Fahrrad steigen und es mit der einen Hand schieben musste, um gleichzeitig mit der anderen das blutrote Taschentuch gegen meine Nase zu drücken. Als ich am Altenheim ankam, machte sich die Prozession der Heimbewohner gerade bereit für den Weg zur Trauerfeier von Georg Täter. Der Mettinger Stadtfriedhof lag auf der anderen Seite der Stadt, zwischen dem überschaubaren Zentrum und dem Villenviertel Metting-Schnecksel. Aber da es den Heimbewohnern kaum zuzumuten war, ganz dorthin zu fahren oder gar zu gehen, und da die Trauergemeinde regelmäßig fast nur aus Insassen bestand, wurde der Einfachheit halber in der kleinen, protestantischen Kirche von Metting-Hasenhügel getrauerfeiert, die nur ein paar hundert Meter vom Horizont entfernt lag. Die regelmäßigen Verabschiedungen dort – im Durchschnitt vier pro Monat – gehörten zum Programm wie die Spielenachmittage mit David und Sylvia, und wer es irgendwie einrichten konnte, nahm an ihnen teil. Ohne diesen Zuspruch der Heimbewohner wären oft nur meine Eltern und der Pfarrer bei den Feierlichkeiten zugegen gewesen. Vor allem die Sozis hatten fast durch die Bank keine Angehörigen mehr, die sie auf diesem letzten Weg begleiten konnten. Oder wollten.

Wenn man das Heim verließ, sich nach rechts wendete und der Straße folgte, vorbei an zwei weiteren Seniorenaufbewahrungsstätten, danach weiter durch ein von Heidelandschaft umgebenes Nichts, gelangte man nach etwa dreihundert Metern zu einer gestreckten, von Büschen gesäumten Rechtskurve, an deren Ende wiederum ein kleiner Wendekreis lag, an dessen Scheitelpunkt die Apostel-Thaddäus-Kirche der evangelischen Gemeinde Metting-Hasenhügel stand. Es handelte sich um einen zweckmäßigen beigefarbenen Betonbau mit abgedunkelten Fenstern, an den sich ein etwa fünfzehn Meter hoher, konischer Turm aus gelben Ziegeln lehnte. Dort herrschte Tizian Odol, der evangelische Pfarrer der kleinen Gemeinde. Tizian Odol stammte aus Kamerun, wo er als Pflegekind bei einer deutschen Familie aufgewachsen war (der er auch seinen originellen Namen verdankte und der ihm nie erklärt worden war und den er sich auch selbst nicht so recht erklären konnte), die zum Missionsprojekt einer Evangelistengruppe aus Metting gehört hatte und ihn anschließend nach Deutschland mitbrachte. Als der große, schwarze Mann erst sein Theologiestudium und dann das Vikariat beendet hatte und – gegen heftige innerkirchliche Widerstände – die Gemeinde von Hasenhügel zugewiesen kam, verringerten sich die Besucherzahlen bei den Gottesdiensten dort auf ein Drittel, und sie haben sich seither nicht wieder verbessert. Immer wieder tuschelten die Heimbewohner auf dem Weg in die Kirche über den «Negerpfarrer von den Hottentotten», den sie einerseits exotisch und deshalb in gewisser Weise interessant fanden, von dem sie aber ohne jeden Zweifel auch meinten, er könnte unmöglich das Wort *ihres* Gottes verkünden, der ja wohl nicht derselbe wie seiner sein könnte, schließlich kam der Mann aus *Afrika* und sie nicht. Da die Kirche aber die einzige in der Nähe war, änderte sich an ihrer Nutzung erst einmal nichts. Immerhin, da war man sich einig, waren seine Predigten und Ansprachen *nicht schlecht*.

Für einen Neger.

Es gab eine Flotte von sechs einfachen Rollstühlen, die für den Transport der Heimbewohner zur Verfügung standen, die es nicht mehr aus eigener Kraft schafften. (Der Siegeszug der Rollatoren stand erst in einigen Jahrzehnten bevor.) David Plattner hatte aus grauer Folie Regenabdeckplanen geschnitten, die bei schlechtem Wetter zum Einsatz kamen. Es war ein ziemlich skurriler Anblick, wenn die alten Menschen dann stocksteif unter diesen Planen saßen, sich mit ihren dürren Fingern an den Blechlehnen der Rollstühle festhielten und durch die Sehschlitze herausstarrten. Aber heute war das Wetter gut, es war warm und die Sonne schien. David, Sylvia, meine Eltern und Doktor Pepik Novak – der wie ein Turm aus der kleinen Menschenmenge herausragte – übernahmen je einen Rollstuhl, außerdem traf der Gemeindepfarrer soeben ein, der sozusagen traditionell die sechste Fahrgelegenheit schob.

Außer diesen zwölf Leuten standen noch vier weitere Heimbewohner abmarschbereit, darunter Marieluise Benedickt, ganz am Ende der Gruppe. Mama hielt sich üblicherweise an der Spitze auf, neben dem Pfarrer und unserem Haus- und Hofarzt. Aber mein Vater, der sich sonst in ihrer Nähe hielt, war heute in die dritte Reihe nach hinten gerückt. Und jetzt kam auch noch Gerhardt Kutscher angestampft, den wir im Heim «den Wanderer» nannten und der jeden Tag, bei Wind und Wetter, mittags aufbrach, um eine Wanderung zu machen, wie er das nannte, wobei es sich um einen langen Spaziergang handelte, in dessen ungefährer Mitte er sich jeden Tag verirrte, was in der Gegend von Metting-Hasenhügel nicht einfach war, und dann die nächsten Stunden damit verbrachte, den Heimweg zu finden. Kutscher war in den Achtzigern – ein Sozi und ehemaliger Gärtner, der sich recht gut gehalten hatte. Allerdings verzog er jetzt das Gesicht, als ob ihn etwas stark schmerzte. Doktor Novak untersuchte ihn zweimal im Monat wegen seiner Blasen an den Füßen. Später sollte sich herausstellen, dass sich Kutscher seine Füße nicht mit dem medizinischen Puder behandelt hatte, den ihm Novak verschrieben hatte, sondern mit dem Ata-Scheuerpulver aus dem Reinigungswagen der Putzfrauen, die am frühen Vormittag ihre Runde durchs Alten- und Pflegeheim machten.

Ich hatte mich noch nie meinen Eltern widersetzt. Klar, auch ich hatte, wie jeder Junge in meinem Alter, schon Dinge getan, von denen sie besser nicht erfuhren, und ich führte, was mein Verhalten und meine Wortwahl anbetraf, schon seit der dritten Klasse eine Art Doppelleben, das verhinderte, dass das Bild vom anständigen, gehorsamen, pflegeleichten, auf seine Weise klugen, durchaus hübschen (die meisten Alten sagten: *adretten*) und überwiegend ganz normalen Jungen, das sie naiverweise in sich trugen, obwohl sie selbst mal Kinder gewesen waren, in sich zusammenfiel. Aber ich war ein ziemlich braves Kind, unterm Strich sozusagen. Mein rebellisches Potenzial überstieg nie die Toleranzgrenze. Ich hatte es tatsächlich noch nie gewagt, mich einer direkten Anordnung, einem Befehl, den einer von ihnen ausgesprochen hatte, entgegenzustellen – oder, wie jetzt, eine Strafe zu unterlaufen. Ihr Wort war Gesetz für mich. Schließlich waren sie meine Eltern. Wenn ich auf diese Weise die Verbindung zu ihnen kappte, riskierte ich alles, dessen war ich mir sicher.

Aber in diesem Fall konnte ich nicht anders.

Meine Eltern trugen Schwarz, sozusagen geschäftsmäßig, Doktor Novak hatte wie immer einen dunkelgrauen Anzug an, die beiden Pfleger waren in die hellgrauen Heimkittel mit dem rotlilafarbenen Namenszug des Altenheims («Alten- und Pflegeheim» rot, «Horizont» lila) gewandet. Die Bewohner hatten an, was sie auch sonst tagsüber anhatten, also die Männer die bis fast zur Brust hochgezogenen, beigebraunen Hosen über taubenblauen Hemden und die Frauen das weibliche Pendant dazu, in Braun oder Grau – oder irgendeinen Kittel. Nur Marieluise Benedickt, am Ende der Reihe, trug ein weißes, geblümtes Sommerkleid, *Nylonstrümpfe* und Riemchensandalen. Sie hatte die Haare hochgesteckt und sich auffällig geschminkt – und sie sah hinreißend aus. Aber das war nicht der einzige Grund, aus dem ich mich ihr annähern musste, aus dem ich unbedingt mit ihr sprechen musste. Es war so viel geschehen. Sie kannte die Ereignisse vom vergangenen Samstag noch nicht und auch nicht die schreckliche Strafe, die ausgerechnet ich für das Vergehen meines Vaters auferlegt bekommen hatte. Aber ich musste außerdem mit ihr über Filip, Melina, Mojca und das von der Armee zurückgekehrte, vor sich hin wankende Narbenmonster sprechen, das meinem Freund, einem Dreizehnjährigen, mit der Faust aufs Auge geschlagen hatte und das mit Sicherheit dafür verantwortlich war, dass Melina diese riesige Narbe im Gesicht hatte.

Die Prozession setzte sich langsam in Gang, meine Eltern hatten mich nicht entdeckt. Ich wartete ab, bis sie so weit entfernt waren, dass sie nicht mehr sehen würden, wie ich mich von hinten näherte. Schließlich radelte ich los, holte die Gruppe bald ein, sprang vom Rad und schloss vorsichtig zu Marieluise Benedickt auf, die mich längst bemerkt hatte. Sie ergriff meine Hand und sagte: «Hallo, mein Schatz.»

«Meine Mutter hat mir verboten, mit dir zu verkehren», stieß ich atemlos hervor. Ich bekam kaum Luft, weil meine Nase mit geronnenem Blut verstopft war.

«Hat sie?»

Ich nickte, wovon mir ein kleines bisschen schwindelig wurde.

«Und warum?»

«Weil mein Vater … Ich weiß nicht. Mein Vater ist, glaube ich, schwul oder so.» Es platzte einfach so aus mir heraus, und es klang sehr eigenartig, das zu sagen. Ich hatte das Wort bisher nur als abstraktes, beleidigendes Adjektiv verwendet und nie für eine Eigenschaft, die es wirklich gab, die tatsächlich vorhanden war, einfach so, und dann auch noch bei jemandem, den ich kannte, mit dem ich sogar verwandt war. Möglicherweise gab es also auch *Spastis* in meinem erweiterten Umfeld, irgendwo in Metting.

Sie nickte. «Das ist offensichtlich.»

Ich war irritiert, aber ich war ja auch beinahe siebzig Jahre jünger als sie und hatte keine Ahnung von irgendwas. Sie hatte zwei Kriege miterlebt, ich noch überhaupt keinen.

Ich hatte noch nicht alles erzählt. «Ich habe ihn aus Versehen überrascht. Ihn und seinen Eisenbahnfreund Jockel. In meinem Zimmer», sagte ich.

«Beim Bumsen», vervollständigte sie meinen Bericht. Und dabei lächelte sie, nach meinem Dafürhalten ein bisschen anzüglich.

Beim *Bumsen*? War das also auch bumsen? Lief das unter derselben Bezeichnung wie bei normalen Leuten? Spielte es überhaupt keine Rolle, welche Geschlechter daran beteiligt waren, wenn es ums Bumsen ging? Oder welche Körperöffnungen?

Ich nickte vorsichtig als Antwort. «Und als meine Mama das erfahren hat, hat sie mir verboten, dich zu sehen.»

«Aha.»

«Und ich darf auch nicht mehr vorlesen.»

«Wie eigenartig», sagte Marieluise. Da war ich ihrer Meinung. Die Brücke vom einen zum anderen Verbot war eine schmale. Wenn es sie überhaupt gab.

Wir hatten das Ende der Kurve erreicht, hinter der es in den kleinen Wendekreis ging, an dessen Scheitelpunkt die gelbe Kirche stand. Jetzt setzte das Glockenläuten ein. Es war kein sehr lautes Glockenläuten, nicht zu vergleichen mit dem, was von den großen Türmen der Kirche kam, die ziegelrot und dreißig Meter hoch im Zentrum von Metting standen, aber es war Glockenläuten.

«Warum bist du so fröhlich angezogen?», fragte ich.

«Weil mir danach war. Und weil das sowieso ein völlig bescheuertes Ritual ist. Und weil der Tote mich nicht mehr sieht. Und weil es keine bessere Gelegenheit gibt, darauf hinzuweisen, dass man das Leben feiern und genießen muss, solange dafür genug Zeit ist. Aus tausend Gründen, mein Schatz. Lass dir nicht von anderen Leuten vorschreiben, wie du etwas zu sehen hast. Lass dich nicht in dasselbe Korsett zwingen, in das sie sich haben zwingen lassen und aus dem sie nicht mehr herauskönnen. Folge deinem Gefühl. Sei ehrlich zu dir selbst, denn du bist für dich meistens die einzige Person, die zählt.»

«Bin ich nicht.»

Sie lächelte. «Ich weiß, wie du das meinst, und es ist nett von dir, aber es stimmt trotzdem nicht.»

«Und die Verwandten?»

«Du meinst, weil man sie beleidigen könnte, weil man keine Trauerkleidung trägt?»

«Ja.»

«Erstens. Eine Beleidigung muss als Beleidigung *gedacht*

sein, sonst ist sie keine. Lass dir bitte nie-nie-niemals etwas anderes einreden. Und zweitens. Hier sind keine Angehörigen.»

In diesem Augenblick näherte sich ein Auto, ein hellblauer Mercedes, der sehr gut gepflegt war. An seinen Seiten war der Schriftzug *Modeboutique Hilde Westermann – Mettinger Schmiss 17* zu lesen, in einer hellrosa schreibschriftähnlichen Kunstschrift, was auf unschöne Weise mit dem hellblauen Hintergrund kontrastierte. Das Wort *Boutique* sprachen die Mettinger *Butike* aus, und ich konnte dieses Kauderwelschding aus der Rechtschreibhölle nur lesen, weil mir Georg Täter gezeigt hatte, wie es geschrieben wurde. Der Wagen hielt neben uns. Eine nicht sehr große, schlanke Frau im typischen Trauerkostüm stieg auf der Fahrerseite aus. Hilde. Die Frau, die Georg Täter in den Wind geschossen und sich Jens, den tennisspielenden Krabbenfischer gekrallt hatte. Und danach vielleicht Horst, den hockeyspielenden Förster. Oder François, den Fußballer aus Südfrankreich.

Ihr Gesicht war von einem anthrazitfarbenen Gazeschleier verdeckt, den sie jetzt lüftete. Dann sah sie sich um, musterte die Menschen aus dem Trauerzug, entdeckte Marieluise und kam auf uns zu. Ihr Gesicht war tränennass, ihre aufwendige Kosmetik war verschmiert. Sie war wirklich traurig. Sie war vielleicht sechzig, plus/minus drei bis fünf Jahre.

«Ist das die Beerdigung von Georg Täter?», fragte sie. Ihr Atem ging etwas unregelmäßig.

Marieluise Benedickt nickte. «Eigentlich ist es nur die Trauerfeier, Schätzchen. Die richtige Beerdigung war heute Morgen auf dem Mettinger Stadtfriedhof. Aber wenn du Abschied nehmen willst, bist du hier richtig.»

Sie hakte sich bei der Boutiquebesitzerin ein, die das ihrerseits wie selbstverständlich hinnahm, und dann begannen die beiden Frauen, sich über Georg Täter zu unterhalten.

«Der junge Mann hier war übrigens mit ihm befreundet. Er wohnt im Altenheim. Es gehört seinen Eltern.»

Also musste ich Hilde Westermann erzählen, was ich über ihn wusste. Ich erzählte von seiner Arbeit in der Fahrzeugpolsterfabrik und von der Frau, die er dann kennengelernt hatte, und von dem Unfall, und davon, wie rege er noch war, als er zu uns kam, und wie schnell es dann gegangen war, und dass er sehr oft von ihr, Hilde, gesprochen hatte. Aber nicht nur Gutes, was ich jetzt verschwieg, weil sie sich das vermutlich denken konnte.

Die Trauergemeinde war inzwischen in der Kirche verschwunden. Nur David und Sylvia waren noch mit uns draußen. Sie rauchten und unterhielten sich in der B-Sprache.

«Und warum hast du ihn überhaupt verlassen, deinen Georg?», fragte Marieluise Benedickt.

Hilde, die Boutiquebesitzerin, sah an uns vorbei, zum gelbgeziegelten Turm der kleinen Kirche, aus der jetzt Orgelmusik zu hören war, die aber von einer Schallplatte kam, denn es gab keine Orgel darin.

«Jemand hatte mir etwas über ihn erzählt», antwortete sie leise.

«Jemand», wiederholte Marieluise.

«Etwas, das sich später als Lüge herausgestellt hat», sagte die Frau noch leiser.

«Aber da war es dann zu spät», schloss meine Freundin. Die andere Frau nickte. Dann wandte sich Marieluise zu mir. «Wir sehen uns nachher, irgendwie bekommen wir das schon hin. Wir müssen jetzt rein.»

«Sind Sie miteinander verwandt?», fragte Hilde Westermann. Sie meinte uns beide.

«Nein», sagte Marieluise lächelnd.

«Aber ...»

«Genau das. Dieses Aber», unterbrach Marieluise. «Da ist keines. Und da war bei dir und deinem Georg auch keins.»

Kaum hatte sie das ausgesprochen, verzog sie plötzlich das Gesicht, knickte in der Körpermitte leicht ein und griff sich reflexartig mit einer Hand an die Hüfte. Dabei machte sie ein Geräusch wie ein Reifen, aus dem die Luft entweicht, weil er ein Leck hat. Wäre sie nicht bei der Modeverkäuferin eingehakt gewesen, wäre sie womöglich gestürzt. Ich nahm rasch ihren Unterarm, aber sie richtete sich bereits wieder auf, doch das angestrengte und beängstigende Atemgeräusch war weiter zu hören.

«Verdammt», zischte sie leise. Ihr Gesicht hatte sich grau gefärbt und schien innerhalb von Sekunden eingefallen zu sein, ihre Falten traten deutlich hervor – sie war um zwanzig Jahre gealtert. Ich bekam einen unfassbaren Schreck und panische Angst, weil ich glaubte, sie würde jetzt, in diesem Augenblick und direkt vor meinen Augen sterben.

David und Sylvia warfen ihre Kippen fort und kamen herbeigeeilt, stellten sich wie auf Kommando beiderseits meiner Freundin auf.

«Frau Benedickt, alles in Ordnung bei Ihnen?», fragte Sylvia.

«Das wüsste ich selbst gerne», antwortete Marieluise Benedickt leise.

9.

DOKTOR Pepik Novak war ein großgewachsener, breitschultriger Mann, der wegen seiner Größe immer etwas gebückt ging – oder weil er aus der Tschechoslowakei stammte, wie er gerne scherzte, etwas beschämt und zugleich kokettierend. Er sah zu jeder Jahreszeit aus, als hätte er soeben stundenlang in der Sonne gelegen. Er hatte große, kluge, dunkelbraune Augen, die unter einer gewaltigen Hornbrille hervorblitzten, auf dem Kopf eine tiefschwarze Tolle, die er so frisierte, dass er seinem musikalischen Idol Elvis Presley ähnelte (was aber nur für die Haare zutraf, ansonsten hatten die beiden so viel gemeinsam wie Donald Duck und Lassie), außerdem ebenmäßige, gepflegte, unfassbar große Zähne, die ein Gebiss ergaben, das für seinen oft lächelnden Mund viel zu groß zu sein schien. Deshalb begrüßte er Menschen, denen er noch nicht begegnet war, meistens mit den Worten: «Grüß Gott, gnädigä Frau odär gnädigär Härr, mein Namä ist Doktor Päpik Novak, ich bin Allgemeinmedizinär und meinä Zähnä sind ächt.» Dabei tippte er sich mit dem Zeigefinger gegen die oberen Schneidezähne und zog das Lächeln so breit, dass es beinahe bis zu den Ohren reichte. Nach einer solchen Begrüßung hörte er jedoch bald wieder damit auf, seinen Akzent auf diese Art zu übertreiben. Wenn er wollte, sprach Doktor Novak ein akzentfreies, sehr sonores Hochdeutsch, etwa in traurigen Situationen mit Angehörigen und Hinterbliebenen oder wenn er Bewohnern tragische Diagnosen verkündete. Das war allerdings leider auch eine seiner Hauptbeschäftigungen bei uns.

Doktor Novak kam an allen O-Tagen ins Horizont, also montags, mittwochs, donnerstags und sonntags, meistens am Vormittag. Er setzte sich dann immer erst zu meinem Vater in dessen Büro, wo er genüsslich eine Tasse Kaffee trank und ein paar Zigaretten aus dem Spender auf dem Schreibtisch rauchte, während er sich mit dem Heimleiter über die Patientenentwicklung, aber auch über das Weltgeschehen und über Musik unterhielt. Mein Vater ertrug höflich, wenn er von Elvis schwärmte, dessen Tod Doktor Pepik Novak für Monate sehr, sehr traurig gemacht hatte, fast schon schwermütig. Und es hatte seinen großen Traum für immer begraben, nämlich den, das Idol einmal im Leben live zu erleben.

Wenn es nicht um Elvis ging, war es sehr lustig, dem geschwätzigen Doktor Novak zuzuhören. Er erzählte oft interessante oder amüsante Anekdoten oder berichtete aus seinem eigenen Leben. Er stammte aus einem winzigen Dorf in der Nähe von Lundenburg unweit der österreichisch-tschechoslowakischen Grenze, wo sein Vater ein Kollektiv von Obstbauern angeleitet hatte. Während der Erntezeit kam alle zwei Wochen ein österreichischer Unternehmer mit einem Lkw zu ihnen, belud das Fahrzeug mit dem Obst – überwiegend Äpfel, Birnen und Weintrauben –, das er dann illegalerweise importierte und in Österreich als hochpreisige Waren aus eigenem Anbau verkaufte. Als Pepik neun Jahre alt war, musste er bereits auf dem Hof mitarbeiten, etwa Obst ernten und

Obstkisten zimmern, und sein strenger, rund um die Uhr arbeitender Vater, der Witwer war, machte keinen Hehl daraus, dass er den Jungen mit spätestens fünfzehn Jahren von der Schule zu nehmen und in die höheren Weihen der Agrarwirtschaft einzuführen gedachte. Aber der kleine Pepik hatte andere Pläne. Er wollte ein berühmter Arzt werden. Deshalb versteckte er sich eines Tages unter den Kisten mit Trauben, die auf den österreichischen Laster geladen worden waren, trat die Flucht aus der sozialistischen Republik an, landete erst in einem Waisenhaus in Wien, dann bei einer wohlhabenden Pflegefamilie in St. Pölten, die es ihm tatsächlich ermöglichte, seinen Lebenstraum zu verwirklichen. Dort wurde er auch mit dem Elvis-Virus infiziert. Sein neuer Ziehvater hörte die Musik rund um die Uhr.

«Ich hatte großes Glück», sagte er einmal zu mir, und dann zog er eine zerknitterte Fotografie aus der Geldbörse, ein Schwarzweißbild, das den knapp zehn Jahre alten Pepik zeigte, der schief und mit seinem Mund voller damals schon riesiger Zähne in die Kamera grinste, wodurch er ein bisschen wie eine sehr realistische Pinocchio-Puppe aussah, unter dem Arm eine kleine, braune Leder-Aktentasche, Hemd, Haut und Haare klebrig und fleckig vom roten Traubensaft, der aus den Kisten in die Höhle getropft war, die er sich darunter gebaut hatte. Das Bild hatten die Polizisten gemacht, bei denen er sich damals sozusagen gestellt hatte. Wo er herkam und wie seine Eltern hießen, wollte er partout nicht verraten. Nur seinen Vornamen hatte er irgendwann genannt, als er zu den Novaks nach St. Pölten kam, von denen er schließlich, Jahre später, adoptiert wurde.

Als ich jetzt, am frühen Abend, nach kurzem Klopfen ins

Bananenzimmer trat, saß er gerade am Bettrand bei Marieluise. Er trug immer noch seinen Anzug von der Trauerfeier. Meine Freundin, die auf dem Bett lag, hatte eine Blutdruckmanschette um den dünnen linken Oberarm, und Doktor Novak pumpte mit dem kleinen, schwarzen Blasebalg. Ich wusste, wie merkwürdig sich das anfühlte, denn Doktor Novak untersuchte mich auch zweimal im Jahr – auf Bitten meiner Eltern, die möglicherweise darauf hofften, er würde eine körperliche Ursache für meine Legasthenie ausmachen. Und Doktor Novak hoffte das vielleicht auch – um ein wirklich berühmter Arzt zu werden, würde es nötig sein, eine bahnbrechende Entdeckung zu machen, und die Heilung der Legasthenie hätte dieses Kriterium erfüllt. Aber er fand nie etwas bei mir. Meine Vitalwerte waren erstklassig, im Gegensatz zu meinen Rechtschreibfähigkeiten.

«Vielleicht kommst du später wieder, Tom, mein Junge», sagte er.

«Nein, bleib hier», widersprach Marieluise und winkte mich mit der freien Hand heran. «Wissen Sie, Doktor Novak, Tomás ist mein bester Freund.» Dabei lächelte sie freundlich, obwohl ihr Gesicht aussah, als würde sie lieber weinen. «Und ich glaube, er ist ein bisschen verliebt in mich.»

Ich spürte, wie mir die Röte ins Gesicht schoss, aber ich hielt seinem Blick trotzdem stand. Langsam hatte ich mich an Marieluises Art, mir Komplimente zu machen, gewöhnt.

«Da hat er aber einen guten Frauengeschmack», erklärte Doktor Novak und nickte aufrichtig anerkennend. «Also gut, setz dich zu uns, Junge.»

Ich sah dabei zu, wie er die Blutdruckmessung beendete und die Ergebnisse in ein Notizbuch schrieb.

Doktor Novak war Allgemeinmediziner, und das irritierte mich ein wenig, weil ich nicht verstand, was das genau bedeuten sollte – war er nun jemand, der sich allgemein mit allen Bereichen der Medizin auskannte, dafür aber nur etwas oberflächlich, oder war er tatsächlich ein Spezialist für alles, also einer, der vom Hühnerauge bis zum Grauen Star jede Erkrankung zu behandeln in der Lage war, gar notfalls Gliedmaßen amputieren und Organe verpflanzen könnte? Aus Angst, den freundlichen Hünen mit dem riesigen Gebiss und der Elvistolle zu beleidigen, fragte ich ihn das allerdings nie.

«Gut», sagte er jetzt – wie Ärzte eben «gut» sagen. Es konnte alles bedeuten.

Marieluise Benedickt zwinkerte mir zu.

Doktor Novak holte einen Stauschlauch und eine große Spritze aus seiner Arzttasche, einem mächtigen, tiefbraunen Ledertrumm. Marieluise krempelte routiniert den rechten Ärmel der Bluse hoch.

«In zwei Wochen beginnen die Friesmann-Tage», sagte der Arzt, der es, wie mir schien, nicht lange aushalten konnte, wenn sich mehrere Menschen in einem Raum befanden und keiner sprach. Dabei legte er den Stauschlauch um Marieluises Oberarm.

Meine Freundin kicherte als Antwort.

«Können Sie mit Jan Friesmann nichts anfangen?», fragte er und zog das Gummiding fest, um den Arm abzubinden. Auch dieses Gefühl kannte ich, und ich betrachtete die mächtige Spritze, mit der er Blut abnehmen würde, mit gewisser Sorge. Es tat mir weh, das Ding nur anzuschauen. Die Kanüle hatte den Durchmesser einer Stricknadel.

Aber Marieluise zwinkerte, fast fröhlich. «Wissen Sie, Doktor Novak, ich bin eine Großnichte von Jan Friesmann.» Novak öffnete den Mund, aber bevor er etwas sagen konnte, sprach sie weiter. «Und während seiner letzten Jahre in Metting war ich seine Haushälterin.» Sie zeigte mit der linken Hand auf das Foto, das neben ihren Lieblingsbüchern in dem schmalen Regal stand, das über ihrem Bett hing. Auf den Mann, der neben ihr stand und unter dem breitkrempigen Hut hervorgrinste, ohne dass man sein Gesicht erkennen konnte. So hatte er sich gerne fotografieren lassen.

«Tatsache?» Doktor Novak zwinkerte, erhob sich ein wenig aus der Sitzposition, um das Bild genauer betrachten zu können. Er war offensichtlich verblüfft. «Dann müssten Sie ja selbst so etwas wie eine Berühmtheit sein, gnädige Frau.»

«Über sein Privatleben ist nie viel bekannt geworden. Großonkel Jan wollte das so.» Das Wort «Großonkel» hatte sie merkwürdig ausgesprochen, mit einem dezent ironischen Unterton. «Am liebsten hätte er es gehabt, dass sein Name in Metting nicht mehr genannt wird, aber das hat leider nicht geklappt. Aber bitte erzählen Sie das also nicht weiter.»

«Und wie war er so?»

«Er war ursprünglich Uhrmacher, wussten Sie das? Sogar Uhrmachermeister. Er ist erst sehr spät zu den schönen Künsten gewechselt.» Sie kräuselte die Lippen zu einem leicht ironischen Lächeln.

Der Arzt schüttelte zögerlich den Kopf. Möglich, dass Dr. Theuert das wusste, aber mir war es auch neu. Allerdings hielt sich mein Interesse für den Lyriker sehr in Grenzen. Seine Gedichte kamen mir wie Puzzles vor, die man zusammensetzen musste, ohne zu wissen, wie das Bild am Ende auszusehen hätte. Und ohne sicher sein zu können, dass es dieses Bild überhaupt gab. Als stammten die Teile von unterschiedlichen Puzzles.

«Er war oft sehr fröhlich. Er hat viel gelacht. Und er war ständig am Herumbasteln. Er hat gerne Dinge ... *gebaut.*»

«Und beim Dichten? Wie war er da?»

«Friesmann hat das selbst nie *dichten* genannt. Mir gegenüber hat er immer gesagt, er gehe jetzt *Gedichte machen*, und dann hat er sich in seinem Arbeitszimmer eingeschlossen. Auch dabei konnte man ihn oft lachen hören.»

«Dabei sind seine Gedichte doch so ernst.»

«Oder man denkt, dass sie ernst sind», sagte sie und lächelte mich dabei an.

«Mein Lieblingsgedicht von Jan Friesmann ist ‹Die Monde und der Mensch›», erklärte Novak.

«Kenne ich nicht», murmelte Marieluise Benedickt, fast ein bisschen abfällig.

«Es geht um Ärzte.»

«So, so.»

«Die Monde und der Mensch –
Arzt, du! –
Heilen, jedoch nicht genügen! –
Was genügen die Menschen? –
Beleidigungen ... –
So gegenseitig –
und so hurtig –
heilen die Monde», rezitierte der Arzt aus dem Gedächtnis, wobei er mit der Spritze in der Luft herumfuchtelte wie ein Dirigent mit seinem Stab. Er legte sich ganz schön ins Zeug, gab sich Mühe bei der Betonung. Dr. Theuert hätte seinen

Vortrag bestimmt gelobt, aber Marieluise hatte nur ein dezentes Stöhnen dafür übrig.

«Ist das nicht wunderbar?», wollte Novak wissen.

«Ich bin nicht sicher, dass es darin um Ärzte geht», erklärte Marieluise Benedickt, ohne seine Frage zu beantworten.

«Aber gewiss doch», widersprach er ein wenig irritiert.

«Wenn Sie meinen.»

«Haben Sie je mit ihm über seine Gedichte gesprochen?», fragte der Arzt, der das offensichtlich aufregend fand, eine authentische Friesmann-Zeugin zu befragen, von der anscheinend niemand außer ihm wusste.

Marieluise Benedickt schüttelte zaghaft den Kopf. «Jan hat mit niemandem über seine Lyrik gesprochen. Nicht mit den Literaturwissenschaftlern, nicht mit Journalisten, nicht einmal mit dem Publikum bei der Nobelpreisverleihung, und erst recht nicht mit seinen Lesern. *Sie sind, wie sie sind*, das war, was er immer gesagt hat. Auch mir gegenüber.»

«Sie sind, wie sie sind», wiederholte Novak. Er schnaufte enttäuscht und konzentrierte sich auf die Spritze, die inzwischen zu drei Vierteln mit dunkelrotem Blut gefüllt war.

Möglich, dass mich diese Atmosphäre allseitiger Bekenntnisse ansteckte und ich ein Teil davon werden wollte, vielleicht war es auch etwas anderes, das mich dazu verleitete, auf jeden Fall platzte ich heraus: «Mein Papa ist schwul.»

«*Tom!*», schimpfte Marieluise lautstark.

Aber bevor der Arzt reagieren konnte, der mich anschaute, als wäre ich ein grünes Männchen, ertönte ein kurzes, einfaches Klopfen, wobei sich gleichzeitig die Klinke an der Tür bewegte. Es gab nur eine Person im Horizont, die die Reaktionen auf ihr Klopfen nicht abwartete und die Räumlichkeiten der Bewohner einfach so betrat, obwohl die alten Menschen genau genommen Mieter der Einheiten waren und so etwas wie das Hausrecht besaßen.

Meine Mutter, Schwester Ingeborg.

Als sie mich sah, wurde ihr Gesicht schlagartig rotviolett vor Zorn. «Tom!», rief sie, fast im gleichen Ton wie meine Freundin kurz vorher. «Raus hier! Ab in dein Zimmer! Feierabend ohne Abendbrot! Und eine Woche Stubenarrest!»

Ich stand langsam – aber nicht provozierend langsam – auf. Marieluise Benedickt lächelte mir traurig zu und deutete ein Zwinkern an. Ich sagte brav «auf Wiedersehen» zu Doktor Pepik Novak. Aber der starrte mich weiterhin nur an und reagierte überhaupt nicht. Als ich an meiner Mutter vorbeiging, griff sie nach meinem Oberarm und kniff so heftig hinein, dass mir die Tränen kamen. Am nächsten Tag erschien an der Stelle ein Hämatom, ein braunorangegrüner, pflaumengroßer Fleck, der weh tat und eine Woche lang nicht wegging.

10.

ICH konnte nicht einschlafen, obwohl ich müde war, was nicht nur daran lag, dass ich Hunger hatte und dass Josefa ungewöhnlich aktiv war. Ich machte mir große Sorgen, ich hatte Angst um Gesundheit und Leben meiner liebsten Freundin, machte mir aber auch große Sorgen um den Fortbestand meiner Familie. Während ich den phosphoreszierenden Zeigern meiner Armbanduhr dabei zuschaute, wie sie sich quälend langsam bewegten, suchten mich bedrohliche Szenarien heim. Ich hatte einen Fehler gemacht. Doktor Novak war ein freundlicher Mann, keine Frage, aber er war auch jemand, der gerne Geschichten erzählte, von denen die Leute, die darin vorkamen, nicht immer so gerne wollten, dass sie erzählt wurden. Aber meine Hauptsorge galt natürlich Marieluise Benedickt. Hin und wieder musste ich auch an Filip und Melina denken, an meine Freunde, die in dieser klitzekleinen Wohnung in Metting-Zeck festsaßen und mit dem brutalen Vater zurechtkommen mussten. Das war ganz schön viel auf einmal, was gerade passierte.

Von draußen hörte ich Schritte von jemandem, der offenbar nicht gehört werden wollte. Krankenpflegersandalen quietschten unter vorsichtig gesetzten Fußsohlen, und ein

Schatten huschte in den schmalen Lichtschein am unteren Rand meiner Zimmertür. Dann raschelte etwas, aber das Rascheln kam nicht aus der Richtung von Josefas Kiste. Ich schaltete meine Nachttischlampe ein, die orange-blaues Licht an die Wände warf, weil der Lampenschirm seltsamerweise mit Delphinen und Bären bedruckt war. Der zusammengefaltete Zettel, der unter meiner Tür hindurchgeschoben worden war, war nicht zu übersehen. Ich musste an Melinas Botschaft denken, die ich bislang nicht beantwortet hatte. Dieser Zettel hier war auch von einer Frau.

Komm zu mir, wenn die Luft rein ist stand darauf, darunter die Initialen *M. B.*

Unmöglich, dass sie das selbst vorbeigebracht hatte, außerdem trug Marieluise Benedickt keine Sandalen, und erst recht keine mit Gummisohlen. Aber wer sonst? Vielleicht David oder Sylvia.

Es war kurz nach zehn. Meine Eltern lagen vermutlich längst im Bett. Meine Mutter las meist noch in einem Groschenroman, und mein Vater machte sich gerne spät am Abend Notizen, ordnete seine Gedanken, kategorisierte Ideen, die er über den Tag hinweg gehabt hatte und die er nicht vergessen wollte. Normalerweise. Ich hatte keine Ahnung, ob sich seit dem vergangenen Samstag etwas an ihren abendlichen Ritualen geändert hatte, seit also aus diesem großen Geheimnis eine Sache geworden war, die auch mich betraf. Aber meine Eltern waren grundsätzlich keine Leute, die Gewohnheiten schnell änderten. Ich saß auf der Bettkante und grübelte. Ich beschloss, es halb elf werden zu lassen und dann ins Bananenzimmer zu schleichen. Wenn mich Marieluise brauchte, musste ich bei ihr sein.

Als ich wieder erwachte, halb im Bett liegend und mit kalten Füßen, die halb auf dem Boden hingen, war es bereits kurz nach elf. Ich geriet in Panik, sprang aus dem Bett und stürzte fast. Ich schnappte mir meinen dunkelroten Frotteebademantel, den ich eigentlich nicht mochte, und tapste zur Tür. Draußen war es still und zum Glück nicht ganz dunkel, denn am Ende des Ganges brannte eine schwache, matte Nachtlampe, die meiner Mutter helfen sollte, sich zu orientieren, wenn es einen Notfall gab. Ich schlich in den Flur, nahm vom Schlüsselbrett das Schlüsselbund meines Vaters, das unfassbar laut klimperte, und öffnete so leise wie möglich die Durchgangstür zum Heim. Das war ein Weg, den ich noch nie nachts gegangen war, und ich bemerkte an diesem Abend zum ersten Mal, wie unterschiedlich es in der Wohnung roch, in der unsere Kleinfamilie lebte, und in den Räumen, in denen die alten Menschen darauf hofften, am nächsten Morgen noch einmal aufzuwachen. Bei uns roch es nach dem kalten Rauch, den meine Mutter hinterließ oder der in Papas Büro von Besuchern fabriziert wurde, nach *Ajax Glasrein*, nach Blumenerde, nach feuchtem Regenschirm und ein paar anderen Dingen, etwa – ganz entfernt – nach der Eisenbahnanlage meines Vaters und den leeren Orangenlikörflaschen, die in einem Karton neben der Küchentür standen. Im Bewohnerbereich dagegen roch es nach weichgekochtem Essen und außerdem alt und muffig, obwohl Schwester Ingeborg mit allerlei Sprays herumlief, für viele Pflanzen gesorgt hatte und die Pfleger anhielt, oft zu lüften. Außerdem gab es keine jahrzehntealten Möbel dort und nur wenige Habseligkeiten, die die Bewohner mitgebracht hatten, sodass es eigentlich keine Quellen für den üblichen Geruch gab, der die Wohnungen alter Menschen beherrschte, aber trotzdem hatten sie ihn irgendwie eingeschleppt, vielleicht mit ihrer Kleidung. Es roch aber, wie ich in diesem Moment deutlich wahrnahm, auch und vor allem nach etwas, das der Tod sein musste. Das war kein konkreter Geruch, nichts Süßlich-Verwesendes oder so, sondern eine drückende, die Luft beschwerende Note, die über allem lag, wie die gruselige Hintergrundmusik in einem Horrorfilm. Die Stille verursachte mir eine Gänsehaut, während ich die ersten Schritte im Bewohnerbereich zurücklegte. Als ich entfernt das knarrende Schnarchen von Gernhilde Hochhuth aus dem Tomatenzimmer hörte, war das beinahe beruhigend, auch wenn die rasselnden Atemgeräusche der alten Dame aus gesundheitlicher Sicht wohl nichts Gutes verhießen.

Ich schloss die Verbindungstür so leise, wie es ging, und schlich zum Zimmer mit der Banane an der Tür. Ich ließ damit mehrere Grenzen weit hinter mir, und wenn mich meine Mutter hierbei erwischen würde, dann drohte mir eine Bestrafung, die ich mir im Augenblick nicht vorzustellen in der Lage war. Die Notwendigkeit, etwas Schlimmeres als Stubenarrest zu verhängen, hatte bislang noch nie bestanden, aber seit heute war alles anders, und am Nachmittag hatte sie mir zum ersten Mal in meinem Leben absichtlich richtig weh getan – ein leicht ziehender Schmerz in meinem Oberarm war auch jetzt noch zu spüren. Mein Herz klopfte heftig, als ich vor der Tür von Marieluise Benedickt stand. Ich hatte Angst, ich war in Sorge. Aber da war noch etwas, etwas in positiver Weise Aufregendes. Ich hatte ein nächtliches Treffen mit einem weiblichen Menschen vor mir. Einem Menschen, an dem ich mehr als nur freundschaftliches Interesse hatte, wie mir bewusst war.

Ich klopfte leise, wartete ihre Reaktion aber nicht ab, sondern drückte die Klinke vorsichtig hinunter und schob die Tür zaghaft auf – es war den Bewohnern untersagt, die Türen abzuschließen, wenn sie überhaupt dazu in der Lage waren. In Marieluise Benedickts Zimmer war noch Licht. Der schwache Schein ihrer Nachttischlampe ließ den Raum kleiner wirken, als er ohnehin schon war, und irgendwie bedrohlich, ungemütlich. Sie lag auf der Seite und zugedeckt im Bett und schien in meine Richtung zu blicken, aber ihre Augen waren geschlossen, wie ich beim Näherkommen erkannte. Meine Freundin sah erholter und friedlicher aus als am Nachmittag, aber ich hatte offenbar den Zeitpunkt verpasst. Ich schämte mich, weil ich das Gefühl hatte, jemanden enttäuscht zu haben, der mir wichtig war wie kaum ein anderer. Ich drehte mich um und wollte schon gehen, da sagte sie leise:

«Tom.»

«Hallo», hauchte ich, erfreut, überrascht. «Wie geht es dir?»

Sie schob sich in eine Sitzposition und sah mich nachdenklich an. «Besser», sagte sie dann, langsam nickend. Sie schaute zum Aufziehwecker auf ihrem Nachttisch. «Du hast lange auf dich warten lassen.» In ihrer Stimme war kein Vorwurf zu hören.

«Ich bin eingeschlafen. Tut mir leid.»

«Und ich dachte schon, David hätte dir den Zettel nicht gebracht. Komm her, setz dich.»

Ich setzte mich, nahm ihren Duft zur Kenntnis, der dem Todesgeruch im Heimtrakt widerstand, der etwas Frisches, Optimistisches hatte, obwohl auch Marieluise Benedickt, wie mir bewusst war, eine alte Frau war, sogar eine kranke alte

Frau. Ich zog die Nase kraus, um nicht weinen zu müssen. Sie legte mir den linken Arm um die Hüfte.

«Wir haben sicherlich eine schöne Trauerfeier verpasst», sagte sie und zwinkerte.

Ich nickte. Die Trauerfeiern bei Pfarrer Tizian Odol waren Legende.

«Aber du hättest das Doktor Novak nicht erzählen dürfen, das mit deinem Vater.»

«Ich weiß.»

Ihre Linke umfasste sanft meine Hüfte. «Er ist ein netter Mensch, doch er schafft es nur gerade so, die Geheimnisse für sich zu behalten, die er von Berufs wegen nicht verraten darf. Aber alles andere posaunt er in die Welt hinaus. Doktor Novak ist ein leidenschaftlicher Schwätzer. Und es kommt ihm nicht immer darauf an, etwas wahrheitsgetreu wiederzugeben. Er beschönigt und übertreibt gerne.»

Ich konnte nur nicken. Das waren genau die Gedanken, die ich auch schon gehabt hatte.

«Weißt du», fuhr sie leiser fort, als würde sie mir ein Geheimnis anvertrauen. Es hatte auch etwas Verschwörerisches. «Menschen urteilen schnell übereinander, und sie *verurteilen* gerne. Sie verurteilen andere, damit sie selbst besser als die anderen dastehen, und sie sind schnell mit ihrer Verurteilung. Sie nehmen sich oft nicht die Zeit, sich alle Fakten anzuhören, zu differenzieren» – ich verstand den Sinn des Wortes, ohne es zu kennen – «und alle Seiten des Geschehens zu betrachten. Und es gibt *immer* mehrere Seiten, und selten nur eine oder zwei. Aber das ist vielen egal. Sie glauben, was sie hören und was in ihr Weltbild passt, und weil die große Mehrheit es ähnlich sieht, glauben Sie, sie stehen auf der richtigen Seite.

Das ist sehr gefährlich. Du kannst plötzlich viele Menschen gegen dich haben, ohne ihnen etwas, sogar ohne *überhaupt* etwas getan zu haben. Du kannst dich in einer Situation wiederfinden, in der Verteidigung völlig unmöglich ist, weil es den anderen gar nicht um Argumente geht, sondern nur darum, gemeinsam gegen jemanden zu stehen, an einem Schwächeren ein Exempel zu statuieren, sich einfach in der verdammten Gruppe gut zu fühlen.»

Ich nickte vorsichtig.

«Es ist nicht immer leicht, zu verstehen, was sie damit beabsichtigen. Welche Ziele sie verfolgen. Aber du hast hier» – sie nahm die linke Hand von meiner Hüfte und ließ sie kurz herumflattern, legte sie zu meiner Freude aber wieder dort ab, wo sie sich befunden hatte – «eine tolle Gelegenheit, um etwas zu lernen, das die meisten nie begreifen werden oder begreifen wollen. Du siehst das Leben hier sozusagen von hinten. Du kannst erkennen, wie wenig bleibt. Dass es kein Ziel gibt, dem man entgegenstreben muss. Dass am Ende nicht die große Offenbarung wartet, der Sinn des Lebens. Sondern nur ein ziemlich demütigender, würdeloser Abgang. Mit dem Segen von Tizian Odol, den alle den Negerpfarrer nennen. Wenn du diese Erfahrung hier, diese Zeit im Altenheim, für dich zu nutzen weißt, dann wirst du verstehen lernen, dass der Sinn wirklich nur darin besteht, das Leben zu genießen, zusammen mit freundlichen Menschen, sich auf die guten Dinge zu konzentrieren und sich von den schlechten nicht beirren zu lassen. Denn es gibt kein Ende, das für alles belohnt, eher im Gegenteil. Das Leben hört einfach nur auf, und mehr passiert nicht.»

Sie verstummte und lächelte mich liebevoll an. «Schade,

dass du nicht zehn Jahre älter bist. Und ich sechzig Jahre jünger.»

«Ich liebe dich trotzdem», sagte ich tapfer. Mein Oberkörper zitterte vor Aufregung.

«Das ist süß von dir», sagte sie und schaute mir in die Augen.

Und dann küssten wir uns. Wir küssten uns nicht lang genug, aber sehr innig. Es war der intimste Vorgang, den es bis dahin zwischen uns gegeben hatte, ein Moment voller Glück und Sanftheit, den ich, und das schwöre ich bei allem, das mir je heilig sein wird, niemals vergessen werde. Es sollte auch der intimste Vorgang zwischen uns bleiben.

Marieluise Benedickt legte sich auf den Rücken und atmete tief durch.

Ich legte mich daneben und kuschelte mich an sie.

So schliefen wir ein. Ich erwachte um kurz nach fünf, weil ich draußen Geräusche hörte, und mir fiel siedendheiß ein, dass ich das Schlüsselbund noch bei mir trug und dass meine Mutter sehr schnell eins und eins zusammenzählen würde, wenn sie das Fehlen der Schlüssel und die unverschlossene Durchgangstür zum Heimtrakt bemerkte.

Aber die Geräusche kamen nur vom alten Alfred Stemmler aus dem Apfelsinenzimmer, der im Gang herumirrte und seinen Deutschen Schäferhund namens Fido suchte, den er vor dreißig Jahren begraben hatte. Ich schlich ins Zimmer zurück und schlief noch eine Stunde, und währenddessen lächelte ich wahrscheinlich.

11.

FILIP kam nach ein paar Fehltagen wieder in die Schule, was mich sehr freute, aber er sah so grausig aus, dass es mir einen Schrecken einjagte. Es war nicht nur sein Auge, um das herum diese scheußliche, spiegeleiförmige Fläche in der Farbe von erbrochener Linsensuppe zu sehen war (ich wusste, wie das Ergebnis aussah, wenn Linsensuppe erbrochen wurde, denn letztens hatten mehrere Bewohner des Alten- und Pflegeheims Horizont genau das praktiziert, weil verdorbene Knackwürste von Heidemeier in der Suppe verarbeitet worden waren). Filip wirkte irgendwie unsauber, ungepflegt – seine Haare waren verfilzt und fettig. Und er sah ungeheuer traurig aus.

Wir trafen uns vor dem mächtigen, schwarzglänzenden, schmiedeeisernen Zaun, der das Jan-Friesmann-Gymnasium umgab wie ein viktorianisches Gefängnis. Als ich ihn mit «Mein Blutsbruder!» begrüßte, nickte Filip nur müde und bedrückt.

«Melina ist verschwunden», sagte er dann. «Sie ist einfach weg. Keiner weiß, wo sie steckt.»

«Ist sie nicht bei Marlies?»

«Nein.» Filip kickte einen Kieselstein weg. Ich verspürte den Wunsch, ihn zu umarmen, aber zu dieser Zeit umarmten sich Jungs nicht. «Sie versteckt sich irgendwo. Vor diesem Mann. Unserem *Vater.*»

Ich nickte. Das hätte ich an ihrer Stelle auch getan.

«Oder.» Seine Stimme wurde leiser. «Sie ist ausgerissen.»

Ausreißer, die kannten wir nur aus Geschichten, aus Abenteuerbüchern. Niemand machte das wirklich. Kinder hatten keine Chance in dieser Welt ohne die Hilfe Erwachsener. Sie würden verhungern, verdursten, ausgeraubt oder verschleppt, zum Beispiel von Zigeunern – wie denen, die gerade wieder auf dem verwaisten Zweitparkplatz der Hazag kampierten (die allerdings keinesfalls den Eindruck erweckten, an uns interessiert zu sein, sondern jede Arbeit annahmen, die man ihnen anbot, vorausgesetzt, es blieb unentdeckt, dass man Zigeuner beschäftigte). Kein Kind, das seine Sinne beisammenhatte, riss aus. Dass es mit der romantischen Vorstellung von der kuscheligen Waldhöhle, in der man tagein, tagaus einen Mordsspaß hatte, wo man selbst gesammelte Früchte verzehrte, mit Wildtieren kuschelte und kristallklares Bachwasser trank, während ein Feuer lustig vor sich hin flackerte – dass es mit dieser Vorstellung nicht weit her war, hatten Filip und ich an einem Oktobertag im Waldstück an der Mettinger Kuppe schnell begriffen. Höhlen waren eng, feucht, kalt, unheimlich, einsturzgefährdet, von allerlei Krabbelviechern bewohnt, und wenn es stark regnete, wie an jenem Herbstnachmittag, waren sie außerdem die reinsten Schlammgruben. Aus Melinas Sicht war das vermutlich aber immer noch besser, als mit diesem gefährlichen Mann auch nur eine Minute in der gleichen Wohnung zu verbringen.

Eine andere Option für ein Versteck waren die Abrisshäuser im Norden von Metting, am Rande des kleinen Gewerbegebiets, wo sich nie richtig Gewerbe angesiedelt hatte – von der Ford-Vertretung der Schippkows abgesehen. Aber diese leerstehenden Häuser mit ihren zerschlagenen Fenstern und knarrenden Fußböden waren fast noch gruseliger als dunkle Höhlen im Wald an der Mettinger Kuppe.

«Oh», sagte ich daher, als ich das Wort «ausgerissen» hörte, und ich empfand Hochachtung und Ehrfurcht vor dem Mädchen, das längst eine junge Frau war. Wenn es jemand schaffte, dann wahrscheinlich Melina.

Mein Freund sah zum Himmel, aber da war nichts, außer ein paar rasch dahineilenden, dunkelgrauen Wolken vor einem hellgrauen Hintergrund. «Ich glaube, meine Mama plant auch so etwas für uns. Mein Vater will nicht gehen. Also gehen wir. Das hat sie gestern gesagt.»

«Oh», wiederholte ich. Für einen Moment setzte mein Herz aus. Ich zwinkerte heftig, um meine Tränendrüsen abzulenken. Die Schulklingel ertönte, rief uns zur ersten Stunde, zu Mathematik bei Dr. Kurtus. Wir waren jetzt schon zu spät dran. Mir war überhaupt nicht aufgefallen, dass keine anderen Schüler mehr um uns herum waren.

Wir spurteten gleichzeitig los. Vor der Tür des Klassenzimmers, das eigentlich ein Gerichtssaal war, blieben wir stehen, ziemlich außer Atem. Normalerweise wäre es jetzt darum gegangen, wer die Tür öffnen und damit den Hauptteil des Anschisses abbekommen würde, aber Filip machte einfach einen Schritt vor, verzichtete auf das Anklopfen, drückte die Klinke herunter und zog die Tür auf. Dann ging er hinein, und ich folgte ihm.

«Ach, der Herr Zigeuner beehrt uns mit seiner Anwesenheit», verkündete Dr. Kurtus, der mit dem Rücken zur Klasse vor der Tafel stand und ein Stück Kreide in der Luft hielt. An der Tafel war das rätselhafte Wort *Fibona* zu lesen. «Und da ist ja auch Dioskur Nummer zwei.»

Ein paar Schüler kicherten, obwohl sicher keiner verstanden hatte, was der Lehrer meinte.

Dr. Jakob Kurtus war ein stämmiger Mann in den Vierzigern mit früh ergrauten Haaren und einem kantigen, immerzu leicht gebräunten Gesicht, aber auf ganz andere Art als bei Doktor Novak. Er hatte etwas von einem nachdenklichen Holzfäller, aber dieser Eindruck täuschte. Mathematik wäre ohne diesen Lehrer Filips Lieblingsfach gewesen, aber Dr. Kurtus, der ein guter Freund unserer Klassenlehrerin Frau Awusi war, hatte es sich offenbar zum Ziel gesetzt, meinem Freund die Matheleidenschaft so gründlich wie nur möglich auszutreiben. Außerdem hielt er sich selbst für das größte Mathegenie der Region.

«Du kannst uns doch sicher etwas zur Fibonacci-Folge erzählen», sagte Dr. Kurtus mit Häme in der Stimme, aber in seinem Gesicht flackerte augenblicklich eine gewisse Unsicherheit auf, und dies nicht ohne Grund.

Filip ging nämlich selbstbewusst nickend zu seinem Platz. Und noch im Gehen dozierte mein bester Freund, und zwar mit so leiser Stimme, dass sich sogar Clemens Kummer vorbeugte, um interessiert zu lauschen: «Die Fibonacci-Folge definiert F von n als Ergebnis der Addition von F von n minus eins und F von n minus zwei für jedes n größer zwei, während für F von 1 und F von 2 jeweils 1 als Ergebnis definiert ist», verkündete Filip. «Ihre Werte für n größer gleich 3 lauten 2, 3, 5, 8, 13, 21, 34, 55, 89, 144, 233, 377, 610, 987, 1597 ...»

«Aufhören!», rief in diesem Moment Dr. Kurtus. Sein Gesicht war zornrot. Er machte ein paar Schritte auf Filip zu, der inzwischen saß. «Du hast gewusst, dass ich das fragen würde!»

Filip, der den Mund geöffnet hatte, um die nächste Zahl zu verkünden, was ihm nicht das geringste Problem bereitet hätte, blieb stumm und blinzelte verblüfft. In der Klasse setzte Gemurmel ein.

Filip blieb ein paar Augenblicke stumm; er war erkennbar perplex. Dann fragte er: «Wie hätte ich das wissen können, Herr Dr. Kurtus?», und zog die Augenbrauen hoch. Etwas an Filip war heute Morgen merkwürdig. Er war zwar unterschwellig wütend, wie so oft in solchen Situationen, aber er wirkte außerdem resigniert und abgekämpft. Als wäre ihm egal, was passieren würde.

Der Lehrer streckte einen Zeigefinger in Filips Richtung aus. «Ich werde dir schon noch auf die Schliche kommen», drohte er.

Für einen Moment herrscht Schweigen. Schließlich zuckte Filip mit den Schultern. «Nennen Sie zwei beliebige sechsstellige Zahlen, Herr Dr. Kurtus», sagte er und lächelte fast unterwürfig. *«Bitte.»*

Der Mathelehrer sah ihn irritiert an. Dann nickte der Mann langsam. Er drehte sich um und schrieb die Zahlen 59 377 und 70 981 an die Tafel. Man sah ihm an, dass ihm klar war, dass er gerade einen Fehler machte.

«Neunundvierzigtausendsechshundertsiebzig Komma null drei», erklärte Filip nach einigen wenigen Sekunden.

Der Lehrer schrieb auch diese Zahl an die Tafel, nachdem er Filip aufgefordert hatte, sie zu wiederholen. «Was soll das sein?», fragte er dann.

«Das Quadrat der ersten geteilt durch die zweite Zahl. Sie können das nachprüfen.»

Das tat Dr. Jakob Kurtus. Es dauerte ein drei, vier Minuten, und er brauchte die gesamte rechte Tafelhälfte dafür, aber er kam zum gleichen Ergebnis wie Filip. Ich klatschte, aber kein anderer Schüler klatschte mit.

«Ich werde noch herausbekommen, was das für ein Trick ist», sagte Dr. Kurtus abermals, während sein Blick zwischen der Tafel und uns Schülern hin und her zuckte. Dann ließ er die Kreide einfach fallen und ging aus dem Klassenzimmer. Nach ein paar Minuten kehrte er zurück, wischte die Tafel sauber, womit er sonst ausnahmslos Schüler beauftragte, und verkündete, dass wir nunmehr eine Klassenarbeit schreiben würden. Es ging um Logarithmen, die wir noch nicht einmal gehabt hatten, und als die Stunde zu Ende war, ging Dr. Kurtus einfach davon, ohne die Klassenarbeitshefte einzusammeln.

In der folgenden Fünf-Minuten-Pause kaute Filip lustlos auf seinem Pausenbrot herum, offenbar ganz in Gedanken, und ich wollte ihn nicht stören. Als Frau Awusi hereinkam, bei der wir jetzt Sozialkunde hatten, beugte er sich zu seiner Schultasche hinunter und zog einen Bogen Papier heraus, den er umgedreht vor sich ablegte.

«Wir sind immer noch beim Thema ‹Eigene Geschichte›», sagte Frau Awusi, nachdem sie sich seitlich aufs Lehrerpult gesetzt hatte, wobei sie das linke Bein baumeln ließ. Sie kratzte sich mit dem Zeigefinger an der Schläfe. «Irgendjemand freiwillig?»

Wir hatten dieses Thema seit letzter Woche. Schüler sollten sich mit ihrer Familiengeschichte befassen und dann davon berichten, aber bis heute hatte das noch niemand auf die Reihe bekommen.

Filip stand auf, nahm mit der rechten Hand den Bogen vom Tisch und meldete sich mit der linken.

«Irgendjemand?», fragte Frau Awusi erneut, als gäbe es meinen Freund nicht, sondern an der Stelle, wo er stand, nichts, das es sich zu beachten lohnte.

«Filip meldet sich», sagte ich laut, aber höflich.

Doch auch mich beachtete Frau Awusi nicht. «Irgendjemand?», fragte sie noch einmal.

Ich sah mich um. Keiner der Schüler regte sich. Clemens Kummer brummte vor sich hin, vermutlich überanstrengt durch den Aufmerksamkeitsschub während der Mathestunde.

«Filip meldet sich», sagte ich, dieses Mal noch lauter.

Frau Awusi sah mich an, und es war unmissverständlich, was sie dabei dachte. Filip stand einfach nur da, den Bogen in der Hand, den anderen Arm nach oben gestreckt, den Blick auf die Tafel gerichtet.

«Also gut», knarrte sie. «Filip. Bitte.»

«Meine Mutter macht Stadtführungen, vor allem, wenn die Friesmann-Tage sind. Sie ist oft im Stadtarchiv und liest dort viele alte Dokumente und Urkunden.» Filip sagte das sehr feierlich, aber es war ein Unterton dabei, eine ironische Note. Er nahm den Bogen mit beiden Händen und drehte ihn so, dass er die Schrift gut lesen konnte. Sie stammte nicht von ihm, es handelte sich um die sorgfältige Handschrift seiner Mutter. «Am letzten Wochenende ist sie dabei auf eine interessante Geschichte gestoßen, die zu unserem Thema ‹Eigene Geschichte› sehr gut passt. Darf ich das bitte vorlesen?»

Frau Awusi wedelte desinteressiert mit der rechten Hand. Das war das Ja für Zigeunerjungen.

Filip nickte und räusperte sich. «Im Jahr 1884 kam eine Gruppe reisender Händler und Handwerker nach Metting, zusammen mit ihren Familien.» Er las langsam und mit Betonung. «Diese boten Stoffe aus eigener Herstellung an. Aber Hansgert Meuteln, der damalige Mettinger Kämmerer – das war sozusagen der Schatzmeister der Stadt –, der selbst mit Stoffen handelte, interessierte sich vor allem für die beiden Webstühle, die die Händler mit sich führten, denn solche Webstühle waren zu dieser Zeit in dieser Region Mangelware. Aber die Gerätschaften standen nicht zum Verkauf, vor allem, da der Kaufpreis, den Meuteln anbot, viel zu niedrig war. Der Kämmerer ließ die Gruppe deshalb aus der Stadt werfen und verboten ihnen, jemals wiederzukehren. Doch einige Tage später kam ein Ehepaar aus dieser Gruppe zurück nach Metting, mit den begehrten Webstühlen auf einem Fuhrwerk. Die beiden verkauften die Maschinen – es handelte sich um sogenannte Jacquardwebstühle, mit denen gemusterte Stoffe hergestellt werden konnten – an den Kämmerer, worauf letztendlich die Tradition der Stadt Metting als Stoffproduzent beruht. Die Eheleute blieben in Metting und wurden hier sesshaft. Was mit ihren Gefährten geschah, ist unbekannt. Das Paar stammte aus Norditalien, und sie gehörten den *Sinti* an, wie sie sich selbst nennen», Filip atmete tief durch, «Menschen, zu denen man auch Zigeuner sagt.»

Er senkte das Blatt und sah zur Lehrerin, die ihn fast auf die gleiche Art anstarrte, wie das Dr. Kurtus in der Stunde zuvor getan hatte.

Mein bester Freund räusperte sich abermals und sagte sehr

laut: «Der Nachname des Paars lautete» – er pausierte kurz, unsere Lehrerin hatte den Mund geöffnet, sagte aber nichts – «Awusi. Sie hießen Awusi. Es gibt nicht sehr viele Leute in Metting, die so heißen. Nach allem, was die Dokumente ergeben, stammen die Mettinger, die diesen Namen ebenfalls tragen, ohne Ausnahme von dem fraglichen Ehepaar ab.»

Er legte das Blatt vor sich auf dem Pult ab und strich mit der flachen rechten Hand darüber. Dann schloss er die Augen, so als sei er erschöpft. Vielleicht wollte er auch nur die Tränen zurückhalten.

Endlich bewegte sich unsere Klassenlehrerin. Sie rutschte vom Lehrertisch und machte einen Schritt auf uns zu. Ihre Augen schimmerten, und ihr Gesicht war grau geworden, wie ich fand.

«Du *lügst*», zischte sie. Ihre Stimme bebte.

Filip hielt die Augen geschlossen.

«Mach die Augen auf», befahl Frau Awusi, aber Filip reagierte nicht. Frau Awusi trat zu Filip an den Tisch, hob bereits die rechte Hand, um sie auf ihn niedergehen zu lassen, begleitet von einem Raunen, das durch die Klasse ging.

In diesem Moment sprang Clemens Kummer auf. Ich tat es ihm gleich. Es war Lehrern schon seit Jahren nicht mehr gestattet, Schüler zu züchtigen, jedenfalls nicht auf diese Weise. Eine Kopfnuss im Vorbeigehen, ein Schlüsselbund, präzise geworfen und irgendwo im Brustbereich angekommen, das war hinzunehmen, aber Frau Awusi war im Begriff, Filip ins Gesicht zu schlagen, ohne eine nachvollziehbare Begründung. Es wäre immer noch Filip, der Zigeunerjunge, aber Tätlichkeiten dieser Art waren etwas anderes, und das sahen offenbar die Mitschüler ebenso.

Es polterte. Stühle fielen um. Schüler protestierten, was ich nie für möglich gehalten hätte. Und dann stand plötzlich Clemens Kummer neben uns und griff den Unterarm unserer Lehrerin – noch so ein Ding der totalen Unmöglichkeit.

«Tun Sie das nicht», sagte er. Es klang fast bittend, aber er ließ auch keinen Zweifel daran, was im Fall der Ablehnung geschehen würde.

«Lass mich los, du elender Holzkopf!», zischte sie.

Clemens nickte, wobei er sie sonderbar ernst ansah. Dann ließ er sie los.

Frau Awusi umfasste das Handgelenk, das Clemens gepackt hatte, drehte die Hand ein wenig, wie um zu prüfen, ob noch alles in Ordnung war. Dann drückte sie die Schultern durch, sah zur Rückwand des Klassenzimmers, wo nichts als die grüne Ölfarbe auf einer tapezierten Wand zu sehen war, räusperte sich und ging dann zur Tafel zurück. Dort räusperte sie sich abermals, drehte sich wieder zu uns um und sagte: «Noch jemand?»

12.

SEIT einhellig feststand, dass ich ein Idiot war – jedenfalls in Sachen Rechtschreibung – oder, wie Clemens Kummer das nannte, ein «verdammter Schwachkopf» (was dessen Vater vermutlich ständig zu ihm sagte), bekam ich einmal in der Woche Nachhilfe von Harald Schippkow. Aber anders als bei Clemens Kummer, der wirklich dumm und extrem faul war und deshalb in der Schule nicht vorankam, war mein Hindernis keines, das sich mit etwas mehr Fleiß überwinden ließ. Trotzdem radelte ich regelmäßig nach Metting-Schnecksel, in die Nobelgegend unserer kleinen Stadt, wo mein Nachhilfelehrer Harald Schippkow, der auf dem «JFG» in die zehnte Klasse ging, mit seinen Eltern in einem riesigen Haus wohnte, nur eine Querstraße von der sehr viel kleineren Residenz des Haus- und Hofarztes des Alten- und Pflegeheims Horizont entfernt. Doktor Novak war auch der Hausarzt der Schippkows. Dessen weißer und schlicht gestalteter Bauhaus-Bungalow, der ein bisschen versteckt auf einem länglichen, mit vielen Büschen bewachsenen Grundstück stand, wirkte im Vergleich zur Villa von Haralds Eltern allerdings nur wie eine bessere Gartenlaube. Das jedoch galt für fast alle Häuser in dieser Gegend, denn selbst durchaus ordentliche Villen verwies der Schippkowsche Prunk auf die Plätze. Die Villa der Schippkows war ein langgestreckter, schlossartiger Bau mit Freitreppe und allem. An den Ecken gab es sogar Andeutungen von Türmchen mit kleinen, kegelförmigen Dächern und winzigen Zinnen. Ich machte mein Fahrrad vor lauter Ehrfurcht immer draußen am schmiedeeisernen, mit vergoldeten Spitzen verzierten Zaun fest, bevor ich die ausladende Treppe zur Eingangstür erklomm.

In der ehrfurchtgebietend großen Eingangshalle gab es – wie in unserer Schule – *zwei* Treppen, die ins erste Obergeschoss führten, eine links und eine rechts, beides breite Monstren aus dunklem Holz, die sich nach oben schwangen, um sich nach jeweils einem gestreckten Halbkreis an einer Art Galerie zu treffen, von der man in die Privatgemächer der Familie gelangte, so auch ins Zimmer meines Nachhilfelehrers Harald. Direkt darunter und also gut zu sehen, wenn man die Halle betrat, beherrschte eine großformatige, auf Leinen gedruckte, vierfarbige und aufwendig hinter Glas gebrachte Landkarte die Wand, eine Karte, wie wir ähnliche aufgerollt auch an der Seitenwand des Klassenzimmers hatten, nur nicht genau diese, denn das hätte einen kleinen Skandal gegeben. Sie zeigte nämlich das Deutsche Reich in den Grenzen von 1937, also die BRD mit der DDR und noch einem guten Stück Polen daran, ergänzt um ein schraffiertes Halbrund mit der Beschriftung *Ostpreussen*, das das Gebiet um Danzig vom Rest des Reiches trennte. Beiderseits dieser Landkarte hatte Vater Schippkow dunkle, hölzerne Vitrinen aufstellen lassen, in denen allerlei Devotionalien aus der Zeit von Otto von Bismarck lagerten, darunter Orden mit schwarz-weiß-roten Bändern, Hüte und Helme, Waffenbänder und Bajonette. Außerdem standen in ihnen Schwarzweißfotografien, die Leute wie den damaligen Reichskanzler und andere Prominente aus der Zeit des Kaiserreichs zeigten, aber auch Aufnahmen aus dem Ersten Weltkrieg, etwa grinsende Soldaten, die im entspannten Gleichschritt dem sicheren Tod fürs Vaterland entgegenmarschierten.

Das Familienoberhaupt, Dankwart Schippkow, bemühte sich, wie jeder in Metting wusste, schon seit Jahren darum, seinen Nachnamen in «Schippkau» zurückändern zu lassen, was, wie er jedem erklärte, der es wissen wollte, sein gutes Recht sei, denn die unselige und nicht eben nach deutscher, sondern slawischer Herkunft klingende Endung «ow» sei ein Irrtum und auf die Dummheit eines polnischen Trottels zurückzuführen, der nach dem Kriegsende Dokumente bearbeitet hatte, was die ins westliche Deutschland geflüchteten Schippkaus aber zu spät bemerkt hätten. Doch sein Gesuch war schon mehrfach abgelehnt worden, weshalb man in Metting weiterhin beharrlich davon sprach, man habe sein Auto «bei Polen-Dankwart» gekauft – sehr zum Ärger von Dankwart Schippkow.

Obwohl Haralds Eltern offenbar vermögend waren, gab er mehreren Schülern Nachhilfeunterricht in Deutsch, Mathe und Erdkunde. Harald bekam von unseren Eltern dafür zwei Mark pro Stunde, was ziemlich viel Geld war und für mich das Doppelte meines *monatlichen* Taschengeldes, das erst kürzlich von achtzig Pfennig auf eine Mark erhöht worden war. Aber seine Eltern hatten entschieden, dass er alles, was er zusätzlich zu den ohnehin schon reichlich vorhandenen Konsumgütern im Hause Schippkow haben wollte, von seinem eigenen Geld zu kaufen hätte, und so war er auf die Idee mit der

Nachhilfe gekommen. Schippkow senior gehörte die größte Vertretung für Pkw der Firma Ford in der Region – ein zweistöckiges, weißes Bürogebäude mit einem großen, mit neuen Autos vollgestellten Parkplatz am nördlichen Stadtrand, wo sich die älteren Mettinger, die sich keine BMWs oder Mercedesse leisten konnten, das ziemlich neue Modell «Granada» kauften, und die jüngeren holten sich dort den Capri oder wenigstens einen Escort. Polster aus der Fabrikation der Hazag waren in keinem dieser Autos verbaut.

Da Schippkow junior mit ziemlich vielen Aktivitäten ausgelastet war, gab es keine festen Termine bei ihm. Er lernte in seiner Freizeit zum eigenen Leidwesen das Geigen- und Klavierspielen, bekam Reitunterricht (den er ebenfalls hasste – er hatte Angst vor Pferden), spielte Golf im Verein seines Vaters (ich kannte niemanden sonst, der so etwas tat) und verbrachte die meisten Wochenenden bei den Pfadfindern – die einzige seiner Freizeitaktivitäten, die er wirklich mochte. Statt regelmäßiger Termine rief Frau Klinger, die Haushälterin der Schippkows, am Montagnachmittag alle Nachhilfeschülereltern nacheinander an und koordinierte die Stunden mit dem vielbeschäftigten Autohändlerssohn.

Sie war es auch, die mich an der Tür begrüßte. «Ah, der junge Herr Lebesanft», sagte sie feierlich, woraufhin ich eine Verbeugung andeutete und möglichst würdevoll an ihr vorbeischritt, während sie ebenso förmlich mit der linken Hand den Weg wies, den ich längst kannte. Dabei lächelte Frau Klinger. Sie wohnte in Metting-Zeck, ich hatte sie schon am Kiosk dort gesehen, wenn sie Schnaps und Zigaretten für ihren Mann kaufte, der seit einem Unfall in der Polsterfabrik nicht mehr arbeiten konnte und nur noch fernsah, von morgens um sechs, wenn die drei Kanäle mit ihren Sendungen begannen, bis abends um halb elf, wenn der Sendeschluss eingeläutet wurde.

Auch die Mutter meines besten Freundes wäre beinahe eine Angestellte der Schippkows geworden. Harald hatte mir eines Tages erzählt, dass sie eine neue Reinigungskraft für die vielräumige Villa suchten, und da ich wusste, dass Filips Mutter immer nach Arbeit Ausschau hielt, berichtete ich ihr davon. Es kam dann auch zu einem Probearbeiten unter den skeptischen Augen des Familienoberhaupts, der redlich beeindruckt war, als er sah, in welcher Geschwindigkeit und mit welcher Akribie Filips Mama in seinem Arbeitszimmer klar Schiff machte. Aber er faltete anschließend die Hände vor der Brust, ließ die Daumen sich gegenseitig umkreisen, lächelte schmal und stellte dann fest, dass er unmöglich eine Reinigungskraft *und* einen Aufpasser beschäftigen könne, denn der sei ja wohl nötig. Er schwieg unheilschwanger und fuhr dann fort: Sie, also Filips Mutter, solle das nicht persönlich nehmen, aber gegen das eigene Blut komme man nun mal nicht an. Und bei ihrem Volk wisse man ja …

Ich stand dabei, als Dankwart Schippkow das sagte, und ich wollte umgehend das Schüler-Lehrer-Verhältnis mit seinem Sohn beenden, aber meine Eltern wollten davon nichts wissen.

Harald Schippkow war hager, knochig und kraushaarig, aber auf andere Art als mein Vater, denn Harald wirkte gleichsam klapprig, als könnte er jeden Moment in sich zusammenfallen. Er war nach allem, was ich wusste, aus gesundheitlichen Gründen vom Schulsport befreit, durfte – beziehungsweise musste – aber sonderbarerweise trotzdem zum Reiten. Er trug eine ähnliche Brille wie Doktor Novak. Unter dem linken Auge hatte er eine große, dunkle Warze. Harald war auf distanzierte Art sehr freundlich und bei den etwas eigenartigen Pfadfindern sehr beliebt. Seinen Vater und seine Mutter siezte er – was mich an den Rand der Fassungslosigkeit brachte –, aber zu Frau Klinger sagte er du, während diese ihn wiederum mit Sie ansprach, oft ergänzt um «junger Herr», wie in den alten Filmen mit Heinz Rühmann und Hans Albers.

In seinem Zimmer, das noch einmal deutlich größer als meins war, saß ich an seinem Schreibtisch, während er hinter mir auf den knarzenden Dielen umherging und langsam Texte diktierte, die er aus den vielen Büchern vorlas, die in seinem Regal standen – überwiegend Klassiker wie *Tom Sawyer*, *Ivanhoe* und *Robin Hood*. Wenn wir mit dem Diktat fertig waren, korrigierte er meine Fehler, dann kam das nächste Diktat, dann das nächste und immer so weiter. Etwas anderes machte er nicht mit mir – didaktische Fähigkeiten waren bei ihm nicht vorhanden, woher auch, er war ja selbst noch Schüler. Aber Harald hatte schnell verstanden, was mein Problem war, oder besser: wie sich mein Problem äußerte, und deshalb überbetonte er die kritischen Wörter. Harald antizipierte meine Fehler. Er sagte «Hun-dh», hauchte das um ein stimmloses H ergänzte d, schob manchmal sogar noch ein kaum hörbares Ö dazwischen («Hun-döh»), damit ich es auf jeden Fall mitbekam. Aber dadurch hörte sich das Wort verkehrt an. Das war dann kein Hund mehr, sondern eben ein *Hundöh*. Immerhin schrieb ich dadurch hin und wieder richtiger. Er machte das außerdem bei G-K-Ähnlichkeiten und bei B-P-Kombinationen. Fremdwörter und Eigennamen buchstabierte er sowieso.

«Harald, dadurch lerne ich es nicht», sagte ich immer wieder.

«Aber du wirst eindeutig besser.»

Das stimmte, aber nur in den Diktaten bei ihm. In der Schule änderte sich nichts, denn Dr. Theuert sagte nicht «Hun-döh» nur für mich.

«Ja, weil du mir die Wörter fast schon buchstabierst», protestierte ich. «Du sagst mir vor.»

Doch meinen Eltern gefiel es, wenn ich ihnen die von Harald Schippkow korrigierten Diktate vorlegte, was ich ganz selbstverständlich immer nach der Nachhilfestunde tat. Ich musste ihnen außerdem alle Hausarbeiten und alle Klassenarbeiten zeigen. Das blieb bis zum Ende meiner Schulzeit so.

Harald Schippkow hatte neben seiner Klapprigkeit irgendein Darmproblem, über das nicht gesprochen wurde, das aber gelegentlich während des Nachhilfeunterrichts dazu führte, dass er das Buch plötzlich aufs Bett legte, entschuldigend die Augen aufriss und hastig verschwand. Ich saß dann mindestens eine Viertelstunde lang allein in seinem Zimmer und wartete. Wenn er dann zurückkam, umwehte ihn ein leichter Duft von kaltem Pup. Das geschah an diesem Tag auch wieder – plötzlich zuckte Harald, der gerade neben mir am Fenster stand und nach draußen blickte. Er drehte sich auf dem Hacken um, warf mir einen entschuldigenden Blick zu und stürmte, die Arschbacken zusammengekniffen, aus dem Zimmer.

Ich hatte solche Gelegenheiten schon dazu genutzt, mich ein wenig bei Harald umzuschauen, ohne aber gewisse Grenzen zu überschreiten, indem ich mich etwa mit der Kiste beschäftigte, die unter seinem Bett stand und so weit an die Wand geschoben war, dass man sie kaum entdecken konnte. Bei mir stand, von Josefas Daheim abgesehen, keine Kiste unter dem Bett; ich hatte nichts, das ich vor meinen Eltern verstecken musste, außer Gefühlen Marieluise Benedickt gegenüber möglicherweise, aber ich konnte mir vorstellen, dass Harald Schippkow über solche Geheimnisse verfügte, denn er lebte in einer anderen Welt als ich. Ich sah mir seine Bücher an und seine vielen Spielsachen, und staunte darüber, wie viel Fischertechnik und Stabilbauelemente man besitzen konnte. Die Fleischmann-Loks, die eher nachlässig in einem Holzkasten lagerten, hätten meinem Vater einen Adrenalinstoß verpasst – und ihm Tränen in die Augen getrieben, denn Harald behandelte seine Sachen recht nachlässig. Es war deutlich, dass ihm seine Besitztümer nicht viel bedeuteten, aber was er sich von seinem Nachhilfehonorar kaufte, wusste ich auch nicht genau. Ich ahnte allerdings etwas, denn eines Tages hatte ich hinter einem Stapel *Asterix*-Hefte, die er im Regal über dem Bett verwahrte, ein paar Magazine entdeckt, auf deren Titelseiten nackte Frauen in originellen Haltungen zu sehen waren, große Busen und stark behaarten Muschis in körnigen und manchmal unscharfen, sehr verblüffenden Nahaufnahmen. Als ich diese Pornosammlung entdeckte, war ich peinlich berührt. Aber die Hefte übten einen magischen Reiz auf mich aus, nicht nur, seit ich für Marieluise Benedickt fühlte, wie ich für sie fühlte.

Also kletterte ich an diesem Tag wieder auf Haralds Bett, um nur mal nachzuschauen, ob es etwas Neues an der Muschifront gab, und ich hielt schon zwei *Asterix*-Bände in den Händen, als ich hörte, wie hinter mir die Zimmertür aufging.

Ich fuhr zusammen, doch zum Glück war es nur Haralds Vater.

«Hallo, Tom», sagte er freundlich, wobei er sich umsah, als wäre er lange nicht mehr in diesem Zimmer gewesen. Tatsächlich war es das erste Mal, dass er es betrat, seit ich Haralds Nachhilfe in Anspruch nahm. Das Familienoberhaupt war um die Zeit, wenn ich kam, meistens noch im Geschäft.

«Guten Tag, Herr Schippkow», antwortete ich, wobei ich einen vorsichtigen Blick zum Regal warf, um zu prüfen, ob die *Asterix*-Hefte vielleicht verrutscht waren und die Sicht auf Haralds Geheimnis freigaben, aber das war nicht der Fall.

«Schippkau», korrigierte mich der große, breitschultrige Mann mit den dunklen, in der Stirnmitte zusammengewachsenen Augenbrauen.

«Schippkau», wiederholte ich höflich, aber ich hatte den Namen schon beim ersten Mal durchaus so ausgesprochen. Vermutlich machte er das automatisch, dieses Korrigieren.

«Ah, *Asterix*», sagte er jetzt, als er sah, was ich in den Händen hielt. «*Wehni, wiedi, wietschie.* Ich kam, ich sah, ich siegte.»

Ich nickte und hoffte, die Rötung meines Gesichts wäre nicht so stark, wie sie sich anfühlte.

«Julius Cäsar hat das gesagt.»

Ich nickte wieder, noch immer in Socken auf Haralds französischer Liege stehend und nach wie vor *Die goldene Sichel* und *Tour de France* in den Händen haltend. Ein dunkelbrauner, filziger Teddybär war auf meine linke Fußspitze gerollt, weil ich eine Kuhle verursacht hatte. Mir war bis zu diesem Zeitpunkt nicht aufgefallen, dass Harald noch Kuscheltiere besaß.

Schippkow senior kam zum Bett und nahm das Buch, das dort aufgeklappt lag und aus dem Harald diktiert hatte – *Ivanhoe* von Sir Walter Scott. Ich mochte es nicht besonders, fand die Geschichte irgendwie zäh. Auf dem Umschlag war ein breitschultriger Ritter abgebildet, dessen lange Haare im Wind wehten. Im Hintergrund stand eine prunkvoll gekleidete Frau, die dem Ritter hinterherwinkte. Schippkow senior musterte das Bild, dann hielt er mir das Umschlagmotiv hin.

«Und?», fragte er.

«Bitte?», fragte ich höflich zurück.

«Wärst du auch gerne so einer?»

Darüber hatte ich mir noch nie Gedanken gemacht. Ritter stammten aus einer längst vergangenen Epoche, und heutzutage gäbe es nicht mehr viel Verwendung für sie. Aber in England konnte man, wie ich wusste, immer noch zum Ritter geschlagen werden, wozu auch immer. Möglicherweise, um die Waliser in Schach zu halten. Der Name dieses Volkes gefiel mir, seit ich ihn zum ersten Mal gehört hatte. Ich stellte mir unter Walisern raubeinige, aber freundliche Menschen vor, die rohes Fleisch aßen, Bier aus Tierhörnern tranken und eher eine Keule als einen Aktenkoffer bei sich hatten.

«Hmmm», machte ich. Ich überlegte ernsthaft. Dann deutete ich ein Kopfschütteln an, wobei mich Haralds Vater aufmerksam beobachtete. Ritter hatten einen gefährlichen Beruf, waren von einem Turnier zum nächsten unterwegs, schlugen sich mit Schwertern, Morgensternen und Lanzen – und mussten an Kreuzzügen teilnehmen, deren Sinn sich mir auch noch nicht erschlossen hatte.

«Oder wärst du lieber wie sie?», fragte der Mann und zeigte auf die Frau im Hintergrund, irgendeine Prinzessin. Dabei sah er mich ernst an, als wäre er Polizist und ich ein Verdächtiger.

«Bitte?», wiederholte ich, denn die Frage war nun wirklich verwirrend.

«Magst du Mädchen?», fragte er weiter, statt meine lahme Gegenfrage zu beantworten. «Ich meine, du bist ja in dem Alter, in dem man damit anfängt.»

Ich legte die Hefte vorsichtig zurück auf den Stapel und stieg vom Bett. Währenddessen dämmerte mir langsam, worauf er hinauswollte.

«Oder, wie soll ich sagen?» Es war ihm ein bisschen peinlich, aber es war ihm offenkundig auch sehr wichtig, das zu fragen. «Findest du Jungen ... äh ... *hübsch*?» Er verzog das Gesicht, als hätte er auf etwas Bitteres gebissen. Er wirkte jetzt fast ein bisschen wütend. Seine zusammengewachsenen Augenbrauen bildeten eine flache Pfeilspitze, die in Richtung Nasenrücken wies. Ohne meine Antwort abzuwarten, ergänzte er: «Wie ist eigentlich dein Vater zu dir? Kommt er dir oft sehr nahe?»

Das war möglicherweise andernorts, aber in den Mettings der Republik längst noch nicht die Zeit, in der man als Kind Erwachsenen widersprach, sie korrigierte oder gar bloßstellte. Das Wort der Erwachsenen war bei uns Gesetz, wie in Stein gemeißelt, und es stand nicht zur Diskussion oder gar zur Disposition. Sie konnten noch so offensichtlich im Unrecht sein, es war hinzunehmen, was sie sagten, fragten und verlangten, man hatte ihnen zu folgen und zu gehorchen, Punkt. Filips Heldentat in der Schule vor ein paar Tagen markierte deshalb eine Ausnahme ganz besonderer Qualität oder mein eigener kleiner Ausfallschritt Frau Awusi gegenüber, aber obwohl ich in diesem Moment an meinen Freund denken musste, reichte das nicht aus, um diesem selbstherrlichen und selbstgerechten Mann, der mich gerade auszufragen versuchte, um herauszubekommen, ob ich möglicherweise auch schwul wäre, Contra zu geben. Mir wurde heiß und meine Hände begannen zu zittern. Ich sah zu Boden. Keine Ahnung, wie lange ich so dastand und schwieg.

Gerettet wurde ich durch Harald, der endlich zurückkam und verdutzt seinen Vater ansah.

«Herr Vater?», fragte er.

«Harald», murmelte Schippkow senior, ohne seinen Nachwuchs anzusehen. Er hielt nach wie vor *Ivanhoe* in den Händen, legte es aber jetzt auf den Schreibtisch, strich noch einmal mit der flachen Hand über den Umschlag.

«Interessantes Buch», sagte er dann, drehte sich um und verschwand. Ich war für einen Moment unschlüssig, aber der Wunsch, dieses Haus so schnell wie möglich zu verlassen, war nicht zu unterdrücken.

«Entschuldige, Harald, aber ich muss weg», erklärte ich, schnappte mein Schreibheft und ging zur Zimmertür hinaus. Dort erst fiel mir ein, dass der Vater ja irgendwo sein musste, dass ich ihm möglicherweise begegnen würde und er seine Befragung fortsetzen würde. Aber ich hatte auch mal davon gehört, dass man Gegner abschreckt, indem mit durch große Lautstärke Selbstsicherheit und Durchsetzungsvermögen vortäuscht. Also polterte ich die riesige, geschwungene Holztreppe hinunter, als hätte ich Steppschuhe an den Füßen, und ich donnerte die Tür der Villa mit einer Wucht ins Schloss, dass es durchs gesamte Haus dröhnte. Als ich mein Fahrradschloss mit noch immer zitternden Fingern zu öffnen versuchte, ging die Tür abermals auf, doch es war nur Frau Klinger, die dort erschien.

«Ist alles in Ordnung, Tom?», fragte sie besorgt.

Ich nickte tapfer, aber mir war zum Heulen zumute.

13.

FILIP war seit den Ereignissen mit Dr. Kurtus und Frau Awusi nicht mehr zur Schule gekommen, und er hatte sich auch nicht bei mir gemeldet. Zweimal hatte ich seinen Vater am Telefon gehabt. Ich hatte aber gleich wieder aufgelegt. Der Mann machte mir Angst, sogar wenn uns nur ein kilometerlanges, unterirdisch verlegtes Telefonkabel verband.

Aber bei aller Furcht musste ich wissen, was mit meinem besten Freund los war, wie es seiner Mutter und Melina ging und was seine kryptischen Andeutungen sollten. Also radelte ich nach dem abgebrochenen Nachhilfeunterricht in Richtung Zeck, nicht besonders schnell, weil ich es nicht eilig damit hatte, an der Wohnungstür zu klingeln und dann wahrscheinlich diesen Mann mit der Narbe auf der Glatze vor mir zu haben, der mich niederstarren und möglicherweise anblaffen würde, um anschließend keine meiner Fragen zu beantworten.

Während ich auf den Mettinger Bruch zuradelte, machte ich mir Gedanken darüber, was eben bei Harald Schippkow passiert war. Ich hatte eine Ahnung von der Macht der Gerüchte und Vorurteile. Filip und seine Familie waren ein lebendiges Beispiel dafür, was geschah, wenn die Menschen einfach alles glaubten, was sie irgendwo gehört hatten, ohne es zu überprüfen. Aber ich hatte keine Ahnung, was das für meine Eltern, meine Familie, für das Alten- und Pflegeheim Horizont bedeuten könnte oder gar für mich. Denn es betraf mich. Das war ein Gedanke, der mir beim Fahrradfahren an der lauen Luft eine Gänsehaut verursachte. Hatte ich im Eifer und ohne Absicht etwas losgetreten, das mein Leben hin zum Schlechten, vielleicht sogar zum deutlich Schlechteren verändern würde? Wenn schon Dankwart Schippkow von der Sache gehört hatte – jemand, mit dem wir, abgesehen von den Nachhilfestunden bei Harald, eigentlich nichts zu tun hatten, denn mein Vater würde nie ein anderes Auto als eines von Volkswagen kaufen –, dann war davon auszugehen, dass bereits halb Metting darüber sprach, wie meine Mutter zu sagen pflegte – offen lassend, welche Hälfte von Metting sie meinte und wer das dann genau war.

Ich geriet ein wenig außer Atem, als ich die Mettinger Kuppe erklomm, denn ich war schneller geworden, ganz ohne Absicht. Etwas trieb mich an. Ich schnaufte, als der Gipfel erreicht war, aber danach konnte ich mich ganz der Schwerkraft überlassen, während mich die Straße schnell wie der Wind am Schrottplatz vorbeitrug, auf dem zwei Männer mit Trennschleifern an Autowracks hantierten, wobei sie meterlange Funkenfontänen erzeugten, die orangegold vor dem graublauen Mettinger Frühabendhimmel toll aussahen. Ich erblickte die Hazag-Parkplätze und das kleine Dorf aus sieben oder acht großen, weißgrauen Wohnwagen auf dem einen Parkplatz, die Wagen verbunden mit Wäscheleinen, auf denen ausschließlich weiße Wäschestücke hingen. Der andere Parkplatz war bis auf die Autos der Pförtner und Nachtwächter verlassen, denn die Hazag fuhr seit einer Weile keine Nachtschichten mehr, und die Sirene zum Ende der Tagschicht war schon vor Stunden ertönt.

Ich wurde erst wieder langsamer, als ich im Flur ankam, an dem die Wohnungstür von Filips Familie lag. Aber ich dachte an Marieluise Benedickt und fühlte mich augenblicklich stärker, der Situation gewachsen, denn die Liebe, die ich für sie empfand, und die Zuneigung, die sie offenbar mir gegenüber hegte, waren etwas Besonderes, das mich von anderen unterschied. Es war merkwürdig, diesen Gedanken in diesem Augenblick zu haben, aber ich konnte nichts dafür oder dagegen tun, sondern musste lächeln, trotz der Schippkows und der Vorfälle in der Schule und der traurigen Tatsache, dass Doktor Pepik Novak eine Person war, aus der Neuigkeiten genauso schnell wieder herauskamen, wie man sie in sie hineintat.

Trotzdem wurde mir mulmig, als ich dann schließlich klingelte. Ich machte einen Schritt zur Seite, damit man mich, wie ich hoffte, nicht durch den Türspion sah. Ich hatte noch nie durch einen Türspion geblickt. Im Alten- und Pflegeheim Horizont gab es keine. Deshalb wusste ich nicht, dass die Linsenanordnung das vor der Tür liegende Treppenhaus weitwinklig einzusehen ermöglichte. Ich hätte mich neben der Tür an die Wand pressen müssen.

Die Tür ging auf, noch bevor ich bis zwanzig gezählt hatte, was ich mir selbst als Limit fürs Warten gesetzt hatte, und ich zählte schnell. Filips Vater machte einen Schritt in den Flur und sagte: «Hallo.»

Er sagte es überraschend freundlich, obwohl er ziemlich traurig aussah, müde und irgendwie ... erschöpft. Bei unserer letzten Begegnung hatte er mich mit «Ach, der Freund» begrüßt, aber dieses Mal wirkte es beinahe, als würde er sich darüber freuen, mich zu sehen.

«Hallo», erwiderte ich möglichst ähnlich freundlich und beugte mich unauffällig zur Seite, um an ihm vorbeizuschauen.

«Sie sind nicht hier», sagte er und drehte sich zur Seite, damit ich in die Wohnung blicken konnte. «Sie sind verschwunden. Einfach verschwunden.»

Ich wusste nicht, was ich darauf sagen sollte, und starrte nur stumm in die kleine Wohnküche, auf deren Tisch ein Aschenbecher und eine Bierdose standen. Aus dem Aschenbecher stieg eine schmale Rauchsäule auf.

«Hast du vielleicht eine Ahnung, wo sie sein könnten?» Er klang verzweifelt, und ich zweifelte für den Bruchteil einer Sekunde daran, dass das der Mann sein sollte, der Filip das Veilchen verpasst und der den Säugling Melina auf eine glühende Herdplatte gepresst hatte. Aber nur für den Bruchteil einer Sekunde. Ich hätte meinem Vater auch niemals zugetraut, dass er das tun würde, was er mit seinem Eisenbahnfreund Jockel getan hatte, aber er hatte es dennoch getan, und ich hatte es sogar mit meinen eigenen Augen gesehen. Die Menschen sind nicht so, wie sie zu sein scheinen. Filips Mama, die Mojca hieß, hatte mir das erklärt, und Marieluise Benedickt hatte Ähnliches angedeutet. Es gab niemanden, der mehr über das Leben wusste als Marieluise Benedickt und Filips Mama.

Ich schüttelte den Kopf. «Das möchte ich selbst wissen. Filip ist mein bester Freund.»

«Gute Freunde sind wichtig», sagte er leise.

Ich nickte verwirrt.

«Denkst du, sie sind vielleicht in diesem Zigeunerlager da

unten?», fragte er, und er nickte mit dem Kopf in die ungefähre Richtung des verwaisten Hazag-Parkplatzes, auf dem die Zigeuner kampierten.

Warum das?, wollte ich gegenfragen, weil mir die Idee absurd vorkam, andererseits hatte ich keine Ahnung davon, was es überhaupt bedeutete, ein Zigeuner zu sein, was diese Menschen verband, ob es da eine Art Codex gab, der sie zu gegenseitiger Hilfe und zum Verstecken von Flüchtlingen verpflichtete, oder ob sie doch eher wie die ominösen Waliser waren, von denen man selten etwas hörte – und eigentlich nie etwas Gutes. Aber ich konnte mir auch nicht vorstellen, dass Filips Mama dorthin gehen würde. Ich schüttelte den Kopf. Filips Mama würde etwas Praktischeres tun. Nur was?

«Aber wo dann?»

«Ich weiß nicht», sagte ich wahrheitsgemäß. Allmählich sickerte in mein Bewusstsein der schreckliche Gedanke, dass ich gerade meinen besten Freund verlor. Mal abgesehen von meinen Eltern, die mir so viel bedeuteten, dass mir die Vorstellung von einem Leben ohne sie Schmerzen bereitete, kam Filip hinter meiner geliebten Freundin Marieluise gleich auf Platz zwei, insofern es da überhaupt eine Rangfolge gab. Und Marieluise Benedickt würde mich auch bald verlassen – je nachdem, was dieser Tumor mit ihr anrichtete und wie schnell. Ich stellte mir vor, bei einer von Tizian Odols legendären Trauerfeiern auf eine Buchenholzkiste zu starren, in der die Reste meiner Freundin darauf warteten, in der feuchten Erde Mettings verscharrt zu werden. Dieser Gedanke zwickte an meinen Tränendrüsen. Gleichzeitig spürte ich, dass es mich wütend machte.

«Möchtest du reinkommen?», fragte er, immer noch überraschend freundlich. Ich nahm an, dass sich das ändern würde, wenn sich die Tür hinter uns schloss. Und nicht einmal Herr Strecker, der Polizist von nebenan, würde mitbekommen, wenn irgendwas passierte, wenn ich mit Ferdinand, wie mir in diesem Moment einfiel, allein in dieser winzigen Wohnung wäre.

«Ich muss nach Hause», log ich, denn meine Eltern dachten ja, dass ich noch bei Harald Schippkow saß und «Hun-döh» diktiert bekam, und eigentlich war es ihnen auch egal, wie ich meine Nachmittage verbrachte.

«Rufst du mich an, wenn du was hörst?», bat er, und während er das tat, fiel es mir wirklich schwer, mir den ehemaligen Fremdenlegionär Ferdinand als den vorzustellen, der er war – der Mann, der seine Kinder misshandelte. Dieses Wort verwendete man damals allerdings noch nicht, weil nichts, was Eltern mit ihren leiblichen Kindern taten, Misshandlung sein konnte oder durfte. Eltern waren die Könige im Reich ihrer Kinder. Könige *handelten*, ohne Vorsilbe.

Ich vollführte eine uneindeutige Kopfbewegung, die er hoffentlich als Zusage missverstand, und hielt dem Mann, um mich sozusagen als Ehrenmann zu verabschieden, meine Hand entgegen. Er lächelte und schüttelte sie. Ich ging rückwärts, bis ich mit dem Rücken gegen die Wand des Flurs stieß, anschließend verbeugte ich mich, wozu er eine Seite seiner zusammengewachsenen Augenbraue hochzog, und dann rannte ich davon.

Aber die Idee, Filip, seine Mutter und seine Schwester könnten sich im Zigeunerlager verstecken, hatte sich bei mir festgesetzt. Es waren ja nur ein paar hundert Meter dorthin, wo ich bisher noch nie gewesen war, jedenfalls nicht während der Anwesenheit dieser Nomaden. Ich schob mein Fahrrad auf das Gelände der Herbert Adolf Zeck Fahrzeugpolster AG zu, ziemlich langsam, denn ich war auch auf diese Begegnung nicht sehr erpicht. Welche Sprache sprachen die Zigeuner überhaupt? *Zigeunerisch*? Filip hatte in seinem Vortrag etwas von Norditalien gesagt, aber ich wusste, dass sogar in der kleinen Schweiz vier Landessprachen miteinander konkurrierten. Gut möglich, also, dass sie nicht Deutsch oder Italienisch sprachen, sondern etwas ganz Geheimnisvolles, das nur sie verstehen konnten und sonst niemand. Wie die B-Sprache von David und Sylvia, nur noch schwieriger. *Daba kobommt Tobom, deber kleibeinebe Liebiebhababeber vobon Mabariebielubuibisebe.* Ich hätte das nicht aussprechen können, ohne mir die Zunge abzubrechen, aber wenn David so etwas zu seiner Sylvia sagte, verstand ich es.

Die beiden Schornsteine der Hazag wirkten beim Näherkommen nicht mehr ganz so groß wie aus der Entfernung. Die beiden Parkplätze zeugten dafür umso beeindruckender vom Optimismus der frühen Jahre, der Zeit, aus der auch der nutzlose Kreisverkehr stammte. Das Zigeunerlager beanspruchte nur einen sehr kleinen Teil am Rand, hinter dem es nur noch struppige Wiesen gab, bis dann die Äcker begannen, die Metting umgaben.

Hier arbeitete halb Metting, hier hatte früher fast *ganz* Metting gearbeitet. Wer nicht Anwalt oder Arzt oder Autohändler oder Altenheimmitarbeiter oder arbeitslos war, der schaffte bei der Hazag. *Schaffen*, so nannte es Mojca, Filips Mutter. Als wäre das täglich wieder eine Herausforderung, ein Abenteuer, das es zu bewältigen galt, aber selbst mir war klar, dass die Arbeit in der Fahrzeugpolsterfabrik das Gegenteil eines Abenteuers war, nämlich mühselige, endlose, eintönige Plackerei, die müde und krank machte und auszehrte. Georg Täter hatte mir viel erzählt, aber auch die Väter einiger Klassenkameraden arbeiteten dort, und für Leute wie Clemens Kummer war klar, dass ihre berufliche Karriere dort beginnen und in vierzig Jahren wieder enden würde. Ich konnte und wollte mir in meinen schlimmsten Albträumen nicht vorstellen, in den grauen, schmutzig verglasten Fabrikhallen zu arbeiten, die hinter den geziegelten Schornsteinen begannen und in denen Stoffe hergestellt, geschnitten, vernäht, verklebt und gespannt wurden, in denen es nach Leder roch, nach Benzin, Lösungsmittel und Öl, nach dem Schweiß der Menschen und dem vielen Dreck in der Luft, die, wie Filips Mama erzählt hatte, immer ein bisschen zu warm und zu trocken war und kratzenden Husten und fürchterlichen Durst verursachte. Aber man durfte nur einmal alle anderthalb Stunden zu den Toiletten gehen – und nur dort konnte man Wasser trinken, denn Getränke am Arbeitsplatz waren verboten.

Das Lager der Zigeuner befand sich neben der Einfahrt am Rand des Parkplatzes, umgeben von einem Hunderte Meter langen, verrosteten Maschendrahtzaun, der an vielen Stellen zu Boden gedrückt war oder ganz am Boden lag, wo *irgendwas* die schlanken Zaunpfähle aus ihren Fundamenten gerissen hatte – die Zeit, ein Sturm, ungestüme Jugendliche. Der Asphalt war vermoost, die Markierungen waren kaum noch zu erkennen. Den anderen Parkplatz pflegte man noch, dieser hier war eine Wüste. Ein Stück Metting, mit dem keiner etwas anzufangen wusste, von den Zigeunern abgesehen, die zweimal im Jahr zu uns kamen.

Ich näherte mich der Einfahrt, neben der ein Auto parkte,

ein cremefarbener Ford Taunus mit Mettinger Kennzeichen und dem kleinen Aufkleber, der darauf hinwies, dass man das Fahrzeug bei Schippkow gekauft hatte. Neben dem Auto stand ein Mann, der einen dunklen Hut und einen grauen Anzug trug. Er war ungefähr im Alter meines Vaters und redete laut auf einen anderen Mann ein, erkennbar ein Zigeuner, der vor ihm stand und der die Hände in die Hosen seiner ebenfalls grauen Hose gesteckt hatte. Er musterte sein schimpfendes Gegenüber überrascht und ein bisschen schockiert. Ansonsten sah der Zigeuner, der ein kurzärmeliges weißes Hemd trug, ganz normal aus – nur ein bisschen wie die Einheimischen auf Menorca damals, während unseres Urlaubs, als ich herausbekommen hatte, dass die Welt nicht nur aus Alten und Kranken besteht: dunkelhaarig, die Haut zu braun für bloße Sommerbräune. Zwischen den beiden Männern lag ein Stapel Tücher am Boden, daneben eine Holzkiste, die offenbar jemand umgeworfen hatte. Der Mettinger im Anzug trat immer wieder nach den Tüchern, während er auf den Zigeuner einschimpfte, der einfach schwieg und auch sonst nichts tat. Ich blieb in etwa zehn Meter Abstand stehen. Keiner der beiden schenkte mir Beachtung. Ich verstand nicht, worum es bei diesem Streit ging, aber der Mettinger wurde jetzt noch lauter und schwenkte außerdem die rechte Faust in Richtung des Zigeuners. Er brüllte: «Ihnen werde ich Feuer unter dem Hintern machen!» Er pausierte, schnaufte. «Jemand wird etwas unternehmen!», rief er schließlich. Er trat noch einmal nach den Tüchern, was eine sehr eigenartige Geste war, als würde man nach dem Wind treten, dann drehte er sich um, stieg in seinen Taunus, den er aber erst beim dritten Versuch anbekam, und ratterte davon. Der andere Mann blieb einen

Moment stehen und blickte dem Auto hinterher, ging dann in die Knie und begann damit, die Tücher aufzusammeln. Ich schob mein Fahrrad näher heran, stellte es gegen den Zaun und sammelte die Tücher ein, die etwas weiter verstreut lagen.

«Danke», sagte der Zigeuner, als ich ihm die Ladung brachte und zu den anderen in die Kiste warf.

«Sie können Deutsch?», fragte ich verblüfft.

«Du doch auch», sagte er schmunzelnd.

Ich nahm all meinen Mut zusammen. «Sind vielleicht Freunde von mir bei Ihnen?» Ich nickte zu den Wohnwagen hin. «Eine Frau, die Mojca heißt, und ihre Kinder, die heißen Melina und Filip.»

«Warum sollten die hier sein?»

«Weil sie auch Zigeuner sind, glaube ich.»

«Aha», sagte er und sah wieder in die Richtung, in der das Auto davongefahren war. Man konnte es aber schon nicht mehr sehen – die Mettinger Kuppe versperrte die Sicht.

«Bitte!», insistierte ich.

Er schüttelte den Kopf. «Hier ist niemand. Hier sind nur wir.» Er nahm die Kiste auf. «Danke für deine Hilfe.» Der Mann sah sich um. «Du solltest besser weiterfahren. Es ist nicht gut, wenn man sich bei uns sehen lässt.»

Ich wollte eigentlich noch wissen, was das zu bedeuten hatte, das mit den Tüchern und dem Streit eben, aber der Mann machte nicht den Eindruck, als ob er mir groß etwas erzählen wollte. Also verabschiedete ich mich und fuhr davon.

In dieser Nacht schlief ich wieder bei Marieluise Benedickt. Ich glaube, dass sie das noch glücklicher als sie mich machte. Ich verstand das damals nicht so genau, aber ich gab ihr Trost und Halt, denn selbst meiner energischen und fröhlichen Freundin war die Sorge von Tag zu Tag stärker anzusehen. *Es geht schneller als erwartet*, das hatte sie gesagt. Das war etwas, wovor sie Angst hatte, und ich half ihr ein wenig dabei, diese Angst in Schach zu halten, wenigstens nachts, wenn das Alten- und Pflegeheim Horizont still war und die Gedanken ungebremst überall herumstreifen konnten. Sie schnaufte im Schlaf laut. Manchmal verkrampfte sie sich, als hätte sie einen Schmerzanfall, und gelegentlich wurde ich von ihrem Husten wach. Das, was in ihr wuchs, drückte irgendwie auf ihre Organe.

Auch ich hatte Angst – Angst um sie, aber auch davor, von meiner Mutter erwischt zu werden. Doch um keinen Preis hätte ich damit aufgehört, nachts durch das Heim zu schleichen, mich zu Marieluise zu legen und mich an sie zu kuscheln, während der bösartige, inoperable Eindringling damit beschäftigt war, sie von innen vor der Zeit zu ermorden. Die schlimmste vorstellbare Strafe hatte meine Mutter bereits verhängt, nämlich die, Marieluise Benedickt nicht mehr treffen zu dürfen. Was hatte ich also noch zu befürchten? Trotzdem schlich ich so spät wie möglich zu ihr und so früh wie möglich wieder zurück, und ich war dazu übergegangen, die Schlüssel meines Vaters zu verwenden, der nachts oder am frühen Morgen niemals in den Trakt ging, der von den Alten bewohnt wurde.

Wir hatten über das Verschwinden meiner Freunde gesprochen, und Marieluise Benedickt hatte mich ein wenig beruhigt.

«Möglicherweise verstecken sie sich, bis dieser Mann wieder weg ist», sagte sie, wobei sie zu lächeln versuchte, obwohl ihr Rücken schmerzte und die Medikamente allerlei Nebenwirkungen hatten, die sich meiner Vorstellungskraft entzogen.

Ich widersprach nicht, wenngleich ich nicht das Gefühl hatte, dass der Legionär von selbst wieder gehen würde. Aber Marieluises Zuversicht wenigstens in dieser Sache übertrug sich dennoch auf mich.

In dieser Nacht hörten wir die Sirenen der Mettinger Feuerwehr. Es gab nicht viele Feuerwehreinsätze in unserer kleinen Stadt. Ich stand auf und ging zum Fenster, aber es war nichts zu sehen – weder das Blaulicht der Einsatzfahrzeuge noch irgendwo ein bedrohlicher Feuerschein.

14.

IN den folgenden Wochen kam es zu großen Veränderungen in meiner unmittelbaren Umgebung. Zwei Selbstzahler und ein Sozi starben und wurden vom Bestattungsinstitut Grunwald abgeholt. Aber es kamen vorerst keine neuen Bewohner nach. Dabei war es noch nicht lange her, dass mein Vater Menschen hatte abweisen müssen, die ihre Angehörigen bei uns unterbringen wollten. Das Sozialamt führte zu der Zeit eine Warteliste. Doktor Pepik Novak kam nicht mehr ins Horizont, wofür mir meine Eltern keine offizielle Erklärung gaben, aber ich fragte sie auch nicht.

«Er schämt sich», sagte Marieluise Benedickt, womit sie vermutlich recht hatte.

Möglicherweise war es aber nicht nur das. In der Schule hörte ich zum ersten Mal das Wort vom «Schwulenheim in Metting-Hasenhügel». Ältere Schüler kicherten bösartig, wenn sie mich kommen sahen. Man bewarf mich von hinten mit spuckegetränkten Papierkügelchen. Doktor Novaks Nachfolgerin war eine drahtige, unfreundliche und einsilbige Frau in den Dreißigern, die ihre Praxis nicht in Metting hatte, sondern ein paar Kilometer entfernt auf dem Land, wohin sich nur selten Patienten verirrten. Aber sie war nicht etwa dankbar für die lukrative Zusatzaufgabe, sondern tat ständig so, als würde sie uns und den Bewohnern einen unfassbar großen Gefallen tun. Sie hieß Käding. Ihren Vornamen erfuhr ich nie. Marieluise nannte sie nur «die Kratzbürste». Nach Aussage meiner Freundin hatte die Ärztin sehr raue, kalte Hände. Frau Doktor Käding war neben Pfleger David der einzige rothaarige Mensch in meinem Umfeld. Am Jan-Friesmann-Gymnasium gab es kein einziges Kind mit roten Haaren.

Sylvia verließ uns, und nicht nur uns, sondern auch ihren Freund David, dem das komplett und unwiderruflich das Herz zerriss. Auf seinen riesigen Füßen schlurfte er fortan traurig und geräuschvoll durchs Horizont, verlassen von aller Kraft und jedem Lebenswillen. Keiner würde mehr in der B-Sprache mit ihm reden, keiner die Bingotrommel auf dem Terrassentisch bedienen. Aber Sylvia hatte mehr als das getan, nicht nur für ihn oder mit ihm. Frau Kauter, die sich mit einer bettlägrigen, schweigsamen Dame das Gurkenzimmer teilte, die einen Namen trug, der nach Morgenland klang, war eine leidenschaftliche Kreuzworträtsellöserin, aber ihre Hände zitterten längst viel zu stark, um die kleinformatigen Rätsel in den Tageszeitungen ausfüllen zu können. Sie bemalte gleich mehrere Kästchen, wenn sie einen Buchstaben zu schreiben versuchte. Deshalb hatte Sylvia regelmäßig die Kreuzworträtsel aus den Zeitungen mit einem schwarzen Filzstift auf DIN-A3-Bögen übertragen, mühevoll und akribisch, während sie im Zimmer neben dem Büro meines Vaters saß und ihre Pausenbrote verzehrte. Das machte nun niemand mehr. Da mein Vater keine Nachfolgerin fand, musste Schwester Ingeborg, meine Mutter, das Pensum von Sylvia übernehmen, und dazu gehörte definitiv nicht, die Kreuzworträtsel für Frau

Kauter abzumalen. Vielleicht wurde Frau Kauter deshalb auch bettlägrig. Ich versuchte mich einmal an der Aufgabe, aber die Bewohnerin winkte nur müde ab, als ich ihr das mäßig gute Ergebnis meiner mehrstündigen Arbeit überreichen wollte. Sie starrte jetzt lieber die Zimmerdecke an.

Die Schule wurde zur reinen Hölle für mich. Es waren nicht nur die Piesackereien meiner Mitschüler, sondern vor allem die Maßnahmen, die Frau Awusi offenbar gegen mich eingeleitet hatte, unter Einbeziehung des Kollegiums. Ich wurde schlechter, aber ich war nicht daran schuld, und ich konnte nichts dagegen machen. Die Direktorin bestellte meine Eltern zu einem Gespräch ein. Man wollte mich loswerden. Aber noch leistete mein Vater Widerstand, wenigstens auf diesem Gebiet. Mir selbst war es inzwischen fast egal, obwohl Marieluise unaufhörlich auf mich einredete und mich davon zu überzeugen versuchte, dass es keine Dummheit und erst recht keine Krankheit wäre, was mich am Richtigschreiben hinderte, sondern einfach eine Eigenschaft, die durch meine vielen anderen großartigen Eigenschaften locker wieder ausgeglichen würde. Ich war mir da längst nicht mehr so sicher.

Die Situation verbesserte sich leider auch nicht, als Frau Awusi bei einem Diebstahlversuch im Mettinger Stadtarchiv erwischt wurde, woraufhin ihr das Jan-Friesmann-Gymnasium die Versetzung in die Kreisstadt anbot. Es war weniger eine Bestrafung als eine Beförderung.

Unterdessen diskutierten meine Eltern in langen Gesprächen, ob es besser sei, mich an der Schule zu lassen oder, wie meine Mama das nannte, mich woanders *unterzubringen*. Meine Mutter hatte weniger Hoffnung als mein Vater, was meine schulische Karriere anbetraf, und obwohl ich weiterhin beharrlich übte und stundenlang auf der *Lexikon* herumtippte, vor allem, um meiner Freundin einen Gefallen zu tun, war ich insgeheim längst ihrer Meinung. Die deutsche Rechtschreibung war ein Berg, dessen Gipfel ich niemals erklimmen würde. Bislang hatte ich es nicht einmal zum Basislager geschafft.

Zwischen meinen Eltern war eine eigenartige Ruhe eingekehrt nach dem schicksalhaften Samstag, beherrscht von einem Pragmatismus, der beinahe völlig den schwelenden Konflikt überdeckte. Sie radelten nicht mehr zum Königsberger-Klopse-Essen, wir stiegen nicht mehr an Samstagnachmittagen ins selbe Badewasser, meine Mutter erhöhte die Orangenlikördosis auf mindestens zwei Flaschen pro Wochenende, und sie rauchte jetzt gelegentlich auch werktags in der Wohnung. Dafür gab es jetzt kein Wurstwasser mehr für meinen Vater. Zuweilen saß er am Abendbrottisch und sah sich suchend um, als hätte er sein *schlechtes Benehmen* vergessen, wie meine Mutter den Vorfall in meinem Zimmer inzwischen zu nennen pflegte. Dann schien ihm wieder alles einzufallen – das Abendbrot, die Beichte, der umgestoßene Wurstwasserbecher, und ihm war klar, dass dies eine Art unausgesprochener Sanktion war, und er sah kurz entschuldigend zu mir, wobei er gleichsam zusammenfiel, wieder geschrumpft auf die Größe, die Männer einnahmen, die von ihren Söhnen beim schwulen Sex erwischt worden waren.

Aber an einem Samstagnachmittag klopfte es an meine Zimmertür, und nachdem ich «Herein!» gerufen hatte, begleitet vom überraschten Rascheln aus Josefas Kiste, steckte mein Vater den Kopf durch den Türspalt.

«Würde es dich stören, Tomás, wenn ich mal wieder ...» – er sah sehnsüchtig zu seiner Modellbahnanlage.

«Nein!», rief ich erfreut, sprang vom Bett und öffnete die Tür, deutete eine Verbeugung an, wie Frau Klinger bei den Schippkows, zu denen ich nicht mehr ging, weil Harald Schippkow nicht mehr genug Zeit hatte, um allen Nachhilfeschülern zu helfen. Mein Vater schnaufte erleichtert und lächelte, während ich den ratternden Stuhl für ihn heranzog, auf den er sich zufrieden setzte, wobei er abermals schnaufte. Danach war er zwei Stunden lang damit beschäftigt, die Anlage akribisch zu reinigen, weil sie inzwischen von Staub überzogen war, und ich saß im Schneidersitz auf meinem Bett und sah ihm dabei zu, beglückt über einen kleinen Teil Normalität, der zu uns zurückgekehrt war. Das machte mir Hoffnung für die Zukunft, und dies so sehr, dass ich einem Impuls nachgab, vom Bett aufstand, von hinten an meinen Vater herantrat, ihn umarmte und dabei «Ich hab dich lieb» sagte. Das hatte ich noch nie getan. Keiner von uns hatte das je zu einem anderen von uns gesagt – jedenfalls soweit ich wusste. Mein Vater brach sofort in Tränen aus, legte seine Hände auf meine Arme und murmelte: «Ich dich auch, Tomás, ich dich doch auch. Es tut mir so leid. So leid.» Mir tat es in diesem Augenblick auch leid, aber aus einem anderen Grund, denn mit der Rückkehr zu *dieser* Normalität ginge der abermalige Verlust meiner Privatsphäre einher, an die ich mich inzwischen gewöhnt hatte. Allerdings kam mein Vater, wenn er mit seiner Eisenbahn spielen wollte, was ungefähr zwei- bis dreimal die Woche der Fall war, nicht mehr einfach in mein Zimmer, sondern er klopfte an und wartete darauf, dass ich ihn hereinbat. Wenn ich das nicht tat, was gelegentlich auch passierte, klopfte er nicht erneut, sondern verschwand einfach wieder. Ich war zu einem respektierten Mitglied unserer Familie geworden, wenigstens väterlicherseits.

Doch die Hoffnung auf Normalisierung trog.

Mein Freund Filip und seine Familie blieben verschwunden. Noch zweimal besuchte ich den Fremdenlegionär, der immer stärker nach Zigarettenqualm stank und der beim zweiten Mal eine so starke Alkoholfahne hatte, dass mir übel wurde. Er redete auch nicht viel, schüttelte nur den Kopf und schlug mir schließlich die Tür vor der Nase zu. Danach öffnete niemand mehr, wenn ich klingelte – bis zu einem Montagnachmittag im späten Oktober, als das zu meiner Überraschung eine junge, blasse Frau tat, die sehr dünn war und ein rasselnd atmendes Baby auf dem Arm trug. Die Mettinger Wohnungsbaugenossenschaft hätte ihr die Wohnung zugeteilt, ihr und ihrem Mann, der aber gerade in der Fabrik war, wie sie mir erzählte, und dann bat sie mich irritierenderweise herein, als wäre ich ein alter Freund. Ich saß eine geschlagene Stunde am Küchentisch in der Wohnung meines besten Freundes, in der nur ein paar lausige Möbelstücke standen, sodass sie viel größer als zuvor wirkte. Die Frau freute sich, jemanden zu haben, der ihr zuhörte, aber ich tat das nicht wirklich, sondern schlürfte TRi TOP aus einem verkratzten Senfglas und sah die ganze Zeit das Baby an, das bereits acht Monate alt war, wie ich erfuhr, aber wie ein Neugeborenes aussah. Es wirkte nicht besonders gesund auf mich. So oder so, in einigen Jahrzehnten befände sich auch dieser neue Erdenbürger in einem Altenheimbett und würde dort auf den Tod warten, wie die Bewohner des Alten- und Pflegeheims Horizont, darunter meine liebe Freundin Marieluise Benedickt. Ich wurde durch ein abermaliges Klingeln an der Tür von diesem sehr einseitigen Gespräch und meinen fatalistischen Gedanken erlöst. Vor der Tür stand eine Frau vom Sozialamt, woraufhin mich die junge Mutter, deren Namen ich nicht erfahren hatte, sanft hinausbeförderte, mich aber bat, bald wiederzukommen, weil sie sich gerne weiter mit mir unterhalten würde. Ich sagte zu, wiederzukommen, obwohl ich nichts dergleichen vorhatte, wobei ich mir schäbig vorkam, denn die Frau schien sich darüber ehrlich zu freuen.

Die Feuerwehr, die ich von Marieluises Zimmer aus gehört hatte, war an jenem Abend zum Hazag-Parkplatz nach Metting-Zeck gerufen worden. Es hatte in der Wache aber, wie später offiziell mitgeteilt wurde, technische Probleme gegeben, sodass gegen das Feuer leider bereits nichts mehr auszurichten war, als die Löschfahrzeuge eintrafen.

Schon zwei Tage später verkündete die Mettinger Polizei, dass es keinen Anlass gebe, ein Fremdverschulden zu vermuten. Vielmehr hätten die Zigeuner, wie im *Mettinger Boten* zitiert wurde, wohl wieder einmal offene Feuerstellen unbeaufsichtigt gelassen – ich hatte allerdings keine Feuerstellen auf dem Gelände gesehen. Jedenfalls habe dabei die Wäsche auf den Wäscheleinen Feuer gefangen und das sei auf die Wohnwagen übergesprungen. Die acht Wohnanhänger waren dabei komplett ausgebrannt – was niemanden zu wundern schien. Aber die Wohnwagenbesitzer hatten es wohl rechtzeitig in ihre Autos geschafft und waren abgehauen, was im Übrigen so viel wie ein Schuldeingeständnis sei, wie erklärt wurde. Keine Woche nach dem Brand waren alle Spuren beseitigt, waren die verrußten Metallskelette verschwunden, die von den Wohnwagen übriggeblieben waren, und es blieben sonst nur noch ein paar dunkle Flecken auf dem Asphalt des Parkplatzes. Das war flink für Mettinger Verhältnisse. Ich erzählte meinen Eltern, was ich am Tag vor dem Brand gesehen und gehört hatte, weil mir das wie eine Drohung vorgekommen war, was der Mann mit dem cremefarbenen Taunus gesagt hatte, aber meine Eltern sahen sich nur kurz an und schüttelten dann die Köpfe. Ich sprach mit Marieluise Benedickt darüber, die mich lange sehr ernst musterte. Dann schüttelte sie traurig den Kopf. Es würde nicht gut ausgehen, wenn ich jetzt auch noch Staub aufwirbelte, meinte sie. Es wäre ohnehin schon schlimm genug, was alles passiert sei, und selbst wenn man den wahren Täter finden würde, würde das auch nichts mehr ändern. Als sie das sagte, geriet meine Bewunderung für sie ein bisschen ins Wanken.

Nach dem Brand wurde der Zaun um den verwaisten Parkplatz erneuert, ersetzt durch ein verzinktes, zwei Meter hohes, solides Metallgitterkonstrukt. Man verschloss das Tor, das auf das nutzlose Grundstück führte, und man brachte alle fünf Meter am Zaun runde Schilder an, auf denen stilisierte schwarze Hauszelte zu sehen waren. Die Zelte waren rot durchgestrichen. Solange ich noch in Metting lebte, kamen keine Zigeuner mehr. Aber auch sonst hatte niemand Verwendung für das Areal mit dem nagelneuen und sicherlich ziemlich teuren Zaun drum herum. Hauptsache, es war kein Problemschwerpunkt mehr, es ging kein Ärger mehr von dort aus. Metting war mit dieser Art von Problemverhinderungspolitik der Zeit voraus, dieser Idee, dass man dadurch, dass man den Menschen den Zugang zu einem Ort verwehrte, auch die Probleme dieser Menschen abwehren könnte.

An einem nebligen, kalten und dunklen Freitagmorgen im November saß ich schon auf meinem Fahrrad und war auf dem Weg zur Schule bereits einige hundert Meter weit gefahren, als mir einfiel, dass meine Hausaufgaben noch auf der Anrichte im Flur lagen, wo ich sie hinzulegen hatte, damit meine Eltern sie kontrollieren konnten. Es passierte mir in letzter Zeit immer häufiger, dass ich etwas vergaß oder versehentlich nicht zu Ende brachte, und Marieluise Benedickt meinte, ich wäre eben unkonzentriert, was irgendwie mit den Hormonen in mir zu tun hätte. Die Alten um mich herum wären aus anderen Gründen vergesslich – etwa Alfred Stemmler aus dem Apfelsinenzimmer, der täglich erneut vergaß, dass sein Schäferhund Fido schon seit Jahrzehnten tot war, und ihn deshalb immer wieder suchte, oder Gerhardt Kutscher aus dem Salatzimmer, «der Wanderer», der immer wieder seinen Fußpuder mit dem Scheuerpulver verwechselte und dann schreiend vor Schmerzen durchs Horizont torkelte. Ich drehte um und radelte zurück, wie an jenem Samstag, als ich meinen Vater beim *schlechten Benehmen* überrascht hatte. Ich war in Eile und nahm deshalb die Abkürzung durchs Heim, die eigentlich tabu war, auch in der Hoffnung, Marieluise noch zu sehen, der es in den letzten Tagen besser gegangen war, die rosiger gewirkt hatte und frischer aussah, die manchmal sogar herzhaft gelacht hatte, was in den letzten Wochen nicht häufig vorgekommen war.

Aber vor der Tür des Bananenzimmers stand der umgedrehte Papierkorb.

Meine Mutter erzählte mir später, ich sei auf der Stelle in Ohnmacht gefallen, aus der ich gar nicht mehr erwachen wollte. Man rief erst die Kratzbürste und schließlich Doktor Novak, der zunächst zögerte, sich dann aber doch überreden ließ, was jedoch nichts änderte, denn auch er wusste nicht weiter. Mein Vater fuhr mich schließlich mit dem heimeigenen Polo ins Krankenhaus nach Uelzen, wo man Marieluise Benedickt ebenfalls behandelt hatte, aber nichts davon bekam ich mit. Man legte mich in ein Bett in einem ansonsten leeren Vierbettzimmer und *beobachtete* mich dort, wie es hieß. Gelegentlich kam eine Krankenschwester und maß Puls, Blutdruck und Temperatur, während mich eine Infusion mit Glukose und anderen Nährstoffen versorgte, und als ich nach drei Tagen die Augen wieder öffnete und nach etwas zu trinken verlangte, feierte man das als einen Therapieerfolg, ohne auch nur den Namen der Erkrankung zu kennen.

Aber ich war noch nicht wieder auf den Beinen. Was um mich herum geschah, kam mir vor wie ein Film im Fernsehen, der wegen schlechten Empfangs stark verschneit war. Marieluise Benedickt war gestorben, meine große Liebe und beste Freundin. Mein Leben würde nie wieder wie vorher sein, aber mein Gehirn weigerte sich, die Information zu verarbeiten. Sie war so irreal wie der verschneite Film, der gleichsam vor meinen Augen ablief. Ich hatte gewusst, dass es geschehen würde, aber ich hatte nicht wahrhaben wollen, dass der Zeitpunkt in der unmittelbaren, *realen* Zukunft lag. Wie auch? Ich war ein ahnungsloser Dreizehnjähriger, und es gab sehr viel Ältere, die solche Erlebnisse nicht verkraften konnten. Mein Körper ging daher in die Defensive, in den Reservemodus, um mich zu schützen. Ich konnte essen, trinken, pinkeln und kacken, aber mich allein auf den Weg zum Klo zu machen war mir unmöglich. Ich konnte einfache Fragen beantworten und meine Schlafanzughose herunterlassen, wenn das erforderlich war, ich bekam Erektionen und Juckreiz im Nacken, ich roch meinen tagealten Schweiß und spürte die Kälte auf der Haut, wenn meine Mutter die Fenster meines Zimmers zu lange offen ließ, aber alles abseits davon überforderte mich, blieb unerreichbar, wie in äußerst weiter Ferne.

Vier Tage nach Marieluises Tod fand die Trauerfeier in der Apostel-Thaddäus-Kirche statt, bei Tizian Odol, den Marieluise Benedickt gemocht hatte, obwohl sie Glauben und Kirche als Hokuspokus empfand und ablehnte. Ich saß mit meinen Eltern in der dritten Reihe, während die vorderen beiden Reihen leer blieben, die traditionell für die Familienmitglieder vorgesehen waren. Marieluise hatte keine Familienmitglieder. Aber Doktor Novak kam, setzte sich allerdings ganz nach hinten, um sofort nach der Zeremonie verschwinden zu können, ohne behelligt zu werden. Und Hilde tauchte auf, die Boutiquebesitzerin, die Georg Täter auf dem Gewissen hatte. Aber das täuschte nicht darüber hinweg, dass die Trauergemeinde, die es aus dem Horizont hierher schaffte, bei jedem Toten kleiner wurde, sogar bei Marieluise Benedickt, die wirklich alle gemocht hatten, ohne jede Ausnahme.

Ich saß in der dritten Reihe und weinte unaufhörlich. Das Weinen war eine Körperfunktion, die ich sogar hätte kontrollieren können, aber daran hatte ich kein Interesse.

Tizian Odol stemmte sich beidhändig auf die Brüstung seiner Kanzel und hielt mit Stentorstimme seine Predigt. Wie üblich enthielt sie kaum Bibeltexte oder Jesuszitate. Es ging im Wesentlichen darum, dass er uns, die Überlebenden, aufforderte, das Leben zu genießen und nicht darauf zu hoffen, dass es nach dem Tod besser werden würde. Das hörte sich nach Marieluise an, aber es war originell für einen christlichen Pfarrer, der damit ein Dogma seines eigenen Glaubens torpedierte. Meiner toten Freundin hätte es gefallen, wäre sie nicht tot gewesen, was ihr sicher nicht gefiel. Und mir erst recht nicht.

Sie war weg, endgültig, ersatzlos und für immer, und weg war außerdem mein Freund Filip sowie seine Schwester, die etwas für mich übrighatte und in diesem Augenblick in verführerischen Posen vor meinem inneren Auge auftauchte. Wie gern hätte ich ihr noch auf ihren Brief geantwortet. Aber dazu würde es jetzt wohl nicht mehr kommen. Ich verfluchte das Heim und spürte, wie ein starker Hass auf das Horizont in mir entstand, eine zornige, traurige, entschlossene Ablehnung gegen diese Institution, ihre Bedeutung und ihre Folgen, gegen Altenheime allgemein, gegen die Verantwortlichen und die Bewohner, die am allerwenigsten etwas für meine Misere konnten. Mein Hass auf das Heim entstand während der Predigt von Tizian Odol, und es sollte viele Jahre dauern, bis ich ihn überwunden hatte.

Ein paar Tage später, die genau zu zählen mir unmöglich war, händigte mein Vater mir drei Gegenstände aus, die Marieluise mir vererbt hatte: die Truhe, die sie mir vor Monaten einmal gezeigt hatte, einen Pappkarton mit ihren Bücherperlen und außerdem einen verschlossenen Umschlag, auf dem mein Name stand. Die Holztruhe, etwa so groß wie zwei kleine Umzugskartons, war schwer, und sie war kunstvoll beschlagen, mit Messing, wie ich vermutete, und erst jetzt sah ich die Initialen, die vorne ins Holz geschnitzt worden waren: *J. T. F.* – das stand für Jan Theodor Friesmann, der den zweiten Vornamen aus seinem Künstlernamen getilgt hatte. Aber ich öffnete weder diese Kiste noch den Brief, weil ich nicht wollte, dass irgendwas meine Trauer beeinflusste. Es kam mir richtig und angemessen vor, wie ich mich fühlte, und daran sollte sich vorläufig nichts ändern. Ich deponierte die Dinge in meinem Zimmer im Schrank und vergaß sie dort. Aber es ist auch gut möglich, dass es sich um absichtliches Vergessen handelte, um einen Akt der «Verdrängung», wie der alte Freud gesagt hätte.

Meine Mutter hatte unterdessen die Gelegenheit genutzt, die meine gegenwärtige Schwäche darstellte, um sich bei meiner Bildungsplanung durchzusetzen, und sie hatte es auf die rigorose Weise gelöst, die ihr nun mal eigen war. Als ich meine Sinne wieder halbwegs beisammenhatte und nicht mehr alle zwei Minuten in Tränen ausbrach, weil ich an Marieluise Benedickt denken musste, eröffnete sie mir, dass ich fortan und bis zum Erreichen des verdammten *Hauptschulabschlusses* die Sonderschule im benachbarten Hitzeberg besuchen würde – wodurch sich mein Schulweg auf acht Kilometer verlängerte, aber das war nicht der Kern des Problems. Man hatte mich offiziell aufgegeben und zum Idioten abgestempelt. Statt mir zu helfen, konzentrierte man sich auf die Schadensbegrenzung, und außerdem hatte man wirklich genug zu tun, zum Beispiel damit, den Untergang des Altenheims zu verhindern. Zum Ausgleich erlaubten mir meine Eltern, dass ich den Bewohnern wieder vorlas, und obwohl sich alles in mir dagegen sträubte und ich das Heim eigentlich aus meiner Wahrnehmung ausblenden wollte, weil ich es *hasstehasstehasstehasste*, fing ich wieder damit an, um an den Nachmittagen etwas zu tun zu haben, während Josefa in ihrer Kiste rumorte und mein Vater leise vor sich hin pfeifend neue *Faller*-Häuschen zusammenklebte.

Mein Widerwille war es wohl, der mich auf Idee brachte, statt ihnen vorzulesen, die Bewohner aufzufordern, mir ihre Geschichten zu erzählen. Und ich wollte von ihnen wissen, was sie sich vom Leben erhofft hatten, als sie in meinem Alter waren. Es war, als hätte ich Schleusen geöffnet. Unter Tränen und mit zitternden Stimmen berichteten mir die Alten davon, wie sie von Karrieren als Piloten und Autorennfahrer geträumt hatten, davon, Herrinnen über große Häuser sein, vom Leistungssport und von der Dichtkunst, von der Fotografie und der Schauspielerei, aber auch von Blumenbinderei und Viehzucht. Aber es waren nicht nur so große Träume, sondern auch ziemlich kleine dabei. Henny Maschmeyer, eine winzige Dame mit sehr feinem, weißem Haar, Nachfolgerin der vor einer Weile verstorbenen Gernhilde Hochhuth im Tomatenzimmer, blickte als Antwort auf meine Frage nur stumm auf eine Postkarte an der Zimmerwand, die das berühmte Gemälde von der Mona Lisa zeigte, das vor fast fünfhundert Jahren von Leonardo da Vinci gemalt worden war und das im Louvre in Paris hing. Das wusste sogar ich inzwischen, nachdem uns Dr. Silbris dieses Bild Ewigkeiten lang hatte anstarren lassen, um irgendwann endlich zu erklären, worum es sich handelte und von wem es stammte.

«Sie wollten das Bild mal im Original sehen, oder?», fragte ich, und Henny Maschmeyer nickte stumm, wobei ihr Tränen die Wangen herunterliefen. Ich war auch noch nie in Paris, aber ich wagte kaum, mir ein Leben vorzustellen, das mit Pflichten so vollgestopft war, dass man es nicht wenigstens für ein paar Stunden dorthin schaffte. Henny Maschmeyer hatte dieses Leben geführt.

Ich wurde zum Chronisten von Lebensgeschichten, die oft

noch keiner in dieser Version kannte, und ich begann damit, mir Notizen zu machen. Meinen Hass auf das Heim steigerte das nur.

15.

IM Frühjahr des folgenden Jahres, da war ich schon fast vierzehn, erhängte sich Tizian Odol im Wald direkt hinter seiner Kirche. Der *Mettinger Bote* druckte ein Foto des toten Negerpfarrers ab, wie ihn alle genannt hatten. Das Bild zeigte ihn, wie er in seinem Talar am Ast einer Buche hing. Es verstieß gegen alle Gepflogenheiten der Presse, Fotos von Selbstmördern abzudrucken, doch offenbar war man der Meinung, dass für Schwarze andere Regeln galten, jedenfalls im niedersächsischen Metting. Ich las es in der Zeitung, obwohl meine Mutter versuchte, sie vor mir zu verstecken. Und sie konnte nicht überall sein. Einige Bewohner erhielten den *Mettinger Boten*, weil sie immer noch am Tagesgeschehen interessiert waren oder sich das wenigstens einredeten. Gerhardt Kutscher, der Wanderer, der trotz seines originellen Umgangs mit Scheuerpulver viel länger lebte als die meisten, die ins Horizont kamen, und der inzwischen allein im Salatzimmer wohnte, weil der Nachschub vom Sozialamt ausblieb, las traditionell die letzten Zeilen der Tageszeitung, bevor er das Haus verließ, um auf Wanderschaft zu gehen. Er warf die Zeitung oft im Vorbeigehen in den Schirmständer neben der Eingangstür, den er mit einem Papierkorb verwechselte, was aber vielen passierte.

Ich fand diese spezielle Ausgabe dort, und ich sah das Foto auf der dritten Seite, die es fast vollständig einnahm. Ich war erschüttert. Ich konnte nicht glauben, dass sich der freundliche, energische, junge Pfarrer selbst getötet hatte, und dann auch noch auf diese Weise. Die Zeitung berichtete, man wisse nicht mit Sicherheit, was Auslöser für die Tat gewesen sei, man gehe aber von einer Gemütserkrankung des Mannes aus, der sich auch nie ganz heimisch gefühlt habe im kühlen Deutschland. Es dauerte eine ganze Weile, bis ich verstand, dass es der Rassismus gewesen war, dem Odol täglich ausgesetzt war, der ihn am Ende in den Tod getrieben hatte, und es beschämte mich im Nachhinein, dass keiner von den Menschen, die ich kannte und bewunderte, etwas dagegen unternommen hatte, obwohl es bis zu seiner Kirche keine fünf Minuten zu Fuß waren.

In diesem Sommer wechselte ich auf die Sonderschule in Hitzeberg, einem Ort, der deutlich kleiner als Metting war und noch unspektakulärer. Dafür war der namengebende Hügel immerhin doppelt so hoch wie die Mettinger Kuppe und galt mit seinen 196 Metern als höchste Erhebung der Region. Die sehr kleine Schule befand sich in einem kastenförmigen Zweckbau am Stadtrand von Hitzeberg, den man in einem pastelligen Grün angestrichen hatte – nach meinem Dafürhalten, um ihn vor dem Hintergrund des angrenzenden Waldes sozusagen zu verstecken. Sie hieß einfach nur *Sonderschule am Hitzeberg*, weil man keinen Namen eines Künstlers für diese Art von Einrichtung verschwenden wollte, was außerdem einer Diskreditierung des Künstlers gleichgekommen wäre, schließlich handelte es sich um eine Idiotenschule. Es gab darin neun Klassen für uns «Lernbehinderte», wie die offizielle Bezeichnung lautete, die einfach «Klasse 1» bis «Klasse 9» hießen, ohne «a», «b» oder «c», weil die Schule einzügig war. Ich landete an diesem Institut gegen den sanften, aber wirkungslosen Protest meines Vaters, dessen Stimme im Haus nicht mehr viel zählte, seit er sich schlecht benommen hatte.

Eine zehnte Klasse gab es nicht, denn niemand ging davon aus, dass einer der Schüler den Realschulabschluss schaffte, und das nicht ohne Grund. Die meisten meiner Mitschüler litten unter unterschiedlichen schweren geistigen oder körperlichen Behinderungen, und in nicht wenigen Fällen an beidem. Viele von ihnen wurden morgens von ihren Eltern gebracht und am Mittag wieder abgeholt, was man an normalen Schulen zu dieser Zeit nicht einmal mit Erstklässlern tat, die man i-Männchen nannte. Ich war der Einzige, der mit dem Fahrrad kam und darauf auch wieder davonstrampelte. Einige Kinder saßen den ganzen Tag lang in knirschenden Rollstühlen, und manchmal verkündete ein leises Plätschern, dass es hier und da um die Blasenkontrolle nicht so gut bestellt war, aber für solche Zwecke gab es Helfer an der Schule. Viele meine neuen Mitschüler waren sehr viel älter als ich, einige sogar schon volljährig. Jörg, der schräg hinter mir saß und mich stark an Clemens Kummer erinnerte, war mit zehn Jahren eingeschult worden, weil er erst in diesem Alter ausreichend gut sprechen konnte, um sich anderen halbwegs zu vermitteln, doch seinen eigenen Nachnamen wusste er trotzdem nicht. In einer achten Klasse hatte Jörg auch mit seinen über achtzehn Jahren nichts verloren, denn er konnte weder lesen noch schreiben oder rechnen, aber es war auch keine echte achte Klasse, in der ich mich jetzt wiederfand, sondern eine betreute Spielgruppe für ältere Jugendliche, bezahlt von der *Aktion Sorgenkind*. Die Kinder und jungen Erwachsenen um mich herum malten mit Wachskreidestiften und sortierten verschieden geformte Bauklötze in Schablonen, wofür sie von Frau Gerdes, unserer Lehrerin in allen Fächern, minutenlang gelobt wurden, als hätten sie soeben die Formel entdeckt, um Blei in Gold zu verwandeln, und zum Dank lachten meine Mitschüler lautstark. Fächer im eigentlichen Sinn gab es an dieser Schule nicht, aber die Stunden hießen dennoch «Deutsch», «Mathematik» und «Englisch», vielleicht aus Ulk. Zu keiner Zeit wurde ein einziges Wort Englisch gesprochen, und als Mathematik galt, wenn man bis zehn zählen konnte, ohne dabei Unterstützung zu benötigen.

Immerhin erkannte Frau Gerdes schon nach wenigen Augenblicken, dass ich mich von ihren anderen Schützlingen deutlich unterschied. Meine Legasthenie galt zwar als Lernbehinderung, aber bei allem abseits der Rechtschreibung befand ich mich immer noch auf Gymnasialniveau. Ich hätte meine neuen Mitschüler *unterrichten* können, aber es dauerte dennoch fast zwei Wochen, bis die Lehrerin damit anfing, sich ernsthafter mit mir zu beschäftigen. Frau Gerdes machte mit mir einige Tests und diskutierte die Ergebnisse anschließend mit Frau Hahnemann, der Direktorin der Sonderschule, die sich allerdings kurz vor dem Ruhestand befand und wenig Lust hatte, sich mit den Mettinger Schulräten oder der Direktorin des angesehenen Jan-Friesmann-Gymnasiums anzulegen. Deshalb verbrachte ich ein ganzes Schulhalbjahr in dieser seltsamen Einrichtung, sah meinen Mitschülern beim Spielen mit ihren Bauklötzen zu, half Frau Gerdes bei ihren wenig aussichtsreichen pädagogischen Bemühungen und lernte für mich allein mit den Büchern für meinen Jahrgang, die es hier immerhin gab, obwohl sie nicht gebraucht wurden.

Ich war gerade zwei Monate in der neuen Schule, als ich eine Postkarte von Melina bekam, ohne Absenderadresse, aber abgestempelt in Hannover, also nicht sehr weit entfernt und dennoch unerreichbar für mich. Es war keine Ansichtskarte, sondern eine Blanko-Standardpostkarte, auf die Melina, deren Schrift ich sofort erkannte, *Es geht uns gut, ich soll dich von Filip grüßen* geschrieben hatte, und in blassroter Farbe war mit einem Buntstift ein klitzekleines Herz an den Rand gemalt, das man übersah, wenn man die Karte nicht so genau betrachtete, wie ich das machte. Das war eine Erleichterung, dass es ihnen gut ging, aber die Freude hierüber und über das kleine Herz währte nur kurz, dann hatte mich die Traurigkeit wieder im Griff, die mich seit Marieluise Benedickts Tod erfasst hatte.

Zu Hause in Metting kämpfte meine Mutter, Schwester Ingeborg, währenddessen für den Erhalt des Alten- und Pflegeheims Horizont, während mein Vater offenbar bereits resigniert hatte und jetzt selbst an Wochentagen in meinem Zimmer hockte, wenn ich aus der Idiotenschule nach Hause kam. Manchmal fand ich die Wurstgläser, die er bei mir versteckte – neue, verschlossene, aber auch solche, die schon geöffnet waren und aus denen nichts fehlte als das Wurstwasser, weshalb die Würste darin vor sich hin schrumpelten. Ich ließ sie in ihren Verstecken, und meistens waren sie ein paar Tage später wieder verschwunden.

Mama ging aufs Sozialamt und wartete dort stundenlang auf Termine mit Sachbearbeitern und Abteilungsleitern. Sie ließ nicht locker und erreichte immerhin nach einer Weile, dass vereinzelt wieder Sozis ins Heim kamen, wenn auch nicht genug, um alle vakanten Plätze zu füllen. Dazu kam, dass es auch nicht genug Personal gab, das bei uns arbeiten wollte, weshalb die meiste Arbeit im Haus auf meiner Mutter lastete. Wenn ich aus der Schule kam, immerhin ohne Hausaufgaben, denn die gab es an der Sonderschule nicht, musste ich ihr dabei helfen, die Zimmer zu wischen, die verhassten Papierkörbe auszuleeren, das Geschirr einzusammeln und die Medikamentenkästchen zu bestücken. Gefragt oder gar *gebeten* wurde ich nicht – ich wurde dazu verdonnert. Als ich bei einer dieser Gelegenheiten von der Arbeit aufsah, bemerkte ich, dass mich meine Mutter anstarrte, mit etwas im Blick, das so weit von Zuneigung entfernt war wie Hannover von der Sonne. Sie gab mir die Schuld an alldem, verstand ich, und von dieser Zeit an fragte ich mich, ob sie damit nicht möglicherweise sogar recht hatte. Vielleicht war ich es, der all das verursacht hatte mit seiner überraschenden Rückkehr ins eigene Zimmer und mit den unbedachten Worten an Doktor Novak, von denen meine Eltern hoffentlich nie erfahren würden.

Wenn sie es nicht schon längst erfahren hatten.

Für das zweite Schulhalbjahr wechselte ich auf die Kaspar-Freytag-Realschule in Metting-Forst, dem westlichen Zipfel unserer kleinen Stadt, wo es überhaupt keinen Wald gab. Ich verabschiedete mich herzlich von Frau Gerdes und einigen meiner Mitschüler, mit denen ich so etwas wie Freundschaft geschlossen hatte. Besonders mit zweien von ihnen. Sie hießen Ute und Jasmin und waren körperlich behindert. Ute war von der Hüfte an abwärts gelähmt, Jasmin hatte linksseitig von Geburt an verstümmelte Gliedmaßen. Beide waren aber außerdem sehr wissbegierige, kluge Menschen, die wie ich eigentlich an andere Schulen gehörten. Doch solche Schulen gab es nicht. Krüppel gingen eben auf Hilfs- und Sonderschulen.

Ich verließ die Sonderschule am Hitzeberg und wurde Realschüler, was mir vorkam, als hätte man mich doch noch zum Ritter geschlagen. Ich verspürte unendliche Dankbarkeit Frau Gerdes gegenüber, die beim Abschied sogar Tränen vergoss und mich ihren «perfekten Assistenten» nannte. Meine Eltern kommentierten das Geschehen nicht. Mein Vater nahm mich nur irgendwann beiseite, presste mich an sich und küsste mir auf die Haare. Meine Mutter tat weiterhin so, als hätte ich keine Hausaufgaben und könnte gleich nach Schulschluss im Altenheim helfen, weshalb ich fortan nachts an meinen Hausarbeiten saß, aber wenigstens musste ich sie nicht mehr zur Kontrolle auf die Anrichte legen, denn offiziell existierten sie ja nicht.

Kaspar Freytag, der Namensgeber meiner neuen Schule, war wie Friesmann Dichter gewesen, war ein Zeitgenosse des Nobelpreisträgers und galt damals als einer von dessen energischsten Kritikern. Freytag, der bürgerlich einen ganz anderen Namen hatte, beschimpfte Friesmann zeitlebens als Hochstapler und Scharlatan, dessen Lyrik nichts weiter sei als das Ergebnis willkürlicher Stümperei. Freytag schrieb ellenlange Epen, vielversige, klassische Gedichte, aber die Anerkennung für ihn blieb aus, als wäre das Kontingent Mettings mit dem namhaften Preis für Friesmann mehr als erschöpft, was wohl auch stimmte. Immerhin aber gab man der zweitklassigen Schule Freytags Namen, wo die Besucher wie zum Hohn von einer Tafel mit einem Friesmann-Gedicht begrüßt wurden, das nach Meinung vieler Kenner den Kritiker auch noch verunglimpfte:

Neidische Freitage

Über wollustreichem Opfer
bunte Kombüsen
für den Stein
Greuliche Lügen
schreiben und lieben
Dichter
und Motorengeheul

Mit dem pompösen Jan-Friesmann-Gymnasium hatte das Gebäude, in dem die Kaspar-Freytag-Realschule untergebracht war, nicht viel gemein. Es handelte sich um einen dreiteiligen, dreistöckigen Zweckbau aus den fünfziger Jahren, der sich um einen kleinen Schulhof mit angeschlossenem Sportplatz gruppierte, an dessen Südseite eine kleine Turnhalle stand. Ich fand es trotzdem großartig dort. Es gab keine Frau Awusi und keinen Dr. Kurtus und keinen Dr. Theuert, der Kaspar Freytag aus tiefstem Herzen verachtete, sondern nur einen Haufen ziemlich unruhiger, mäßig talentierter Schüler, die sich kaum für den Unterricht interessierten, dafür umso mehr für heimliche Zigaretten und die Dosenfußballturniere auf dem Pausenhof. Mir ging es genau umgekehrt. Ich empfand es als so enormes Glück, doch noch auf eine halbwegs normale Schule gehen zu dürfen, dass ich alles mied, was dieses Glück gefährdet hätte. Ich war brav, ruhig, aufmerksam, unterließ sachfremde Aktivitäten, meldete mich andauernd, auch freiwillig für unliebsame Aufgaben, war pünktlich, widersprach nicht, merkte mir jedes Wort, das an mich gerichtet wurde, und ich war nie krank. Während der Zeit an der Kaspar-Freytag-Realschule hatte ich zweimal eine heftige Grippe und einmal irgendwas, das meinen Körper in ein rotfleckiges, juckendes Chaos verwandelte, aber ich verheimlichte das vor meinen Eltern und ging trotzdem hin, schnäuzte mich so leise wie möglich unter meinem Pult und kämpfte gegen den Juckreiz an, bis mir vor Anstrengung der Schweiß vom Nacken ins Hemd lief. Auf dem Heimweg fiel ich zweimal vor Erschöpfung vom Fahrrad.

Manchmal machte ich auf dem Weg nach Hause einen Umweg über Metting-Zeck, kaufte mir dort am Kiosk ein Capri und setzte mich dann auf die niedrige Waschbetonmauer, um das Eis zu essen. Anschließend steckte ich den Stiel zu den anderen, die Filip und ich dort bereits hinterlassen hatten, und dann saß ich nur da und schaute unser Bauwerk an. Manchmal sah ich Frau Klinger, die Haushälterin der Schippkows, die Nachschub für ihren Mann holte, und einmal die junge Frau, die mich in ihre Wohnung gebeten hatte. Aber die Menschen, auf die ich insgeheim hoffte, die sah ich nicht.

Mein einziger und bester Freund wurde der Pfleger David, der zweieinhalbmal so alt war wie ich und den der Verlust seiner Sylvia immer noch deprimierte, obwohl er ihn natürlich auch vorhergesehen hatte, wie er mir schließlich verriet. Ich half ihm beim Bingo im Garten, was trotzdem eine traurige Veranstaltung war, und er brachte mir im Gegenzug die B-Sprache bei, wobei er sehr viel Geduld in mich investierte, aber es machte ihm offenbar auch Spaß – und es lenkte ihn von den dunklen Gedanken an die Verflossene ab, obwohl sie diese Sprache doch verbunden hatte. Merkwürdigerweise war es genau diese komische Geheimsprache, die meine Rechtschreibung insoweit verbesserte, dass sie allmählich kein unüberwindbares Problem mehr für mich darstellte. Ich musste mich nach wie vor sehr viel stärker konzentrieren als die anderen und ich brauchte für schriftliche Arbeiten deutlich mehr Zeit, aber ich machte weniger Fehler, wenn ich mir die Sätze selbst in der B-Sprache vorsagte, wenn ich jeden Vokal und jede Vokalgruppe nach einem B wiederholte. Und deshalb hoffte ich auf den Realschulabschluss, die Mittlere Reife, die ich ziemlich sicher schaffen würde, und wenn mir das mit brauchbaren oder sogar guten Noten gelänge, wogegen nichts sprach, könnte ich möglicherweise für drei Jahre zurück ans Gymnasium wechseln und doch noch das Abitur machen.

Aber es war naiv gewesen, das zu glauben.

Als es auf das Ende der neunten Klasse zuging und ich mich bereits freute, auch die zehnte antreten zu dürfen, dass ich also auf jeden Fall mindestens die Mittlere Reife erwerben würde, verkündete meine Mutter am Ende eines schweigsamen Abendessens, dass sie und mein Vater über meine Zukunft gesprochen hätten und dass es doch wohl am vernünftigsten wäre, wenn ich etwas Solides erlernen würde, einen Beruf, in dem ich mit meinen Händen arbeiten könnte, was ja wohl auch meiner Schwäche, wie sie das schmallippig nannte, entgegenkäme.

Ich konnte mir keinen Beruf vorstellen, in dem man *nicht* mit den Händen arbeitete, denn selbst Anwälte und erst recht Ärzte oder Astronauten kamen ohne ihre Hände kaum zurecht, aber mir schwante, dass sie das anders meinte, und ein sehr flaues Gefühl breitete sich in meiner Magengegend aus, eine Mischung aus Panik und sich rasch intensivierender Hilflosigkeit. Die Situation im Haus hatte sich in den letzten Monaten etwas entspannt, war aber nach wie vor kilometerweit von der Normalität entfernt, die ich aus der Zeit kannte, als es noch Filip und Marieluise Benedickt in meinem Leben gegeben hatte – und Leute darauf warteten, ins Alten- und Pflegeheim Horizont einziehen zu dürfen. Siebzig Prozent der Zimmer waren zwar belegt, aber die Gemüsezimmer wurden jetzt fast ausschließlich als Einzelzimmer genutzt, und es gab nur einen einzigen Selbstzahler, einen weißhaarigen Mann mit wettergegerbtem und knittrigem Gesicht, der im Apfelzimmer wohnte und mit niemandem redete. Meine Mutter war immer noch unglücklich, und noch immer schien sie in mir die Ursache für ihr Unglück zu sehen.

«Verstehst du das?», fragte sie.

Ich schüttelte den Kopf. Nein, ich verstand nichts. Ich wollte auch nicht verstehen, was sie da andeutete.

Meine Mutter sah meinen Vater an. «Sag du doch mal was!», schnarrte sie.

Mein Vater sah zwischen uns beiden hin und her, ohne einem von uns in die Augen zu schauen, und er wirkte ziemlich bedröppelt.

«Wie wäre es mit einer Lehre?», fragte er schließlich, wobei er heftig nickte, um den vermeintlich großartigen Vorschlag zu unterstreichen. «Du würdest bald Geld verdienen, und du wärst dann dein eigener Herr.»

Das war eine Formulierung, unter der ich mir nichts vorstellen konnte. Ich fand es schön, eine Familie zu haben, Menschen, mit denen man sein Leben gemeinsam führte, obwohl das unter unserem Dach derzeit nicht so optimal lief. Ich wollte nicht «mein eigener Herr» sein, das hörte sich nach Einsamkeit an. Die Menschen, die irgendwo weit hinten am Horizont wohnten, waren ihre eigenen Herren, weil es niemanden sonst in ihrem Leben gab.

«Ich möchte gerne den Realschulabschluss machen», sagte ich, griff nach meiner Teetasse, die auf der Untertasse klapperte, weil meine Hände zitterten. «Und vielleicht das Abitur», murmelte ich für meine Eltern unhörbar in den Pfefferminztee. Alles andere könnte ich mir sparen. Niemand hier am Tisch glaubte, dass ich jemals ein Studium würde aufnehmen können, nicht einmal ich selbst glaubte das, obwohl ich keine Ahnung davon hatte, wie man überhaupt studierte. Ich wollte kein Anwalt, Arzt oder Astronaut werden, aber wenigstens meinen Kopf so weit füllen, bis es sich gut anfühlte.

«Realschulabschluss», wiederholte Mama ein bisschen spöttisch. Sie war auf die Volksschule gegangen, das Pendant zur Hauptschule zu ihrer Zeit, und anschließend auf eine Schwesternschule. «Und dann?»

Damit überfragte sie mich, denn ich hatte noch keinen Plan, kein eigentliches Ziel, ich dachte eher in Etappen. Langfristige Pläne waren etwas für Leute, die glaubten, unsterblich zu sein, um dann plötzlich in einem Altenheim zu hocken. Ich würde gerne etwas mit Büchern machen, dachte ich, zum Beispiel als Buchhändler, einer, der Leuten wie Marieluise Benedickt richtig gute Lektüre empfehlen kann, die sie glücklich macht, so etwas. Aber das war eher ein Traum als ein Berufswunsch, zumal das eine Sache war, die ein Erwachsener machte, und ich war ja noch ein *Kind*. Ich wusste nicht einmal, welche Ausbildung nötig war, um ein Buchhändler zu werden, und ob es da überhaupt etwas gab. Oder ob Buchhändler selbst entscheiden durften, welche Bücher sie verkauften. Ich wollte so viel lernen, wie mir möglich war, trotz meiner Legasthenie. Ich wollte nicht nehmen müssen, was man mir gnädigerweise zuwies, sondern ich wollte eine *Auswahl* haben. Ich wollte nicht zu einem *Meister* in die Lehre, dem ich zu gehorchen hätte, dem ich das Bier vom Kiosk heranzuschleppen hätte. Ich kannte diese Geschichten. Meine Mitschüler hatten Brüder und Schwestern, die in der Hazag lernten.

«Mal sehen», antwortete ich daher vorsichtig und versuchte mich an einem gewinnenden Lächeln. Meine Lippen oszillierten. Ein solches Gespräch hatten sie noch nie geführt.

«*Mal sehen?*», wiederholte meine Mutter. «Du siehst, wie es dem Heim geht, und du willst *mal sehen*? Sonst noch Wünsche, der Herr? Vielleicht studieren? Oder eine Weltreise? Ein Schwimmbecken im Garten?»

«Bitte, Ingeborg», bat mein Vater leise.

Sie nickte, aber nicht, um meinem Vater zuzustimmen. «Wir haben für dich ein Vorstellungsgespräch vereinbart», erklärte sie, nahm die Kanne und schenkte sich Tee nach. «Für eine Polstererlehre, in der Fabrik. Am Montag. Papa wird dich begleiten. Wenn alles gutgeht, fängst du im September an. Und wenn du dich weigerst ...»

Sie ließ den Satz unbeendet.

In diesem September endete meine Kindheit, und die Liebe für meine Eltern trocknete aus wie die Eisstiele, die am Zecker Kiosk im Sand steckten. Ich trat in der Herbert Adolf Zeck Fahrzeugpolster AG eine Lehre als Polsterer an und bekam 377 Mark Ausbildungsvergütung im Monat, von denen ich 320 Mark auf das Konto meiner Mutter zu überweisen hatte, für Miete, Kleidung und Nahrungsmittel. Ich radelte bei Wind und Wetter jeden Werktag um sieben in die sterbende Fabrik, vor der ein modern umzäunter, leerstehender Parkplatz davon zeugte, dass man in der unmittelbaren Nähe versucht hatte, Zigeuner im Schlaf zu verbrennen, und von dessen Kantine aus durch milchige Fenster die Spitze des Kirchturms von Metting-Hasenhügel zu sehen war, wo sich Tizian Odol im Wald erhängt hatte, weil die Mettinger nicht glauben konnten, dass ein Neger den gleichen Gott wie sie hatte. Meine Kindheit endete, und ich verbrachte anschließend etwas mehr als zwei Jahre damit, stupide Tätigkeiten auszuführen, die mir ein verschwitzter Mann befahl, der noch nicht sehr alt war, aber schon morgens unverkennbar nach Alkohol roch. Ich kaufte Bier und Zigaretten für ihn; ich fegte ganze Quadratkilometer Fabrikfußboden, um sie von Stoffresten zu befreien; ich putzte die Männertoiletten; ich schnitt Stoffe und ölte Maschinen und spannte Stoffbahnen und malträtierte meine Hände mit Scheren, Zangen, Nadeln und an Industrienähmaschinen. Ich hasste jeden Monat, jede Woche, jeden Tag, jede Stunde und jede Sekunde davon, und am Morgen meines achtzehnten Geburtstags packte ich meine Sachen in einen gebrauchten Reisekoffer, den ich mir am Mettinger Schmiss gekauft hatte, und lud diesen Koffer in einen Taxi-Kofferraum, dazu den Karton mit Marieluise Benedickts Bücherperlen, die *Lexikon 90*, die geheimnisvolle Truhe von Jan Friesmann und die Kiste mit meiner griechischen Landschildkröte Josefa, die als einziges mir bekanntes Lebewesen ins Alten- und Pflegeheim Horizont eingezogen und lebendig wieder ausgezogen war, von mir selbst abgesehen. Mein Vater beobachtete mich, von jenem Dachfenster aus, von dem aus ich zum nutzlosen Kreisverkehr geschaut hatte, wenn neue Bewohner erwartet wurden. Ich sah nicht zu ihm hoch und auch nicht zurück, als das Taxi in Richtung Bahnhof losfuhr, und ich schwor mir, nie wieder nach Metting zurückzukehren. Das war auch die Aussage des Abschiedsbriefs, den ich auf meinem ordentlich gemachten Bett zurückließ – die Hälfte eines A4-Bogens, auf den ich mit schwarzem Filzer die Worte *Ich komme nicht zurück. Tomás* geschrieben hatte.

Mein geliebter kleiner Tomás,

ich möchte Dir gerne einen dieser Briefe schreiben, die man noch jahrelang aufbewahrt und in denen man immer wieder kluge, tröstliche Sätze nachliest, die helfen, eine schwierige Situation zu überstehen, eine komplizierte Entscheidung zu treffen oder sich einfach ein bisschen besser zu fühlen. Das ist hier ist mein siebter Entwurf. Es ist gar nicht so einfach, einen solchen Brief zu schreiben, und das liegt daran, dass ich nicht weiß, wie Dein Leben weitergehen wird. Ich kann Dir keine Ratschläge für einen Weg geben, den ich nicht kenne. Alles, was ich Dir sagen könnte, gehört zu meinem Leben, beruht auf meiner Erfahrung, und ich bin mir nicht sicher, welche dieser Erfahrungen für Dich hilfreich sein könnten, denn obwohl wir uns so nahe gekommen sind, bleiben wir doch unterschiedliche Menschen. Außerdem ist das mit Ratschlägen so eine vertrackte Angelegenheit. Meistens weiß man selbst, was man tun muss. Aber wenn ich Dir dann doch einen Ratschlag geben sollte, dann diesen: Vertrau auf Dich selbst. Das klingt nach diesem Abreißkalender, der bei der alten Kauter hängt, ich weiß, aber auch auf Abreißkalendern stehen manchmal kluge Dinge.
Es geht im Leben nicht darum, etwas zu werden, sondern auf möglichst gute Art jemand zu sein.
Das könnte auch von einem solchen Kalender stammen, aber trotzdem, das ist so.
Ich bin eine dreiundachtzig Jahre alte Frau, die einem Dreizehnjährigen, in den sie verliebt ist, einen Brief schreibt, den dieser erst nach ihrem Tod lesen wird. Das

ist sehr, sehr traurig. Ich möchte nicht sterben, obwohl ich schon so alt bin, denn ich habe immer gerne gelebt und tue das auch heute noch – umso mehr, seit ich Dich kenne. Aber jetzt, wenn Du das liest, bin ich tot, und die schöne Zeit, die wir gemeinsam hatten, ist zu Ende. Ich bin tot, aber Du bist am Leben.
Das ist es, was ich Dir sagen möchte, ohne Pathos (das Wort kannst du nachschlagen, und merk Dir seine Schreibung!). Ganz egal, wohin Dein Weg Dich führt, sein Ende steht jetzt schon fest. Du darfst nicht darauf hoffen, dass es zum Ende hin besser wird, weil das nicht der Sinn von Leben ist, zum Ende hin besser zu werden. Das Leben hat überhaupt keinen Sinn. Du hast das in diesem Heim mit dem wirklich blöden Namen so oft sehen können. Es gibt kein Ziel, dem man entgegenstrebt. Du bist das Ziel. Nur Du selbst. Alles andere ist unwichtig.
Ich glaube, es kommt eine schwierige Zeit auf Euch zu, auf Dich und Deine Eltern. Ich kann Dir keinen Rat dafür geben, außer dem, durchzuhalten und nicht zu vergessen, dass sie Dich lieben. Das kommt einem nicht immer so vor, ich weiß, aber ich glaube trotzdem, dass es stimmt. Und ich liebe Dich auch. Ich bin Dir unendlich dankbar für die schöne Zeit, die ich dank Deiner unerwarteterweise noch erleben durfte. Ich kann Dich nicht mehr vergessen, weil ich dafür die Zeit nicht habe und weil es das Letzte ist, was ich wollen würde. Aber ich möchte Dich bitten, aus mir eine Erinnerung zu machen, die Du gerne gelegentlich hervorholst.
In Liebe,
Marieluise Benedickt

TEIL 2

WURSTWASSER

Ich würde nicht sagen, dass ich Metting vermisse. Aber es ist möglich, dass das nicht die ganze Wahrheit ist.
(Jan Friesmann)

1.

JEDEN Morgen, wenn ich die Ladentür aufschließe, freue ich mich darüber, die Stellenanzeige der Inhaberin im richtigen Moment in der *Süddeutschen* entdeckt zu haben. Es ist ein großes Glück, im «Reginabuch» arbeiten zu dürfen. Die Idee, die hinter dieser Buchhandlung steht, kommt meinem Ideal von einem Buchladen so nahe wie keiner meiner vorherigen Versuche. Und ich habe inzwischen schon in inhabergeführten Buchhandlungen in fast allen Großstädten Deutschlands gearbeitet.

Der Name des Ladens ist, wie es heute so schön heißt, «suboptimal». Das sagt die Inhaberin, Regina, sogar selbst. Das Laufpublikum ist überwiegend weiblich, weil die meisten Menschen, die durch die Mansteinstraße in Hamburg-Eppendorf flanieren und dabei zufällig an etwas vorbeikommen, das «Reginabuch» heißt, ganz automatisch annehmen, ein Buchladen, der einen Frauennamen trägt, sei auch ein Frauenbuchladen – so, wie die Magazine, die am Zeitungskiosk ausliegen und die Frauennamen tragen, ja auch Frauenzeitschriften sind, während die Magazine für alle Menschen eher neutrale Namen tragen wie *Stern* oder *Spiegel*. Bei Männerzeug demgegenüber ist das nicht so. Männer kaufen keine Dinge, die nach anderen Männern benannt sind, dafür sind sie zu selbstverliebt, zu revierbezogen und zu eitel, und ein Männermagazin, das *Jens* oder *Harald* hieße, wäre vom Start weg ein Rohrkrepierer, aber selbst *Rudolf*, *Bruno*, *John*, *Paul*, *George* oder *Ringo* hätten kaum Marktchancen. Solche Sachen sagt Regina, meine Chefin, die Anfang sechzig ist und nur noch drei, vier Jahre arbeiten will, und meistens hat sie recht. Ihr Kosename ist Gina, italienisch ausgesprochen: «Dschienah». Sie erinnert mich nicht an Marieluise Benedickt, das sage ich mir immer wieder, und das stimmt auch, weil Regina ein bisschen mollig ist und ihre schwarzen Haare gefärbt sind, weil sie das Leben viel defensiver angeht als meine Freundin von früher, weil ihr Charme ein ganz anderer ist. Aber es stimmt wohl auch, dass ich meine Schwäche für ältere Frauen nie ganz losgeworden bin, und in dieser Hinsicht war Marieluise wohl diejenige, die das Maß bestimmt hat. Ich denke nach wie vor oft und gerne an sie, obwohl es über dreißig Jahre her ist. Eine solche Frau trifft man kein zweites Mal. Etwas von ihr ist immer noch in mir. Sie wäre jetzt fast hundertfünfzehn.

Reginabuch ist nicht sehr groß, gerade mal achtzig Quadratmeter, verteilt auf zwei Verkaufsräume im Erdgeschoss eines vierstöckigen, stuckverzierten Gründerzeithauses, ein winziges Lager, ein noch kleineres Büro und eine Toilette, in der man sich nicht umdrehen kann, wenn die Tür zu ist, weshalb man rückwärts hineingehen muss, wenn man sich auf die Schüssel setzen will, und dann drücken die Knie gegen das Holz der Tür und die Arme gegen die Seitenwände, was ein sehr eigenartiges Toilettengangerlebnis darstellt, das ich meide, wenn mir das möglich ist. Im Stehen pinkeln geht überhaupt nicht. Neben Gina und mir gibt es noch Rosa, die bibliophile Tochter einer verstorbenen Freundin von Gina, die Germanistikstudentin im dritten Semester ist und ab und zu kommt, um bei uns auszuhelfen. Aber meistens sind nur die Chefin und ich im Laden, und wenn Gina in die Innenstadt fährt, wie sie es nennt, um irgendwo ein Gläschen zu trinken und mit einer ihrer vielen Freundinnen auf die Alster zu schauen, bin ich allein. Es gibt Schlimmeres. Ich mag es, allein in der Buchhandlung zu sein, weil es mir das Gefühl dafür gibt, wie es sein wird, wenn mir eine Buchhandlung gehört – diese oder irgendeine andere. Gina hat sich noch nicht festgelegt für die Zeit ihres Ruhestands, aber sie wird mir den Laden sicher nicht schenken, sollte sie sich für einen Verkauf an mich entscheiden.

Im Verkaufsraum links von der Eingangstür sieht es genauso aus wie in vielen anderen Läden dieser Art. Auf zwei großen Tischen stapeln sich die Bücher, die sich gerade gut verkaufen oder die uns von den Verlagsvertretern als die zukünftigen Bestseller aufgeschwatzt wurden, und in den Regalen drum herum stehen die Titel, die vor ein paar Wochen oder Monaten auf diesen Stapeln lagen, zwischen älteren Büchern derselben Autoren. *Re-Currents* nennt meine Chefin diese Bücher. Gina war lange Jahre Radiomoderatorin, bis ihre Stimme zu alt für den Sender wurde, aber ein Teil des Jargons hat sie mitgebracht. Sie hat eine tolle Stimme, sehr sonor, wohlmoduliert, und sie betont einzigartig. Wenn sie mir die Titel für die Nachbestellungen diktiert, muss ich selten gedanklich absetzen und mir die Worte in der B-Sprache vorsprechen, um auf die richtige Schreibung zu kommen. Aber ich checke natürlich trotzdem noch mal alles am Computer, bevor ich die Bestellungen rausschicke. Ich liebe Computer.

Autokorrektur und Rechtschreibprüfung, das sind meine digitalen Götter. Ich würde den Erfindern gerne persönlich danken, weil sie Leute wie mich von einem Makel befreit haben, der uns das Leben wirklich schwergemacht hat, aber es ist nicht leicht, die Erfinder solcher Programme zu ermitteln.

Der zweite Raum rechts von der Eingangstür ist für die Kunden, die etwas suchen, ohne zu wissen, was genau. Regina hat alle Bücher gelesen, die hier stehen, oder wenigstens andere Bücher der vertretenen Autoren. Ich habe zwei Regale für meine persönlichen Empfehlungen zur Verfügung. Ein Regalbrett nutze ich für die Titel, die sich damals unter den Perlen von Marieluise Benedickt befanden und die heute noch auf der sogenannten Backlist der Verlage stehen, also nach wie vor lieferbar sind. Alison Wagener gehört zu meiner großen Freude dazu, darunter *Pale-Gray Heart* und ihr Achtungserfolg in Deutschland, *Biographie einer verführten Nonne*, wobei das Wort «Erfolg» in diesem Zusammenhang nichts mit den Verkaufszahlen derjenigen Bücher zu tun hat, die im anderen Raum ausgestellt sind. Über ein Marktanalyse-Portal kann ich nachprüfen, wie viele Exemplare von *Biographie einer verführten Nonne* seit dem Erscheinen hierzulande verkauft wurden – es sind zweitausendvierhundert Stück. Nadine Frontzeki, die derzeit auflagenstärkste deutsche Autorin, die seit einer halben Dekade ein bis zwei kaum voneinander zu unterscheidende sogenannte «Psychothriller» jährlich veröffentlicht, hat Startauflagen von hundertzwanzigtausend Exemplaren, und meistens sind die schon wenige Tage nach dem Erscheinen wieder vergriffen. Sogar bei uns stehen die Frontzeki-Fans schon frühmorgens an, wenn eine weitere blutrünstige Novität an den Start geht.

Aber keiner der Frontzeki-Leser kam jemals so glücklich und gelöst zurück ins Reginabuch, um sich für die Empfehlung zu bedanken, wie die drei Kunden, die ich zum Erwerb von Wagener-Büchern überredet habe und die gleichermaßen gegen Rührungstränen ankämpfen mussten, als sie am Morgen nach der Beendigung der Lektüre ins Reginabuch stolperten, nur um Bescheid zu sagen, dass die Empfehlung ein Volltreffer gewesen ist. Ich habe Marieluises Perlen inzwischen um einige eigene ergänzt, um die Zufallsentdeckungen der letzten drei Jahrzehnte – aufgesammelt in Buchhandlungen in Darmstadt, Pforzheim, Augsburg, Stuttgart, Reutlingen, Duisburg, Düsseldorf, Hamm, Hannover, Bremen und einem halben Dutzend weiterer Städte.

Ich mag es sehr, in Großstädten zu sein und dort zu leben. In Großstädten gibt es vielleicht nicht weniger Arschlöcher als in den kleineren Städten, prozentual betrachtet, aber in Großstädten ist es einfacher, ihnen aus dem Weg zu gehen. Die Distanz zwischen den Menschen ist größer, man erfährt nicht so leicht so viel übereinander, was ich sehr begrüße, aktiv wie passiv. Ich möchte mir die Menschen aussuchen, über die ich etwas erfahren will, und genauso verhält es sich auch mit den Menschen, von denen ich möchte, dass sie etwas über mich erfahren. In Großstädten ist es leicht, danach zu leben, in kleineren Städten oder auf dem Land steht diese Option überhaupt nicht zur Verfügung.

Es ist Freitag. Das ist der Tag, der für mich das Wochenende einläutet, denn nach unserer derzeitigen Arbeitsteilung macht Gina die Samstage, unterstützt durch Rosa, von der ich glaube, dass sie Bücher klaut, was ich aber nicht beweisen kann. Was ich beweisen kann, ist, dass mehr Bücher geklaut werden, wenn Rosa im Laden arbeitet. Aber das ist nur ein Indiz und kein Beweis, weshalb ich meinen Verdacht auch für mich behalte. Nie käme ich auf die Idee, Rosa damit zu konfrontieren. Sie ist eine freundliche und fraglos sehr attraktive junge Frau, die mich darüber hinaus auch noch zu bewundern scheint, wofür auch immer. Es sind schließlich auch andere Möglichkeiten denkbar, solche, die nichts mit Rosa zu tun haben. Vielleicht ist es ja nur ein großer, sonderbarer Zufall.

Ich mag Freitage. Die Leute sind entspannter, sie streben dem arbeitsfreien Wochenende entgegen, lauschen geduldiger, wenn man etwas ausführlicher erklärt, und sie sind kauffreudiger. Dienstage sind die schlimmsten Tage. Da ist die Botschaft angekommen, dass schon wieder eine Woche angefangen hat und dass es noch eine Weile dauern wird, bis sie wieder endet, obwohl man das Gefühl hat, sie wäre schon ewig lang. An Dienstagen verkaufe ich Krimis, Horror und ähnliche Genres, an Freitagen richtige Literatur und, klar, jede Menge Geschenkbücher, weil an Freitag- und Samstagabenden üblicherweise die Geburtstagspartys der Leute stattfinden. Aber ich mag auch diese Gespräche, die Fragen danach, was man einer Dreißigjährigen schenken könnte, die vor einem halben Jahr von ihrem Sandkastenfreund verlassen wurde, oder was man der Mutter des neuen Geliebten als Mitbringsel überreichen könnte, dieser eigenartigen Frau, die schlimme Wörter extraleise ausspricht und eine Frisur hat, die aus dem vergangenen Jahrhundert stammt. Oder dem Ehemann, der sich immer wieder vornimmt, mit dem Lesen anzufangen, sich aber damit herausredet, dass es keine passenden Bücher für ihn gibt. Oder der Freundin, der man durch die Blume – also durch das Buch – sagen will, dass sie zu neugierig ist und bitte schön außerdem damit aufhören soll, dem Mann nachzustellen, mit dem man verlobt ist. Oder dem Bruder, der seinen schnell wachsenden Magenkrebs für ein paar Tage vergessen soll, oder der Schwiegermutter, die wohl nicht mehr aus dem Krankenhaus herauskommen wird, oder der guten Freundin, die immer im richtigen Moment da war, wofür ein Buch eigentlich ein zu kleines Dankeschön ist, es sei denn, es wäre genau das passende Buch, der Roman, der genau diese Botschaft mitzubringen in der Lage ist und die Freundin gleichzeitig glücklich macht. Oder der Chefin, die einem sympathischer ist, als sie das sein sollte, und der gegenüber man etwas andeuten will, ohne eine Peinlichkeit zu riskieren oder sogar den Job zu verlieren. Oder diesem netten Mann, der immer die Fahrstuhltür aufhält, bis man es reingeschafft hat, obwohl er eigentlich in Eile zu sein scheint, und der jeden Morgen ein anderes Buch in der Hand hält, in dem er dann sogar während der Fahrstuhlfahrt liest, obwohl die nur fünfzehn Sekunden lang dauert – den würde man gerne überraschen und aufmerksamer auf sich machen, mit einem Buch, das sogar er noch nicht kennt, der offenbar Journalist oder so etwas ist, jedenfalls ein professioneller Vielleser, und der also ziemlich viele Bücher gelesen haben muss.

Ich liebe die Herausforderung, solche Vorgaben zu hören und daraus dann Empfehlungen zu machen, vor allem, wenn sie den sprichwörtlichen Nagel präzise auf den Kopf treffen, wenn sie genau den Wünschen der Schenkenden und Beschenkten entsprechen oder diese sogar übererfüllen. Nicht selten hat das brandneue und äußerst treue Stammkunden zur Folge, und das, obwohl die Leute manchmal nur zufällig hereingekommen sind und eigentlich in Kiel oder Flensburg oder in einem Fall sogar jenseits der dänischen Grenze leben.

Wenn sie das nächste Mal ein Buch suchen, kommen sie wieder zu uns, weil das, was ihnen bei Reginabuch widerfahren ist, in keiner anderen Buchhandlung denkbar wäre, die sie kennen.

Natürlich beträgt meine Trefferquote nicht hundert Prozent, nicht einmal neunzig oder achtzig, aber ich denke, drei Viertel der Wunschbuchkunden stelle ich auf eine Art zufrieden, die sie in keiner der vielen Filialen der Buchhandelsketten erleben könnten, die derzeit überall eröffnet werden, oder gar online, beim Satan unserer Branche, benannt nach einer Region in Südamerika, in der es vermutlich ziemlich wenige Buchleser gibt, statistisch betrachtet.

Was ich an Freitagen außerdem mag, das ist die Tatsache, dass ich gleich nach der Arbeit ins «Rong» gehen kann. Die Arbeit endet freitags nicht mit dem Schließen des Ladens, sondern zieht noch zwei, zweieinhalb Stunden nach sich, die mit logistischen Aufgaben angefüllt sind, mit Nachbestellungen, Notizen für den Kunden-Newsletter, Korrespondenz, ein wenig Buchhaltung und Lektüre in den Programmvorschauen der Verlage. Ich würde gerne Lesungen veranstalten, wenigstens hin und wieder, Planungen dazu laufen bereits, aber Regina ist keine Freundin von Menschenmengen, und sie hasst die Vorstellung, auf einer Bühne zu stehen, um jemanden anzusagen, den sie möglicherweise auch noch verehrt. Sie ist ein bisschen *genant*, wie meine Mutter das nannte. Sie sprach es «schinant» aus.

Das Rong ist eine kleine Bar zwei Querstraßen weiter. Sie wird von einem Mann betrieben, den ich gerne als meinen

Freund bezeichnen würde, wenn er das zuließe, aber Alexander Rong ist kein Freund von übereilten Verbrüderungen, die ihm aufgrund seiner Position hinter dem Tresen natürlich recht oft angeboten werden, manchmal dutzendweise in nur einer Nacht. Mir geht es umgekehrt, ich bin eher großzügig bei solchen Sachen, was auch daran liegen kann, dass ich durchaus gerne wieder einen guten Freund hätte. Während der vergangenen Jahre habe ich nie ausreichend Zeit am selben Ort verbracht, um Freundschaften aufzubauen, zu pflegen und mitzuerleben, gar Teil von Ritualen und Freundesfamilien zu werden, Bitten um Treffen ablehnen zu müssen, weil so viele etwas von mir wollen und solche Sachen. Aber jetzt habe ich das Gefühl, an einem Ort angekommen zu sein, an dem ich es eine Weile aushalten könnte, möglicherweise Jahre oder sogar Jahrzehnte. Und wenn man angekommen ist, braucht man eben Freunde, um das Angekommensein gemeinsam genießen zu können. Und um sich auszutauschen, um Entscheidungen zu prüfen, über das Leben nachzudenken. Um jemanden zu haben, mit dem man ins Kino oder ins Theater gehen kann – oder auf den Hamburger Dom, meine Lieblingskirmes in Deutschland. Um ein Bier zu trinken und dabei die Wahlergebnisse vom Wochenende zu diskutieren, oder wenigstens den letzten *Tatort*. Das ist meine Vorstellung von Freundschaft. Das ist zu meiner Vorstellung von Freundschaft *geworden*.

Alexander Rong ist groß, schlank und zugleich kräftig gebaut – ein Baum von einem Mann, in den Vierzigern wie ich, aber seine Haare sind im Gegensatz zu meinen bereits vollständig grau, ohne dass ihn das alt wirken lässt, weil es auch als sehr helles Hellblond durchgehen würde. Es ist ein eher gelbliches Grau. Er hat adriablaue Augen und das breiteste Grinsen, das ich seit Doktor Pepik Novak gesehen habe, und Alexander grinst gerne. Sein Gesicht ist offen und freundlich, und obwohl sein Haaransatz zurückweicht und er die meisten Menschen überragt, lässt ihn seine dezent gescheitelte Kurzhaarfrisur wie einen Abiturienten aus den sechziger Jahren aussehen. Er ist kein Womanizer, sondern ein großer Junge, der sich mit der kleinen Bar in Hamburg-Eppendorf einen Traum erfüllt hat. Genau wie ich war Alexander Rong vorher viel unterwegs, aber im Gegensatz zu mir eher im globalen Maßstab, also an Orten wie São Paulo, Tallinn, Tel Aviv, Colombo, Baton Rouge, San Sebastián, Harare und Auckland, wovon viele Fotos zeugen, die im Rong gerahmt an den Wänden hängen, meistens Aufnahmen aus Kneipen und Bars, mit Alexander Rong hinter dem Tresen, eine Flasche oder einen Cocktailshaker in den Händen, lachende Gäste um ihn herum. Er spricht neben Deutsch und Englisch Portugiesisch, Spanisch und Italienisch, er kann ein wenig Ndebele, ein paar Brocken Chinesisch und die wichtigsten Sätze auf Flämisch. Aus Gründen, die offenbar niemand mehr kennt, fallen alle paar Wochen nämlich scharenweise Flamen in Alexanders Bar ein, die als Touristen in Hamburg unterwegs sind, was, wie wir vermuten, an irgendeiner Empfehlung im Internet liegt, die wir nicht finden, die aber immer noch in Belgien die Runde macht, jedenfalls gilt das Rong dort als Geheimtipp und Muss für jeden Hamburg-Aufenthalt. Die flämischen Touristen stellen keine besonderen Ansprüche. Sie kommen in die Bar, saufen zwei Stunden lang Bier und Cocktails, feiern das Leben und verschwinden wieder. Der sprachbegabte Barkeeper kann sie inzwischen nach dem Wetter und den neuesten

Entwicklungen im Heimatland fragen, was die eigenartige Beziehung vermutlich weiter festigt. Aber nach meinem Eindruck sind es nie dieselben Flamen.

Ich nehme immer ein Buch mit, das mir Gina empfohlen hat oder das ich selbst unter den Neuerscheinungen als potenziell lesenswert ausgemacht habe, wandere die Mansteinstraße hoch, überquere den Isebekkanal, der mich entfernt ans Mettinger Fließ erinnert, biege nach ein paar Dutzend Metern nach rechts ab und habe nach wenigen weiteren Schritten die kurze Treppe vor mir, die abwärts ins Rong führt. Es liegt im Souterrain, ähnelt äußerlich ein wenig dem «McLaren's Pub» aus der Serie *How I Met Your Mother*, die ich ganz gerne anschaue, weil ich Neil Patrick Harris zum Niederknien finde. Auch im Innenraum verströmt das Rong diese US-amerikanische Gemütlichkeit, und um die Weihnachtszeit wird man von kitschiger Dekoration geradezu erschlagen. Alexander liebt das.

Er kommt hinter dem Tresen hervor, um mich zur Begrüßung freundschaftlich zu umarmen, was er nicht bei allen Stammgästen macht. Die Bar ist jetzt, gegen neun am Freitagabend, noch relativ leer. Am jenseitigen Tresenende sitzt Tanja Soundso – ihr Nachname ist sehr kompliziert –, eine freie Journalistin, die so gerne beim *Spiegel* arbeiten würde, vor sich einen Laptop, daneben stapelweise Papiere, eine Tasse Tee, ein leeres Schnapsglas und eine geöffnete Schachtel Zigaretten. Sie hat ihre Lesebrille ins Haar geschoben, später wird sie sie suchen. Sie nickt mir kurz zu, ich nicke zurück. Es fühlt sich gut an, dazuzugehören. Obwohl Eppendorf keine Partygegend ist, wird sich der Laden gegen elf, halb zwölf bis auf den letzten Stehplatz gefüllt haben, ungefähr zur Hälfte mit Stammgästen, zur anderen mit Spontanpublikum. Es gibt kein spezielles Programm, nur Drinks, dazu halblaute Musik – Garagenrock und viel Zeug aus den Achtzigern – und einen exzellent gelaunten Barkeeper, der jeden Cocktail mischen kann, der irgendwo auf der Welt erfunden wurde, was er bis gegen drei, vier Uhr morgens durchzieht. Aber jetzt kehrt er hinter den Tresen zurück und zapft mir rasch ein kleines Haake-Beck. Irgendwo zwischen Darmstadt und Duisburg bin ich zum Biertrinker geworden, das war nicht meine schlechteste Entscheidung.

Ich bevorzuge das Tresenende in der Nähe des Ausgangs, dann kann ich kurz nach Mitternacht fast unbemerkt davonschleichen, und bis dahin werde ich Bier trinken, gelegentlich das Publikum beobachten, mehr als nur ein paar Sätze mit Alexander wechseln – ich rede gerne mit ihm, auch wenn wir nicht immer derselben Meinung sind – und ansonsten in Ruhe lesen, wobei ich das Gefühl genieße, von Leuten umgeben zu sein, in deren Nähe ich mich wohlfühle.

Ich habe den neuen Roman von Anton Priester dabei, dessen *Das Meer im Winter* zu meinen Entdeckungen und meinen persönlichen Favoriten gehört und den ich schon mehrfach erfolgreich weiterempfohlen habe, an sensible Menschen, die melancholische Kindheitsgeschichten und einen sehr klugen, warmherzigen Erzählstil zu schätzen wissen. Aber schon nach wenigen Seiten wird mir klar, dass der frisch erschienene Folgeroman, an dem Priester nach Verlagsauskunft ganze elf Jahre gearbeitet hat, ein totaler Griff ins Klo ist. Das Buch ist minimalistisch mit «Roman» betitelt, was mir wie Effekthascherei vorkommt, davon abgesehen ist die Idee nicht neu. Schon die formale Anlage gefällt mir nicht: Der Autor erzählt in der zweiten Person die Geschichte von einem Autor, der einen Roman schreibt, der originellerweise *Das Meer im Winter* heißt, und dann davon, wie dieser Autor versucht, anschließend noch einen Roman zu schreiben, was ihm in diesem Roman misslingt – und im richtigen Leben auch. Das Buch ist leider schlecht. So etwas gibt es, das kann passieren, aber es fühlt sich trotzdem blöd an, weil ich mich so darauf gefreut habe. Ich bin enttäuscht, lese aber weiter, weil ich aus Prinzip jedes Buch zu Ende lese, das ich angefangen habe, auch, um meine Lesefähigkeiten zu trainieren. Es wird nicht besser. Ich erwische mich dabei, wie ich immer wieder auf die Uhr sehe, was ich sonst freitagabends im Rong nur selten mache. Wenn ich das Gefühl habe, ich müsse nach Hause gehen, gehe ich eben nach Hause. Matti wird sowieso noch nicht da sein. Sie arbeitet bis sechs, sieben Uhr morgens.

Inzwischen ist es halb zwölf. Heute ist es ungewöhnlich voll. Am anderen Tresenende, wo die Journalistin längst nicht mehr sitzt, kommt plötzlich Unruhe auf. Erst sind die Männerstimmen nur lauter als gewöhnlich, dann geht die Musik aus, und ich höre Alexanders Stimme, laut schimpfend. Ich vernehme die Worte «Arschloch», «Scheißkerl» und «Dummes Schwein», eine andere Männerstimme hält dagegen. Dann teilt sich das Publikum im Rong wie auf Kommando und bildet eine Gasse, die vom jenseitigen Tresenende bis zur Tür reicht, und Alexanders Kopf, der wütend rot angelaufen ist, tanzt über den anderen auf mich zu. Von meiner Position aus kann ich es nicht genau sehen, aber er hat offenbar einen Mann in den Schwitzkasten genommen, den er jetzt durch den Laden zerrt. Der Mann strampelt und will sich an jemandem festhalten, aber die Leute weichen ihm aus, lachen dabei, als wäre das ein Partyspiel. Sekunden später sind die beiden durch die Tür, wo der Streit kurz weitergeht, dann läuft der Gast offenbar davon, und Alexander kommt zurück, streicht sich mit der Hand durchs Haar. Sein Gesicht ist immer noch rot, aber er lächelt. Er gibt ein paar High Fives.

Jemand ruft «Schwarze Sau» und meint den Mann, den der Chef gerade rausgeworfen hat.

Alexander nickt.

Alexander *nickt*.

2.

ES ist ein skurriler Zufall, dass ich, wenn ich mich auf die Fensterbank meines Wohnzimmers lehne und leicht nach vorne beuge, in etwa zweihundert Metern zur Rechten auf der anderen Straßenseite ein Altenheim sehen kann. Als ich mich um die Wohnung beworben habe, war es angeblich auch schon da, aber für mich nicht als solches erkennbar. Dann, kurz nach meinem Einzug, hat eine Kette das Heim übernommen, ein Franchise mit einem Drei-Buchstaben-Kürzel als Namen und einem Logo, das merkwürdigerweise irgendwie wie ein stilisiertes geöffnetes Fenster aussieht – als wäre der Aufenthalt in einem Heim eine Abkürzung irgendwohin. Vor dem Gebäude parken oft Krankentransporter, Lieferwagen und manchmal Taxis. Es ist ein Kommen und Gehen von Rollatoren, Rollstühlen, Tragen, Krücken und Gehhilfen aller Art, und die Alten sind älter als die, die ich von früher kenne, doch sie wirken selbst aus zweihundert Meter Entfernung depressiver und gleichsam *ausgehöhlter* als damals die Bewohner des Alten- und Pflegeheims Horizont, selbst als die Sozis.

Ich schaue in die andere Richtung, sehe Bäume, die die Hausdächer überragen. Der Frühling zeigt sich von seiner prächtigen Seite. Es duftet, und es scheint, als würde der Duft den Straßenlärm überdecken. Ich bin gerne in Hamburg, dieser Stadt mit den meisten Brücken in Europa, in der es – anders als in anderen deutschen Großstädten – jeden Straßennamen nur einmal gibt. Dafür heißen die Straßen dann aber auch «Beim Schlump», «Bei der Erholung», «Schulterblatt», «Vorsetzen», «Durchschnitt» oder eben «Reeperbahn». Hamburg kommt mir toleranter, freier, entspannter vor als viele Städte, in denen ich vorher gelebt habe. Dafür nehme ich sogar das Wetter in Kauf.

Leise gehe ich in die Küche und schenke mir Kaffee nach. Matti schläft noch. Es ist zehn Uhr am Samstagmorgen. Sie ist erst vor drei Stunden nach Hause gekommen, von ihrem Job als VJane in diesem Club in der Speicherstadt, dessen Name alle zwei Wochen wechselt. Ich habe den Versuch aufgegeben, mir den gerade aktuellen zu merken oder den Grund dafür zu verstehen, warum das gemacht wird. Zweimal war ich mit ihr dort, in diesem bis unters Dach mit Technik vollgestopften Laden, habe den Lärm und die Gerüche ertragen, die menschliche Körper abgeben, die stundenlang sehr schnelle Tanzbewegungen machen, und ehrfürchtig dabei zugeschaut, wie meine Freundin den audiovisuellen Teppich dafür knüpfte. VJs legen Musik auf, aber mit Musikvideos, weshalb sie die Geschwindigkeiten der Stücke kaum variieren können, um die Übergänge sauber hinzubekommen. Sie setzen dafür andere Tricks ein, und Matilde ist eine Meisterin ihres Fachs. Aber sie ist in vielen Bereichen sehr talentiert. Musik will sie allerdings nur noch ein paar Monate lang machen – weil sie sich zu alt dafür fühlt, nächtelang in den Clubs abzuhängen. Wenn sie so etwas sagt, kommt sie mir manchmal älter als ich vor.

Während der Kaffee leise in meinen Pott plätschert, muss ich an das Abschiedsgespräch gestern Nacht denken, als Alexander zu mir kam, während ich mich gerade über einen besonders blöden Absatz geärgert habe, in dem Anton Priester, den Leser unaufhörlich duzend, etwas zum dritten Mal wiederholte, das schon beim zweiten Mal nicht mehr originell war. Ich hatte Alexander vor ein paar Minuten Zeichen gemacht, dass ich zahlen wolle, jetzt stand er plötzlich neben mir, nannte einen lächerlich niedrigen Betrag und zog gleichzeitig das dicke Kellnerportemonnaie hinten aus dem Hosenbund.

«Was war das vorhin?», fragte ich, während ich in meiner viel zu kleinen Klappgeldbörse nach einem passenden Geldschein suchte.

«Was meinst du?»

«Der Typ, den du rausgeworfen hast.»

«Ach der.» Er verdrehte die Augen. «Hat halt genervt. Erst hat er Moni blöd angemacht, die Kleine vom Blumenladen vorne, außerdem hat ihm mein Mai Tai nicht geschmeckt, und dann ist ihm auch noch das Glas runtergefallen. Unabsichtlich natürlich. Da ist mir der Kragen geplatzt.»

«Du bist doch sonst nicht so dünnhäutig.»

«Es war eben viel los.» Er suchte Münzen zusammen, um mir Wechselgeld zu geben.

«Passt schon», sagte ich.

«Danke.» Er wollte sich zu mir beugen, um sich zu verabschieden. Ich legte ihm eine Hand auf die Schulter, hielt ihn sozusagen auf Abstand.

«Und das mit der Hautfarbe?»

Er zog die Augenbrauen zusammen. «Was meinst du?»

«Jemand hat ‹schwarze Sau› gerufen. Und du hast genickt.»

«Ich habe genickt.» Er schnaufte. «Als jemand ‹schwarze Sau› gerufen hat?»

Ich sehe ihn fragend an.

«Soll das ein Witz sein?»

Ich schüttelte den Kopf. Ich hatte es ziemlich deutlich gesehen. Doch, hatte ich. Wirklich.

«Das war ein Zufall, mein Freund. Du siehst Gespenster. Echt jetzt.»

Aber umarmt haben wir uns dann nicht mehr. Obwohl er mich «mein Freund» genannt hat.

Ich schleiche zur Schlafzimmertür, die einen Spalt geöffnet ist. Matti schnarcht ganz leise, aber schnarchen ist eigentlich das falsche Wort dafür, denn bei ihr ist das ein schönes, schnurrendes Geräusch, der passende Soundtrack zu jemandem, der wie sie jetzt daliegt und entspannt schläft. Sie hat weiche, weite Shorts an, dazu eines meiner Unterhemden, und sie liegt bäuchlings auf der Bettdecke, das linke Bein angewinkelt, sodass ich etwas sehen könnte, wenn ich mich ein wenig vorbeugen würde.

Ich weiß nicht, was Matti an mir findet, aber wer weiß das wirklich von seinem Partner? Sie ist Mitte, vielleicht sogar Ende dreißig – ich weiß auch das nicht genau, denn sie verrät mir ihr Alter nicht – aus Datenschutzgründen, wie sie lachend erklärt hat, als ich sie zum x-ten Mal gefragt habe. Matti hat die erwartungsvolle Unbekümmertheit einer Person, die noch nie eine größere Katastrophe überstehen musste, und ich beneide sie zutiefst darum. Ihre Familie ist wohlauf und ausnahmslos noch am Leben, ihre Eltern, ihre Geschwister, selbst die Großeltern, die allesamt in den Neunzigern sein müssen, erfreuen sich bester Gesundheit. Alles, was Matilde bisher angepackt hat, hat irgendwie funktioniert. Sie ist klug und gewitzt, sie ist neugierig und ständig auf der Suche nach Neuem, aber das mit uns beiden wird nicht mehr lange halten. Ich genieße es als beglückende Episode, als ein Erlebnis besonderer Art, doch unsere Schnittmenge ist einfach zu klein, außerdem hat sie Pläne, in die ich nicht passe. Ich mag sie sehr, aber ich glaube nicht, dass ich sie wirklich liebe.

Matti sieht aus, als wäre sie vor zwanzig Jahren aus einem dänischen Jugendfilm entsprungen (ihre Mutter ist Dänin) und dann auf sehr zurückhaltende Weise gealtert. Sie benutzt kein Make-up, auch nicht vor Auftritten, bei denen sie ohnehin im Hintergrund bleibt, sondern nur gelegentlich einen blassroten Lipgloss. Ihr rundes, meistens fröhliches, leicht bronzefarbenes Gesicht ist mit Sommersprossen gesprenkelt, und ihre wilden, störrischen, braunblonden Haare bindet sie meistens im Nacken zu einem Knäuel. Sie hat wache, türkisblaue Augen, mit denen sie einen intensiv mustert, bevor sie ihre Schlussfolgerungen verkündet. Matti ist der Überzeugung, jeden Menschen auf Basis einer verblüffend geringen Datenmenge einschätzen zu können.

VJane ist sie aus Spaß, weil sie die Musik und die Videos mag, und weil sie es liebt, Menschen zum Tanzen zu bringen, aber ihr Hauptjob ist ein anderer. Sie arbeitet selbständig als Headhunterin, sammelt also Mitarbeiter ein für Unternehmen, die in speziellen Bereichen starken Bedarf an Personal haben, aber auf dem Markt keine geeigneten Bewerber finden. Matti hat ein eigenes, patentiertes Fragebogensystem entwickelt und entdeckt damit bei ihren Kandidaten verborgene Talente, besetzt also Positionen mit Leuten, denen hierfür eigentlich die nötige unmittelbare Qualifikation fehlt. Mit einer unfassbaren Quote von über 90 Prozent bleiben diese Menschen in den mit ihnen besetzten Jobs und übererfüllen dort die Erwartungen. In gewisser Weise haben wir an dieser Stelle etwas gemein, nur dass ich das mit Buchempfehlungen mache.

Weil sie so erfolgreich ist und weil sich das herumgesprochen hat, bekommt Matti selbst unaufhörlich Jobangebote, und da sie qua Geburt skandinavienaffin ist, wird sie das unbeschreiblich gute Angebot aus Oslo wahrscheinlich annehmen. Sie hat es einmal geschafft, mich für eine Woche in die endlosen Wälder Norwegens zu verschleppen, hat mit mir am Rand eines Fjords gestanden und Hunderte von Metern in die Tiefe geschaut. Mir genügen eine Frühlingswiese und ein Buch, um mich auf die Weise zu entspannen, die viele Leute von Urlauben erwarten, aber nicht immer bekommen. Und Norwegen fand ich, um ehrlich zu sein, ein bisschen langweilig, aber das habe ich Matti nicht verraten.

Wir haben uns in der Buchhandlung kennengelernt, kurz nachdem ich dort angefangen hatte. Sie war auf der Suche nach einem guten Buch für ihren Vater, der sich eben ein gutes Buch wünschte, und sie stand völlig verblüfft in unserem Laden, beeindruckt davon, wie viel bedrucktes Papier immer noch hergestellt wird. Eine Buchhandlung hatte sie seit der Kindheit nicht mehr betreten. Sie ist ein echter Digital Native. Matti ist pausenlos online, besitzt Dutzende Geräte, mit denen sie ins Internet kann oder sowieso darin ist, sie sammelt Daten über sich und teilt sie, als wäre das ihr eigentlicher Lebenssinn. Was es digital und virtuell geben kann, braucht man analog und also physisch nicht mehr, das ist ihr Credo, und die Momente, in denen ich sie mit einem Stück Papier in der Hand gesehen habe, lassen sich an zwei Fingern abzählen. Matti bloggt, chattet und postet, sie likt und kommentiert, und am Anfang unserer inzwischen anderthalb Jahre alten Beziehung war es ihr merkwürdigerweise peinlich, wenn ich ihr dabei zuschaut habe, obwohl da draußen Tausende von Menschen, die sie noch nie getroffen hat, mitbekommen, was sie von sich gibt, wie sie sich verhält, was sie tut, mit wem sie verbunden ist, was ihr gefällt und was nicht. Von den Algorithmen ganz zu schweigen. Aber Matti lässt keine Kritik an diesem Leben zu. Meine digitale Zurückgezogenheit, der keine aktive Entscheidung zugrunde liegt, sondern eher ein passives Desinteresse, lässt mich älter erscheinen, als ich sowieso schon bin, frotzelt sie. Aber ich halte mich nicht zurück, weil ich nicht mit den digitalen Medien umgehen kann, sondern weil dieser ganze, täglich weiter wachsende Hokuspokus meiner Überzeugung nach nicht den allergeringsten Wert hat. All die Zeit, in der sich meine Freundin durch Blogs und Sites und dieses hochaktuelle Facebook klickt und gestikuliert, in der wird ihr Hirn mit Belanglosigkeiten und Dummheiten überschüttet. Wenn ich ihr das sage, widerspricht sie mit den Worten: «Ich lerne im Netz etwas über die Menschen.» Ich fürchte, dass das nicht ganz der Wahrheit entspricht.

Das Buch, das ich ihr für ihren Vater empfohlen habe, schildert die Geschichte eines berühmten Chemikers aus der Sicht des Sohns, der den Vater nie getroffen hat, sondern erst nach dessen Tod erfahren hat, dass der berühmte Mann sein Vater ist. Die Geschichte trägt autobiographische Züge. Es ist eine tastende, sprachlich anspruchsvolle Suche des Sohnes nach seinen Wurzeln, sehr ehrlich, voller Respekt und gleichzeitig ungeheuer unterhaltsam. Außerdem war das

Buch ziemlich hochwertig ausgestattet. Matti kam ein paar Tage später abermals in die Buchhandlung und überreichte mir ein mit Füllfederhalter verfasstes Dankschreiben ihres Vaters. Außerdem erklärte sie, ich könne mir etwas von ihr wünschen. Da habe ich gesagt, sie könne mich gerne zum Essen einladen. Sie hat genickt und mich für denselben Abend in ihre winzige Wohnung nach Altona gebeten, wo sie mir traditionelle dänische Kartoffelsuppe serviert und mich anschließend mit Flaschenbier von Astra abgefüllt hat, um mich ins Bett zu kriegen, was, wie sie erklärte, von Anfang an ihr Plan war. Das hätte sie auch unkomplizierter haben können, aber die Suppe war lecker.

Ihr Großvater väterlicherseits stammt aus Kenia, was die Ursache für den leichten Bronzeton ihrer Haut sein mag, den man vor allem im Dunkeln wahrnehmen kann und der ihre sehr hellen Schamhaare beinahe unsichtbar macht, was einen interessanten Effekt ergibt. Ziemlich sicher ist, dass sie unter anderem deshalb, aber nicht nur deswegen ein besonders großer Fan von Barack Obama ist, dessen Familie auch aus Kenia stammt. Diese Begeisterung teilen wir. Ich mochte Obama vom ersten Satz an, den ich von ihm gehört habe, und ich hoffe inständig, dass er im Herbst gewählt wird. Er ist der klügste und integerste Bewerber, den man sich für diesen Job erträumen kann, finde ich. Der Mann macht mir Hoffnung auf eine wirklich bessere Welt, und das habe ich Matti gegenüber auch mehrfach betont. Wir reden gerne über Obama.

«Du umschiffst seine Hautfarbe», sagte sie irgendwann.

«Wie meinst du das?»

«Du vermeidest es, zu erwähnen oder dich irgendwie darauf zu beziehen, dass er ein Schwarzer ist.»

«Ich finde, er ist eher grau.»

«Per Definition ist er ein Schwarzer.»

«Per Definition ist er ein *Mensch*. Ein Mensch, der aufgrund seiner genetischen Vorbedingungen über eine stärker pigmentierte Haut verfügt.»

«Solche Leute nennt man Schwarze.»

«Es missfällt mir, eine rein körperliche Eigenschaft auf diese Weise zu unterstreichen.»

«Aber die Hautfarbe spielt eine Rolle, in dieser Situation.»

«Die Hautfarbe spielt immer nur dann eine Rolle, wenn sie instrumentalisiert werden soll oder wenn jemand zufällig nicht die Mehrheitshautfarbe trägt», nörgelte ich, wobei ich an Tizian Odol dachte, von dem die Mettinger dachten, er hätte einen schwarzen Christengott.

«Farbenblindheit ist auch kein Ausweg», erklärte sie. «Oder positiver Rassismus.»

«Ich bin nicht blind», widersprach ich, das mit dem Rassismus ignorierend. «Ich sehe die Farbe ja, ich messe ihr nur nicht diese große Bedeutung bei.» Und ich will mich nicht auf diesen riesigen Vorurteilskontext einlassen, der damit einhergeht, wenn man diesen Weg geht, im positiven wie im negativen Sinn.

«Er steht durch seine Hautfarbe für etwas. Er ist für viele zum Hoffnungsträger und zum Symbol geworden. Für Leute, die wegen ihrer Hautfarbe schlecht behandelt werden.»

«Für mich ist er das durch seine Klugheit, seine Integrität, seine offenkundige Philanthropie, seine Pläne und ganz allgemein wie er spricht.»

«Das wäre er möglicherweise nicht in dieser Weise, wenn er nicht zufällig auch noch schwarz wäre, oder, Tomás?»

Ich schnaufte, gab ihr gedanklich zu dreißig Prozent recht, zog sie an mich und küsste sie.

Der Rest von Mattis Familie stammt aus Trondheim, Gedser und einem Kaff südlich von Flensburg, womit vier Länder und zwei Kontinente vertreten sind. Matilde ist in Dänemark geboren, hat aber einen Teil ihrer Jugend bei den Großeltern väterlicherseits in Trondheim verbracht, weil ihre Mutter als Diplomatin viel unterwegs war und von ihrem Vater begleitet wurde, Matti aber kein Interesse daran hatte, in Botschaften und Ausländerenklaven aufzuwachsen. Inzwischen leben die Eltern auch in Hamburg, sind allerdings geschieden. Mich haben sie noch nicht kennengelernt, und das wird nach meinem Dafürhalten auch nicht mehr passieren. Es ist mir aber nicht wichtig.

Eltern sind mir nicht so wichtig.

Ich stelle den Kaffeebecher leise in der Küche ab, streife mir ein Jackett über und turne die drei Treppen hinunter. Die Hamburger Luft ist frisch und lau. Ich wende mich nach rechts, weil ich in einen Laden will, der schlicht «Süden» heißt, ein Delikatessengeschäft ein paar hundert Meter die Straße hinunter, in dem es angeblich die besten Dinge gibt, die südlich der Alpen hergestellt werden, doch dann müsste mehr als die halbe Erdkugel gastronomisch vertreten sein. Das meiste Zeug in den Regalen wird aus Italien importiert, aber der Inhaber heißt Ahmed und kommt aus Marokko, und Ahmed macht das Hummus selbst. Deswegen laufe ich jetzt dorthin, ich will Matilde mit einem späten Frühstück überraschen, mit knusprigem Baguette, eingelegten Oliven, Hummus und diesem frischen Weißwein, den sie so gerne trinkt, notfalls sogar zum Frühstück.

Als ich dann im «Süden» stehe, kaufe ich außerdem gegrillte Sardinen, die nach Ahmeds Aussage noch gestern im Atlantik vor der portugiesischen Küste herumgeschwommen sind, Tiramisu in der Frischhaltebox und eine Packung Cantuccini. Ich bin nach dem Einkauf so zufrieden, dass ich vergesse, wieder die Straßenseite zu wechseln, weil ich eigentlich ungerne direkt am Franchise-Altenheim vorbeigehe.

Das Gebäude ist fünf Stockwerke hoch und nimmt die Breite zweier Wohnhäuser ein. Ich stellte mir vor, dass es wie der Club, in dem Matti auflegt, mit Technik vollgestopft ist, mit Treppenliften, Badewannenliften, Defibrillatoren, mit elektrischen Aufstehhilfen und Elektrorollatoren und was es sonst noch alles gibt heutzutage. Im Alten- und Pflegeheim Horizont waren es die Arme und Beine unserer Pfleger, die diese Aufgaben übernommen haben. Hier geht vermutlich ohne Strom überhaupt nichts, dafür werden die Leistungszeiten der Mitarbeiter in Sekunden gemessen, sind die Momente der Zuwendung eng getaktet, ist Geduld ein Fremdwort und Menschlichkeit nur etwas für den Imageflyer. Möglicherweise bin ich aber auch ungerecht, und das mag daran liegen, dass mich das Gebäude und das, wofür es steht, einschüchtert. Oder dass es mich zu sehr an etwas erinnert, das ich vermisse, obwohl ich mir das nicht eingestehen will. Ich kann hier leider nicht die Straßenseite wechseln, weil die Straße vierspurig und vielbefahren ist.

Ich bin gerade am Eingang vorbei, als neben mir ein Fahrzeug hält, ein schwarzer Kombi, also ein Leichenwagen. Jemand ist gestorben, in der vergangenen Nacht oder gerade eben, und als sich der Mann im schwarzen Anzug, der auf der Fahrerseite ausgestiegen ist, zu mir dreht, erwarte ich für eine Sekunde, den alten Grunwald zu sehen, aber es ist nur ein anderer älterer Herr, der gerade noch müde gewirkt hat und jetzt seinen Gesichtsausdruck wechselt, als hätte er einen Schalter umgelegt. Er sieht plötzlich teilnahmsvoll aus, nickt mir kurz zu und verschwindet mit zügigem Schritt, aber nicht unangemessen rasant in der Lobby des Altenheims.

Ich habe seit über dreißig Jahren nichts mehr von meinen Eltern gehört. Ich weiß nicht, wie es ihnen geht, ob sie überhaupt noch leben, ob das Heim noch existiert, wer es leitet, wer darin wohnt, wie es um Metting bestellt ist. Ich habe den Ort und seine Bewohner ausgeblendet, habe den Bereich in meinem Gedächtnis isoliert, vom Rest abgekabelt und archiviert. Die Erinnerungen, die ich zugelassen habe, waren die an Filip und Melina, und natürlich an Marieluise Benedickt. Alles andere steckt in diesem Müllsack, der nie abgeholt wurde. Es gab vor ein paar Jahren mal einen Moment, da bin ich auf der Suche nach einem Bier im Kühlschrank einer Kurzzeitbekanntschaft auf ein Würstchenglas gestoßen, das nur noch zwei von ursprünglich sechs Würstchen enthielt, und nachdem ich es zwei Minuten lang angestarrt habe, habe ich es schließlich aus der Kühlschranktür genommen, aufgeschraubt und beherzt am Inhalt gerochen. Es roch grausig, obwohl die Würstchen vermutlich noch gut waren. Aber ich hatte danach trotzdem Tränen in den Augen.

Mir wird in diesem Augenblick schlagartig bewusst, dass meine Eltern längst tot sein könnten. Ich denke diesen Gedanken zum ersten Mal, aber mein Vater war Mitte vierzig, als ich abgehauen bin, also wäre er jetzt Mitte siebzig, und das ist ein Alter, das viele Männer seiner Generation schon nicht mehr erreichen. Je nach Zigaretten- und Orangenlikörkonsum besteht auch bei meiner Mutter die Chance, dass sie statistisch vor der Zeit dem Sensenmann gegenübertreten musste, und als ich diesen Gedanken zu Ende gedacht habe, wird mir mein eigener Zynismus bewusst, den ich augenblicklich für einen Schutzmechanismus halte, denn gleichzeitig erfasst mich eine Welle von Sehnsucht und diffusem Heimweh, weniger nach dem Ort als vielmehr nach der Zeit.

Matti schläft immer noch, ich stelle meinen Einkauf in die Küche und öffne ihren Laptop, der auf dem Küchentisch steht. Sie hat ein Profil für mich eingerichtet, und schon nach fünf Versuchen gelingt es mir, mich mit meinem Passwort einzuloggen.

Google glaubt, ich würde eigentlich nach *Meeting* suchen wollen, was einen kurzen Schub von Mitgefühl für die Mettinger auslöst, dann klicke ich auf den Link, der die automatische Korrektur rückgängig macht. Die Stadt hat längst eine eigene Website, es gibt einen langen Text bei Wikipedia, Dutzende Links zu Mettinger Firmen und massenweise Einträge, die sich mit Jan Friesmann beschäftigen. Das geht seitenlang und kommt von überall auf der Welt. Der Dichter scheint derzeit eine Renaissance zu erleben, eine bundesweite Wiederentdeckung, weil einer der Gedichtbände vor Jahren in einer Fernsehsendung über den grünen Klee gelobt wurde. Es gibt Friesmann-Merchandising aller Art, von T-Shirts mit Zitaten aus Friesmann-Gedichten bis hin zu Klorollen, die mit seiner Lyrik bedruckt sind, was Kaspar Freytag gefreut hätte. Mehrere Reiseveranstalter, die Touren nach Metting anbieten, buhlen um die Gunst der Kulturinteressierten, und die Friesmann-Tage sind seit vier Jahren, also seit 2005, nicht mehr ein-, sondern zweimal im Jahr, einmal im März und einmal im September. Es gibt einen Friesmann-Slam und einen VHS-Kurs für Dichtung im Stile Friesmanns.

Als ich «Metting» und «Horizont» als Suchbegriffe eingebe, erhalte ich eine überraschend große Anzahl Treffer, die mit dem Heim in Zusammenhang stehen. Nicht wenige davon beziehen sich auf ziemlich aktuelle Nachrichten. Ein Link zum *Mettinger Boten* führt mich zu einem Zeitungsartikel, der keine drei Wochen alt ist:

Altersheim «Horizont» vor dem Aus

> Nach dem tragischen Tod der Bewohnerin Hilde W. durch Ertrinken in der Badewanne – der *Mettinger Bote* berichtete – dürfte das Schicksal des ohnehin angeschlagenen Alten- und Pflegeheims «Horizont» in Metting-Hasenhügel besiegelt sein. Das Sozialamt von Metting verkündete, die bereits reduzierte Zusammenarbeit nunmehr endgültig einzustellen, die letzten Bewohner seien in andere Einrichtungen umquartiert worden. Eine Sprecherin der Staatsanwaltschaft bestätigte die Ermittlungen wegen fahrlässiger Tötung. Von Seiten der Heimbetreiber war bislang keine Stellungnahme zu erhalten. Das Alten- und Pflegeheim «Horizont» wurde im Jahr 1969 eröffnet.

Die anderen Suchergebnisse beziehen sich auf diesen oder ähnliche Artikel. Es gibt das Heim also nach wie vor. Dass es allerdings keine eigene Website hat, spricht dafür, dass sich auch sonst nicht viel geändert hat. Ich weiß nicht, was ich von diesen Nachrichten halten soll. Ich blättere ein bisschen weiter in den Ergebnislisten, finde aber keine weiterführenden Informationen. Nichts über meine Eltern.

Ich gebe «Metting» und «Lebesanft» in die Suchmaschine ein. Mir wird ein Festnetzanschluss aus dem Telefonbuch angeboten und dazu die gleiche Adresse wie früher. Anschlussinhaber ist Gerald Lebesanft, mein Vater. Er lebt also noch, und zwar im Horizont.

Ich habe nicht gehört, wie Matti aufgestanden ist. Jetzt steht sie plötzlich hinter mir und umarmt mich. Sie hat nach dem Gig gestern Nacht nicht geduscht, deshalb riecht sie nach Club und Schweiß, und ihr Atem könnte auch etwas frischer sein, aber ich mag es, wie sie sich jetzt von hinten an mich lehnt und ihre Wange gegen meine hält. Sie fühlt sich warm an, behaglich und irgendwie ... *nah*. Zu viel Nähe ist nicht ihr Ding, und sie hat nach wie vor ihre kleine Wohnung in Altona, findet mein Bett aber viel bequemer als ihres, sagt sie jedenfalls. Vielleicht verrät sie mir aber auch einfach nicht alles.

«Was ist das?», fragt sie. «Wonach suchst du?»

«Da komme ich her.» Ich zeige auf einen Link.

Sie beugt sich vor. «Metting», sagt sie.

«Das ist eine Kleinstadt in Niedersachsen. Der Geburtsort von Jan Friesmann.»

«Nie gehört.»

«Ein Literatur-Nobelpreisträger. Er hat Gedichte geschrieben.» Ich überlege kurz, ob ich das Gedicht aus dem Stegreif rezitieren könnte, das im Atrium des Jan-Friesmann-Gymnasiums auf der Tafel stand, aber ich scheitere schon am Titel. Irgendwas mit Schule. «Schlichte Schule» oder so. Es kommt mir in der Rückschau blödsinnig vor, dass man ausgerechnet dieses Gedicht verwendet hatte. Möglicherweise hätte Dr. Theuert eine schlaue Begründung parat gehabt.

«Gedichte sind langweilig», sagt die pragmatische Matilde, löst sich von mir und entdeckt die Einkaufstüte. «Hey, Hummus!», ruft sie. «Und gegrillte Sardinen. Lecker!»

Ich googele noch ein bisschen weiter, während sie im Wohnzimmer das Frühstück vorbereitet, suche nach anderen Namen, die mir von damals noch einfallen, Awusi und Kurtus beispielsweise, und dann sitze ich minutenlang wie erstarrt vor dem Rechner, weil mir der Nachname von Filip, Mojca und Melina nicht einfallen will. Hunderte Male habe ich die Klingel gedrückt, direkt unter dem kleinen, weißen Schildchen, auf dem dieser Name stand, aber mein Gedächtnis ist in diesem Augenblick wie verkleistert. Ich bin mir nicht sicher, ob ich den Namen je verwendet, jemals ausgesprochen habe. Bei welchen Gelegenheiten auch? Irgendwas mit B am Anfang, denke ich. Ja, ich bin schließlich sicher, dass es etwas mit B sein muss, aber das ist auch schon alles, woran ich mich erinnere.

Matti kommt aus dem Wohnzimmer zurück, die Packung Cantuccini in der einen Hand, die zerknüllte Papiertüte, in der das Baguette gesteckt hat, in der anderen.

«Mir ist etwas aufgefallen, Tomás», sagt sie kauend. Sie liebt Cantuccini.

«Was denn?»

«In deiner Wohnung gibt es keinen einzigen Papierkorb.»

3.

AM Nachmittag – wir haben schönen Sex gehabt und sind anschließend aneinandergekuschelt eingeschlafen, was selten geschieht, denn Matilde ist auch in Doppelbetten eher Einzelschläferin – erzähle ich ihr von dem Vorfall im Rong, von diesem seltsamen Rauswurf, und sie erklärt, dass sie diesen Alexander, von dem ich so viel schwärme, jetzt unbedingt schnellstmöglich kennenlernen will, keine Ahnung, ob aus Sorge um mich oder weil sie resolute Männer interessant findet. Gegen Letzteres spricht, dass sie mit mir zusammen ist. Danach erläutert sie mir grinsend, dass es beim Googeln anders ist als damals beim Telefonbuch: Man kann auch nach Vornamen suchen, und Filip ist, wie sie findet, nachdem ich ihr den Vornamen meines besten Freundes buchstabiert habe, ein exzellenter Vorname zum Googeln, weil kein Mensch Filip mit F am Anfang heißt. Damit hat sie unrecht; das halbe ehemalige Jugoslawien heißt so, jedenfalls der männliche Teil davon. Es sind unfassbare sechzig Millionen Treffer, die Google auf die Suchanfrage «Filip» liefert. Aber dann schlägt Matti vor, die Suche um den Ortsnamen zu ergänzen, und plötzlich ist es nur noch ein Treffer, exakt einer – ein Link zu einem Kunstatelier am Mettinger Schmiss.

Matti zeigt mir, wie man einen Link speichert – ich will jetzt noch nicht draufklicken.

Wir gehen am Abend italienisch essen, lassen uns angeblich fangfrischen Fisch am Tisch filetieren. Matilde trinkt Wein und mustert mich dabei seltsam. Ich trinke Beck's aus der Flasche, das ich in ein Bierglas dekantiere, weil unser Lieblingsitaliener kein Fassbier hat. Der Inhaber heißt Paolo, und wenn wir sein Restaurant betreten, tut er so, als würde er uns schon seit Ewigkeiten kennen, als wären wir die allerbesten Freunde. Er schüttelt unsere Hände und macht Matilde Komplimente. Aber dieses Ritual praktiziert er bei allen Gästen – jedenfalls bei denen, die nicht erkennbar Touristen sind, die Hamburg besuchen und sich nur nach Eppendorf verlaufen haben, was in etwa so ist, als wenn man zum ersten Mal nach New York fliegt und dann aus Versehen tagelang durch Queens irrt, sich darüber wundernd, wo der Central Park und die ganzen Wolkenkratzer sein sollen. Aber Paolo macht das auf so charmante Art, dass es in Ordnung ist, denn wir geben unser Trinkgeld schließlich auch nicht, weil wir so besonders zufrieden mit dem Service sind, weil der Abend unerwarteterweise all unsere Erwartungen übertroffen hat und wir deshalb spendabel sind, sondern weil man das einfach so macht, obwohl Service im Preis inkludiert ist und *in Ordnung* war. Es ist ein Ritual, durch das sich alle Beteiligten besser fühlen.

Neben der Eingangstür des Restaurants, das wie der Besitzer heißt, hängen gerahmte Fotografien, die allesamt dasselbe Motiv zeigen, nämlich Paolo, den Besitzer, der frontal in die Kamera lächelt. Es sind zehn mal zehn Zentimeter große Schwarzweißfotos, und das erste von knapp zweihundert ist vor sechzehn Jahren entstanden, als Paolo das Restaurant übernommen hat, wie ein mit Schreibmaschine betippter Zettel unter dem Foto verrät. Seitdem hat er ein Bild pro Monat gemacht, immer in der gleichen Pose und mit sehr ähnlichem Gesichtsausdruck, hat es anschließend rahmen lassen und an diese Wand genagelt, in fünf Reihen zu je vierzig Aufnahmen, vor dunkelrotem Hintergrund, was einen schicken Kontrast ergibt. Wenn man jetzt sein Restaurant betritt, kann man dem Inhaber beim Gang zum Tisch im Zeitraffer beim Altern zuschauen, insofern man das möchte. Seine Haare werden Bild für Bild grauer und kürzer, der Haaransatz weicht in Richtung Schädelmitte zurück, seine Ohrläppchen werden länger, seine Nase tritt mehr und mehr in den Vordergrund, also würde sie sich dort ausbreiten wollen, seine Augen werden schmaler, das Gesicht wird länger und verliert an Straffheit und Kontur, gewinnt aber an Weichheit. Er ist auf jedem Bild derselbe, und das Älterwerden geht nicht unbedingt mit einem Verlust an Attraktivität einher, aber aus dem einen Menschen ist ein anderer geworden, das ist sehr deutlich; aus dem jungen ein alter. Matilde hatte die Idee, die Fotos wiederum abzufotografieren und in einer App als Film zu zeigen, aber Paolo wollte davon nichts wissen.

In gewisser Weise beneide ich den Italiener um die Idee. Denn ich bin überrascht, wie schnell das mit dem Altern geht. Ich entdecke hier und da einzelne weiße Haare auf meinem Kopf, und wenn ich mich ein paar Tage lang nicht rasiere, sieht mein Kinn aus, als hätte jemand eher zufällig mit ein paar Grautönen darauf herumgemalt, die gesamte Bandbreite zwischen Weiß und Schwarz nutzend. Die kleinen Fältchen am Rand meiner Augen und in meinen Mundwinkeln sind tiefer und länger geworden, aber es ist auch möglich, dass ich mich im Spiegel nicht mehr scharf genug sehe, um das genau einschätzen zu können: Vielleicht habe ich tatsächlich noch viel mehr Falten. Meine Augen sind noch ganz gut, denke ich, aber sie waren früher besser. Meine Haut ist inzwischen ohne jede Frage etwas schlaffer geworden. In meinen Ohren wachsen feine Haare, die man manchmal sogar von vorne sehen kann, bis ich sie mit dem Langhaarschneider meines Rasierers entferne. Wenn ich morgens merke, dass ich zu spät dran bin, und einen kleinen Spurt einlege, um den Laden doch noch rechtzeitig aufschließen zu können, bleibt mir nach dreißig, vierzig Metern die Luft weg. Ich muss anhalten und mich gegen eine Wand lehnen, um erneut zu Atem zu gelangen, und währenddessen rede ich mir ein, dass man das mit ein wenig Training wieder hinbekommen würde. Ich könnte Sport treiben, aber wenn ich an die Jogger denke, die ich morgens durch die Eppendorfer Rabatten hecheln sehe, erfasst mich vorauseilende Erschöpfung. Und dann sage ich mir wieder, dass es wahrscheinlich schneller bergab geht, als ich wahrhaben will.

Immerhin, ich kann mit Matilde länger als eine halbe Stunde entspannten, erfüllenden Sex haben, der ihr nach meinem Eindruck genauso viel Spaß macht wie mir. Ich könnte das täglich, wenn sie wollte – auch wenn ich dabei nicht immer an sie denke. Die Oberschülerinnen, die bei uns Bücher für ihre Eltern abholen, flirten mit mir beim Kassieren. Rosa berührt mich wie unabsichtlich, wenn wir im Laden dicht aneinander vorbeigehen. Matilde ist fest mit mir zusammen, obwohl sie Jüngere haben könnte. Ich habe das im Club gesehen, wie die jungen Männer bei ihr am Pult stehen, vorgeben, Musikwünsche zu äußern, aber dann mustern sie ihren Körper, wenn

Matti, nachdem sie sich den Wunsch angehört und gleich wieder vergessen hat, zurück an die Arbeit geht, sich über das Pult beugt, wobei man ihren vortrefflichen Brustansatz sehen kann, der zum Glück nur einen kleinen Teil dessen verrät, was ich hoffentlich exklusiv zu sehen bekomme.

Beim Essen erzähle ich Matilde erstmals von meiner Vergangenheit, von der Zeit in Metting, von Filip und Melina. Ich mache Andeutungen, Marieluise betreffend, verrate aber nicht zu viel, weil ich Matilde nicht irritieren will, spreche von meinen Eltern und vom Altenheim, vom Eisenbahnfimmel meines Vaters und von Jürgen, von Georg Täter, von den Schulen, dem Jan-Friesmann-Gymnasium, der Kaspar-Freytag-Realschule und der Sonderschule in Hitzeberg (Matilde ist erschüttert und wütend), von Frau Awusi, von Filips Vater Ferdinand und der unglücklichen Mutter, und vom Friesmann-Kult.

Mir fällt die Truhe wieder ein, die in irgendeinem Schrank steht. Ich habe mal einen Blick hineingeworfen und auf ein Wirrwarr aus Stangen, Zahnrädchen, Kurbeln, Zylindern und anderen mechanischen Teilen geblickt, dazu stapelweise kleine Zettel aus festem Papier, Hunderte davon, die akribisch mit klitzekleinen Buchstaben, Farbcodes und Symbolen beschrieben waren, in einer ungewöhnlich akkuraten Handschrift. Aber ich habe keinen Hinweise gefunden, was das Ganze sein soll, denn eine Anleitung dazu gab es nicht.

Ich berichte davon, wie mich meine Eltern nach dem erfolgreichen Wechsel auf die Realschule doch noch gezwungen haben, die Schule abzubrechen und Polsterer zu werden, wovon heute noch eine helle, aber flache Narbe zeugt, Überbleibsel einer Wunde, die ich mir am Anfang der Lehre versehentlich mit einer riesigen Schere beigebracht habe, am rechten Handgelenk, kurz unter dem Daumen. Ich erzähle ihr von der Zeit danach, von meiner Flucht, von den Jobs als Lagerarbeiter, Aushilfspostzusteller und vielen mehr, von winzigen, eiskalten möblierten Zimmern, von der Schwierigkeit, als Legastheniker die Schule zu beenden und gleichzeitig für das eigene Leben aufkommen zu müssen.

Matilde schaut mich an, während ich erzähle, und ich kann ihrem Gesicht deutlich ablesen, dass sie sich fragt, warum ich das mache. Ich könnte ihr das nicht genau beantworten, aber es hat wohl mit diesem Leichenwagen zu tun, den ich mittags gesehen habe, und mit der Nachricht, nach der es das Alten- und Pflegeheim Horizont bald ganz offiziell nicht mehr geben wird.

Als ich erzähle, warum ich mich in Großstädten wohler fühle, widerspricht sie meiner Arschlöcher-These. Matilde meint, es gäbe in größeren Städten sogar mehr davon, weil die Anonymität sie schützen würde.

Wir zahlen, geben zu viel Trinkgeld, und Paolo verabschiedet uns wie gute Freunde, die er nun länger nicht mehr wiedersehen wird, und wir müssen gegen unser kollektiv schlechtes Gewissen ankämpfen, weil wir ihm dieses Gefühl geben, weshalb wir uns klammheimlich schon im Weggehen selbst versprechen, ihn nicht zu lange warten zu lassen, diesen traurigen Italiener, der so abhängig von unserem Zuspruch ist.

«Lass uns ins Rong gehen», schlägt Matti vor, als wir auf der Straße stehen, und hakt sich bei mir unter. «Jetzt gleich.»

«Ich gehe da nur freitags hin», protestiere ich. Aber der Laden ist nur ein paar Schritte entfernt, und Alexander hat Haake-Beck am Hahn. Das ist vielleicht kein Premiumbier, aber ich trinke es gern. Also nicke ich. «Warum nicht?»

Es ist ein bisschen eigenartig, mit Matilde spazieren zu gehen, weil sie die Fähigkeit nicht beherrscht, gleichzeitig zu gehen und etwas zu sagen. Bei den Alten im Horizont war es das Gleiche. Wenn denen auf dem Weg zur Trauerfeier in der Kirche von Metting-Hasenhügel etwas einfiel, was sie unbedingt loswerden wollten, hielten sie den gesamten Trauerzug auf, und alten Menschen fällt eine Menge ein, wenn sie auf dem Weg zu einer Trauerfeier sind. Wenn Matti etwas erzählen will, das ihr bedeutsam vorkommt, bleibt sie auch einfach stehen, wartet dann, bis man ihr fest in die Augen schaut, und erst dann redet sie endlich. Es ist mir schon häufiger passiert, dass ich glaubte, neben ihr herzugehen, dabei war sie längst stehen geblieben und wartete in einiger Entfernung darauf, mir etwas zu sagen, das sie nicht einfach einer neben ihr herlaufenden und nach vorne schauenden Person mitteilen konnte. Würde Matilde gerne Händchenhalten, was sie aber nicht mag, dann gäbe es diese Situationen seltener.

Da wir eingehakt gehen, merke ich schon frühzeitig, dass gleich etwas kommt. Die Luft ist wirklich angenehm, aber es ist deutlich kühler geworden als am Tag. Mich fröstelt ein wenig, ich hätte einen leichten Mantel über das Jackett ziehen sollen. Ich ziehe die Schultern hoch, drehe mich zu ihr und schaue sie an. Ihre spektakuläre Augenfarbe ist selbst im Halbdunkel gut zu erkennen; Matti mustert mich, wie sie das immer in solchen Momenten macht, als könne sie dadurch die Reaktion auf das, was sie gleich sagen wird, antizipieren. Aber ich habe eine Ahnung, worum es gehen wird, deshalb liegt sie in diesem Augenblick vielleicht sogar richtig mit ihrer Einschätzung meiner Mimik.

«Oslo?», frage ich vorsichtig.

Prompt wird sie langsamer.

«Mm-mh», antwortet sie dann und nickt traurig.

«Dachte ich mir.»

Sie wird nicht vorschlagen, dass ich mitkommen könnte, weil es keinen Sinn hat, als Deutscher, der keinen einzigen Brocken Norwegisch oder Samisch kann, in Norwegen eine Buchhandlung zu eröffnen oder in einer zu arbeiten. Außerdem sind wir kein Paar, das in solchen Kategorien unterwegs ist. Wir sind zwei Leute, die einander für eine Weile etwas Gutes tun, und diese Weile neigt sich jetzt ihrem Ende entgegen. Mein diesbezüglicher Schmerz hält sich in Grenzen, weil ich damit gerechnet habe, aber der Gedanke, schon wieder allein zu sein, ist auch nicht gerade schön. Ich hätte wirklich gern einen guten Freund.

Eigentlich will ich nur Filip zurück, wie mir bewusst ist. Matti ist nicht die Richtige für mich, denke ich außerdem, könnte das aber nicht präzisieren. Ich bin nicht der Richtige für sie. Der Gedanke hängt in meinem Kopf wie die Steintafel mit dem Friesmann-Gedicht im Atrium der Schule.

«Ich bin nicht die Richtige für dich», sagt sie und schmunzelt. Es bleibt jedoch ein Rätsel, ob sie das aus ihrer oder aus meiner Sicht meint.

«*Mabatibildebe*», murmele ich. Matildes Namen konnte ich ohne Probleme sofort schreiben, und den von Melina auch, wie mir in diesem Augenblick einfällt, nur bei Marieluise musste ich ein wenig üben. In diesem Augenblick bemerke ich die Alliteration und bin überrascht – alles Namen mit M am Anfang.

«Was?», fragt sie.

«Nichts», mogele ich.

Wir schweigen einen Moment lang. Langsam wird mir wirklich kalt.

«Ich bin einundvierzig», erklärt sie dann, zu meiner Überraschung. «In zwei Monaten werde ich zweiundvierzig.»

«Oh», verkünde ich und versuche, es wertfrei klingen zu lassen. Aber ich bin tatsächlich ein wenig enttäuscht. Es fühlte sich gut an, zu glauben, eine um ein paar Jahre jüngere Freundin zu haben, dabei sind es gar nicht so viele.

«Wenn ich es noch schaffen will, eine Familie zu gründen, muss ich mich beeilen», sagt sie. «Es gibt in Trondheim jemanden, der schon seit Jahren in mich verliebt ist, das ist möglicherweise ein guter Kandidat.» Matilde scharrt mit dem rechten Fuß auf dem Bürgersteig. Sie sieht in diesem Moment wie ein kleines Mädchen aus.

«Bist du denn auch in ihn verliebt?» Ich bin von meiner eigenen Distanziertheit überrascht, aber einem Teil von mir tut das auch ziemlich weh.

Sie schüttelt den Kopf. «Noch nicht», sagt sie dann. «Aber er ist die Art Mann, mit der diese Art Leben funktionieren kann, und das will ich jetzt angehen.»

Ich sehe es bereits bildlich vor mir. Zwei Kinder, die wie Matti aussehen, tagsüber umsorgt von einem Mann, der sie abends, wenn sie vom Headhunting heimkommt, begrüßt und versorgt und der sich aufmerksam anhört, was sie zu erzählen hat, während sie das umgekehrt einfach seinem Gesicht abliest.

«Verstehe.»

«In zwei Wochen breche ich hier meine Zelte ab. Meine Mutter geht auch zurück nach Norwegen. Ich will nicht, dass sie da alleine alt wird. Das ist der zweite Grund.»

Das Rong ist proppenvoll, aber ich kann den hinter der Bar herumwuselnden Alexander vom Eingang aus erkennen, weil er alle Gäste überragt. Er macht mir Zeichen, offenbar sind gerade weiter hinten Plätze am Tresen frei geworden. Matti und ich zwängen uns an den anderen Gästen vorbei. Gut möglich, dass es die Flamen sind, aber es kann auch an der Lautstärke liegen, dass ich kein Wort von dem verstehe, was ich aufschnappe. Die Luft ist zum Schneiden, aber es ist auch angenehm warm.

«Das ist Matilde, meine Freundin», erkläre ich, noch bevor er mich zur Begrüßung umarmen kann. Es ist nur ein einzelner Barhocker frei. Alexander sieht Matti an, dann wieder mich, dann wieder sie. Er schüttelt ihr die Hand, dann umarmt er mich schließlich.

«Aha», flüstert er dabei in mein Ohr.

«Was meinst du?», frage ich laut zurück, als er sich von mir gelöst hat. Aber er grinst nur und kehrt hinter den Tresen zurück.

Matilde nimmt den Sitzplatz, ich bleibe hinter ihr stehen, sie lehnt sich leicht gegen mich, was mir gefällt. Alexander stellt mir ein Bier hin und fragt Matti erst dann, was sie trinken möchte. Er sieht sie dabei nicht an.

Wir reden ein bisschen, doch es ist eigentlich zu laut zum Reden. Deshalb schweigen wir danach eine Weile, schauen uns die Leute an, lauschen der Musik, trinken langsam und bestellen etwas widerwillig nach. Aber ich muss nicht auf Matildes Urteil warten, um festzustellen, dass ich hier einer Illusion aufgesessen bin. Hin und wieder bemerke ich, wie Alexander meine Nochfreundin anschaut, wenn er sich unbeobachtet wähnt, abschätzend, ein bisschen abfällig. Der Bronzeton ihrer Haut ist im Licht, das im Rong herrscht, deutlicher zu sehen als sonst, aber ich weigere mich, in diese Richtung zu denken. Außerdem brauchte ich keine weiteren Indizien, um mir selbst zu beweisen, dass ich mit der Einschätzung des Mannes hinter dem Tresen falschlag. Meine Sehnsucht nach Freundschaft hat mich geblendet, erkenne ich.

Matti mustert mich, sie hat mich beobachtet, jetzt nickt sie mitfühlend.

Ich werde sie vermissen.

Am Montagmorgen scheitere ich daran, die Ladentür aufzuschließen, bis ich bemerke, dass die Tür bereits aufgeschlossen ist. Mir fährt ein Schreck in die Glieder. Offensichtlich hat Regina am Samstagnachmittag vergessen, abzuschließen, und obwohl Eppendorf nicht gerade zu den Kriminalitätsschwerpunkten der Stadt gehört, fürchte ich, dass jemand die Gelegenheit genutzt hat. Andererseits – wer räumt schon eine Buchhandlung aus? Ich stelle mir einen Maskierten vor, der zu Fuß flüchtet, unter den Armen jeweils zwanzig Exemplare von Nadine Frontzekis neuestem Thriller *Der Aufzug*, der Geschichte einer Frau, die mit ihrem Baby im Fahrstuhl eines Hochhauses eingeschlossen ist, das in ein paar Stunden gesprengt werden soll. Meinetwegen könnten Diebe sämtliche Exemplare dieses Meisterwerks mitnehmen. Ich würde ihnen beim Tragen helfen.

Ich ziehe die Tür ein Stück auf und lausche. Es dauert nur ein paar Wimpernschläge, bis ich Reginas Stimme erkenne, die offenbar hinten im Büro ist und … *singt*. Ich habe sie noch nie singen hören, und ich fürchte, dass es sich um einen deutschen Schlager handelt, was sie da zum Besten gibt, aber ich bin trotzdem erleichtert, dass ich mich keinem Einbrecher und Frontzeki-Dieb stellen muss. Aber was macht Gina um diese Zeit am Montagmorgen im Reginabuch? Montags kommt sie, wenn überhaupt, erst gegen Mittag.

«Hallo», rufe ich.

«Tomás!», ruft sie zurück. «Ich bin hier hinten.»

Mit Metting habe ich meinen Kosenamen abgelegt. Es gibt niemanden, der mich Tom nennt, und ich nötige die Leute sogar, meinen Namen richtig auszusprechen. Häufig muss ich ihn diktieren: Tee-Oh-Emm-Ah-Akut ... – Ah-*was*? – Ah-mit-einem-Apostroph-nach-rechts-drüber-Ess.

«Was machst du?», frage ich. Dabei sehe ich es. Sie sortiert Papiere. Sie hat das ganze Büro aufgeräumt. Sie ist außerdem auffällig schick angezogen.

«Gleich kommt jemand», sagt sie.

«Wer kommt? Ein bekannter Autor? Jemand, der bei uns lesen wird?»

«Nein, jemand von Huglia.» Ihr Blick weicht meinem aus.

Meine Nackenhaare stellen sich auf. *Huglia* ist eine große Buchhandelskette, ein Konzern, der in der Schweiz sitzt und von dort aus den kleinen Buchhandel Europas planiert.

«Von Huglia», wiederhole ich.

«Sie haben mir ein Angebot gemacht.» Gina greift nach meiner Hand, ich lasse es geschehen. «Ein sehr gutes Angebot.» Sie drückt meine Hand, als wäre es eine gute Nachricht für uns beide.

«Die schließen den Laden», sagte ich und spüre, wie Wut in mir aufsteigt. «Die wollen keine Konkurrenz haben, also kaufen sie sie auf.»

Gina antwortet nicht.

«*Ich* wollte Reginabuch übernehmen.» Es klingt wie einer der Jugendträume, von denen mir die Bewohner des Alten- und Pflegeheims Horizont erzählt haben. Testpilot, Urwaldforscher, Prinzessin.

Sie hebt die Augenbrauen. «Ich weiß. Aber ich glaube kaum, dass du mir das hier bieten könntest.»

Regina zieht ein Stück Papier aus einem Umschlag und reicht es mir. Nein, die Summe, die da zu lesen ist, könnte ich nicht bieten. Und ich bekäme auch keinen Kredit, um auf diesen Betrag zu kommen, weil die Banken keine kleinen Buchläden mehr finanzieren.

«Schade», bringe ich heraus. «Und zu wann?»

Gina zuckt die Schultern. «Noch im Sommer, nehme ich an. Sie haben es eilig.» Sie schnauft, zwinkert mir zu. «Vielleicht gehst du einen Kaffee trinken, solange die Herrschaften hier sind, oder, Tomás?»

Ich zucke ebenfalls die Schultern und trotte davon. Aber bevor ich den Laden verlasse, drehe ich mich noch um und rufe: «Rosa beklaut dich übrigens.»

Regina holt mich auf dem Bürgersteig ein, plötzlich habe ich ihre Hand auf dem Oberarm.

«Rosa beklaut mich nicht», erklärt sie und sieht mich wütend und zugleich mitfühlend an, was eine erstaunliche Leistung ist. «Ich habe ihr erlaubt, die Bücher zu nehmen, die ihr gefallen. Ich verbuche das nur als Diebstähle. Ich wollte dir das nicht erzählen, weil es ihr peinlich ist.»

Dafür ist es jetzt mir peinlich, dass ich sie verdächtigt haben. Ich schäme mich.

«Ich verstehe ja, dass du sauer bist, aber ich habe nicht *versprochen*, dir den Laden zu überlassen», sagt sie. «Ich habe dir gesagt, dass ich die Option in Erwägung ziehe, aber ich habe auch keinen Zweifel daran gelassen, dass es nicht die einzige ist.»

Ich nicke. Das stimmt. Leider.

«Ich bin dreiundsechzig, mein Lieber.» Sie drückt mit der Hand zu, die immer noch meinen Oberarm umfasst. «Ich weiß nicht, was du vorhast, wenn du älter bist, aber ich habe fünfundvierzig Jahre Arbeit hinter mir. Ich habe immer versucht, das Leben zugleich zu genießen, aber jetzt will ich es *feiern*. Viel Zeit dafür bleibt nicht mehr. Und es wird in Richtung Ende echt nicht besser.»

«Verstehe», nuschele ich. Jemand hat mal etwas Ähnliches zu mir gesagt. Jemand, der mir sehr viel bedeutet hat. Und natürlich hat sie recht.

«Ich mag dich, Tomás, du bist mir schnell ans Herz gewachsen, und der Laden ist ein anderer mit dir. Aber das reicht nicht, um zwei Drittel dieser Summe zu verschenken, verstehst du?»

Ich kann wieder nur nicken, sie zieht die Hand weg und schaut auf die Uhr.

«Dein Kaffee geht auf mich. Und vielleicht kaufen sie ja doch nicht.» Sie dreht sich zum Laden, ändert ihren Entschluss dann aber noch einmal. «Dieser Traum, den du hast, Tomás», beginnt sie. «Diese besondere Buchhandlung. Nur mit Büchern, die du liebst.»

«Ja?» Ich spüre, wie die Hoffnung zurückkehrt. Wir haben mehrfach darüber gesprochen. Ich habe Gina auch von Marieluise Benedickt erzählt, von meiner Legasthenie, vom Bücherlesen, von unserer gemeinsamen Suche nach guten Büchern zwischen all den schlechten.

«Ist das wirklich *dein* Traum?», fragt sie und sieht mich ernst an. «Oder ist das so eine Stellvertretersache? Etwas, das du in Gedenken an jemanden machst, weil du glaubst, du könntest so die Erinnerung an die Person konservieren? Sie irgendwie ehren, obwohl sie längst tot ist und nichts davon haben wird?»

Ich will etwas antworten, doch ich habe keine Ahnung, was, und dann ist Regina auch schon wieder auf dem Weg zum Laden.

4.

«DU musst das nicht machen», sage ich.

«Ich würde es nicht machen, nur weil ich muss», antwortet sie. «Wie lange wird die Fahrt dauern?»

Ich sehe zur Anzeigetafel. Der Regionalexpress fährt in acht Minuten ab, also müsste er bald kommen. «Zweieinhalb Stunden.» Es ist ein eigenartiger Gedanke, dass die letzten dreißig Jahre insgesamt nur zweieinhalb Stunden Zugfahrt Entfernung erzeugt haben. Mitunter kam ich mir vor, als wäre ich nach Metting in einer anderen Galaxie gelandet, dabei war es praktisch die Nachbarschaft.

Matilde umarmt mich.

«Ich bin sehr froh, dich getroffen zu haben», sagt sie danach, als wäre jetzt schon Abschied. «Tomás Lebesanft, du bist ein guter Typ. Ich mag dich sehr gerne.»

«Du kannst Tom zu mir sagen, wenn du möchtest.»

Wir lachen, dann fährt der Zug ein, eine Anordnung grauroter Abteilwagen, die auf mich einen verkratzten und verschmutzten Eindruck machen, der möglicherweise falsch ist. Der Hamburger Hauptbahnhof ist ein so genannter Reiterbahnhof, bei dem die Empfangshalle quer über den Gleisen liegt. Hier bin ich vor gut zwei Jahren eingetroffen, nach einer

Rundreise durch einen großen Teil der Republik. Mein bescheidenes Gepäck wurde gesondert von einer Spedition hertransportiert und dann bis zur Abholung gelagert. Jetzt lagert ein Teil meiner Sachen in einem Container, der zu einem so genannten *Self Storage* in Wilhelmsburg gehört. Ich bezweifle, dass dieser Anglizismus auch von Muttersprachlern verwendet wird. Die Wohnung ist untervermietet, erst mal für ein Vierteljahr. Aber egal was in Metting passiert, ich würde sowieso nicht nach Hamburg zurückkehren, zu Reginabuch, das es bald nicht mehr geben wird, oder zu Alexander Rong, dessen Freund ich nicht mehr sein will. Denke ich. Ich habe keine Idee, wie mein Leben weitergehen soll. Ich habe das blöde Gefühl, eine große theatralische Geste vollführt zu haben, die dreißig Jahre lang gedauert hat und im Grunde von niemandem bemerkt wurde. Aber das stimmt nicht, ich rede meine eigene Erfahrung damit klein.

Die Diesellok kommt direkt neben uns zum Stehen. Die Vibration der mächtigen Maschine scheint sich auf mich zu übertragen. Sie erinnert mich an den *Roten Elch*, eine der Spielzeugloks meines Vaters. Was aus der wohl geworden ist? Wie lange wird die Anlage noch in meinem ehemaligen Zimmer gestanden haben? Was ist aus der riesigen Platte geworden, die er extra dafür gebaut und mit Dekorationen versehen hat, mit Bergen und Flüssen und Straßen und all diesem Zeug?

Wir gehen ein paar Schritte und tragen dabei die Friesmann-Truhe zwischen uns, aber gleich der erste ist der Wagen, für den wir Reservierungen haben. Es war Matildes Idee, mich bis nach Metting zu begleiten und dort dann gleich wieder den nächsten Zug in die andere Richtung zu nehmen, aber die Idee kommt mir plötzlich blöd vor.

«Ich will das lieber alleine machen», sage ich und nicke in Richtung Eingangshalle, wo die Schalter der Deutschen Bahn sind. «Die nehmen die Fahrkarte sicher zurück. Bei der Bahn geht das.»

Sie legt den Kopf schief. «Dann wäre das schon der Abschiedsmoment.»

«Wir bleiben ja online in Kontakt», sage ich. Ich bin neuerdings im Besitz eines Facebook-Accounts, allerdings nicht unter meinem richtigen Namen. «Tom Livegently» heiße ich dort. Das war auch Mattis Idee. Sie meint, viele Leute wären bei Facebook auf der Suche nach Menschen aus der eigenen Vergangenheit und würden diese dann belästigen. Ich stelle mir vor, von Clemens Kummer oder Harald Schippkow belästigt zu werden. Andererseits interessiert mich, was aus ihnen geworden ist. *Was aus ihnen geworden ist.* Das klingt, als wäre man anfangs noch nichts, noch keine richtige Person, als ob diese richtige Person mit der Zeit erst entsteht, in gewisser Weise aus einem herauswächst. Oder eben nicht. *Aus dem wird nichts* – der bleibt einfach so, wie er am Anfang war.

«Worüber denkst du nach?», fragt Matilde. Sie trägt eine Sonnenbrille. Vielleicht geht damit das Gedankenlesen nicht so gut.

«Ob ich lebe wohl oder auf Wiedersehen sagen soll.»

«Mir gefällt tschüs», sagt sie und küsst mich. Dann geht sie rückwärts davon, während gleichzeitig die Ansage ertönt, dass die Türen gleich schließen und ich meinen Arsch bitte schön in den Zug bewegen möchte.

Ich finde die ansonsten leere Sitzgruppe beiderseits eines Tisches, von der wir zwei Plätze reserviert haben, wuchte meine Tasche auf die Gepäckablage und schiebe die Truhe mit Friesmanns Hinterlassenschaft unter den Tisch – ich will sie dem Friesmann-Museum übergeben. Sollen die doch herausfinden, was das ist. Dann lehne ich mich gegen das Fenster, aber ich kann Matilde nicht sehen. Sie wird bereits beim Schalter sein und das Ticket zurückgeben und dann zur S-Bahn gehen, und eine Dreiviertelstunde später ist sie wieder in Altona, in ihrer winzigen Wohnung, für die sie auch schon einen Nachmieter hat. Ich schreibe ihr noch eine SMS, dass sie heute Abend zu Paolo gehen und dort ein Gläschen für mich mittrinken soll. Sie antwortet mit einem Semikolon und einer sich schließenden Klammer, gefolgt von einem Kleiner-als-Zeichen und einer Drei.

Ich bin der Überzeugung, sie niemals wiederzusehen.

Wir waren erst gestern Abend noch einmal bei Paolo, eine Art Abschiedsessen. Aber wir haben es nicht übers Herz gebracht, dem Mann zu offenbaren, dass es unser letzter gemeinsamer Besuch bei ihm gewesen ist. Allerdings sind wir bis zum Schluss geblieben, bis keine Kellner, Köche, Tellerwäscher oder anderen Gäste mehr im Restaurant waren, und haben mit Paolo Grappa und Averna um die Wette getrunken. Ich musste ihn fünf Minuten lang ablenken, während Matilde hinter seinem Rücken mit einer Kompaktkamera in rasender Geschwindigkeit alle zweihundert Porträts abfotografiert hat, also alle anderthalb Sekunden ein Bild. In dieser Zeit hat mir der gebürtige Neapolitaner von seiner Heimatstadt vorgeschwärmt, der er sich immer noch intensiv verbunden fühlt, obwohl er seit zwanzig Jahren nicht mehr dort war, weil ihn seine Eltern davongejagt haben – aufgrund seiner Homosexualität, nehme ich an, aber diesen Aspekt spart er aus. Ich habe mal gesehen, wie er einen Mann, der allein als Gast im Restaurant war, zum Abschied zärtlich auf den Mund geküsst hat, wobei ich an meinen Vater denken musste. Als sich Matti wieder zu uns setzt, mit einem verschwörerischen Lächeln im Gesicht, schäme ich mich fast, aber der kleine italienische Wirt ist so erfreut darüber, mit uns zusammensitzen und aus seiner Vergangenheit erzählen zu dürfen, dass unser kleines Verbrechen vielleicht nicht schwer ins Gewicht fällt.

Als ich hier, in Hamburg, angekommen bin, habe ich mich in ein Taxi gesetzt und den Fahrer gebeten, mich zur Köhlbrandbrücke zu bringen, um von dort über die Stadt zu schauen. Das hatte mir irgendjemand, den ich irgendwo getroffen habe, für den ersten Eindruck dringend empfohlen, und ich habe das durchaus als spektakulär in Erinnerung, aber auch als ein wenig deprimierend, dieses von Kränen und Verladeanlagen beherrschte, nahezu unüberschaubare Stadtbild, dieser irre Haufen Technik und Architektur, all diese Hafenanlagen und diese Millionen Tonnen schwimmender oder durch die Straßen wuselnder Stahl. Wenn man vom Gipfel der Mettinger Kuppe schaute, sah man auch eine Stadt, aber man hatte nicht das Gefühl, dass man darin verlorengehen könnte. Das Gefühl hatte ich für einen Augenblick auf der Köhlbrandbrücke.

Der Zug setzt sich in Bewegung.

Ab jetzt zählt die Zeit runter, bis ich wieder in Metting sein werde, bis ich den Hauptbahnhof Metting erreiche, der nicht im Zentrum der Stadt liegt, sondern an der Westseite, in Metting-Forst, und in unmittelbarer Nachbarschaft der Kaspar-Freytag-Realschule. Wir konnten im Unterricht das Pfeifen der Loks hören, und wir mussten jedes Mal lachen, wenn das

Pfeifen ertönte, während ein Lehrer gerade etwas Wichtiges sagen wollte. Es war nicht so laut, dass man den Lehrer nicht mehr hörte, es war eher wie ein fremder Kommentar, wie ein Lacher an der falschen Stelle eines Films, wie ein Nieser ins Jawort bei einer Hochzeit, wie ein lauter Furz, der jemandem bei einer Beerdigung entgleitet, wenn der Pfarrer gerade den Kopf andächtig vorbeugt. Ganz egal, wie oft es schon passiert war, wir mussten immer wieder lachen. Dieser Zug pfeift jetzt auch, aus mir unbekannten Gründen. Ich setze mich, ziehe das Buch aus der Tasche, das ich mir für die Fahrt eingesteckt habe, und warte darauf, was mit mir geschieht, je näher ich der kleinen Stadt in Niedersachsen komme.

Als ich wieder wach werde, ist eine Stunde vergangen, und ich ärgere mich, weil ich die Fahrt bewusst erleben wollte, aber das ist jetzt auch nicht mehr zu ändern. Ich bin erstaunt darüber, dass ich überhaupt schlafen konnte, denn ich bin aufgeregt. Das Wort trifft es nicht ganz. Ich bin aufgewühlt, unsicher, neugierig und ängstlich zugleich und habe letztlich überhaupt keine Ahnung, was ich fühlen soll. Ich habe eine Adresse am Mettinger Schmiss und eine Festnetznummer in Metting-Hasenhügel, mehr habe ich nicht. Ich muss plötzlich an Josefa denken, die einzige Überlebende des Alten- und Pflegeheims Horizont, die vier Wochen nachdem ich abgehauen bin, gestorben ist. Ich habe sie in einem Park in Pforzheim begraben. Da ich nicht weiß, wie alt sie war, als sie mit Herrn Kacmarek ins Altenheim eingezogen ist, weiß ich auch nicht, wie alt sie insgesamt geworden ist, aber in meiner Obhut hat sie fünfzehn Jahre gelebt. Ich hätte sie mit ihrer Kiste häufiger in die Sonne stellen sollen, aber das habe ich erst nach ihrem Dahinscheiden irgendwo gelesen.

In Fetzeeck, dem letzten Halt, bevor wir Metting erreichen, steigt ein Mann in meinem Alter in den Zug, schlank, mit leicht olivfarbener Haut und kurzen schwarzen Haaren, die wie meine von ersten weißen Strähnen durchsetzt sind. Er wirkt drahtig und sportlich, bewegt sich behände. Er geht gezielt auf einen Platz zu, setzt sich hin, zieht eine Lesebrille aus der Jackentasche und schlägt ein Buch auf, alles als ein durchgehender Handlungsablauf, und ich denke, Scheiße, das ist Filip. Er schaut sich nicht um, widmet den wenigen Menschen um sich herum nicht die geringste Aufmerksamkeit. Manchmal blickt er vom Buch hoch, aber nicht, um sich umzusehen, sondern um das, was er gerade gelesen hat, bewusster aufzunehmen. Er macht diese Tour vermutlich täglich, und ich überlege, was ich über Fetzeeck weiß. Nichts, irgendein Kuhkaff nördlich von Metting eben. Und ich erwäge, ob das wirklich Filip sein kann. Vermutlich würde ich jeden Mann in unserem Alter, der schlank ist und etwas dunklere Haut und dunkle Haare hat, für Filip halten. Das ist nicht Filip. Das wäre ein so unfassbar großer Zufall, dass man den Kosmos um einen Moment des Innehaltens bitten müsste, um den Augenblick zu würdigen.

Ich schaue woandershin, aus dem Fenster. Für mein Buch bringe ich nicht mehr genug Konzentration auf. Ich fühle mich wie als Kind am Vorweihnachtsabend. Ich weiß, dass meine Eltern meine durchaus bescheidenen Wünsche nicht erfüllen werden. Sie werden sich ihnen annähern, sie werden Dinge kaufen, die den von mir gewünschten Dingen ähneln oder etwas mit ihnen zu tun haben. Ich werde kein neues Fahrrad bekommen, obwohl ich allmählich wirklich zu groß für mein altes Fahrrad bin, aber dafür einen Fuchsschwanz und eine neue Klingel für das alte, und möglicherweise endlich ein Zahlenschloss, denn das Schlüsselschloss ist ein schlechter Witz – man kann es mit einem verdammten Streichholz knacken, und der Schlüssel ist nur ein Stück Blech mit zwei Kerben darin. Ich werde keinen Chemiekasten bekommen, aber vielleicht ein billiges und sehr einfaches Mikroskop, das nur zwanzigfache Vergrößerung hat und das man nie wirklich scharfstellen kann, und einen Band Karl May, weil mein Vater die Bücher als Jugendlicher geliebt hat und nicht verstehen will, dass es mir nicht ebenso geht.

Weil ich nicht das Gefühl habe, dass es wirklich so gewesen ist, Papa.

Als der Zug auf die Stadt zufährt, denke ich, dass das nicht Metting sein kann. Ich bin irritiert, denn ich habe das alles ganz anders in Erinnerung, auch von den wenigen Malen, die ich mit meinen Eltern im Zug aus dieser Richtung gekommen bin. Die Bilder in meinem Kopf haben einen anderen Maßstab, sind opulenter. Es sieht kleiner und ordentlicher und irgendwie ganz anders sortiert aus. Das irritiert mich deshalb, weil es mich befürchten lässt, dass auch der Rest meiner Erinnerung nicht mit der Realität korreliert. Ja, meine Perspektive war damals eine andere, schließlich war ich vierzig Zentimeter kleiner, aber dieser Wasserturm, an dem wir soeben vorbeikommen, der ist in meinem Gedächtnis doppelt so hoch, und diese Böschungen seitlich der Gleise, die wir als Mutproben in der Realschulzeit hinuntergerannt sind, Sekunden bevor die Züge angerattert kamen (na gut, eine halbe Minute), sind nur etwas höhere Grasbüschel. Kurz bevor wir den Bahnhof erreichen, sehe ich die Rückseite der ehemaligen Kaspar-Freytag-Realschule. Die Waschbetonwände sind verwittert und mit Graffiti beschmiert, aber das sieht für mich eher nach einer verwahrlosten Kindertagesstätte aus als nach einem Ort, an den ich mich so sehr zurückgewünscht habe, dass ich nächtelang mein Kissen nassgeweint habe.

Der Zug endet hier nicht, ich muss mich sputen, rupfe meine Tasche aus der Gepäckablage, klemme das Buch unter den Arm und zerre die schwere Kiste hinter mir her. Der Filip-Doppelgänger steigt auch hier aus. Er steht vor mir, aber mit dem Rücken zu mir, er drückt die Türöffnungstaste, als der Zug angehalten hat, springt die Treppen hinunter und marschiert zielstrebig davon. Es gibt auf seinem Weg nichts für ihn zu entdecken. Ich überlege, ob ich es nicht irgendwie hätte *spüren* müssen, wenn das wirklich Filip gewesen wäre. Er war dreizehn, vierzehn, als wir uns zuletzt gesehen haben. Aber wir sind Seelenverwandte, Awusi-Gegner, Blutsbrüder. Bei ganz bestimmten Lichtverhältnissen ist die Narbe, die die Glasscherbe hinterlassen hat, an meinem Unterarm noch zu erahnen.

Er war es nicht.

Der Plan war, mit Matilde hier anzukommen, jetzt bin ich allein und stehe auf dem Bahnsteig von Gleis drei und vier. Vier Gleise hat der Bahnhof von Metting insgesamt, aber ein kurzer Blick genügt, um zu sehen, dass die Gleise eins und zwei seit Jahren nicht mehr genutzt werden; eine junge Birke, die mitten im Gleisbett gewachsen ist, steht schon fast einen Meter hoch. Das Bahnhofswärterhäuschen ist dunkel und sieht aus, als wäre es lange nicht mehr benutzt worden. Überall hängen Nicht-rauchen-Schilder, was ich angesichts der Tatsache, dass der Bahnhof draußen nur schmale Regendächer hat und so gut gelüftet wie ein handelsüblicher Bürgersteig ist, den Rauchern gegenüber ein bisschen unfair finde. Aber ich sehe auch ein Schild, das es meiner Meinung nach früher hier nicht gab, ein aufwendig gemachtes, blechernes Ding, das über dem Ausgang hängt und auf dem in riesigen, geschwungenen Buchstaben *Willkommen in der Friesmann-Stadt Metting!* steht.

In der Bahnhofshalle hängt eine Steintafel mit einem Gedicht von ihm, die ist auch neu:

Die Ankunft und das Fell

Reisende Ankunft
interessant – halt so angenehm
Erlebende Ankunft
gemeinsam, und somit blausam
Tourist! Du – mehr als man glaubt!
Und es reisen die Wanderer
Und reisende Felle
sind so blausam,
ach, so gemeinsam

Ich komme mir tatsächlich wie ein Tourist vor, und dieser Gedanke gefällt mir, also lasse ich mich darauf ein. Ich verlasse das Bahnhofsgebäude und orientiere mich nach Osten, in Richtung Innenstadt, so weit ist das nicht. Oder war es früher nicht.

Es kommt mir sehr ruhig vor, nur wenige Menschen sind auf der Straße, aber es ist ja auch ein ganz normaler Arbeitstag. Die Straßen sind zugeparkt, früher gab es nicht so viele Autos, nicht in Metting und nicht anderswo. Ob Schippkow seine Ford-Vertretung noch hat? Ob sie von Schippkow junior geleitet wird? Ob sie's endlich geschafft haben, den alten Namen «Schippkau» durchzusetzen?

Ich überlege. Und ich muss eine Unterkunft finden. Und einen fahrbaren Untersatz, am liebsten ein Fahrrad. Ich möchte schnellstmöglich nach Metting-Hasenhügel radeln; schon der Gedanke daran treibt mir Tränen in die Augen.

Es gibt im Zentrum, das nie eine Altstadt war, von den Mettingern aber halbironisch «Innenstadt» genannt wurde, zwei neue Hotels. Das eine ist ein Ableger einer Zwei-Sterne-Hotelkette aus Frankreich und befindet sich in einem wenig attraktiven Neubau aus den Siebzigern, und das andere heißt «Hotel Metting» und nimmt ein Bürgerhaus ein, in dem früher meiner Meinung nach irgendein Amt war. Ich entscheide mich für das Hotel Metting. Weil gerade keine Friesmann-Tage sind, bekomme ich problemlos ein Zimmer, dazu den Flyer eines Fahrradverleihs, keine fünfzig Meter entfernt.

Vom Zimmer aus rufe ich Matilde an. Auf dem Nachttisch liegt ein mehrseitiger Prospekt, der für die Friesmann-Stadt Metting wirbt, für eine optimale Mischung aus Kultur, urbanem Flair und Erholung. Früher hat sich hier niemand erholt. Und «urbanes Flair» hätte man nicht einmal buchstabieren können. Ich erst recht nicht.

Auf der ersten Innenseite des Prospekts ist ein Porträtfoto von Harald Schippkow zu sehen – weil Harald jetzt der Bürgermeister von Metting ist. Sein alter Herr hat sich offenbar mit dem Namensänderungsantrag nicht durchgesetzt. Und Harald sieht noch exakt so aus wie früher, mit Warze.

«Wie fühlst du dich?», fragt Matti.

«Aufgeregt.»

«Wir sollten nicht mehr so oft telefonieren. Wir sind jetzt offiziell nicht mehr zusammen.»

«Okay. Aber dann schick mir auch keine Kleiner-als-Zeichen mit Dreien daran mehr.»

Sie lacht. «Die Macht der Gewohnheit. Kommt nicht wieder vor.» Die Antwort zwickt ein bisschen in meiner Brust, aber ich lasse mir nichts anmerken.

«Semikolons mit Klammer-zu gehen», behaupte ich. «Doppelpunkte mit Klammer-zu auch.»

«Okay.»

«Ich wünsche dir alles Gute.»

«Und ich dir alles Beste.»

Als ich endlich auf einem Citybike mit Schmetterlingslenker – «Das modernste Rad, das wir im Angebot haben!», schwärmte der Mann vom Verleih – in Richtung Metting-Zeck radle, kommt es mir vor, als hätte man eher nachlässig eine Kulisse aus den Erinnerungen meiner Kindheit aufgebaut, während der Rest drumherum von Leuten entworfen worden ist, die mir nicht in den Schädel schauen konnten. Vieles stimmt nicht mit der Speicherung in meinem Gedächtnis überein, befindet sich nicht an den Orten, wo es meiner Meinung nach früher war, ist viel kleiner oder sauberer oder pittoresker oder unspektakulärer.

Vor allem aber ist es emotional nicht so, wie ich erwartet hatte. Insgeheim hatte ich gedacht, dass mich jedes Detail aus meiner Kindheit in Verzückung versetzt oder meine Knie zum Schlackern bringt. Ich komme an dem Süßwarenladen vorbei, der nach Schulschluss am Jan-Friesmann-Gymnasium von den Schülern gestürmt wurde, und auch ich bin damals hin und wieder dort eingekehrt, um mir ein paar Tütchen Brausepulver zu kaufen. Den Laden gibt es noch, er ist sogar renoviert worden und hat ein neues Schild mit dem alten Namen, aber der Anblick lässt mich merkwürdig kalt. Das war ein Ort meiner Kindheit, ja, aber das, was ich davon in Erinnerung habe, fühlt sich energischer an als der Anblick jetzt.

Ich fahre parallel zum Mettinger Schmiss, kreuze ein paar Straßen, und als ich dann auf den Mettinger Bruch zufahre – rechts von mir ginge es in Richtung Metting-Hasenhügel –, kommt erstmals so etwas wie Nostalgie auf. Aber die Straßen sind breiter und glatter und ordentlicher als früher, so erscheint es mir wenigstens, und es stehen sehr viel mehr Autos am Rand. Das Fahrradfahren fällt mir leichter, allerdings ist dieses Tausend-Euro-Ding, auf dem ich jetzt sitze, auch nicht mit meinem Hundert-Mark-Drahtesel von damals vergleichbar. Das hier ist ein Hengst, das andere war ein Muli. Es kostet mich kaum Mühe, die Mettinger Kuppe hochzustrampeln, aber ich gebe auch nicht so viel Gas wie früher.

Als ich oben bin, erwischt es mich. Ich kann die Fabrik sehen, die verfällt, weil sie seit zwanzig Jahren nichts mehr produziert. Aber ich habe auch irgendwo gelesen, dass sie unter Denkmalschutz steht oder gestellt werden soll. Ich sehe die symmetrische Anordnung der Wohnhäuser von Zeck, die jetzt, obwohl die Sonne scheint, noch grauer wirken als damals im Winter. Der Schrottplatz wurde entfernt und in Bauland für Wohnhäuser umgewandelt, die beiderseits die Straße säumen, an der früher niemand gewohnt hat, weil man entweder im richtigen Metting gewohnt hat oder in Zeck, aber nicht dazwischen. Das zaghaft wachsende Metting sieht von hier wie ein Bild aus, an dem zwei sehr unterschiedliche

Maler gearbeitet haben – im Hintergrund das kafkaeske Fabrikgebäude mit den beiden Schornsteinen, die wie mahnend erhobene Finger aus dem Komplex herausragen, der vom Graubraun der ungenutzten Parkplätze umgeben ist. Und im Vordergrund die pastellfarbenen Einfamilienhäuser mit ihren Vorgärten und Carports, mit ihren Erdbeerbeeten, Buchsbäumen, Stiefmütterchen und akkuraten Hecken.

Aber es ist vor allem der Anblick der Hazag, der mich erschauern lässt. Diese Fabrik dominierte früher praktisch das gesamte Mettinger Leben. Sie war der Ort, der es fokussiert hat, sie war Auslöser und Keimzelle eines ganzen Stadtteils, der Platz, an dem Filips Mama und später ich selbst gearbeitet haben. Ich bekomme eine Gänsehaut.

Ich stoße mich ab, strecke die Beine seitlich vom Rad weg und lasse mich den Hügel hinuntertragen, das habe ich zuletzt als Kind gemacht, genau hier, genau an dieser Stelle. Der Schwung reicht aus, um ohne weiteres Strampeln bis zu dem Haus zu gleiten, in dem mein bester Freund früher gewohnt hat. Heute wohnt hier niemand mehr. Es gibt nur noch zwei bewohnte Gebäude in Zeck, der Rest ist verlassen und steht leer. Die Hauseingänge sind mit großen Pressspanplatten vernagelt, und bis ins vierte Stockwerk sind die Fenster eingeschmissen. Das «Zecker Eck» ist dicht, der Tabakwarenladen, die Drogerie. Irgendwo außerhalb der Stadt gibt es jetzt auch eines dieser Einkaufsgebiete mit einer großen Filiale jeweils einer Supermarktkette, einer Drogeriemarktkette, einer Tierfutterkette und einer Baumarktkette, alles rund um einen betonierten Parkplatz, und ich werde noch herausfinden, wo genau. Einkaufen ist nichts Besonderes, nichts Wichtiges, nichts Kommunikatives mehr, sondern nur noch ein logistisch optimierter Prozess, den man hinter sich bringen muss, wie Stuhlgang.

Und dann bin ich plötzlich verblüfft, als ich ein Gesicht und Licht hinter einem Fensterchen sehe, hinter dem ich das nicht erwartet hätte: Den Kiosk gibt es unfassbarerweise noch, und er hat just in diesem Moment geöffnet, obwohl keine Leuchtreklame und kein Aufsteller auf dem Gehsteig darauf hinweisen. Ich stelle das Fahrrad ab und mustere den Laden aus einiger Entfernung. Das Haus, in dem er sich befindet, hat intakte Fensterscheiben, hinter denen graue Vorhänge oder schiefe Jalousien zu sehen sind. In den Fenstern des kleinen Geschäfts hängen Zeitschriften, außerdem kann ich Regale voller Süßwaren erkennen, dazu Körbe mit kleinen Flaschen. *Taschenflaschen*. Sagt man das noch?

Ich gehe ein paar Schritte näher. Die Frau, die regungslos wie eine Puppe hinter der niedrigen Verkaufsöffnung sitzt, muss Ende siebzig sein, und dann fällt mir ihr langer Hals auf, und ich sehe den weißen Damenoberlippenbart, fast so dicht wie bei einem pubertierenden Vierzehnjährigen mit erhöhtem Testosteronspiegel. Es ist immer noch dieselbe Frau. Und nach der Tafel neben der Scheibe zu urteilen, gibt es Capri, für 80 Cent. Ich krame eine Ein-Euro-Münze aus der Tasche.

«Ein Capri-Eis, bitte», sage ich und warte darauf, dass etwas Spektakuläres passiert.

Aber es passiert nichts.

Sie nickt, ohne mich anzusehen, beugt sich zur Seite, schiebt den Deckel der Eistruhe auf. Es fällt ihr schwer, als sei sie eingerostet und das wäre gerade ihre erste Bewegung seit Wochen oder Monaten. Hier ist außer mir absolut niemand, nicht am Kiosk, nicht auf der Straße, und es rührt sich auch nichts hinter den Fenstern. Es ist ein Dienstagnachmittag, früher haben hier um diese Zeit die Säufer gestanden, und Filip und ich waren auch längst nicht die einzigen Kinder, die sich Eis geholt haben. Die Frau legt die mit Frost überzogene Eispackung neben das Wechselgeldschälchen und zieht routiniert den Euro weg. Ich bin versucht, ihr Trinkgeld zu geben, will aber nicht herablassend wirken, warte also brav auf die 20-Cent-Münze. Ich suche auf der Verpackung meines Capris etwas verschämt nach einem Mindesthaltbarkeitsdatum, finde keines, aber ich bin sicher, dass es ein paar Jahre zurückliegt, wenn es so etwas bei Speiseeis mit 99 Prozent Wasseranteil überhaupt gibt. Wie viel Umsatz diese Frau wohl macht? Fünf Euro am Tag? Wer kommt hierher? Herumirrende Friesmann-Touristen? Oder die Wachleute, die nachts dafür sorgen, dass keiner das Fabrikgelände betritt?

Die Frau starrt geradeaus, als wäre ich nicht da. Ich wickele mein Eis aus und werfe das Papier in einen Mülleimer, in dem sich eine Zeitung befindet. Ich kann nicht anders, ziehe sie ein kleines Stückchen heraus, werfe einen Seitenblick zur Verkäuferin, die geradeaus schaut, als wäre da ein Tunnel vor ihrem Gesicht. Der *Mettinger Bote* ist vom 7. Juli 2008, also fast ein Jahr alt. Ich werde mir eine aktuelle Ausgabe holen, aber nicht hier, nicht jetzt.

Jetzt setze ich mich erst einmal auf die niedrige Waschbetonmauer, auf der ich mit Filip gesessen habe, und lecke am Eis. So süß kam es mir früher nicht vor, ich lecke verträumt, versuche, mich an das Geschmackserlebnis von damals zu erinnern, und betrachte, ohne darüber nachzudenken, das zerrupfte, verdreckte, vermüllte Beet vor mir. Plötzlich schmeckt das Eis etwas salzig, weil mir Tränen die Wangen herunterlaufen. Eigentlich ist unmöglich, was ich vor mir sehe. Unsere Eisstiele stecken da nämlich noch, sie sind dunkelgrau und verwittert, viele fehlen, einige sind umgefallen oder abgeknickt, aber es ist erkennbar, was das mal gewesen ist, dieses kleine, runde Fort aus Holzstückchen. Wie bei der Fabrik ein paar hundert Meter weiter. Wie bei alldem um mich herum, das noch von damals stammt. Jemand hat kürzlich einen neuen Eisstiel dazugesteckt, ganz am Rand.

Während der letzten dreißig Jahre habe ich viele Leute kennengelernt. Ich hatte Arbeitskollegen, Vermieter, Nachbarn, habe neben Menschen in Kneipen, Kinos, Theatern und Bussen gesessen und Gespräche geführt, ich hatte Kontakt mit Ausbildern und Dozenten, Fahrlehrern, Ärzten, Verkäufern, Postboten, Landeseinwohneramtsbeamten und Müllfahrern. Ich habe Hunderten Menschen Bücher verkauft und mich mit ihnen über Bücher unterhalten, ich hatte Chefs und zuständige Finanzbeamte, habe täglich Busfahrer getroffen und mich an Paketzusteller gewöhnt. Aber ich habe in den vergangenen dreißig Jahren keinen Filip gehabt. Fünfunddreißig, um genauer zu sein. Ich vermisse ihn immer noch. Die Zeit mit ihm war besser als die Zeit ohne ihn. Ich vermisse auch Melina.

«Du warst früher schon hier», sagt plötzlich eine Stimme direkt neben mir.

Ich zucke zusammen. Ich habe sie nicht kommen sehen oder hören, die Frau aus dem Kiosk, und ich sehe sie jetzt zum ersten Mal in voller Lebensgröße. Sie ist vielleicht eins sechzig, wodurch ihr langer Hals noch länger wirkt. Sie ist sehr schlank und wirkt stabil. Möglicherweise war sie mal sehr schön, vor vier, fünf, sechs Jahrzehnten. Sie schaut mich auffordernd an.

«Sie haben mich ganz schön erschreckt», sagte ich. Meine Kopfhaut spannt immer noch, mein Nacken kribbelt.

«Du warst früher schon hier», wiederholt sie, meine Anmerkung ignorierend.

Ich nicke. «Vor über dreißig Jahren.»

«Du hattest einen Freund dabei. Ihr wart immer zu zweit.»

Ich nicke wieder. «Filip», sagte ich, obwohl ihr diese Information wenig sagen dürfte. «Ich habe ihn seitdem nicht mehr gesehen. Ich bin heute erst nach Metting zurückgekehrt.»

«Aha», sagt sie.

«Warum machen Sie das immer noch?» Ich nicke seitlich zum Kiosk. Sie schaut in die Richtung, wirkt ein bisschen überrascht, als würde sie den kleinen Laden nicht oft von außen sehen.

«Es ist mein Geschäft. Mein Mann und ich haben das vor vielen Jahren zusammen aufgebaut.»

«Aber hier ist kaum noch etwas los», sage ich vorsichtig.

Sie nickt lächelnd. «Aber es ist immer noch mein Geschäft. Ich kann nicht einfach damit aufhören, nur weil nicht mehr so viel los ist.» Sie hebt die rechte Hand und betrachtet den Ehering. «Es ist alles, was mir geblieben ist. Solange es das Haus gibt, werde ich den Laden betreiben.»

«Kein Ruhestand?»

Sie zwinkert. «Ruhestand. Das ist ein sehr seltsames Wort.» Sie seufzt. «Nein, kein Ruhestand. Wenn ich aufhöre, mich zu bewegen, werde ich umfallen und sterben.» Das hat sie ohne erkennbare Ironie verkündet.

Die Frau macht Anstalten, in ihren Laden zurückzukehren, dreht sich aber noch einmal kurz zu mir.

«Dein Freund von damals.» Erst jetzt wird mir bewusst,

dass sie mich die ganze Zeit über duzt, als wäre ich immer noch zwölf.

«Filip.»

«Der war hier, vor ein paar Wochen.»

«Oh.» Mein Gesicht wird heiß. «Hat er ... hat er was gesagt?»

«Ja.» Sie lächelt. «Ich hätte gerne ein Capri.»

«Und mehr nicht?»

Die Frau schüttelt den Kopf. «Er hat sich auch hier hingesetzt und sein Eis gegessen, dann ist er wieder weggegangen.» Sie zeigt auf den einzelnen, neueren Eisstiel, neben den ich jetzt meinen stecke, wobei ich mir ein bisschen feierlich vorkomme.

«Er hat das da auch gemacht.»

Als ich wieder auf mein Leihfahrrad steige, würdigt mich die Frau keines Blickes mehr. Wie vorhin sitzt sie wieder da, wie angewachsen, als wäre sie immer dort, rund um die Uhr, Tag und Nacht, und ich halte es für einen Moment sogar für möglich, dass das wirklich so ist. Aber das kann natürlich nicht sein, sie wird irgendwo wohnen, irgendwo in diesem Haus oder anderswo.

Ich radle los und komme am ehemaligen Reisebüro vorbei, von dem auch nur noch ein paar ausbleichende Plakate in den Schaufenstern zeugen. Eines davon, ausschließlich in pastelligen Blau- und Violetttönen, die der Sonneneinstrahlung getrotzt haben, wirbt für Reisen auf die Balearen, unter anderem nach Menorca.

Dabei macht irgendwas *klick*. Klick, klick, klick. Ich bremse und halte an, glotze auf das Plakat, auf dem die Preise noch in D-Mark stehen; das Reisebüro hat also mindestens seit acht Jahren zu. Es rattert und arbeitet in mir. Ich weiß nicht, ob das eine echte Erinnerung ist oder ob das etwas ist, das meine Mutter erzählt hat, mir oder jemandem, etwa dem Pfleger David oder Doktor Pepik Novak oder einem Bewohner (nein, eher keinem Bewohner), lachend, wie man Anekdoten von den eigenen Kindern erzählt, die etwas Altkluges oder unfreiwillig Komisches getan haben, aber es ist da, präsent, und es war auf Menorca, wo ich erfahren habe, dass keineswegs alle Menschen auf der Welt alt oder krank oder beides sind. Von meiner Mutter, die erst lachen musste, als ich das gefragt habe, und die dann erschüttert war, oder umgekehrt, das weiß ich nicht mehr genau.

Was ich aber noch genau weiß, das ist, dass ich meiner Mutter versprochen habe, sie auf keinen Fall alleine in einem Altenheim sterben zu lassen.

Und das ist etwas, das möglicherweise bereits passiert ist.

Der Zaun, der nach dem Brand um den zweiten Parkplatz der Hazag aufgestellt worden ist, sieht inzwischen aus, als wäre er so alt wie die Fabrik selbst. Aber das verrostete Metallgitter steht solide und hat der Zeit getrotzt, allerdings ist irgendwann das Tor aufgebrochen und nicht wieder verschlossen worden. Die Asphaltfläche selbst, die der Zaun schützen sollte, ist brüchig, teilweise von Moos, Gras und Unkraut bewachsen und an vielen Stellen löchrig. Hier und da blüht es in Gelb-, Orange- und wässrigen Rottönen. Es gibt keine Zeichen dafür, dass hier je wieder Sinti kampiert haben, seit es damals diese Vorfälle gegeben hat, aber ich weiß auch zu wenig darüber, was sich nach den Umbrüchen der späten Achtziger und frühen Neunziger in dieser Hinsicht verändert hat, um beurteilen zu können, ob das eine gute oder schlechte Sache wäre.

Einen Moment lang bin ich unschlüssig, ob ich nach Hasenhügel weiterradeln oder ob ich mir das nicht doch lieber für einen der kommenden Tage aufsparen soll. Und erst als ich darüber nachdenke, kommt mir zu Bewusstsein, welche gute Nachricht mir die Frau vom Kiosk nebenbei überbracht hat. Filip lebt. Filip war zumindest kürzlich in Metting. Es wird eine Möglichkeit geben, ihn zu finden, zu treffen und zu sprechen. Irgendwas muss er hier gemacht oder gesucht haben, er wird Spuren hinterlassen haben, vielleicht Telefonnummern bei Leuten, die er befragt hat, möglicherweise sogar nach mir.

Das macht mich so euphorisch, dass ich nicht weiter nachdenke – und den Weg antrete, den ich als Kind und Jugendlicher so oft gefahren bin. Heimwärts. In meiner frühen Kindheit meistens gut gelaunt, hin und wieder mit gemischten Gefühlen, aber während der letzten Jahre ohne Ausnahme wütend, deprimiert und traurig. Die wortlose Kälte zwischen meinen Eltern, die unausgesprochenen Vorwürfe mir gegenüber, die Kompromisslosigkeit im Umgang mit meinem Werdegang – ich habe manchmal von Zorn geschwitzt, während ich dem Horizont entgegengeradelt bin. Und ich war ohnmächtig, konnte mich nicht wehren, das war am schlimmsten – wehren gegen diese Leute, die mich zwangen, etwas zu werden, bevor ich wusste, wer ich bin. Die mich an ihrer Liebe für mich zweifeln ließen.

Schon von weitem kann ich sehen, dass der seinerzeit zur Hälfte (dadurch eigentlich aber in Gänze) nutzlose Kreisverkehr inzwischen eine Drei-Viertel-Verwendung hat – die westliche Ausfahrt endet noch immer im Nichts, aber seine östliche Ausfahrt mündet jetzt in eine Straße, und die führt nach einigen hundert Metern zu einer großen, planierten Fläche, an einer Stelle, an der es früher nur Felder gegeben hat, über denen im Spätsommer die Dohlen kreisten. Dort befindet sich jetzt das unvermeidliche Einkaufszentrum, ohne das es heutzutage nirgendwo mehr geht –, und ich sehe sogar eine kleine Huglia-Filiale, was ungewöhnlich für diese Einkaufszentren ist. Bücher kauft man dort eigentlich nicht, weil das keine Ware ist, die man beim Wochenendeinkauf mitnimmt, aber vielleicht ist das in Metting anders. Möglicherweise baut man darauf, dass die vielen Friesmann-Touristen, die sich hier mit Proviant eindecken, außerdem ihre Vorräte an Friesmannscher Lyrik aufstocken und bei der Gelegenheit noch ein paar Thriller von Nadine Frontzeki mitnehmen, weil sie schlicht vergessen haben, ob sie *Der Aufzug* oder *Der Zahnarzt* oder *Die Hundeführerin* schon gelesen haben oder nicht. Ob die Huglia-Filiale das selbstverlegte *Jan Friesmann – Jahre in Metting* meines ehemaligen Deutschlehrers Dr. Theuert im Sortiment hat? Ich bin versucht, einen Abstecher zu dieser *Mall* zu machen, gebe dem aber nicht nach, sondern fahre weiter in Richtung Hasenhügel. Ich kann ja später googeln, ob das Buch noch lieferbar ist. Ich würde es in diesem Fall sogar lesen, denke ich.

Die Spitze des konischen, gelben Kirchturms kann ich von weitem sehen, und es scheint sich nicht viel geändert zu haben. Die neue Bebauung und damit das zaghafte Wachstum Mettings endet in meinem Rücken. Ab hier sieht alles wie früher aus, jedenfalls aus dieser Entfernung.

Es ändert sich auch nicht viel, als ich näher komme. Einige der niedrigen Häuser scheinen neu gedeckt worden zu sein, die Dächer der anderen wirken ausgeblichen, besprenkelt mit hellen Flecken – Vogelscheiße oder Flechten oder beides.

Zäune, Vorgärten, Straßen, alles wirkt wie früher, ist meiner Erinnerung ähnlicher als das, was ich bislang vom aktuellen Metting gesehen habe. Auch die Größenverhältnisse stimmen hier. Ich werde langsamer, und dann kommt es in Sicht.

Das Horizont.

Während der letzten Jahre war ich mir gewiss, dass ich es nie wiedersehen würde, dass ich diesen Schritt niemals gehen würde. Deshalb habe ich mir überhaupt keine Gedanken darüber gemacht, was es mit mir tun würde, wenn ich wieder hier stünde. Die Situation kommt mir völlig absurd vor, als ich jetzt auf der gegenüberliegenden Straßenseite, die noch immer unbebaut ist, neben dem Leihfahrrad stehe und das Gebäude anschaue, das fast genau wie an jenem Tag aussieht, als ich ins Taxi zum Bahnhof gestiegen bin. Möglicherweise macht es einen leicht schäbigeren, abgenutzteren Eindruck, aber eigentlich ist es wie gestern. Es gab schon damals kein Schild, das auf ein Altenheim hingewiesen hätte, und jetzt auch nicht, weshalb für Außenstehende nicht zu erkennen ist, ob die Anlage noch als *Lager für abgenutzte Menschen* verwendet wird oder nicht. Aber es ist so, das weiß ich aus der Online-Ausgabe der Zeitung. Ich sehe die Trauergemeinde, die sich vor dem Haus für den Abschied von Georg Täter formiert, vor meinem geistigen Auge, und es würde mich nicht überraschen, wenn Doktor Novak in seinem dunkelblauen Anzug oder David und Sylvia in den hellgrauen Kitteln des Heims jetzt aus der Tür kämen, eingehakt bei irgendeinem alten Menschen, den sie zum Rollstuhl oder bis zur Kirche geleiten.

Aber die weißhaarige, alte Frau, die jetzt die Eingangstür des Heims aufstößt, zügigen Schritts zum Zaun kommt und aufgeregt mit der linken Hand in der Luft fuchtelt, die erkenne ich erst, als sie den Mund aufmacht und laut etwas ruft, in meine Richtung.

«Junge!»

Ich kann sogar erkennen, wie sie in Tränen ausbricht, während sie, ohne sich umzuschauen, auf die Straße und auf mich zugerannt kommt. Einen Moment zögere ich. Dann gebe ich dem – allerdings nicht ganz eindeutigen – Wunsch, auf sie zuzugehen, nach. Ebenso wie dem Zwicken meiner Tränendrüsen.

5.

DIE Gerüche, die mich im Haus empfangen, sind überwältigend. Es riecht noch exakt wie früher, nach kaltem Zigarettenrauch, nach Ajax, nach Blumenerde und – aber das mag Einbildung sein – ganz entfernt nach der Eisenbahn meines Vaters. Während meine Mutter neben mir hergeht, laut schniefend, meine rechte Hand mit ihrer linken hält und mit dem Daumen aufgeregt meinen Handballen streichelt, lösen die Gerüche eine Flut von Erinnerungen aus. Etwas in mir bedauert die Entscheidung, weggegangen zu sein, ganz ungeheuerlich, etwas anderes in mir bedauert es eher, wieder hier zu sein, und da ist noch eine Stimme in mir, die all das eigentlich ganz okay findet, denn ich war unglücklich und es gab keine Perspektive, und es ist vielleicht noch nicht zu spät, für was auch immer. Ich bin mir sicher, dass Marieluise Benedickt mit meinem Verhalten einverstanden gewesen wäre. Die Erinnerung an sie wird in diesem Augenblick beinahe greifbar. Es würde mich nicht überraschen, käme sie um die Ecke, im Sommerkleid, mit leichten Sandalen an den Füßen, deren Zehennägel lackiert sind, lächelnd und mit einem Buch in der Hand.

«Wie geht es Papa?», sind meine ersten Worte an meine Mutter. Sie hat außer «Junge!» bisher nichts gesagt.

Sie schüttelt langsam den Kopf, und je länger ich sie anschaue, umso älter sieht sie aus, wie ein entlaubter Baum im Spätherbst. Ein Wort, das mir einfällt, ist *abgenutzt*. «Nicht so gut», antwortet sie. «Er ist dement.» Aber sie wirkt dennoch recht fit für ihr Alter, und ziemlich klar.

«Wo ist er?»

«Im Bananenzimmer.»

Ich bin überrascht. «Warum dort?»

Sie seufzt. «Es ist das schönste Zimmer im Heim. In unserem Schlafzimmer kann er nicht schlafen. Er weiß meistens nicht mehr, wer ich bin, und wenn er neben mir erwacht, gerät er in Panik, weil er mich für eine Fremde hält. Ich mache ihm Angst. Ich habe es versucht, aber einmal ist er morgens aufgewacht und hat mich gesehen. Ich lag neben ihm und habe gelesen. Er hat sich aufgerichtet, ist von mir weggerückt und hat laut durch die Wohnung geschrien: *Ingeborg, komm rasch, da liegt ein altes Weib in unserem Bett!*»

Ich hätte gern mit ihr darüber gelacht, aber meine Mutter sieht alles andere als fröhlich aus, als sie das erzählt.

«In einem Heimzimmer können wir uns behutsam annähern, was wir fast an jedem Tag tun müssen. Manchmal hat er Momente, da erinnert er sich an mich, aber meistens nur an die jüngere Version von mir. Aber er erkennt das Zimmer. Er weiß, dass es das Bananenzimmer ist, dass es zum Heim gehört, und alles andere kann man ihm behutsam erklären.»

In ihren Augen glitzert es. Wäre sie doch nur früher ein bisschen liebevoller mit ihm umgegangen, denke ich.

Ich ziehe sie hinter mir her, denn sie will mich offenbar nicht loslassen. Auf dem Weg zu Marieluises ehemaligem Zimmer bemerke ich, wie still es im Heim ist, eine Stille, die es hier früher nur nachts gab, wenn ich zu meiner Freundin geschlichen war und kaltweißes Mondlicht durch die Oberlichter fiel. Jetzt ist hier niemand mehr außer uns. Alle, die früher in diesen Räumen gewohnt haben, liegen längst auf dem Mettinger Friedhof und zerfallen zu Kohlenstoffverbindungen.

Mein Vater begrüßt mich mit den Worten «Gibt es Essen?», aber sie fallen ihm schwer. Er mustert mich mit einer Mischung aus Sorge und Neugier. «Sind Sie neu?», fragt er schließlich, aber es ist ihm anzusehen, dass er nicht sicher ist, ob die Frage angebracht ist. Er weiß also von seiner Krankheit.

Aber bevor ich antworten kann, höre ich schlurfende Schritte hinter mir und eine Stimme, die sagt: «Haballobo, Tobom.»

David sieht aus wie der freche Zwerg aus der Disney-Verfilmung von *Schneewittchen* – der mit der lila Mütze – beziehungsweise wie eine gealterte XXL-Version davon. Er ist im Bereich der Körpermitte offenbar geschrumpft, oder ich bin so sehr gewachsen, dass die Erinnerung an seine damalige Größe größer ist, als seine tatsächliche Größe je war. Seine Füße sind immer noch riesig und stecken nach wie vor in übergroßen Birkenstocks, die Ohren und die Nase jedoch sind definitiv noch weiter gewachsen. Sein eirunder Kopf ist komplett kahl und er glänzt wie poliert. Seine blauen Augen glitzern ein bisschen wässrig unter kaum sichtbaren, rosafarbenen Augenbrauen. Aber davon abgesehen wirkt er recht frisch und munter. Er müsste jetzt in den späten Fünfzigern sein. Ich bin ziemlich viel mit Nachrechnerei befasst, fällt mir auf. Ich muss in Worte fassen, mit Zahlen umgeben, was ich gerade erlebe. Dem eine Größe zuordnen, einen Wert.

Gedanklich sehe ich eine Skala vor mir, einen Zeitstrahl mit einer ziemlich langen freien Strecke.

Es überrascht mich sehr, David hier zu sehen, aber es freut mich auch. Ich umarme ihn kurz, sage brav «Haballobo, Dabavibid» und wende mich dann wieder meinem Vater zu.

«David hilft mir», sagt meine Mutter. Und dann, leiser: «Ehrenamtlich.»

Ich nicke nur und betrachte den Mann, der vor mir in dem Bett liegt und den ich früher meistens beim Eisenbahnspielen beobachtet habe. Es würde mich nicht überraschen, jetzt Josefa in ihrer Kiste rascheln zu hören.

Auch an meinem Vater ist die Zeit nicht spurlos vorübergegangen. Sein Gesicht, sein Hals sind voller Falten, er hat hellbraune Altersflecken im Gesicht und an den Händen, kleine, weiße Haarbüschel in den Ohren und in der Nase, außerdem ist sein Haaransatz zurückgewichen, und etwas dünner sind die Haare auch geworden. Und dennoch: Von den drei Menschen, mit denen ich mich in diesem Moment im Bananenzimmer befinde, ähnelt er am meisten der in meinem Gedächtnis abgespeicherten Fassung. Matti würde nicht viel Zeit brauchen, um ein aktuelles Bild von ihm so am Computer zu retuschieren, dass sein jüngeres Ich dabei zum Vorschein käme. Bei David müsste sie einige Verzerrungsfunktionen anwenden, meine Mutter benötigte ein Morphing-Tool. Ich habe Matti gerne zugeschaut, wenn sie mit flinken Bewegungen und gezielten, hochfrequenten Mausklicks am Computer gearbeitet hat.

«Hallo, Papa», sage ich und setze mich auf die Bettkante. Ich bin versucht, seine Hand zu nehmen, entscheide mich aber dagegen. Er sieht mich noch immer skeptisch an und richtet sich im Bett auf, ziemlich behände, wie ich finde; es geht ihm körperlich gut. Ich werfe meiner Mutter einen irritierten Blick zu – und bin dann doppelt irritiert, weil dort wirklich meine Mutter ist. Die Situation verfestigt sich langsam zur verlässlichen Realität. Der Film wird dreidimensional.

«Hallo», sagt und fragt mein Vater gleichzeitig. Es klingt sehr vorsichtig.

«Erinnerst du dich an mich?» Das ist etwas hilflos, und vermutlich hört er diese Frage häufiger, aber es fällt mir nichts Besseres ein.

Er deutet ein ganz zaghaftes Kopfschütteln an.

«Ich bin Tom. Tomás. Dein Sohn.»

«Tomás», wiederholt er und schaut zu David, als wäre der eigentlich sein Sohn.

«Das ist dein Tom», sagt David und nickt dabei bestätigend. Er duzt meinen Vater also inzwischen. Davids Stimme ist rauer geworden, älter. Natürlich.

«Tom», erklärt mein Papa und mustert mich. «Du bist so alt. Mein Tom ist viel jünger.»

Ich bin noch nicht so alt, will ich protestieren, aber da sitzt ja keiner, der das Gegenteil eines Kompliments ausgesprochen hat, sondern eine Person, bei der Gedächtnis und Gegenwart nicht mehr synchron laufen.

Mein Vater schaut an mir vorbei, zur Wand, wo – was ich erst jetzt entdecke – Fotos hängen, darunter tatsächlich eines, auf dem ich zu sehen bin, aus der Zeit, als ich ungefähr dreizehn war, also aus dem Jahr, in dem ich Marieluise Benedickt kennengelernt habe. Es ist bei einer dieser vielen Trauerfeiern aufgenommen worden, beziehungsweise vorher, und vor dem Heim, als sich der Tross gerade auf den Weg gemacht hat.

Jemand hat es stark vergrößert, es ist grobkörnig und die Farben stimmen nicht, das Bild ist blau- und rotstichig, aber die Gesichter sind gut zu erkennen. Die Gruppe ist von vorn fotografiert. Ich bin zwischen meinen Eltern in der ersten Reihe zu sehen – dahinter erahnt man die Alten überwiegend nur, die uns folgen. Ein kleiner Junge, ein bisschen schlaksig, unscheinbar, mit kurzen Haaren, die sehr dunkel sind, was für das gesamte Foto gilt. Ich erkenne mich. In meinem Besitz befindet sich kein einziges Foto von mir aus dieser Zeit, ich habe damals nichts dergleichen mitgenommen, aber meine Eltern waren sowieso keine besonders eifrigen Fotografen. Selbst von den wenigen Familienurlauben mag es insgesamt höchstens ein Dutzend Schnappschüsse geben, und alle Fotos, die sie während der gesamten Zeit ihres Zusammenseins gemacht haben, dürften keinen halben Schuhkarton füllen. Da er selbst nicht darauf zu sehen ist, wurde dieses Bild vermutlich von Doktor Pepik Novak gemacht. Ich erinnere mich nicht an den Tag. Was wohl aus Doktor Novak geworden ist?

«Er ist es trotzdem», kommt meine Mutter meinem Vater zu Hilfe. «Er ist inzwischen fast neunundvierzig Jahre alt», ergänzt sie, aber ich fürchte, diese Information ist für meinen Papa nicht besonders zielführend. Sie legt von hinten eine Hand auf meine Schulter, gleich darauf spüre ich, wie sie ihr Gesicht gegen meinen Rücken lehnt. Das ist eine bislang völlig unbekannte Art der Intimität ihrerseits mir gegenüber. «Er war dreißig Jahre weg.»

Mein Vater mustert mich wieder, jetzt interessiert. «Und warum?»

Ich überlege schon, was ich darauf antworten soll, als ich erkenne, wie in ihm etwas geschieht, wie sich abgenutzte und ausgeblichene und verstaubte und teilweise kaputte Puzzleteile zu etwas zusammenfügen, das einem Bild zumindest ähnelt. Sein Blick flackert, er schaut von mir weg, wieder zur Wand, dann zu David, zu meiner Mutter, zum Boden.

«Ach so», sagt er dann. *Ach so.*

«Ich wollte die Welt sehen», lüge ich, um ihn abzulenken. Ich kräusele die Nase, um den sich ankündigenden Tränendrang zu bekämpfen.

Jetzt sieht er mich wieder an. «Die Welt», wiederholt er nickend. Dann dreht er sich zu David.

«Ich bin müde.» Mit diesen Worten schließt er die Augen.

«Wir sollten ihn alleine lassen», sagt meine Mutter und zieht sanft an meiner Schulter.

«Geht ihr schon vor», sage ich. «Ich möchte noch einen Moment hierbleiben.»

David und meine Mutter verschwinden. Mein Vater hat die Augen geschlossen und atmet gleichmäßig.

Ich mache ein paar Schritte im Raum. Das Zimmer sieht anders aus, es ist renoviert worden, aber es ist trotzdem immer noch das Bananenzimmer – der Ort, an dem ich Marieluise Benedickt kennengelernt, mit ihr gesprochen, mich an sie gekuschelt habe, irritiert vom Wunsch, dass mehr geschehen möge, aber auch voller Furcht davor (den ersten Sex hatte ich erst ein Jahrzehnt später, und er war *nicht* gut). Meine Erinnerung daran ist verblüffend plastisch. Ich sehe das kleine Bücherregal, wenn ich zur Wand schaue, wo jetzt Bilder hängen, die meinem Vater dabei helfen sollen, die Verbindung zur Vergangenheit nicht völlig zu verlieren – ich bin mir sicher, dass es bessere Möglichkeiten gäbe, ihm dabei zu helfen, und ich spüre, wie die Wut über die Selbstherrlichkeit meiner Mutter in diesem Augenblick wieder an die Oberfläche kommt.

In dem Regal, das da früher, zu Marieluises Zeiten hing, stand auch ein kleines Schwarzweißfoto von ihrem jüngeren Ich neben einem Jan Friesmann, dessen Gesicht nicht zu sehen war.

Dieses Zimmer ist außerdem der Ort, an dem sie gestorben ist. Vor dem an diesem dunkelsten Tag meines Lebens ein umgedrehter Papierkorb stand. Ob meine Mutter das bei meinem Vater wohl auch machen wird? Plötzlich überflutet mich das Mitgefühl für meinen alten Herrn, der nie sein wahres Leben leben durfte und der inzwischen vermutlich alle Wünsche seiner Jugend vergessen hat. Oder es ist umgekehrt, und alles, woran er noch denken kann, sind diese Bedürfnisse? Ich werde ihn fragen, beschließe ich.

Ich schleiche aus dem Raum, aber mein Vater atmet so gleichmäßig und ruhig, dass ich nicht befürchten muss, ihn zu wecken. Im Flur ist es still, doch aus der Wohnung höre ich die leisen Stimmen von David und meiner Mutter, dazu Geschirrgeklapper. Der Duft frisch gebrühten Kaffees zieht durch die Räume, wodurch er ihnen eine trügerische Behaglichkeit verleiht und den Geruch des kalten Rauchs verdrängt. Ich beschließe, auf den Dachboden zu klettern, wie ich das als Junge oft getan habe, um die Neuankömmlinge als Erster zu sehen – oder einfach so über die Landschaft zu blicken, mit einem Wassereis oder einer Limo in der Hand.

Die Leiter quietscht laut, als ich sie herunterziehe. Ein leicht muffiger Geruch weht entgegen, der seltsam warm ist. Es sieht dort oben unverändert aus, und unberührt. Vielleicht bin ich, vom Schornsteinfeger abgesehen, der erste Mensch, der seit mehr als drei Jahrzehnten diesen großen Raum betritt, der sich über die gesamte Länge des Heims erstreckt. Niemand ist auf die Idee gekommen, einen Fußboden oder gar Wände im Dachgeschoss einzuziehen, nach wie vor liegen nur Bretter quer über den Dachbalken, über die man vorsichtig klettern muss, um eines der Dachfenster zu erreichen. Als Erwachsener kann man sich unmöglich in den Fensterrahmen setzen, aber das Fenster öffnet sich immerhin, wenn auch etwas widerstrebend und mit lautem Knarren. Frühlingsduft umfängt mich, frische Mettinger Luft, vermutlich sauberer als damals, als man noch keine Filter in Fabrikschornsteine einbaute und praktisch alles einfach in die Flüsse kippte, was man nicht mehr brauchte und was zufällig auch flüssig war. Vermutlich kann man heutzutage ganzjährig im Mettinger Fließ baden, selbst wenn sich im Spätsommer die Fließrichtung umkehrt und der Pfeil in Richtung Quelle weist. Ich meine, irgendwo gelesen zu haben, dass die Elbe inzwischen Badequalität hat. Vielleicht gibt es das Mettinger Fließ aber auch längst nicht mehr, weil man die Fläche für irgendeine Baumaßnahme gebraucht hat.

Die Getreidefelder jedenfalls sind verschwunden. Nur ein paar Flecken Wiese, auf denen sich jetzt grüngelb der Frühling präsentiert, sind zwischen den besiedelten Flächen übriggeblieben. Die Einkaufszone wertet den Ausblick nicht unbedingt auf, aber besonders hässlich ist das Areal mit seinen flachen Zweckbauten auch nicht, eher belanglos und nichtssagend – aber die Aussicht früher war definitiv schöner. Es gibt jetzt allerdings deutlich mehr Verkehr.

Ich erinnere mich gerne an den gelblichen Schimmer der Felder im Spätsommer, an die Wärme, an das Gefühl von

Weite, von *Möglichkeiten*, an den amüsanten Anblick des nutzlosen Kreisverkehrs, der jetzt immerhin zu fünfundsiebzig Prozent nützlich ist, an die Schornsteine der Hazag, von denen einer fortwährend grauen Qualm in den Himmel entließ, vermutlich reich an Schadstoffen, die den Leuten schlicht egal waren: Müll übergab man der Natur, das war einfach so.

Ich hätte gerne ein Wassereis.

Ein Krankenwagen kommt von der Stadt her und fährt in den Kreisverkehr ein, und in diesem Augenblick ist die Szenerie wirklich wie damals. Ich erwarte, nein, ich bin sicher, dass der Krankenwagen beim Ausfahren seine Richtung beibehalten wird, also auf dem Weg zu uns ist, um einen neuen Bewohner zu bringen. Meine Kopfhaut kribbelt vor Aufregung, eine Gänsehaut deutet sich an. Aber dieser Krankenwagen ist vom Roten Kreuz und fährt mit Blaulicht, was bei keinem der Krankentransporter von «Heidetransporte Metting» je der Fall war, obwohl es blaue und damals noch wirklich runde Rundumlichter auf ihren Dächern gab. Als er den Kreisverkehr fast zur Hälfte durchfahren hat, also daraus ausscheren müsste, um zu uns zu kommen, schaltet der Fahrer das Martinshorn dazu. Der Klang holt mich in die Gegenwart zurück. Der Rettungswagen fährt weiter und biegt dann nach einem Dreiviertelkreis in Richtung Einkaufszentrum ab; vielleicht hat jemand einen Herzkasper bekommen, als er an der Baumarktkasse den Zahlbetrag genannt bekam. Ich schließe das Fenster.

Irgendwoher höre ich Stimmen, die mich endgültig in die Jetztzeit zurückholen; meine Mutter ruft nach mir. Ich klettere die Dachbodenleiter hinunter.

Meine Mutter, die wie eine Oma aussieht, sitzt neben mir auf der Couch, sie sucht meine Nähe, was sie früher nie getan hat. Wir trinken Kaffee, im Wohnzimmer, das überraschend modern aussieht. Da steht ein relativ neuer Flachbildfernseher, die Couchgarnitur ist auch noch nicht so alt, und auf einem Beistelltischchen präsentiert sich ein aufgeklappter Laptop. Neben dem Fernseher steht eine würfelförmige Kompaktanlage, daneben liegt ein kleiner Stapel CDs. Ich kann den Namen «Elvis» mehrfach lesen. Früher haben meine Eltern meiner Erinnerung nach nie Musik gehört, es sei denn, es lief eine Musiksendung im Fernsehen. Jetzt hört meine Mutter Elvis-CDs. Dieser Gedanke lässt etwas in mir klingeln, aber ich weiß nicht, was es ist.

David sitzt bei uns und trinkt laut schlürfend aus einem großen Kaffeetopf, auf dem in roten Großbuchstaben PFLEGER steht – ein Wort, das ich mit F schreiben würde, immer noch. Seine Füße sind neben dem gläsernen Couchtisch ausgestreckt, er ist barfuß in den Birkenstocks. Er trägt also nach wie vor keine Socken. Seine Füße sehen ... *verwittert* aus. Die Zehennägel – die an den großen Zehen haben den Durchmesser von Tesafilmrollen – sind brüchig und an den Rändern graubraun, als würde er mit den Füßen rauchen.

«Was hast du all die Jahre gemacht?», fragt meine Mutter. Es schwingt kein Vorwurf mit, den ich auch nicht dulden würde. Überhaupt muss ich an mir feststellen, dass ich nicht das Gefühl habe, hier in der schwächeren Position zu sein, falls es um so etwas gehen sollte.

Ich gebe eine kurze Zusammenfassung, nenne die Städte, meinen Ausbildungsweg, die Buchhandlungen, in denen ich gearbeitet habe. Ich erzähle, dass ich gerade aus Hamburg komme, wo ich offiziell noch wohne. Der Kaffee schmeckt gut. Ich habe noch nie Kaffee mit meiner Mutter getrunken, wird mir bewusst. Ich hätte mit achtzehn Kaffee trinken dürfen, aber an meinem achtzehnten Geburtstag bin ich von hier fortgezogen. Damals hat man Kinder in geschlossenen Räumen bedenkenlos mit Tabakqualm eingenebelt, aber Kaffee – den *Türkentrank*, wie er in einem Kinderlied genannt wurde, das wir in der Schule als Kanon gelernt haben – hielt man zu gefährlich für Minderjährige.

«Und die Liebe?», fragt sie. Sie hat ihre linke Hand auf meinen Oberschenkel gelegt.

«Ich habe ein paar Beziehungen hinter mir. Meine derzeitige Freundin und ich haben uns heute Morgen getrennt, weil sie nach Oslo geht.» Es ist seltsam, das zu erzählen. «Sie heißt Matilde.» Ich ziehe das Telefon aus der Tasche und finde nach einiger Sucherei ein Foto von ihr, das sie in vorteilhafter Weise zeigt, obwohl mir das egal sein könnte. Matti ist nicht sehr fotogen, sie zieht eine Grimasse, auch wenn sie das Wort «Foto» nur irgendwo liest.

«Nett», sagt meine Mutter, aber sie hat höchstens eine Zehntelsekunde lang auf das Display geschaut.

«Was ist aus Papas Modelleisenbahn geworden?», frage ich.

«Sie ist da, wo sie immer war.»

Ich bin verblüfft. «Wie meinst du das?»

«Sie steht in deinem Zimmer. Nur hat Gerald nie wieder mit ihr gespielt.»

«Weil du es ihm verboten hast.»

Sie nickt vorsichtig und zieht die Hand von meinem Oberschenkel. Ich spüre die Wut von damals wieder in mir aufsteigen.

«Das war immer deine bevorzugte Erziehungsmethode. Nein, deine einzige. *Sanktionen.*»

David stellt die Kaffeetasse ab, steht auf und verlässt wortlos das Wohnzimmer, begleitet vom Geräusch seiner monstergroßen Schlappen. Von hinten sieht er aus wie ein Troll.

Meine Mutter antwortet nicht gleich. Sie faltet die Hände und schiebt sie zwischen ihre eigenen Oberschenkel, betrachtet ihre altersfleckigen Arme und nickt dabei, aber zaghaft, dass es kaum als Nicken zu erkennen ist.

«Ich habe das so gelernt. Wer nicht gehorcht, der wird bestraft.»

«Nur weil man etwas *so gelernt* hat, heißt das nicht, dass man auf ewig so handeln muss, denn der Lehrer kann unrecht gehabt haben. Man darf sich ändern. Das ist erlaubt. Die Welt ändert sich ja auch.»

«Das sagt sich so leicht.»

«Ja, und *aus Schaden wird man klug.*» Ich schnaufe. «So ein Blödsinn.»

Sie sagt nichts und schaut wieder auf ihre Unterarme. Vielleicht zählt sie die Flecken.

«Bist du denn nie auf die Idee gekommen, dass es ihm guttun könnte, mit der Bahn zu spielen?»

Sie sieht mich irritiert an. «Warum sollte es das? Er ist ein alter, kranker Mann.»

«Er ist immer noch derselbe *Mensch*», erwidere ich, etwas zu laut. «Er wird sich möglicherweise besser fühlen, wenn er Dinge tun kann, die ihm früher etwas bedeutet haben.»

«Meinst du?», fragt sie, aber es ist eine rein rhetorische Frage. Sie weiß, dass die Eisenbahn meinem Vater guttun würde, aber sie hat sie ihm verweigert, weil ihre Paradigmen unumstößlich sind. Sogar dann, wenn das Gegenüber dement ist und es überhaupt nicht auskosten könnte, wenn einer ihrer Grundsätze widerlegt wird.

«Was ist mit dem Wurstwasser?», frage ich, ohne auf ihre Gegenfrage einzugehen.

«Mit dem *was*?»

«Komm schon. Mit dem Wurstwasser. Das hat er damals geliebt, und dann hast du ihm auch das verboten.» Ich erinnere mich an sein Gesicht, wenn er in jener Phase am Abendbrottisch saß und sich suchend nach seiner persönlichen Delikatesse umgeschaut hat.

«Dieses widerliche Zeug.»

«Aber er hat es *geliebt*. Und du hast extra Gerichte mit Würstchen gekocht, damit er das haben konnte. Bis dann diese Sache mit Jürgen passiert ist.»

«Jürgen», wiederholt sie leise.

«Hast du von dem je wieder gehört?»

Meine Mutter schüttelt nur den Kopf. Sie sieht so traurig aus, dass sie mir eigentlich leidtun müsste, aber mein Mitgefühl konzentriert sich ausschließlich auf den alten Mann im Bananenzimmer.

«Ich muss jetzt los», sage ich. Sie greift nach meiner Hand. «Keine Sorge, ich bleibe erst einmal in Metting», ergänze ich. Meine Mutter nickt und lässt meine Hand los. Jetzt tut sie mir doch leid. Ich hatte mir eigentlich fest vorgenommen, sie darauf anzusprechen, wie beharrlich sie mir damals den Weg versperrt hat, wie schmerzhaft es für mich war, erst auf die Idiotenschule zu müssen, dann für ein paar Monate Hoffnung zu schöpfen, um am Ende im Fabrikdreck der Hazag zu landen. Wir schwer es mir gefallen ist, alles hinter mir zu lassen, und wie leicht sie mir das trotzdem gemacht hat. Von der Wut von damals ist ein kleiner Rest übrig. Aber es würde nichts bringen, sie damit zu konfrontieren, und außerdem hat sie unter dem Verlust gelitten, das steht ohne Zweifel fest. Ein Verlust, der ihre Schuld war.

Auf dem Weg nach draußen – sie bleibt im Wohnzimmer – gehe ich an meinem früheren Zimmer vorbei. Sie haben wirklich absolut nichts verändert, es sieht wie an jenem Tag aus, als ich achtzehn Jahre alt wurde und Metting verlassen habe. Ein grauer Schleier liegt über den Gegenständen – meiner französischen Liege, meinem Schreibtisch, dem niedrigen Raumteiler, der Eisenbahnanlage –, aber das ist auch der einzige Unterschied. Es ist ein bisschen gruselig. Ich bin gleichzeitig gerührt und böse auf dieses Festhalten an der Vergangenheit. Der Anblick ist nicht leicht zu ertragen. Ich stehe an der Tür und habe das Gefühl, ich müsste nur einen Schritt hinein in dieses viel zu große, viel zu dunkle Zimmer machen, um die Uhr zurückdrehen zu können. Was ich nicht will.

Als ich draußen aufs Fahrrad steige, sehe ich, dass sich ein Gewitter ankündigt. Es ist noch wärmer geworden, auf unheimliche Weise windstill, und der Himmel ist graublau.

«Heybey, Tobom», ruft David hinter mir, als ich schon ein paar Meter vom Heim entfernt bin.

«Heybey, Dabavibid», antworte ich und halte an. Er kommt angelatscht.

«Sei nicht zu hart zu ihr, sie meint es nicht böse.»

«Hmm», mache ich. «Sie meint vielleicht nicht böse, was sie tut, aber sie meint ein bisschen böse, was sie *nicht* tut. Und nicht getan hat.»

«Sie kommt aus einer Generation ...», beginnt er, aber er

stoppt, als ich eine Hand vom Lenker hebe und damit in der Luft herumwedle.

«Ich kenne dieses Argument, aber ich kann es nicht akzeptieren. Auch Ingeborg Lebesanft hätte mal etwas in Frage stellen können, aber dieser Gedanke ist ihr einfach fremd. Nein, er ist ihr nicht fremd, sie lehnt ihn ab. Sie findet es bequemer, ihn nicht zu denken.»

«Was ich sagen will», er lächelt schief, «gib ihr eine Chance.»

«Ich wäre nicht hier, wenn das nicht meine Absicht wäre.» Ist das wirklich so?

Wir schweigen uns lächelnd an, er mit dem Heim als Hintergrund, wobei mir eine Frage einfällt. «Was ist eigentlich mit dem Besitzer?» Ich nicke in Richtung Haus. Es sieht wirklich noch genau aus wie früher. Nur das Auto davor ist kein Polo mehr, sondern ein Fiat Panda, wenn ich das richtig erkenne. Das Logo darauf ist das gleiche.

«Wie meinst du das?»

«Na ja, das Altenheim wird jetzt endgültig geschlossen. Es muss doch einen Eigentümer geben. Einen Nutzungsvertrag, so was. Irgendjemanden, der sich um die weitere Verwendung kümmert, der das alles, keine Ahnung, irgendwie abrechnet.»

«Nein, das Haus gehört deinen Eltern. Es hat ihnen schon immer gehört.»

«Oh.» Damit hätte ich nicht gerechnet.

Es donnert. Wir schauen beide zum Himmel.

«Soll ich dich fahren?», schlägt er vor.

«Nein», sage ich energisch. «*Das* lasse ich mir nicht entgehen.»

Ich bin kurz vor dem Kreisverkehr, als der Platzregen losbricht. Aber diesmal mache ich nicht kehrt wie damals bei dem Gewitter, vor dem ich geflüchtet bin, um dann meinen Vater beim Sex mit Jockel zu erwischen. Alles wäre anders gekommen, wenn ich diese Entscheidung seinerzeit nicht getroffen hätte, wenn ich zu Filip weitergeradelt wäre, um mit ihm, nass bis auf die Schlüpfer, über *Das Sternennetz* von Bob M. Feinten zu sprechen, während wir heißen Kakao getrunken hätten, den Mojca, seine Mutter für uns gekocht hätte, um anschließend im Wäldchen hinter der Mettinger Kuppe eine Höhle oder kleine Staudämme für das Regenwasser zu bauen oder Feldmäuse zu jagen.

Vielleicht wäre es auf andere Weise herausgekommen, überlege ich. Die Dinge treten zutage, so oder so, denn das ist das Wesen der Dinge, und ich habe nichts getan, was ich mir vorzuwerfen hätte, bis auf diese unbedachten Worte Doktor Pepik Novak gegenüber möglicherweise. Aber da war ich dreizehn, also noch ein Kind.

Pepik Novak, der Elvis-Fan. Ich muss fast lachen, als mir das endlich einfällt, während Sturzbäche überraschend kalten Regenwassers aus meinen Haaren über mein Gesicht und unter meine Klamotten laufen. Etwas in mir hatte damals schon geahnt, dass er meine Mutter interessant findet. Aber – kann das sein? Der grinsende, große Arzt und meine Mutter? Andererseits konnte vieles sein, das ich nie für möglich gehalten hätte. Ich drehe mich nach rechts und werfe einen Blick auf den Turm der Kirche von Metting-Hasenhügel, den ich kaum erkennen kann, weil mir das Wasser in die Augen läuft.

6.

AM Mettinger Schmiss gibt es eine Pizzeria; es ist die einzige in dieser Gegend, erklärt mir eine kleine Innenstadtkarte, die sich aus dem Metting-Prospekt ausklappen lässt, in dem außerdem das Foto von Harald Schippkow zu sehen ist. Oder es ist die einzige Pizzeria, deren Besitzer dafür bezahlt hat, in dieser Karte erwähnt zu werden. Ich rufe dort an, um für den Abend einen Tisch zu reservieren, was die junge Frau am Telefon vernehmlich verblüfft. Ich solle einfach kommen, erklärt sie; freie Plätze an einem Dienstagabend seien bei ihnen nie ein Problem. *Aber beim Marketing ist noch Luft nach oben*, denke ich, während die Dame das Gespräch ihrerseits bereits beendet hat, ohne meinen Namen zu erfragen.

Ich lege das Telefon und den Prospekt auf das Tischchen neben der Badewanne und schnappe mir das Buch, das ich auf Empfehlung von Regina derzeit lese und von dem ich noch die letzten paar Seiten vor mir habe. Es heißt *Der Blick nach unten* und der Autor ist ein Australier namens David Giffroy. Ein Sachbuch. Ich lese zwar lieber Romane, aber auf Reginas Empfehlungen ist meistens Verlass, und von diesem Text hat sie nachgerade geschwärmt. Der Autor erzählt davon, wie er im Alter von zweiundzwanzig Jahren am Grab seiner Eltern steht, die einige Tage zuvor bei einem Ballonabsturz ums Leben gekommen sind. Die Mutter war vierzig, der Vater einundvierzig – er ist jetzt ungefähr so alt, wie sie bei seiner Zeugung waren. Der Sohn schaut auf ihre Särge – das ist die eine Variante des titelgebenden Blicks nach unten. Die andere stellt sich der Autor vor: Wie seine toten Eltern jetzt von oben auf ihn herabschauen und beobachten, was er tut und was in ihm vorgeht. Sie würden ihm gerne helfen, ihn unterstützen, ihn aktiv aus der tiefen Trauer und dem endlosen Zweifel herausführen, aber sie können nicht, weil es keine Verbindung aus dem Dort ins Hier gibt. Das ist mir alles ein bisschen zu esoterisch (esoterisch ist ein Synonym für *erfunden*), aber wenn man es nur metaphorisch nimmt, hat diese exzellent geschriebene autobiographische Erzählung vieles, was für sie spricht. Sie ist sehr einfühlsam und mitreißend erzählt. Es geht ums Abschiednehmen, um Verlust, um das Loslassen. Um die *Normalität* dieses Vorgangs, aber auch um seine Brutalität und Endgültigkeit. Das Buch hat nur hundertfünfzig großzügig gesetzte Seiten, doch weil mich meine Legasthenie immer noch ausbremst, brauche ich selbst dafür eine ganze Weile. Aber das ist in Ordnung, die Störung gibt, wie ich finde, meine perfekte Lesegeschwindigkeit vor: Die Bücher haben ausreichend Zeit, in mich einzudringen, ich genieße sie im Tempo meiner Leselangsamkeit. Marieluise Benedickt hat versucht, ihre persönliche Geschwindigkeit zu finden, indem sie die Schlagzahl erhöht hat, und sie hat sich einen Turbo mit Nachbrenner zugelegt, weil sie dachte, dass es um mehr, um höhere Geschwindigkeiten gehen müsse. In die andere Richtung hat sie nicht geschaut. Auch sehr kluge Menschen können sich irren.

Ich bin mit dem Buch durch, kurz bevor das Badewasser zu kalt wird. Der Abschied, von dem Giffroy erzählt, zerreißt den jungen Mann. Aber es gelingt ihm auch, Kraft zu schöpfen, Zuversicht zu finden und aus dem Gefühl des Verlassenseins eines zu machen, das ihm Stärke verleiht, während er die Traurigkeit keinesfalls völlig ablegt. Das Ganze ist aber kein Ratgeber, kein Buch, das anderen einen Weg aufzeigen soll. Gerade das macht es so gut, und ich bin ein bisschen wehmütig, als ich es jetzt zuklappe. Der Vorgang des Loslassens steht mir noch bevor. Ich habe ihn hinter mir, bei einer Person, die ich sehr geliebt habe, und auch wenn ich da schon viel über den Tod wusste, weil ich von ihm umgeben war, war ich doch ein Kind. Ich bin, was die Zukunft anbetrifft, David Giffroy gegenüber im Vorteil, denn es wird mit meinen Eltern nicht ganz so überraschend kommen wie bei ihm. Andererseits – macht das wirklich einen Unterschied? Hat die *Art* des Verlusts überhaupt etwas damit zu tun, wie es sich anfühlt? Bei Marieluise Benedickt war es wie ein Frontalcrash bei hoher Geschwindigkeit. Tut es weniger weh, wenn man die Mauer vorher in weiter Ferne sieht, auf die man zurast? Wird es mir bei meinen Eltern überhaupt auf diese Weise weh tun? Ich bin immerhin drei Jahrzehnte lang klargekommen, ohne zu wissen, ob sie noch am Leben sind.

Während meine Haare trocknen, studiere ich zwei weitere Broschüren, die auf dem kleinen Schreibtisch ausliegen. Sie werben für offenbar sehr ähnliche Projekte, die unterschiedlich heißen. Das eine trägt den etwas sperrigen Namen «Metting in Nachbarschaftlichkeit zusammen erleben», der ohne Zweifel nur gewählt wurde, um die Abkürzung MINZE zu ergeben, aber beim anderen verhält es sich ähnlich: «Zusammen in Metting tolerant» – kurz ZIMT – wirbt, wie MINZE, für einen ehrenamtlichen Verein, der es sich zur Aufgabe gemacht hat, Rassismus und Fremdenfeindlichkeit an der Wurzel zu bekämpfen. Die für Minze und Zimt tätigen Ehrenamtler (ich finde nicht heraus, ob sie sich selbst Minzer oder Zimter nennen) besuchen zu diesem Zweck Schulen, Vereine und Firmen, halten Vorträge, führen in «fremde» Kulturen ein, helfen bei der Organisation von integrations- und kommunikationsfördernden Veranstaltungen und sogenannten «Toleranzreisen»; dieser Terminus wird von beiden Vereinen verwendet. Die Sprache der Flyer ist anstrengend. Gemeinsam ist ihnen auch der Schirmherr, der jeweils mit – unterschiedlichem – Foto und – unterschiedlicher – Grußbotschaft vertreten ist, nämlich mein früherer Nachhilfelehrer und derzeitiger Mettinger Bürgermeister Harald Schippkow. Es scheint, als hätte Metting immer noch ein Problem mit Leuten, die nicht aus Metting stammen. Wenn gleich zwei Vereine in der gleichen Sache unterwegs sind, wird es kein kleines Problem sein. Was die Vereinsleute wohl davon halten würden, wenn sie wüssten, wie es früher im Haus der Schippkows ausgesehen hat? Ich sehe die große Karte des Deutschen Reichs vor meinem geistigen Auge. Vielleicht hängt sie ja immer noch da, in diesem schwerhölzernen Foyer. Vielleicht *wissen* sie es sogar. Möglich wäre das.

Als ich den Gastraum der Pizzeria betrete, wird mir klar, warum Reservierungen in diesem Restaurant nicht nötig sind. Ich wette, selbst am Wochenende und an Abenden vor Feiertagen, wenn man in den größeren Städten nur essen gehen kann, weil man Jahre vorher einen Tisch optioniert hat, wird im «Ristorante da Mario» etwas frei sein. Es sieht hier einfach fürchterlich aus, als hätte man das Gegenteil von «Ambiente» und «Gemütlichkeit» zu versinnbildlichen versucht. Kein Tisch passt zu den Stühlen oder zu einem anderen Tisch, auf denen zu klein geratene, verblasste rot-weiß karierte Deckchen liegen. Vom Gelsenkirchener Barock bis zur Standardpizzeria aus den frühen Achtzigern – hier findet sich alles. Als hätte der Besitzer zwanzigmal gewechselt, aber jeder hat nur etwas dazugetan, statt etwas vom Alten wegzunehmen oder auszutauschen. Die Drucke an den Wänden sind zu hellblaurosafarbenen Aquarellen verblichen. Mit Mühe erkennt man Rom, Capri, Neapel und Sizilien. Die Wände sind grau, also entweder schmutzig oder seit Jahrzehnten nicht gestrichen oder beides. Dazu riecht es nach diesem Käse, den man mir schon lange nicht mehr in einem Restaurant auf die Pasta verklappt hat, und der, wenn ich nicht rechtzeitig eingeschritten bin und ihn trotzdem bekam, einen fast unüberwindlichen Würgereiz ausgelöst hat. *Kotzekäse.*

Als ich mich vor der jungen und recht hübschen Frau aufstelle, die hier offenbar bedient und mit der ich anscheinend auch telefoniert habe, betrachtet sie mich eine Weile, ohne etwas zu sagen, bis ihr aufgeht, dass ich darauf warte, einen Tisch zugewiesen zu bekommen. Es sind nur vier andere Gäste da – zwei Paare in den Fünfzigern, die im schummrigen Licht der völlig unglaublichen Hängelampen sitzen und auf die Speisekarten starren. Der Laden hat achtzig, neunzig Plätze, schätze ich.

«So funktioniert das hier nicht», sagt sie lächelnd. «Setzen Sie sich einfach irgendwohin. Wo Sie möchten.»

Ich setze mich ans Fenster und schaue hinaus. Es war einer

der Gründe, warum ich mich für diese Pizzeria entschieden habe, dass sich das Kunstatelier auf der anderen Straßenseite befindet, schließlich war ich erst gestern italienisch essen. Das Atelier heißt «Filip». *Das* war der Treffer, den ich für «Metting» in Kombination mit «Filip» ergoogelt hatte. Mein Telefon summt, während ich das denke. Matti hat mir eine SMS geschickt. *Schau mal hier*, steht da, wieder gefolgt vom Kleiner-als kombiniert mit der Drei, danach ein Link auf eine Videodatei, die sich auf ihrem Server befindet. Ich müsste ein Internetcafé finden, wo ich mir das Video anschauen kann. Das Telefon summt abermals. *Sorry, dumme Beziehungsroutine*, schreibt sie, und dieses Mal endet die Nachricht mit einem Semikolon und der sich schließenden Klammer. Dumm fand ich das eigentlich nie.

Der Name «Filip» über dem Schaufenster ist aus Messingrohren geformt und von hinten beleuchtet, sodass sie golden leuchten, was wirklich schick aussieht – fast etwas zu schick für diesen hinteren Teil des Mettinger Schmiss, wo ein paar Läden leer stehen, während sich in den anderen Filialen von Textildiscountern, Drogeriemärkten und Telefonshops befinden. Es gibt sogar eine Spielhalle hier, aber auch einen Knopfladen, was mich rührt. Unter dem «Filip» steht, aus kleineren Rohren geformt und in kleinerer Schrift, «Kunsthandwerk». Ich würde mittelwichtige Körperteile darauf verwetten, dass Melina diese Schrift gemacht hat. Dass ihr dieses Atelier gehört.

Ich trinke ein Bier und esse eine Pizza, die überraschend gut schmeckt, und außerdem füllt sich das Ristorante da Mario mit der Zeit etwa zur Hälfte. Es geht auf zwanzig Uhr zu. Ich trinke noch ein Bier, bestelle Tiramisu und einen Espresso, und als ich gerade den wohlschmeckenden ersten Bissen der Nachspeise herunterschlucke, öffnet sich zum ersten Mal, seit ich hier bin, die Tür des Ateliers und drei Personen kommen heraus. Die kleine Gruppe besteht aus einem schwarzhaarigen Jungen im frühen Oberschulalter, einem kompakten, glatzköpfigen alten Mann und einer schlanken, langhaarigen Frau, die in den Vierzigern ist. Der Junge geht bis zum Rand des Bürgersteigs und schaut sich leicht vorgebeugt sorgfältig um – links, rechts und noch mal links –, dann rennt er über die Straße und wartet auf der anderen Seite auf den Rest der Gruppe. Als er quasi auf mich zugerannt kam, ist mir beinahe das Herz stehengeblieben, denn der Junge sieht aus wie Filip. Er sieht ihm nicht einfach nur ähnlich, meinem damaligen Freund, sondern er sieht aus, als wäre er dieselbe Person. Als hätte jemand meine Erinnerungen verfilmt und würde diesen Film jetzt auf die Fensterscheibe projizieren. *So muss es sich ständig im Kopf meines Vaters anfühlen*, ist einer der vielen Gedanken, die in meinem Kopf rotieren. Als gäbe es keinen Zeitunterschied zwischen Gegenwart und Vergangenheit.

«Schmeckt's nicht?», fragt die Kellnerin, die plötzlich neben mir aufgetaucht ist. Sie sieht mich besorgt an.

«Nein, alles bestens», versichere ich ihr lächelnd und schaue gleich wieder zum Fenster. Melina und ihr *Vater* kommen über die Straße. Nicht zu fassen, aber es gibt keinen Zweifel. Ich kann die Narbe auf seinem Kopf deutlich erkennen, vor allem jetzt, als sich der gealterte Mann zum Jungen hinunterbeugt und etwas sagt, das das Kind zum Lachen bringt. Melina holt eine Schachtel Zigaretten aus der Handtasche, zündet sich eine an, inhaliert genussvoll, schließt dabei sogar kurz die Augen. Sie belohnt sich für den Tag, und es macht den

Eindruck, als hätte sie es sich verdient. Der Junge und Melinas Vater verschwinden nach rechts aus meinem Blickfeld. Kurz darauf öffnet sich die Tür des Restaurants. Die beiden halten auf einen Tisch in der Nähe des Tresens zu, ganz selbstverständlich, als kämen sie täglich hierher, was also wahrscheinlich der Fall ist. Melina raucht währenddessen, völlig entspannt, nachgerade glücklich. Wie ist das möglich? Welche Kraft im Universum hat für diese Konstellation gesorgt? Für dieses harmonische Zusammenleben mit einem Mann, der ihr Gesicht auf eine heiße Herdplatte gedrückt hat, als sie ein Säugling war, und der meinem besten Freund brutal ein blaues Auge verpasst hat? Der die Ursache dafür war, dass ich mit dreizehn Jahren alleine dastand, ohne Filip, das Mathegenie, meinen Blutsbruder, meinen Seelenverwandten, Co-Eisstielskulpturarchitekten und Helden.

Ferdinand und der Junge sitzen an ihrem Tisch und lachen miteinander. Die Kellnerin bringt eine große Cola und ein Glas Wasser für Enkel und Großvater, außerdem ein Glas Wein, das sie offenbar für Melina hinstellt; die drei sind ohne Zweifel Stammgäste. Der Junge zieht sofort den Strohhalm zu sich und saugt das Glas mit der Cola zur Hälfte leer. Ich schaue wieder zu ihr, zur großen Schwester meines besten Freundes, die gerade die Zigarette mit ihrem Pumps austritt, was sie sehr elegant tut. Sie könnte hier drinnen rauchen, auf allen Tischen stehen Aschenbecher, und einige Gäste saugen soeben an ihren Dessertzigaretten, aber Melina zieht es vor, das draußen zu tun. Das gefällt mir. *Sie* gefällt mir. Nicht auf die Weise, die zu einem Ja auf ihrem Zettel von damals führen würde, sondern auf eine andere, die ebenfalls sehr schön ist. Es macht mich glücklich, sie zu sehen.

Das Mal auf der Wange ist noch zu erkennen, aber es ist verblasst oder es ist behandelt worden, jedenfalls ist es nicht mehr so deutlich zu sehen wie damals. Oder in meiner Erinnerung. Auch sie ist älter geworden, hat Fältchen und vereinzelte helle Strähnen im Haar, aber sie hat nicht an Attraktivität und an Ausstrahlung verloren. Plötzlich ist mein Denken vom schlechten Gewissen wegen dieses blöden Zettels beherrscht, den ich immerhin nie beantwortet habe. Das ist absurd und völlig überflüssig, wahrscheinlich erinnert sie sich selbst überhaupt nicht daran, aber ich kann mit einem Mal an nichts anderes mehr denken. Bis ich mich ein wenig dadurch beruhige, dass schließlich sie es war, die damals abgehauen ist, was den offiziellen Hauptgrund dafür darstellte, warum ich ihr nie antworten konnte. Von der Tatsache abgesehen, dass ich höflich, aber bestimmt hätte «Nein, danke» sagen müssen. Wovor ich mich auch aktiv gedrückt habe. Inoffiziell.

Wie seltsam präsent all diese Erinnerungen sind.

Jetzt holt Melina ein Telefon aus der Handtasche, prüft offenbar ihre Kurznachrichten, und auch dabei lächelt sie wie jemand, der gerade einen Heiratsantrag von jemandem bekommen hat, den der Antragsempfänger ausgesprochen gerne heiraten würde. Ab und zu schaut sie direkt zu mir, zum Fenster, hinter dem ich sitze, aber der Gardineneffekt verhindert, dass sie mich sehen oder erkennen kann. Auch die Stores vor den Fenstern sehen aus wie Hinterlassenschaften früherer Betreiber, aber das Essen war wirklich gut.

Während ich mich frage, wo der Vater des Jungen ist, betritt sie das Restaurant und geht genauso zielstrebig auf den Tisch am Tresen zu, wie das der Rest ihrer kleinen Familie vorhin getan hat. Der kleine Junge umarmt sie herzlich, als hätten sie sich lange nicht gesehen, und ich bin kurz eifersüchtig auf die Kindheit dieses Jungen. Melina lächelt wieder oder noch immer, setzt sich, prostet ihrem Vater freundlich zu, nickt zur Kellnerin einen Gruß und nippt an ihrem Weinglas. Dabei sieht sie sich im Restaurant um, ihr Blick streift mich kurz, der ich vermutlich wie ein Stier dreinschaue, der just in diesem Augenblick vom Bauern entsamt wird, dann dreht sie sich wieder zu ihren Leuten um. Es dauert ein, zwei Sekunden, wie im Film. Melina stellt ihr Glas ab, drückt die Schultern durch, legt den Kopf in den Nacken und schaut zur Decke. Dann steht sie auf, fixiert mich und kommt sicheren Schrittes auf mich zu. Sie lächelt nicht mehr, aber sie schaut auch nicht böse. Sie nimmt meinen Anblick in sich auf, prüft mich.

«Tomás», stellt sie fest und nimmt mir gegenüber Platz. «Endlich.»

«Melina», bringe ich heraus. «Du siehst toll aus.»

«Du hast dich auch ganz gut gehalten. Ich hätte dich sofort erkannt, wenn ich erwartet hätte, dich hier zu sehen.» Sie mustert mich weiter. Sie ist ein bisschen sauer, aber sie freut sich auch, das bekommt sie nicht aus ihrer Mimik getilgt. Und sie gibt dem nach. Sie ist augenscheinlich zu jemandem geworden, der lieber fröhlich als irgendwie negativ gestimmt ist, aber eigentlich war sie das damals schon. Melina legt ihre rechte Hand auf meine linke Hand. «Wow, es ist so schön, dich zu sehen.» Jetzt strahlt sie mich an. «Endlich», wiederholt sie.

«Dito», bringe ich heraus. Es ist *wirklich* schön, sie zu sehen. Ich schaue zum Tisch, wo ihr Sohn, wie ich annehme, und ihr gewalttätiger Vater sitzen, die beide zu uns hersehen. «Aber das da musst du mir erklären.»

Sie nickt. «Ich glaube, es gibt *einiges* zu erklären. Kommst du an unseren Tisch?»

«Gerne», sage ich ehrlich und ergänze im Aufstehen: «Kann es sein, dass ich Filip gesehen habe, heute Mittag, im Zug hierher?»

Melina nickt wieder und schaut dann auf die Armbanduhr. «Er kommt auch noch, in ungefähr anderthalb Stunden.»

«Wenn man die Dinge nur von einer Seite betrachtet, sieht man nun mal nie das Ganze», sagt Melina und nippt am Wein. Es passt zu meinem Bild von ihr, dass sie Weintrinkerin geworden ist. «Jedenfalls findet man die Wahrheit auf diese Weise nicht», ergänzt sie.

Ich nicke. Die Worte kommen mir bekannt vor. Etwas Ähnliches hat Marieluise Benedickt damals ebenfalls zu mir gesagt, und sogar in recht ähnlichen Worten.

«Und ich dachte mir, dass ich den Mut aufbringen müsste, nicht mehr davonzulaufen», fährt Melina fort. «Es gehört nämlich Mut dazu, das zu tun. Also nicht mehr fortzulaufen. Sich den Dingen zu stellen, obwohl man sie schon seit Jahrzehnten ertragen muss.» Sie schaut sich um, nimmt dann die Hand ihres Vaters und drückt sie, was dieser mit einem dankbaren Lächeln quittiert. «Außerdem bin ich gerne hier, wirklich. Metting ist meine Heimat. Ich bin hier groß geworden, und anderswo ist es auch kaum anders. Heimat ist nicht nur da, wo die Lieben sind, sondern auch der Ort, der die eigene Geschichte verkörpert. Mit dem man Erinnerungen verbindet. Der einen geformt hat.»

Ich hebe eine Augenbraue.

Melina sieht mich die ganze Zeit an, als wäre ich eine Erscheinung, aber eine positive. «Unterm Strich jedenfalls.» Sie lacht fröhlich, und ich bewundere weiter, wie unfassbar entspannt sie wirkt. Ferdinand bestellt eine Runde Amaretto für uns und noch eine Cola für den kleinen Mann.

Er heißt Thomas, was mich erst rührt – bis ich erfahre, dass der Vater des leiblichen Vaters so hieß und dass dieser leibliche Vater auf dem Namen bestanden hat, bevor er sich selbst abgesetzt hat, vor acht Jahren. Thomas, der sich an seinen Vater nicht erinnert, aber auch keinen Ersatzvater hat, wird Thommy genannt. Er ist zwölf, er futtert Pasta wie ein Scheunendrescher, liebt Meeresfrüchte und könnte in Tiramisu baden. Er spielt Tennis, hat das Rechentalent seines Onkels und die positive Energie von Mutter und Großmutter geerbt. Mit seinem Lächeln könnte er Obstsalat an ausgehungerte Tiger verkaufen. Wenn ich nicht Melina anstarre, starre ich den Jungen an, für den das offenbar in Ordnung ist. Er lächelt mir freundlich zu. Als seine Mutter das mit dem Rechentalent erzählt, frage ich ihn, ob ich ihm eine Matheaufgabe stellen darf. Filip hat das damals sehr gemocht, wenn man ihn herausgefordert hat.

«Klar», sagt Thommy fröhlich. «Sag zwei dreistellige Zahlen, die ich multiplizieren soll!»

«Okay. Was ist vierhundertachtundsechzig mal siebenhundertsiebenundsiebzig?»

«Dreihundertdreiundsechzigtausendsechshundertachtunddreißig», gibt er nach zwei Wimpernschlägen als Antwort. Ich will schon in Applaus ausbrechen, habe die Hände bereits in der Luft, als mir etwas auffällt.

«Das kann nicht sein», sage ich und lege die Hände wieder auf den Tisch. «Die eine Zahl endet auf acht, die andere auf sieben, und sieben mal acht ist sechsundfünfzig. Da müsste die Ziffer Sechs am Ende sein, keine Acht. Ob der Rest auch nicht stimmt, weiß ich natürlich nicht, aber hinten müsste auf jeden Fall eine Sechs stehen.»

«Alle Achtung», lacht er. «Die meisten merken das nicht. Ich mache das immer, um die Leute herauszufordern. Bis auf die Sechs am Ende ist das Ergebnis richtig, wirklich.»

Ich notiere die beiden Zahlen auf einer Serviette und rechne es nach. Und der Junge hat nicht gemogelt. 363636 *ist* die richtige Antwort.

«Du bist ein Schlitzohr», sage ich anerkennend.

«Mein Onkel hat viel von dir erzählt», sagt Thomas.

«Aber ich will das alles hier erst einmal verstehen», bitte ich seine Mutter und mache eine Geste, die eben alles umfasst – den Sohn, den Opa, die Mutter, die fehlenden Menschen und die, die noch kommen werden.

Also erzählt Melina.

Sie sind nach Hannover gegangen, weil die Mutter dort noch Freunde hatte, aber es war von Anfang an schwierig. Man duldete die Mettinger Flüchtlingsfamilie, aber insbesondere der Mutter begegneten die vermeintlichen Freunde mit gehöriger Skepsis. Sie beobachteten Mojca mit Argusaugen und ließen nichts unkommentiert, was diese sagte oder tat. Die drei gewöhnten sich dennoch an die neuen Umstände. Filip und Melina gingen in Hannover zur Schule, und obwohl man sie auch dort bald wieder als Zigeuner beschimpfte und zu provozieren versuchte, konnten sich beide aufgrund ihrer guten Leistungen und ihrer Mettinger Erfahrungen durchsetzen. Filip wurde sogar Schulmeister bei einer Mathe-Olympiade, gewann anschließend die Stadt- und die Landesmeisterschaft, aber zum Finale nach Bonn durfte er nicht fahren, weil Mojca das für zu gefährlich hielt. Doch Ferdinand hatte sie längst gefunden. Er stand nur deshalb nicht einfach vor der Tür, weil er dieses Mal nicht wieder alles falsch machen wollte.

Die Mutter von Filip und Melina begann damit, hin und wieder abends mit der Freundin, bei der sie untergekommen waren, im Wohnzimmer ein paar Likörchen zu trinken. Diese Abende wurden immer länger. Die Kinder im Nebenzimmer konnten alles mithören – was die Erwachsenen nicht wussten. Und so hörten die Kinder auch, wie die Mutter eines Abends der Freundin gestand, dass sie eigentlich schuld war an Melinas Verletzung. Es sei ein Unfall gewesen, ein fürchterlicher Unfall, den sie sich nie verzeihen würde, eine Ungeschicklichkeit und eine Verkettung unfassbar unglücklicher Umstände, die sie dann dem Mann in die Schuhe schob, um ihn loszuwerden. Sie schob es ihm eigentlich nicht in die Schuhe, aber sie ließ es so aussehen, als sei Ferdinand der Einzige gewesen, der es hätte gewesen sein können. Der Vater wiederum verstand die Botschaft und machte sich vom Acker. Aber er konnte die Kinder nicht vergessen. Also versuchte er es immer wieder.

«Wir haben damals oft gestritten», sagt Ferdinand. Es sind seit der Begrüßung seine ersten Worte, und er beobachtet mich aufmerksam, während er spricht, ganz anders als damals, als er mich wie einen lästigen Eindringling behandelt hatte. «Und wir haben uns geschlagen. Die Kräfteverhältnisse waren natürlich ungleich. Ich habe als Jugendlicher geboxt, und Mojca konnte nicht einmal eine Fliege totschlagen. Aber sie hat mich manchmal so wütend gemacht.»

«Hmm», brumme ich.

Er hebt die Hände. «Ich weiß. Deshalb bin ich auch gegangen, als diese Sache mit Melina passiert ist. Ich war nicht schuld, aber ich habe mich verantwortlich gefühlt. Ich habe Mojca wahnsinnig gemacht, und sie mich umgekehrt auch.»

«Aber das blaue Auge von Filipp ...»

«Das war ich», gibt er kleinlaut zu. «Ich habe versucht, auf den Jungen zuzugehen, ihm das zu erklären, wenigstens anzudeuten, dass ich nicht an allem schuld war. Aber er hat nicht zugehört, er hat mich immer weiter provoziert, und immer weiter und weiter. Da ist mir irgendwann die Sicherung durchgebrannt.»

Ich ziehe eine Augenbraue hoch. Das ist die lahmste Entschuldigung von allen, dieses angebliche Sicherungdurchbrennen.

«Ich kann verstehen, wenn man das nicht akzeptiert. Ich habe es auch nicht akzeptiert, sondern habe mir Hilfe gesucht. Ich war in Therapie, aber das macht natürlich nichts ungeschehen.»

Mit der Zeit fand Melina heraus, dass ihre Mutter eine ziemlich geschickte Lügnerin war, die es zwar nicht böse meinte, sondern meistens sogar in guter Absicht die Wahrheit manipulierte, aber nach und nach stellte sich heraus, dass vieles nicht stimmte, was die Kinder aus den Erzählungen der Mutter erfahren hatten. Das galt sogar für diese Geschichte mit den Webstühlen und den angeblichen Vorfahren von Frau Awusi, den vom Stadtkämmerer bestohlenen Sinti. Mojca hatte sich das einfach ausgedacht, rund um ein paar echte Fakten aus der Mettinger Stadthistorie.

«Aber Frau Awusi ist dabei erwischt worden, wie sie Dokumente aus dem Stadtarchiv gestohlen hat», sage ich, ziemlich fassungslos von dem, was ich gerade über die Mutter erfahren habe. «Frau Awusi ist deswegen sogar strafversetzt worden.»

Melina nickt. «Ja, Frau Awusi hat die Geschichte geglaubt, weil sie es nicht besser wusste. Sie wollte die Spuren und Beweise beseitigen. Aber sie hatte keine Dokumente gefunden, die die vermeintlichen Beweise der Geschichte enthielten, also hat sie einfach versucht, ein paar komplette Jahrgänge Mettinger Stadthistorie zu klauen.» Sie kichert. «Für ein paar einzelne Blätter wäre sie vermutlich nicht suspendiert worden. Doch sie hat versucht, einen ganzen Korbwagen mit Zeug herauszuschmuggeln und zu vernichten. Sie hatte einen Kanister mit Benzin dabei. Der war ziemlich schwer zu erklären, ohne dass in der Erklärung brennende Dokumente vorkamen.»

«Und diese Geschichte hat eure Mutter *erfunden*?»

Sie nickt wieder. «Aber es hat keine Unschuldige getroffen, oder? Frau Awusi war eine Teufelin.» Mit Blick auf Thomas, der etwas zeichnet und uns möglicherweise nicht zuhört, flüstert sie: «Ein *Arschloch*. Sie hat Filip die halbe Kindheit versaut.» Thommy blickt auf und grinst seine Mutter an.

Das mit dem Arschloch stimmt, also nicke ich ebenfalls. Ich sehe den Vater an, Ferdinand, der mit seinem Enkel an dem Bild arbeitet, das wohl eine Art Raumstation zeigen soll.

«Ich gehe eine rauchen, kommst du mit raus?», fragt Melina. Ich nicke und folge ihr. Es ist angenehm draußen. Ich spüre die beiden Biere und die bislang drei Amarettos. Es ist der Wahnsinn. Ich stehe mit Melina auf dem Bürgersteig des Mettinger Schmiss, an einem Frühlingsabend im Jahr 2009. Und mir fällt ihr verdammter Nachname immer noch nicht ein. Wahnsinn.

«Warum Filip?», frage ich und nicke in Richtung Atelier.

«Weil sich Sachen mit Männernamen besser verkaufen als Sachen mit Frauennamen. Vor allem technische Sachen.»

«Ein Kunsthandwerk-Shop mit deinem Namen würde weniger Umsatz machen, meinst du?»

Sie schüttelt den Kopf. «Das ist nur Nebengeschäft. Ein Hobby. Luxus. Ich habe eine Art Kugelbahn entworfen, ein ziemlich komplexes Ding, das man beeinflussen kann, während die Kugeln laufen. Es ist aus verchromtem Stahl, steht auf einem massiven Holzbrett, und ich verschicke das in die ganze Welt. Die Bahn heißt ‹Filip›. Zehn, zwanzig davon gehen pro Tag in den Versand. Ich kann sie dir zeigen, wenn du willst.»

«Ich will.»

Wir wechseln die Straßenseite. Im Schaufenster des Kunstateliers stehen Hunderte von kleinen Skulpturen und Modellen, die aus Getränkedosen und anderen metallenen Alltagsgegenständen gemacht sind, so wie sie das früher gemacht hat, nur viel perfekter, sauberer, feiner. Die kleinen Skulpturen – Gebäude, Fahrzeuge, alle denkbaren Gegenstände, aber auch Schmuck – sind poliert und lackiert. Es sieht toll aus, aber man kann immer noch erkennen, woher das Material stammt, was da umgeformt und verarbeitet wurde. Doch im Vordergrund des Schaufensters befinden sich drei mit kleinen Spots beleuchtete Exemplare von *Filip*, der Kugelbahn. Auf einer Grundfläche von der Größe eines Backblechs stehen die beeindruckenden, glänzenden Ungetüme, mit Kurbeln und Rollen, mit sich wild über drei Dimensionen windenden Schienen aus zwei verchromten Stahlstangen, mit Brücken, Weichen, etwas, das wie ein Aufzug aussieht, einem Looping und vielem mehr. Das Preisschild ist kaum zu lesen. *Filip* kostet satte 399 Euro. Ich verspüre den Wunsch, ein Exemplar davon zu besitzen. Der Preis kommt mir angemessen vor, ohne dass ich das Ding je in Aktion gesehen hätte.

«Wow.»

«Die Bahnen werden handgefertigt, aber nicht von mir. Ich lasse in Tschechien und in Frankreich produzieren.»

«Du warst schon immer talentiert für so was.»

Melina lacht. «Das ist wohl so mit dem Talent, dass man es immer schon hat. Quasi von Geburt an.»

«Aber wozu brauchst du dann überhaupt den Laden?»

Sie lächelt stolz. «Um es zu zeigen. Um *mich* zu zeigen. Die Stadt ist nach wie vor kein Ort, an dem jeder so leben kann, wie er will. Fremdenfeindlichkeit ist ein Problem, aber das hat Metting mit der restlichen Republik gemein. Es gibt sogar zwei Vereine, die sich damit befassen, die Mettinger auf Kurs zu bringen.»

«Zimt und Minze.»

«Genau. Ich stehe für gelungene Integration, dabei bin ich in Deutschland geboren. Ich bin die Zigeunerin, die mit ihren Produkten dafür sorgt, dass man Metting an vielen Orten auf der Welt kennt.»

«Was ist mit Jan Friesmann?»

Melina nickt. «Der auch, aber der ist tot. Ich lebe. Ich werde angefeindet, man tuschelt hinter meinem Rücken über mich, aber nach außen tut man so, als wäre man stolz auf mich. Ich genieße es ein bisschen, das zu wissen und damit zu spielen. Ich habe alle Freiheiten. Das ist eine Form von Rache.»

Weil der Name Friesmann gefallen ist und wohl auch wegen der Kugelbahn fällt mir etwas ein. Ich erzähle ihr von der Truhe, die ich geerbt habe. Melina ist sofort Feuer und Flamme. Ich muss versprechen, sie ihr bei nächster Gelegenheit zu zeigen.

Wir gehen wieder zum Da Mario, stellen uns unter das Fenster, an dem ich vorher gesessen habe. Sie zieht eine Zigarette aus der Schachtel.

«Und – was hast du gemacht?», fragt sie, den ersten Rauch inhalierend. «Also, seit damals.»

«Bücher verkauft.»

«Bücher?» Sie lacht. «Ausgerechnet du?»

«Soll das eine Beleidigung sein?»

«Nein, natürlich nicht. Aber dieses Schreibdingsbums ... wie nennt man das heute?»

«LRS? Lese-Rechtschreib-Schwäche?»

«Genau. Die verschwindet ja nicht einfach. Das ist, als wenn jemand mit Flugangst Pilot werden möchte.»

«Der Vergleich hinkt ein bisschen.» Ich zucke mit den Schultern. «Flugangst bekommt man mit ein klein wenig Konfrontationstherapie weg. Das ist bei Legasthenie anders. Und ich lese ja nur langsam, ich lese nicht *falsch*. Es ist mit der Zeit tatsächlich ein bisschen besser geworden. Außerdem liebe ich Bücher.»

Sie zieht die Stirn kraus. «Das hat was mit dieser alten Frau zu tun, mit der du damals so viel Zeit verbracht hast.»

Ich nicke, sage aber nichts.

«Also, erzähl!», bittet sie und bläst einen Rauchring.

Es ist wieder windstill. Die Luft schmeckt noch ein wenig nach dem Gewitter vom Nachmittag. Ich nicke. Und dann gebe ich zum zweiten Mal an diesem Tag eine Kurzzusammenfassung der vergangenen dreißig Jahre. Es fällt etwas anders aus als bei meiner Mutter, hier und da ausführlicher, da und dort knapper. Melina raucht zwei Zigaretten, während ich erzähle. Aber sie stellt am Ende exakt die gleiche Frage wie am Nachmittag Schwester Ingeborg.

«Und die Liebe?»

Ich muss lachen, berichte dann von Matilde, wobei mich Melina auf eine Weise anschaut, die mir eine Gänsehaut verursacht. Als ich davon spreche, dass wir uns getrennt haben, weil es da in Trondheim jemanden gibt, der in Matti verliebt ist, aber sie nicht umgekehrt in ihn, verzieht sie das Gesicht.

«Wenn das mal kein Fehler ist», sagt sie.

Ich kann nur die Schultern zucken. «Das ist Mattis Sache.» Dann fällt mir etwas ein. «Ach übrigens, ich habe da noch ...», beginne ich, weil ich die Gelegenheit nutzen will, um die vermaledeite Sache mit dem Zettel hinter mich zu bringen, aber ich werde unterbrochen.

«Rauchen ist ungesund», verkündet jemand hinter mir. «Ich habe dir das schon tausend Mal gesagt.»

Ich drehe mich um.

Und da steht er.

Filip. Der Namensgeber der Kugelbahn. Mein Blutsbruder.

«Scheiße, Filip», sage ich.

«Scheiße, Tom», sagt er.

Danach umarmen wir uns für ungefähr vier Stunden. Einer von uns beiden weint dabei vor Freude. Und will den anderen nicht loslassen, obwohl der mit «Ey, ich habe Hunger» protestiert.

«Biomathematik?», wiederhole ich. «Das klingt nach zwei sich widersprechenden Wörtern in einem. Wie nennt man das noch?»

«Oxymoron», erklärt Thomas, ohne von seinem Blatt aufzublicken, auf dem er nach wie vor zeichnet. Sie sehen aus wie Vorher-nachher-Bilder, er und sein Onkel.

«Es widerspricht sich aber nicht», sagt Filip. «Wir modellieren und simulieren biologische Entwicklungsprozesse. Letztlich geht es um Evolution. Um die Möglichkeit, systemische Entwicklungsschritte bei Organismen zu prognostizieren.»

«So hast du früher nicht geredet», sage ich lachend. «Ich verstehe kein Wort.»

«So rede ich auch nur, wenn mich jemand fragt, was ich genau mache», sagt Filip und nippt an seinem Bier. Genau wie seine Schwester scheint er felsenfest in sich zu ruhen. Die beiden wirken so unglaublich selbstbewusst und cool, und es macht ihnen auch nichts aus, Stammgäste in einem Restaurant zu sein, das aussieht, als wenn es aus den Resten anderer zusammengesetzt worden wäre. «Und du verkaufst Bücher?», fragt er.

«Im Moment nicht.» Ich lehne mich zurück. «Im Moment versuche ich, das hier zu genießen. Es ist schön, euch zu sehen. Nein, mehr als schön. Ihr wisst schon.» Ich muss blinzeln.

«Aber ich muss dich warnen», sagt Melina. «Filip hat einen neuen besten Freund.»

Ich verspüre einen leichten Stich, vor allem, als Filip jetzt bestätigend nickt.

«Ja, habe ich.» Er tupft sich mit einer Serviette die Mundwinkel sauber. «Es ist ein Cray-Opteron-Cluster.»

«Ein was?»

«Ein Supercomputer, der im Bunker eines Instituts in Fetzeeck steht. Deshalb bin ich seit ein paar Wochen wieder hier.

Wir haben Rechnerzeit gemietet, um ein paar Berechnungen durchzuführen, für die unsere Maschinen Jahre bräuchten.»

«Wir?»

«Mein Arbeitgeber ist ein Biotech-Unternehmen. Aus Darmstadt.»

«Darmstadt», wiederhole ich. Südpol. Sibirien. Walachei.

Er nickt und sieht mich mitfühlend an. «Das sind nur fünfhundert Kilometer von hier. Aber erst mal bin ich noch ein paar Monate da. Was ist mit dir?»

Ich hebe die Hände. «Ich habe keine Ahnung. Wirklich.»

Dann reden wir über alte Zeiten. Wir reden *lange* über alte Zeiten. Wir trinken und feiern, und obwohl ich am Ende ordentlich einen in der Lampe habe, ist es der schönste Abend meines Lebens.

Nur die Sache mit dem Zettel habe ich vergessen.

7.

NOCH nie hat sich ein Kopfschmerz so großartig angefühlt, weil seine Ursache so großartig ist. Während ich am Frühstückstisch sitze, mit leichten Sichtschärfeproblemen kämpfend den *Mettinger Boten* lese, der stark geschrumpft ist – er hat nur noch etwa die Hälfte seines früheren Umfangs –, kann ich gar nicht aufhören zu lächeln. Gleichzeitig lässt mich jede stärkere Kopfbewegung zusammenzucken. Nach zwei Tassen Kaffee und einem halben Liter Orangensaft kündigt sich allmählich Besserung an. Die Rezeptionistin spendiert mir außerdem eine Aspirin, die mich, zusammen mit einer langen Sitzung unter der heißen Dusche, wieder in Form bringt.

Draußen ist es mild und ein bisschen trüb – gutes Fahrradwetter. Auf dem Weg nach Hasenhügel komme ich tatsächlich an einem Internetcafé vorbei, das von Menschen arabischer Herkunft betrieben wird, die mich skeptisch beobachten – vermutlich, weil ich mich so ungeschickt anstelle. Eine Schaufensterscheibe des Cafés ist mit Plexiglas und doppelseitigem Klebeband provisorisch repariert; das abgedeckte Loch sieht aus, als wenn es von einem Stein erzeugt worden ist. Ich setze mich an einen schwerfälligen Computer mit rauchgelber Tastatur, abgegriffener Maus und Röhrenmonitor. Die Hälfte meiner gebuchten Zeit geht dafür drauf, die Videodatei herunterzuladen, deren Link mir Matti geschickt hat. Dann dauert es noch mal Ewigkeiten, bis das Videoprogramm die Datei geladen hat. Schließlich erscheint das Wort PAOLO in weißen Versalien vor schwarzem Hintergrund.

Der Film dauert etwas mehr als drei Minuten, er zeigt jedes Porträt für eine Sekunde. Matti hat sich viel Mühe gegeben. Die Fotos sind nicht alle exakt aus der gleichen Entfernung aufgenommen, aber sie hat es so nachbearbeitet, dass das Gesicht immer an der gleichen Position ist und die gleiche Größe hat. Jetzt erst fällt mir auf, wie gut es Paolo hinbekommen hat, immer den gleichen Gesichtsausdruck zu zeigen. Er schaut ernst, aber interessiert in die Kamera, er lächelt nicht, man sieht ihm nicht an, wie der Tag war, an dem das Bild gemacht wurde.

Vor meinen Augen altert der Italiener jetzt innerhalb von zweihundert Sekunden, Paolo, der Betreiber des Restaurants in Hamburg, in das Matilde und ich so gerne gegangen sind. Sein Gesicht zerfließt förmlich. Die Wangen sacken ab, das Kinn bekommt zwei südliche Doppelgänger, Falten umschließen den Hals, der von einer glatten, geraden Version zu einer etwas schwammigen Stütze des Kopfes wird. Seine Augen werden schmaler, die Lider wandern nach unten, die Augenbrauen werden grau, der Haaransatz bewegt sich in Richtung Kopfmitte, die Nase wächst und wird ein kleines Biotop für eine wachsende Zahl leicht gelockter Haare, die zwischendrin für vier Sekunden fehlen. Die Ohrläppchen verlängern sich nach Süden, der Mund wird dünner und blasser, kleine Längsfältchen graben sich zaghaft in die Oberlippe. Es sind nur sechzehn Jahre, die in diesen drei Minuten und zwanzig

Sekunden gezeigt werden, und ich kenne die Bilder und ihre Entwicklung ja längst, aber es in Bewegung zu sehen, als Entwicklung, als fließende Veränderung, das versetzt mir einen Schock. Wie die Zeitrafferaufnahme einer Blume, die aufblüht und dann verwelkt. Ich schaue mir den Film zum wiederholten Mal an, als mir jemand auf die Schulter tippt.

«Mein Herr, Ihre Zeit ist vorbei.»

«Hoffentlich noch nicht.»

Der Mann kontrolliert verunsichert seine Armbanduhr. «Doch, wirklich.»

«Ich habe nur einen Witz gemacht.»

Im Baumarkt im Einkaufszentrum in Hasenhügel kaufe ich einen Handstaubsauger, ein paar Staubwedel, ein Sortiment Pinsel und etwas Nähmaschinenöl, im Supermarkt nebenan ein Glas mit Wiener Würstchen. Dann gehe ich noch einmal in den Baumarkt und hole mir eine einfache Satteltasche für das Leihfahrrad, ohne die ich das ganze Zeug nicht transportieren könnte. Bevor ich ins ehemalige Alten- und Pflegeheim Horizont radle, springe ich kurz bei Huglia hinein, der Buchhandelskettenfiliale. Sie haben tatsächlich einen Präsentationstisch und ein kleines Regal nur zum Thema «Jan Friesmann – Nobelpreisträger aus Metting». Es gibt aufwendig ausgestattete, bis zu achtzig Euro teure Prachtausgaben seiner wichtigsten Gedichte, dazu thematische und chronologische Sammlungen in allen Formaten, Monographien und Biographien, Sekundärliteratur noch und nöcher, darunter erläuternde und interpretierende Werke auch aus sehr prominenter Feder. Es gibt sogar eine vierzigseitige Broschüre *Friesmann verstehen* – eine Art «Friesmann für Dummies» –

für drei Euro neunundneunzig. Ein Buch von zwei lyrikbegeisterten Mathematikern beschäftigt sich mit der auffällig strengen Form seiner Gedichte und sucht nach Botschaften in den Textstrukturen. Ganze sechs Taschenbücher haben sich der Suche nach Friesmanns Spuren im Raum Metting verschrieben. Sie stammen alle aus regionalen Kleinverlagen, von denen ich noch nie gehört habe. Ein einzelnes verschämtes Exemplar von Dr. Theuerts *Jan Friesmann – Jahre in Metting* steht ebenfalls im Regal, ganz unten, ganz links. Ich kaufe es nicht, ich will es nicht einmal in die Hand nehmen. Der in einem recht großen Publikumsverlag veröffentlichte Ratgeber *Persönlicher Erfolg mit der Lyrik von Jan Friesmann* bringt mich zum Schmunzeln. Verfasst wurde das Buch von einer mäßig bekannten Fernsehmoderatorin, die im öffentlich-rechtlichen Nachmittagsprogramm ein Boulevardmagazin präsentiert und allen Ernstes behauptet, sie hätte ihre Karriere dem Mettinger Lyriker zu verdanken.

In der Huglia-Filiale ist außer mir kein Kunde. Die Frau hinter dem Verkaufstresen spielt mit ihrem Telefon herum und würdigt mich keines Blickes. Ich bin versucht, sie nach einer besonderen, persönlichen Empfehlung zu fragen, lasse es dann aber doch.

Schwester Ingeborg ist überrascht und hocherfreut, mich zu sehen. Schon beim zweiten Mal fühlt es sich wieder ziemlich normal an, das Heim zu betreten. Als meine Mutter hört, was ich vorhabe, ist sie zunächst wenig begeistert. Sie geht trotzdem in die Küche, um mir Kaffee zu machen, während ich in meinem Kinderzimmer den nach wie vor lautstark klappernden Bürodrehstuhl hin zur Eisenbahnplatte zerre. Der

Stuhl müsste etwa in meinem Alter sein, es sind die gleichen Geräusche wie damals. Da liegt die Schirmmütze – die *Basecap* – meines Vaters, zwischen den Bergen im hinteren Bereich der Platte. Ich spüre einen Kloß im Hals. Der Anblick löst eine wahre Gefühlsflut in mir aus. Er schläft gerade, hat meine Mutter gesagt. Ich will nach ihm sehen, wenn ich hier fertig bin.

Die Anlage kam mir früher noch größer vor, aber sie *ist* groß. Meine Mutter bringt Kaffee und stellt ihn auf eine Wiese aus dunkelgrünem Plastikgranulat. Dann steht sie eine Weile schweigend neben mir.

«Meinst du wirklich, dass das etwas bringt?»

«Was kann es schaden, wenn wir es ausprobieren?»

«Staubsauger und Staubtücher hätte ich auch gehabt.»

«Ich weiß.»

Sie zuckt die Schultern und geht. Ich stehe auf und reiße das Fenster auf. Es wird nicht sehr viel heller, aber die Luft ist wohltuend. Nicht zu fassen, wie viel Zeit ich in diesem muffigen, dunklen, riesigen Zimmer verbracht habe. Auch viel gute Zeit.

Nach zweieinhalb Stunden habe ich die meisten Schienenwege und einen Großteil der Fahrzeuge gereinigt, und auch Häuschen, Autos und Landschaft sehen etwas hübscher aus. Dass die Anlage über vierzig Jahre alt ist, sieht man ihr natürlich dennoch an. Während dieser zweieinhalb Stunden habe ich aber auch ein Gefühl dafür entwickelt, wie viel Liebe und Engagement in diesem eigenartigen Projekt stecken. Mein Vater hat das nicht nur getan, um Zeit totzuschlagen. Es war ein wichtiger Teil seines Lebens. Jedes Häuschen, jeder Hügel, jedes Fahrzeug sagt mir das. Jedes Stückchen Klingeldraht, das mühevoll verlegt und kaschiert wurde, um den Gesamteindruck nicht zu stören.

In der Tiefetage, neben der großen Gleisharfe des Schattenbahnhofs und auf einem Brett, das man ein Stückchen herausziehen kann, befinden sich die Trafos und Steuerschalter für Weichen, Signale und all die kleinen Lämpchen. Die Stromleitungen der Netzteile sind sogar noch mit Stoff isoliert. Ich bin etwas in Sorge, dass das Zeug in Brand gerät oder alle Sicherungen herausfliegen, wenn ich die alte Steckdosenleiste, die aus Bakelit zu sein scheint, mit dem Netz verbinde. Aber das geschieht nicht. Dutzende winziger Glühlämpchen flammen auf. Ein leises, irgendwie nervöses Brummen ist zu hören. Ich will schon wieder abschalten, als ich sehe, dass einer der Trafos ein Stück weit aufgedreht ist. Ich regle mit dem großen Knopf etwas weiter hoch, ein Zug setzt sich in Bewegung: der *Rote Elch* mit einer Phalanx Zweite-Klasse-Personenwagen. Sogar die winzigen Scheinwerfer der Lokomotive und die Beleuchtung in den Anhängern funktionieren. Ich bin irre stolz, aber ich will nichts dadurch kaputtmachen, dass ich die Züge falsch steuere, also drehe ich den Strom der Lok wieder ab.

Meine Mutter sitzt in der Küche und raucht. Ich würde mich nicht wundern, stünde da auch ein Gläschen *Sonnenstich*, aber es steht keines auf dem Küchentisch.

«Ich bin fertig.»

«Wie schön.»

«Ist er wach?»

Sie nickt. «Aber es geht ihm heute nicht so gut.»

«Wie lange soll das hier noch weitergehen?» Neben ihr, auf

dem Küchentisch, liegt ein großer Stapel mit Post. Es sieht nicht aus, als wäre das alles nur von heute.

Meine Mutter schnauft, schaut zum Fenster. Man kann von hier aus die Kapelle im Garten sehen. «Sie war vierundneunzig.»

«Wer?»

«Die Bewohnerin, die in der Badewanne ertrunken ist. Es war Selbstmord, aber das hat mir keiner geglaubt, weil alte Omas einfach keinen Selbstmord begehen. Aber sie hat gedacht, sie würde überhaupt nicht mehr sterben, dabei wollte sie das schon so lange. Endlich tot sein.» Sie sieht wieder zu mir. «Ich denke, dass du sie möglicherweise kanntest. Hilde Westermann.»

Der Name kommt mir vage bekannt vor.

«Sie hat Schlaftabletten genommen und sich in die Wanne gelegt. Wie soll man das verhindern? Ich meine, ich kann doch nicht auf alles aufpassen.»

«Woher sollte ich sie kennen?»

«Sie war die ehemalige Freundin eines Bewohners, mit dem du viel zu tun hattest, glaube ich. Georg Täter. Der ist damals gestorben, da warst du ...» Sie legt die Stirn in Falten und zuckt dann die Schultern, dabei wäre die in Frage kommende Zeitspanne nicht sehr groß.

«Dreizehn», helfe ich aus, weil es mir in diesem Moment einfällt. Hilde Westermann war die Boutiquebesitzerin, die ihren aus Österreich emigrierten Freund für den Tennisspieler aus Sylt in den Wind geschossen hat. Die Frau, die zur Trauerfeier kam, auf der Marieluise zum ersten Mal zusammengebrochen ist. «Ja, ich erinnere mich. Und die war hier Bewohnerin?»

Meine Mutter deutet ein Nicken an. «Eigentlich hätte sie trotz des Alters durchaus noch allein leben können, sie war noch sehr rüstig.» Dieses Adjektiv habe ich seit Jahrzehnten nicht mehr gehört. «Aber sie wollte nicht mehr, schon seit Jahren. Sie hat mich immer ganz traurig gefragt: *Warum sterbe ich nicht?* Aber was sollte ich darauf antworten? Dann hat sie Tabletten genommen und sich in die Wanne gelegt. Sie ist im Schlaf ertrunken.»

«Heilige Scheiße.»

«Junge!»

Da muss ich lachen. Fehlt noch, dass sie mich aufs Zimmer schickt, mir Stubenarrest verpasst, mir irgendwas verbietet. «Mutter, ich bin kein *Junge* mehr.»

«Trotzdem sagt man so etwas nicht.»

«Man tut so viele Dinge, die man eigentlich nicht tun sollte», widerspreche ich und setze mich zu ihr. «Aber du hast meine Frage nicht beantwortet. Was soll mit dem Heim werden?»

«Ich weiß es nicht.» Sie atmet tief ein, wie jemand, dem fast die Puste ausgegangen ist. «Ich kann nicht mehr. Ich will auch nicht mehr.» Dieses leicht Theatralische ist neu an ihr.

«Das verlangt ja auch keiner von dir. Was ist mit David?»

«Was soll mit David sein?»

«Er könnte das Heim leiten. Und übernehmen.»

«David?» Sie hat offensichtlich noch nie daran gedacht, sie hat sich solche Gedanken überhaupt noch nie gemacht. Wahrscheinlich ist sie davon ausgegangen, das Heim bis zu ihrem eigenen Lebensende zu führen. Und danach wäre Schluss. Niemand außer ihr durfte diese Worte aussprechen: *Herzlich willkommen im Pflegeheim Horizont. Sie werden sich bei uns wohlfühlen.*

«Ja, David. Ich werde mal mit ihm reden.»

«Du?»

«Ich bin dein Sohn, liebe Schwester Ingeborg.»

Sie schaut mich an, als wäre das eine Neuigkeit für sie.

«Deine Freunde von damals waren übrigens da», erklärt sie, ohne darauf einzugehen. «Vor einigen Wochen. Dieses Mädchen und der Junge. Diese Zi...»

«Sag es nicht», unterbreche ich sie.

«Was soll ich nicht sagen?»

«Dieses abwertende Wort.»

«Warum soll das abwertend sein? Wir haben das früher immer gesagt. Wir haben uns nichts dabei gedacht.»

«Eben.»

Sie sieht mich irritiert an. «Jedenfalls waren sie da. Ich habe schon gedacht, sie wissen, wo du steckst. Aber sie haben mich genau das gefragt.»

«Ich habe sie gestern getroffen. Melina und Filip. Sie sind beide in Metting.»

«Wie schön für dich.»

Mein Vater sitzt im Bett und schaut aus dem Fenster. Als ich den Raum betrete, fragt er, genau wie gestern: «Gibt es Essen?»

«Nein, Papa.»

Er mustert mich, sein Blick flackert. Ich setze mich an sein Bett.

«Ich bin Tomás, dein Sohn.»

Er nickt unsicher, schaut zur Tür, als wäre von dort Hilfe zu erwarten, dann, wie gestern, wieder zu den Fotos.

«Ich möchte dir etwas zeigen. Kannst du gehen?»

«Ja», antwortet er sehr leise. Er hätte lieber «Nein» geantwortet, aber er ist nicht sicher, ob er das darf.

Ich erschrecke ein wenig, wie hinfällig mein Vater wirkt, als er jetzt aufsteht. Er war schon immer hager, aber grobknochig und solide. Der Mann neben mir ist nur noch eine Light-Version meines Vaters. Ich stütze ihn, um ihm den Weg zu erleichtern, doch es ist nicht so, dass er ohne meine Hilfe nicht gehen könnte. Als wir durch die Zimmertür sind, geht er eingehakt neben mir.

«Wo gehen wir hin?», fragt er. Wieder sieht er mich an, als sei er nicht sicher, wer ich bin.

«In mein Zimmer.»

«In Ihr Zimmer?»

«Ich bin dein Sohn, Gerald.»

«Tom?»

«Genau der», sage ich rasch.

Auf dem Weg in die Wohnung werde ich mit einem Mal unsicher, ob das wirklich so eine gute Idee ist. Was, wenn es das Gegenteil bewirkt? Wenn er durch den Anblick melancholisch oder depressiv wird? Oder wütend – wütend auf das, was ihm alles vorenthalten wurde in seinem Leben, wütend darauf, dass er ein alter Mann ist. Ich würde gerne wissen, was in ihm vorgeht.

Vor meiner Kinderzimmertür schaut er mich erneut fragend an, und ein wenig skeptisch. Ich vermute, dass er unser kurzes Gespräch vor fünf Minuten schon wieder vergessen hat.

«Alles ist in Ordnung», behaupte ich. «Wartest du einen Moment?»

Er nickt unsicher, ich gehe vor und schließe die Anlage an.

Als ich meinen Vater holen will, steht er schon im Türrahmen. Seine Augen sind weit aufgerissen.

«Ich habe hier ...», beginne ich, aber er schiebt mich beiseite, mit einem Mal erstaunlich sicher, fast kraftvoll. Der Stuhl knarrt laut, beinahe beängstigend, als er sich hinsetzt, nach der damals schon abgewetzten Schirmmütze greift und sie sich aufsetzt, obwohl da kaum noch Haare sind, die ihn beim Basteln stören könnten.

«Ich habe da noch etwas.» Ich hole das Glas mit dem Wurstwasser von meinem Schreibtisch. Er nimmt es mir ab, mustert die Flüssigkeit, riecht daran, dann dreht er sich wieder zur Anlage. Das Wasserglas mit der Scheußlichkeit in der Hand, betrachtet er die Bahn und nimmt derweil einen Schluck – wie selbstverständlich. Schließlich trinkt er das Glas in einem Zug leer. Seine Brust vibriert, er atmet schnell, ungleichmäßig. Er ist aufgeregt. Ich will schon gehen, will ihn nicht stören bei dem Versuch, Kontakt aufzunehmen mit seinem früheren Selbst – da dreht er sich zu mir um, bevor ich davonschleichen kann; sein Gesicht ist tränenfeucht.

«Danke», sagt er.

David steht vor dem Zimmer. Er hat auf mich gewartet.

«Die Idee hatte ich auch schon, aber ich habe mich nicht getraut, es deiner Mutter vorzuschlagen», sagt er. Er verwendet die B-Sprache. Vermutlich ist er in Sorge, dass uns Schwester Ingeborg hören kann.

«Sie ist nicht mehr deine Chefin. Du musst keine Angst vor ihr haben.» Ich verzichte demonstrativ auf die B-Sprache.

«Angst ist es nicht. Ich will ihr nur nicht weh tun, indem ich sie durch Kritik verletze.»

«Vielleicht wäre es hin und wieder ganz förderlich gewesen, dieses Risiko einzugehen.»

Ich kann sehen, wie eine Antwort in ihm rotiert, die etwas mit meiner langen Abwesenheit zu tun hat, aber er verkneift sie sich dann doch. Stattdessen nickt er. «Gut möglich.»

«Was denkst du, was soll aus alldem werden?»

Er verzieht das Gesicht. «Es gibt Nachfrage in Metting. Es gibt zu wenige Altenheime, und die Nachfrage wird noch steigen. Aber deine Mutter wäre früher oder später sowieso an ihre Grenzen gestoßen. Auch ohne diesen ... Unglücksfall.»

«Sie ist dreiundsiebzig», sage ich. «Sie hätte längst aufhören müssen.»

David schüttelt den Kopf. «Sie liebt das hier sehr. Warum soll man mit etwas aufhören, nur weil man ein bestimmtes Alter erreicht hat?»

Ich muss an die Kioskverkäuferin in Metting-Zeck denken und nicke. «Stimmt schon. Aber ihre Kräfte sind erschöpft. Und sie will auch nicht mehr.»

David schaut zu Boden.

«Was ist mit dir? Du könntest das Heim wieder auf Vordermann bringen. Und sie könnten hier weiter wohnen. Mein Vater im Bananenzimmer und meine Mutter gleich nebenan, im Apfelsinenzimmer.»

David sieht überrascht auf. «Meinst du?»

«Meine Meinung habe ich dir gerade mitgeteilt. Was ist mit deiner?»

«Ich muss darüber nachdenken», antwortet er grinsend. «Sehen wir uns morgen?»

Ich nicke, er verabschiedet sich in der B-Sprache und

geht davon. Dann ist es für einen Moment still, bis ich das Geräusch aus meinem Zimmer höre. Es kommt von meinem Vater. Er ahmt das Brummen der Autos nach.

Die Truhe ist schwer und der Weg dorthin ist viel weiter als der vom Bahnhof zum Hotel, aber ich wuchte sie trotzdem alleine ins Kunstatelier Filip. Es riecht nach Früchtetee im Laden, in dem helle und freundliche Holztöne dominieren. Es wirkt warm und sehr behaglich darin. An den Wänden stehen Kiefernholzregale, in denen Melinas Blechobjekte aufgebaut sind, und in der Raummitte befindet sich ein Präsentationstisch mit zwei Ausgaben von «Filip», der Kugelbahn. Der Boden ist mit abgezogenen Holzdielen ausgelegt. Es gibt eine schmale Holztreppe, die zu einer Empore führt, die die Fläche des nicht sehr großen Ladengeschäfts veranderthalbfacht. Oben sehe ich einen Schreibtisch mit zwei Computermonitoren und Regale mit Ordnern und Büchern.

Melina sitzt im unteren Bereich an einem Arbeitstisch, der an einer Wand steht. An dieser Wand ist eine Werkzeugauswahl angebracht, die jeden ambitionierten Heimwerker vor Neid erblassen lassen würde. Die Atelierinhaberin trägt ein Stirnband mit einer Art Lampe und einem herunterklappbaren Vergrößerungsglas. Sie hantiert mit einem länglichen Werkzeug, das ein lautes, hochfrequentes Summgeräusch macht, eine Art Fräse, nehme ich an. Ich warte, bis sie das Ding abschaltet, und räuspere mich dann. Das mit dem Stirnband sieht lustig aus, als sie sich jetzt zu mir dreht.

«Hey, Tom», sagt sie, springt auf, umarmt mich und nickt in Richtung Truhe. «Ist es das? Das mechanische Ding von Friesmann?»

Ich nicke ebenfalls. Wir wuchten die Kiste auf ihren Schreibtisch.

«Wow!», macht sie, als wir die Truhe öffnen.

Es müssen Tausende von Teilen sein, Zahnräder und Walzen, Achsen und Schrauben, Schnecken, Kurbeln, Kettenelemente und Muttern. Die metallenen Walzen sind mit Zähnen versehen – wohl rund ein Dutzend, und die meisten sind beschriftet, andere sind blank, bieten aber erkennbar Platz für die vielen, winzigen Steckkärtchen, die in mehreren kleinen Holzkistchen lagern. Darauf befinden sich Wörter, Silben, Symbole. Melina nimmt eine Walze, klappt die Lupe herunter und mustert das Ding. Dann prüft sie ein paar Zahnrädchen und einige andere Teile.

«Es ist nummeriert. Siehst du? Hier.»

Ich halte mir das Messingteil in einer Entfernung vors Auge, die ich noch scharfstellen kann. Früher wäre das deutlich näher am Gesicht gewesen.

«Ich sehe nichts», gebe ich zu. Ich kann höchstens ein paar Kratzer erkennen. Oder etwas, das ich für Kratzer halte.

«Es sind sehr kleine Buchstaben und Zahlen.» Sie zieht das Stirnband ab und reicht mir die Lupe.

Tatsächlich, da steht in winzigen Buchstaben und Ziffern «D4-120» oder «D4-128», und auf einem anderen Bauteil «H1-79».

«Es muss irgendein System geben», meint sie.

Ich nicke. Das muss es ja immer.

Wir trinken Tee, Melina sortiert die Bauteile aus der Truhe. Ich schaue mir derweil die Sachen an, die sie herstellt. Je genauer man hinschaut, umso verblüffender ist es. Sie hat einen Oldtimer gebaut, ein Ford Modell T, aus Getränkedosenblech.

Das glänzende, polierte und lackierte Modell ist keine zwei Zentimeter lang, aber es verfügt über einen ungeheuren Detailreichtum. Sie verlangt allerdings auch fast hundert Euro für das Einzelstück. Es gibt Ohrringe, ganz ähnlich wie die, die sie selbst gestern getragen hat, nach meinem Dafürhalten aus Flaschenverschlüssen. Sie hat daraus turmschneckenförmige Kostbarkeiten gedrechselt, die die Arbeiten von Goldschmieden in den Schatten stellen.

Die Regale sind voll mit diesen kleinen Kunstwerken. Aber «Filip» ist wirklich ihre beeindruckendste Schöpfung. Sie hat mir eine kleine Vorführung gegeben, danach habe ich selbst ein bisschen mit der Bahn gespielt. Es ist ganz anders als bei anderen Spielzeugen dieser Art. Man kann sich Aufgaben stellen und die Wege beeinflussen, jede Fahrt ist neu und überraschend. Gleichzeitig ist das ein Kunstgegenstand und außerdem ein hochwertiger Dekorationsartikel.

«So etwas wolltest du immer schon machen», sage ich, nachdem ich fast eine Stunde lang damit gespielt habe, und ärgere mich sofort darüber, aber Melina ist so in die Rekonstruktion der Friesmann-Maschine vertieft, dass sie die Frage nicht einmal hört.

«Ich brauche Filips Hilfe», sagt sie irgendwann. «Ich habe so eine Ahnung, wie das aufgebaut sein müsste, aber das System ist mir zu kompliziert. Es gibt wahrscheinlich eine mathematische Struktur.»

Sie macht den Laden zu und hakt sich bei mir unter, genau wie mein Vater am Vormittag. Wir schlendern den Mettinger Schmiss entlang. Irgendwo soll es ein nettes Café geben, hat sie behauptet. Es sind nicht viele Leute auf der Straße; es ist Mittwochnachmittag. Ich brumme missmutig, als wir an einer

Hauswand vorbeigehen, auf die jemand *Meine Heimat – ausländer frei!* in orthographisch auch für mich zweifelhafter Schreibung gesprüht hat. Man hat versucht, es zu entfernen, aber das ist nicht gelungen oder nicht ernsthaft genug versucht worden.

«Bei mir stand *Zigeunerfotze* an der Hauswand, und nicht nur einmal», sagt Melina leichthin, so als würde sie über den frühen Frühling sprechen oder irgendein Sonderangebot im Supermarkt. «Dann kam jemand im Auftrag der Hausverwaltung und hat das mit Spezialreiniger weggemacht. Beim ersten Mal haben die Leute von Zimt oder Minze dafür gesorgt, dass ein Team von unserem Regionalfernsehen kam und das gefilmt hat.»

«Regionalfernsehen?»

Melina nickt. «Metting TV. Das musst du dir unbedingt mal anschauen. Ziemlich erschütternd. Und es ist mir ein Rätsel, wie sie im Jahr 2009 noch so schlechte Bildqualität hinbekommen.»

«Und hat dir das nichts ausgemacht? Diese Schmiererei am Laden?»

«Was soll mir das ausmachen? Dass es diese Idioten gibt, das wusste ich auch vorher schon. Das wusste ich schon als junges Mädchen.»

«Bekommst du dann keine Lust, wegzugehen?»

Sie lächelt schmal. «Das würde nichts ändern. Diese Idioten sind überall.»

Wir gehen schweigend. Es ist schön, mit ihr spazieren zu gehen, ich fühle mich wohl, und ich wäre geradezu tiefenentspannt, würde ich nicht darauf warten, dass sie auf den verdammten Zettel zu sprechen kommt. Aber es fühlt sich anders an als mit Matti. Das hier ist freundschaftlich. Es ist mit viel Zuneigung verbunden, mit einem Gefühl von Nähe, das mit der Vergangenheit zu tun hat, mit Vertrautheit und einem gewissen Gleichklang, wenn man das nach so kurzer Zeit sagen kann. Aber der Gedanke, Melina zu küssen, die eine wahrlich attraktive Frau ist, liegt mir in etwa so fern wie der Wunsch, mit Frau Awusi FKK-Ferien auf einer einsamen Insel in der Karibik zu machen. Ich hoffe, ihr geht es ebenso.

«Erinnerst du dich noch daran, dass ich dir mal einen kleinen Brief zugesteckt habe?», fragt sie in diesem Moment. «Das war kurz vor der Rückkehr meines Vaters, glaube ich.»

«Mm-mh», mache ich unbestimmt und kicke einen Kiesel vom Gehsteig. Meine Nackenhaare haben sich aufgestellt.

«Also ja?»

Ich wiederhole das Geräusch.

«Was hättest du damals geantwortet?» Sie bleibt stehen, holt eine Zigarettenschachtel aus der Handtasche und zündet sich eine an. Dabei zwinkert sie mir zu.

Ich räuspere mich. «Wenn ich damals dazu in der Lage gewesen wäre, hätte ich geantwortet, dass mich das sehr ehrt und in gewisser Weise ungeheuer freut, dass ich aber einer anderen zugeneigt bin und deshalb nicht das Gleiche empfinde.» Ich atme kräftig aus. Meine Ohren müssen glühen.

Sie mustert mich lächelnd und bläst Rauch in den Himmel.

«Ich fand dich damals süß», sagt sie leichthin. «Vielleicht war ich wirklich ein bisschen verliebt in dich. Aber dann war ich doch ganz froh, dass du nicht angerannt gekommen bist und *Ja! Ja!* gerufen hast.» Sie lacht bei dem Gedanken.

«Und heute?», will ich dann doch wissen.

«Heute bin ich ganz froh, dass wir uns endlich wiedergetroffen haben. Und ich wäre weiterhin ganz froh, wenn es nicht zu überflüssigen Irritationen käme.» Sie nimmt eine tiefen Zug von ihrer Zigarette, bläst entspannt den Rauch aus. «Wenn wir also Freunde sein könnten.»

«Das gefällt mir», bestätige ich.

Filip kommt dazu, als wir beim zweiten Kaffee sind. Melina hatte ihm eine Kurznachricht geschickt. Er sieht ein bisschen zerrupft aus, als hätte er einen anstrengenden Tag hinter sich. Manchmal ist er schon morgens um vier im Institut, hat er mir erzählt.

«Ich habe gute und nicht so gute Nachrichten», sagt er und nimmt einen Schluck aus der Kaffeetasse seiner Schwester. «Welche wollt ihr zuerst hören?»

«Die guten», sagen Melina und ich gleichzeitig.

Er nickt. «Wir haben im Institut das Problem praktisch gelöst.» Er hat versucht, mir das «Problem» genauer zu beschreiben, aber ich habe nur Bahnhof verstanden. Es war wie Friesmannsche Lyrik. «Meine Arbeit hier wird ein großer Erfolg werden.»

Ich muss die nicht so guten Nachrichten nicht mehr hören, denn sie sind in die guten verpackt. Filip bestätigt meine Vermutung.

«Dadurch sind wir hier aber auch viel früher fertig als geplant. Wenn es so weitergeht, können wir die Berechnungen schon in ein, zwei Wochen beenden.»

8.

FILIP ist sehr aufgeregt am Telefon.

«Wir haben es!», verkündet er. «Und wir können heute damit anfangen, sie fertig zusammenzubauen.»

Fast eine Woche lang haben seine Schwester und er über den Bauteilen gebrütet, die Elemente katalogisiert, Tabellen mit Nummern und Chiffren gefüllt, Pläne gemacht und wieder verworfen. Allabendlich haben wir uns – aber nur für kurze Zeit, denn die beiden wollten weitertüfteln –, im Da Mario getroffen, mal zu dritt, oft zu fünft. Filip konnte seine Tage im Institut verkürzen, sodass manchmal sogar Zeit für ein nachmittägliches Capri in Metting-Zeck war. Ich habe mir eine digitale Kompaktkamera gekauft und von der langhalsigen Kioskfrau ein sehr schönes Foto von uns machen lassen, wie wir beide auf der kleinen Waschbetonmauer vor den Resten unserer größtenteils fünfunddreißig Jahre alten Eisstieleskulptur sitzen und Wassereis mit Orangengeschmack schlecken. Das werde ich mir irgendwann in einem großen Format drucken lassen und einrahmen. Wo auch immer die Wand sein wird, an der ich das Bild einmal aufhängen werde.

Melina und Filip haben immer wieder Teilsiege errungen, haben Elemente gebaut, die durchaus nach etwas Sinnvollem aussahen, aber dann war es das doch nicht. Als ich jetzt ins Kunstatelier komme, wo sie den großen Kugelbahnen-Präsentationstisch für das Friesmann-Projekt freigeräumt haben, stecken sie gerade die letzten Bauteile ineinander, die zusammen wie ein großer Münzspielautomat aussehen, den sich ein durchgeknallter Steampunker ausgedacht hat: ein in Messing- und Goldfarben schillerndes Etwas aus komplizierten mechanischen Bauteilen, das Dinge kann, die eigentlich erst Jahrhunderte später mit viel ausgefeilterer Technik möglich sein würden. Die Apparatur ist ungefähr einen Meter hoch und einen halben breit, aber nicht sehr tief, vielleicht zwanzig Zentimeter.

Filip hat Schweiß auf der Stirn. Er trägt abgewetzte Jeans und ein schwarzes Shirt, auf dessen Brust das Zeichen π zu sehen ist. Ich begrüße Thomas, der auf der Empore sitzt, die Beine herunterbaumeln lässt und uns zuschaut.

Die Maschine – wenn es denn eine Maschine ist und nicht nur eine verrückte Skulptur – wird im Frontbereich von den Walzen beherrscht. Es gibt viele Stellschrauben, Klappmechanismen und Hebel und eine große Kurbel an der rechten Seite. Einige der Walzen zeigen Wörter, Silben oder Symbole an, andere sind leer.

Melina tritt von hinten an mich heran. Sie hält drei Sektgläser in den Händen.

«Wir wissen jetzt, was es ist», sagt sie und strahlt mich an. «Wir haben das Geheimnis gelöst. Aber lass uns erst einmal anstoßen.»

Nachdem wir getrunken haben, stellt Melina ihr Glas ab. Sie geht zu der Maschine und wählt verschiedene kleine Kärtchen mit Begriffen aus, die sie in einige Walzen steckt.

«Wir haben sie mehrfach zusammengebaut und wieder auseinandergenommen, und es hatte auch schon funktioniert», sagt Filip. «Aber jetzt ist sie perfekt. So, wie sie hier steht, hatte sie Friesmann gebaut.»

«Sie funktioniert am besten, wenn man ein Substantiv, ein Verb und ein Adjektiv wählt», erklärt seine Schwester. «Man kann die anderen Walzen beliebig bestücken oder austauschen, aber selbst wenn man alles so lässt, wie es jetzt ist, gibt es schon Millionen von Möglichkeiten.»

«Dort, wo die Symbole erscheinen, muss man sich die Begriffe in den entsprechenden Wortarten vorstellen», ergänzt Filip, der begeistert zu Melinas Worten genickt hat. «Rot steht für Adjektive, Blau für Substantive, Gelb für Verben. Was Grün bedeutet, wissen wir noch nicht ganz sicher.»

«Ich vermute aber, dort soll man sich Personennamen denken», sagt Melina. «Das scheint mir am wahrscheinlichsten. Und jetzt pass auf!»

«Darf ich?», ruft Thommy von oben.

«Klar», sagt Melina.

Er kommt heruntergepoltert, stellt sich neben das Gerät, lässt seine Finger knacken, schaut uns auf theatralische Weise der Reihe nach an – und dreht feierlich an der Kurbel. Nach und nach setzen sich unüberschaubar viele Achsen und Zahnräder in Bewegung, dann beginnen die Walzen und die Trägerwalzen und die Walzen, auf denen die Trägerwalzen sitzen, zu rotieren, schneller und immer schneller. Es brummt und summt, Thommy lässt schließlich die Kurbel los. Eine Minute später steht die Apparatur wieder still; sie hat ordentlich Nachschwung. Ein Klickern verkündet, dass die Rotation gleich endet.

«Wir haben als Substantiv ‹Heimat›, als Verb ‹lieben› und als Adjektiv ‹stark› gewählt», sagt Filip.

«Unsere Person ist der ‹Held›.»

Melina hat einen Block genommen und notiert die Beschriftung der Walzen, die sich jetzt ergeben hat. Elf Reihen enthalten Wörter, einige dazwischen sind frei, einige darunter auch.

«Schau», sagt sie. «Das kommt dabei heraus, wenn man die Begriffe entsprechend einsetzt.»

Ich lese:

Das Lieben der Heimate

Heimate können flüstern.
Sie flüstern stark und hinterlistig.
Sie beleben duftig und gar.
Held, stark bist auch du!
Stark und hinterlistig.
Doch was beleben, was lieben?
Die Jahre?
Belebende Heimate!
Stark flüstern die Heimate,
stark und gar.

«Es ist eine Gedichtemaschine», sagt Thommy und grinst dabei.

«Es ist Jan Friesmanns Gedichtemaschine», sagt Melina.

«Wir haben schon einiges ausprobiert», ergänzt Filip. «Die Apparatur permutiert einen umfangreichen Satz an Strukturen, die als Vorlagen dienen, also Muster für den Aufbau der Gedichte, und sie ist sehr komplex konstruiert, aber unterm Strich macht sie etwas sehr Simples. Das im Ergebnis ziemlich intensiv wirkt. Man denkt ganz automatisch, dass das etwas zu bedeuten hat. Und es ist typisch für Friesmanns Lyrikstil.»

«Er hat mit einer *Maschine* gedichtet?», frage ich konsterniert. «Jan Friesmann hat seinen Nobelpreis dafür bekommen, dass er an einer *Kurbel* gedreht hat?»

Filip und Melina strahlen mich an, nicken.

«Genau das», sagt Filip. «Dieser Apparat ist eine ungeheure Leistung, aber als Künstler oder gar Literat war Jan Friesmann nicht begabter als du oder ich.»

«Wenn das herauskommt», sage ich, «wenn das publik wird ... wenn das von Wissenschaftlern bestätigt wird ... wenn das wirklich stimmt ...»

«... dann kann der Ort dichtmachen, ja», beendet Filip den Satz. «Und es stimmt, du siehst den Beweis ja vor dir. Mettings Popularität basiert auf einer Lüge. Jan Friesmann war kein Dichter. Er war ein sensationeller Feinmechaniker, aber er war kein Dichter.»

«Sie würden ihm postum den Nobelpreis aberkennen», spekuliert Melina.

«Ich muss das noch einmal ausprobieren», sage ich.

Und so dichten wir zusammen bis tief in die Nacht hinein. Nicht alles, was der Apparat generiert, hört sich gut oder nach einem versteckten Sinn an, manchmal hat das Ding sogar erhebliche Ausdrucksschwächen, aber jedes achte bis zehnte Gedicht klingt ganz typisch nach diesem nebulösbedeutungsschwangeren, streng rhythmisierten Zeug des Lyrikers, der hier ganze Generationen von Schülern in den

Wahnsinn getrieben hat und dem Metting sein kleines bisschen Bekanntheit verdankt.

Wie hatte Marieluise Benedickt gesagt? Friesmann sprach immer davon, er *mache* Gedichte. Und genau das hat er auch getan. Er hat eine Maschine gebaut, bei der er nur ein paar Kärtchen umstecken und an einer Kurbel drehen musste, um Gedichte zu machen. Was der Mann wohl gedacht hat, als das Telegramm aus Stockholm kam? Ob er sich krankgelacht hat? Ob er in Panik geraten ist? Oder beides?

«Und was machen wir damit?», frage ich, als Thommy im Bett liegt und wir bei Mario den Abend ausklingen lassen.

«Das ist deine Entscheidung», sagt Filip. «Du hast das Gerät geerbt.»

«Aber ohne euch hätte ich nie herausgefunden, wozu es gut ist. Und ich hätte es im Leben nicht zusammenbauen können.»

«Trotzdem», sagt Melina.

«Lasst uns zusammen überlegen, welche Möglichkeiten es gibt.»

EPILOG

«DAS ist schön», sage ich, und ich meine das auch so. Es ist auf eine Art schön, die ich noch nicht erlebt habe. Klar, weit, würzig, in jeder Hinsicht prachtvoll, aber auch ein wenig wild, rustikal, in gewisser Weise sogar bedrohlich. Aber es handelt sich um eine Art von Bedrohung, der man sich stellen könnte, eine, die mehr mit einem selbst zu tun hat als mit etwas, das von außen kommt. Und dann ist es wieder behaglich, entspannt, gemütlich, anheimelnd. Die Holzhäuser hinter uns sehen hinreißend aus. Eines davon gehört ihrer Familie. Man kann von dort aus fast bis zum Nordpol schauen, hat sie mir lachend erzählt. Ich glaube nicht, dass das stimmt. Aber es stimmt, dass ich hier dem Nordpol so nahe bin wie noch nie zuvor in meinem Leben.

Matti nickt und nimmt meine Hand. Der Wind frischt etwas auf. Es ist sieben, acht Grad kälter als in Niedersachsen, und auf den Bergen, die ich auf der anderen Seite des Trondheimfjords sehen kann, in zehn, fünfzehn Kilometer Entfernung, liegt noch Schnee, mitten im Juni. Wir sind in Østmarka, einem Wohngebiet in Lade, einem Stadtteil von Trondheim, der sich auf einer kleinen Halbinsel befindet, die sich im Nordosten der Stadt etwa einen Kilometer weit in den Fjord erstreckt. Oslo ist genau südlich von uns, aber in vierhundert Kilometer Entfernung. Ungefähr so weit weg wie Darmstadt von Metting. Matti wäre immer für zwei Wochen dort und für zwei Wochen hier.

«Und, könntest du dir das vorstellen?», fragt sie.

Ich muss lächeln und schüttele gleichzeitig den Kopf. Hier zu leben, mich hier zurechtzufinden und meine Tage zu verbringen, mich um das Haus zu kümmern, möglicherweise um ein Kind, das mehrsprachig aufwächst, oder sogar zwei Kinder, so abgeschnitten von allem zu sein, was mir vertraut ist, eine so irre ungebräuchliche Sprache wie Norwegisch zu lernen, in meinem Alter. Mich auf sie zu verlassen und ihr mein Leben – zumindest in wirtschaftlicher Hinsicht – anzuvertrauen. Den Traum von der Buchhandlung aufzugeben. Falls das je mein Traum war. So weit weg von meinen Freunden von damals, von meinen Eltern – die ich, um ehrlich zu sein, allerdings weniger vermisse. In *Norwegen* zu leben. Norwegen. Wo es im Winter so schrecklich früh dunkel wird. Und im Sommer selten besonders warm.

«Nein, vorstellen kann ich mir das beim besten Willen nicht.» Mattis Druck auf meine Hand lässt spürbar nach. Sie räuspert sich. «Aber ich glaube, ich hätte nichts dagegen, es zu versuchen», ergänze ich. «Nicht im Sinne von ausprobieren, also mit Hintertürchen. Sondern im Sinne einer Herausforderung, die aus jedem Tag ein Abenteuer macht. Man kann die Zukunft nicht vorsorglich mit Gewissheit ausstatten.»

«Was?»

Ich muss kichern. «Das habe ich irgendwo gelesen.»

«Und was ist jetzt deine Antwort?»

«Was wäre deine? Bist du dir sicher, dass es *das* ist? Ich

sitze hier, in Trondheim, lese Bücher … Vielleicht könnte ich darüber bloggen.»

«Du könntest bloggen», bestätigt sie nickend.

«Ich kümmere mich um das Haus», fahre ich fort. «Um ein Kind.»

«Um *unser* Kind.»

«Um unser Kind. Oder unsere Kinder. Ich lerne kochen und Norwegisch. Bis dahin kann ich mich nur auf Englisch unterhalten. Ich warte auf dich. Du bist zwei Wochen weg und dann wieder zwei Wochen da.»

«So ist der Deal.»

«So wäre der Deal.»

Sie sagt nichts und drückt meine Hand wieder etwas fester. Wir schauen auf den Fjord.

«Das ist schön», wiederhole ich. Ich drehe mich zu Matti. «Magst du eigentlich Schildkröten?»

Harald Schippkow war ziemlich überrascht, mich zu sehen. Genau genommen war er zunächst überhaupt nicht überrascht, weil er einfach nicht wusste, wer ich bin, aber dann hat's ihm geradezu die Schuhe ausgezogen.

«Tom, der Legastheniker!», hat er gerufen, nachdem ihm sein Assistent die Information überbracht hat.

«Schippkow junior, der Pornos hinter seinen *Asterix*-Heften versteckt hat!», habe ich zurückgerufen, quer durch Vorzimmer und Büroraum. «Was macht dein Vater? Trauert er immer noch dem großdeutschen Reich nach?»

«Mein Vater ist vor zehn Jahren gestorben.»

«Mein Beileid. Habt ihr ihn in seine Reichskarte gewickelt, bevor ihr ihn beerdigt habt?»

«Sehr witzig. Was treibt dich hierher, Tom?»

Sein Büro im Rathaus von Metting war weit weniger prächtig als die Villa seiner Eltern damals, sondern ganz schlicht und funktional. Aber es war ihm, dem Bürgermeister, anzusehen, dass er diese Position gerne ausfüllt, dass ihm die Macht gefällt, die er über die kleine Stadt hat. Der dann doch recht wuchtige Schreibtisch wirkte wie ein Bollwerk gegen die einfachen Menschen auf der anderen Seite, daran änderte auch der mächtige Lederstuhl nicht, auf dem man dort Platz nahm, was ich ungebeten getan habe.

«Ich muss dir etwas zeigen», habe ich gesagt.

«Wohnst du noch in Metting?», fragte er, ohne auf meine Ansage einzugehen. «Ich habe Jahre nichts von dir gehört. Jahrzehnte?»

«Ich war viel unterwegs», behauptete ich. Und dann wiederholte ich: «Ich muss dir etwas zeigen.»

Ich entfaltete den bedruckten Bogen, den ich in der Hand hielt, und legte ihn vor Harald auf den Tisch.

Das Dichten der Städte

Städte können verraten.
Sie verraten falsch und belämmert.
Sie leuchten irr und erleichtert.

Falsch! belämmert Betrüger …

Was wohl leuchten, was dichten?

Die Seiten!
Leuchtende Städte!
Falsch verraten die Städte,
falsch und erleichtert.

«Das ist von Friesmann, oder?», fragte Schippkow.

«In gewisser Weise», antwortete ich.

Ich zog die Kompaktkamera aus der Jackentasche, suchte das Video heraus und zeigte es ihm. Das Video zeigte, wie das Gedicht entstand, das vor ihm auf dem Tisch lag. Während der fünf Minuten, die die Präsentation nebst Erläuterung in Anspruch nahm, die wir im Kunstatelier aufgenommen hatten, schwieg er. Danach sah er mich an, prüfend.

«Das ist echt, oder?»

Ich nickte. «Eine Bewohnerin des Heims, in dem ich großgeworden bin, war eine Verwandte Friesmanns. Sie hat den Apparat von ihm geerbt und anschließend mir vermacht.»

«Warum das?»

Ich musste lächeln. «Wir waren so etwas wie ein Liebespaar.»

«Und jetzt? Wenn das herauskommt, können wir den Laden dichtmachen. Metting wird von der kulturellen Landkarte getilgt. Die Leute werden sich über uns totlachen, und das für Jahre und Jahrzehnte. Das ganze Bohei um einen nobelpreisgekrönten Dichter, der nur an einer Kurbel gedreht hat.» Er zog die Stirn in Falten. «Das könnte einen weltweiten Skandal geben, und den Nobelpreis ziemlich, äh ... abwerten.»

Ich war etwas überrascht, dass er mir die Sache ganz widerstandslos abkaufte, aber was sollte er auch tun? Er hatte sich zu einem straighten Pragmatiker entwickelt.

«Es muss ja nicht herauskommen», sagte ich.

«Wo ist das Gerät jetzt?»

An einem sicheren Ort, wollte ich erst sagen, aber das hätte ich nicht herausgebracht, ohne loszuprusten.

«Bei Freunden», sagte ich stattdessen. Das stimmte nicht ganz. Wir hatten die Friesmann-Maschine demontiert, auf meinen Namen ein großes Schließfach bei einer Mettinger Bank gemietet und sie dort verstaut.

«Und warum gehst du nicht an die Öffentlichkeit?»

«Weil damit niemandem geholfen wäre, ganz im Gegenteil. Aber vielleicht gibt es die Möglichkeit, ein bisschen was Gutes einzufordern, damit es auch so bleibt.»

«Du willst mich erpressen?»

«Nein. Ich will Wissen für mich behalten. Ich will die Wahrheit über Metting nicht verraten, obwohl es mehr als gerecht wäre, das zu tun, aber ich verlange eine Gegenleistung.»

«Und die wäre?»

«Die Phase war kurz», sagte David. «Aber sie war ziemlich intensiv. Er ist richtig aufgelebt. Jetzt geht es wieder ein bisschen schlechter.»

«Das muss noch nicht das Ende sein», sagte Jürgen.

Jockel. Selbst jetzt, als er, über dreißig Jahre nach dem Geschehen, vor mir saß, im ehemaligen Büro meines Vaters, in dem jetzt B-Sprache-David herrschte, sah ich ihn wieder vor mir – an jenem Samstagvormittag, als er mit heruntergelassenen Hosen vor meinem Bett kniete und von meinem Vater rektal gepoppt wurde. Er ist stark gealtert, viel stärker als mein alter Herr. Dafür ist er sonst deutlich besser beisammen. Nach meinem Anruf in Marbrunn hatte er keine fünf Stunden gebraucht, um zu uns zu kommen. Danach saß er, hin und wieder weinend, fast ununterbrochen am Bett meines Vaters und hielt dessen Hand, während mein Vater zwischen Erkennen und Misstrauen hin und her pendelte. Meine Mutter, Schwester Ingeborg, ertrug das Geschehen verblüffend duldsam. Sie hatte ja ihren Pepik, den sie inzwischen ganz offen in Metting-Schnecksel besuchte, bei dem sie sogar hin und wieder übernachtete. Das hatte sie sich vor meiner Rückkehr nicht getraut. Aber sich von meinem Vater zu trennen, das kam nicht in Frage. Dafür bewunderte ich sie ein bisschen.

David würde das Heim wieder in Betrieb nehmen. Das Sozialamt hatte angekündigt, die Zusammenarbeit mit dem Horizont kurzfristig wiederaufzunehmen. Und man hatte sogar die Leiche von Hilde Westermann exhumiert, um im Nachhinein den Suizid zu bestätigen. Meine Mutter zog sich aus dem Betrieb zurück und überschrieb mir das Gelände, dann machte ich mit David ein paar Verträge. Ich wollte kein Altenheim besitzen, und ich wollte auch nicht meine Zeit dafür hergeben, Altenheim-Vermieter zu sein. Ich wollte mit Altenheimen überhaupt nichts mehr zu tun haben. Ich versprach, sie hin und wieder zu besuchen, aber ich machte das von der Entfernung abhängig. Wir konnten ja skypen. Meine Mutter war ziemlich gut an ihrem Laptop. Und «Tom Livegently» war bei Facebook mit einigen Leuten *befreundet*, die tatsächlich Freunde waren. Von denen er jetzt ständig erfuhr, wie es ihnen ging, um seinerseits mit ihnen zu teilen, wie er sich fühlte. Das mochte er sehr.

Was soll ich sagen? Die Wahrheit – nicht nur die über Metting –, die Wahrheit ist, dass Metting überall ist, vor allem aber in unseren Köpfen. Vielleicht werden einige der Maßnahmen, die mir Harald Schippkow ... *versprochen* hat, ein kleines bisschen dazu beitragen, dass sie aus den Köpfen verschwindet, dass sich die Menschen bewusst werden, wie viel Leid und Bitterkeit sie verursachen, wenn sie anderen mit Vorurteilen begegnen, wenn sie in Feindbildern denken und auf komplizierte Fragen simple Antworten bevorzugen. Wenn sie der Mittelmäßigkeit und Bequemlichkeit nachgeben und, vor allem, ihrem Egoismus. Man kann nicht zugleich Teil von etwas sein und so tun, als gäbe es niemanden sonst. Das funktioniert nicht.

Ich weiß nicht, was wird. Das weiß man nie. Und man muss es auch nicht wissen. Wenn man das nämlich wüsste, wäre das Leben ohne jeden Reiz. Und wer will das schon?

Kleiner biographischer Anhang

Gernhilde Hochhuth (Tomatenzimmer) heiratete den Kolonialwarenhändler Adolf Hochhuth mit siebzehn und folgte bis zu dessen Tod jedem seiner Worte, von denen die meisten Befehle waren. Sie war ihm zu Diensten und widersprach kein einziges Mal, und sie sorgte dafür, dass sein Zigarettenvorrat nie versiegte, denn er rauchte drei Schachteln am Tag und starb mit achtundfünfzig Jahren – kurz nach dem Konkurs des Ladens – an einer Lungenkrankheit. Für Gernhildes vier Jahre jüngere Lunge war es da auch schon zu spät.

Alfred Stemmler (Apfelsinenzimmer) bekam mit fünfzig einen Deutschen Schäferhund von seiner Frau zum Geburtstag. Er erfuhr nur durch einen Zufall Jahre später, dass der Hund vor allem dafür da war, ihn aus dem Haus zu bekommen, damit sich Ilse Stemmler mit ihren Männerfreundschaften treffen konnte. Zu diesem Zeitpunkt war ihm das längst egal, weil Fido zu seinem besten Freund geworden war. Als der Hund starb, ließ sich Stemmler scheiden, und er verlor sein schmales Vermögen fast vollständig an die ehemalige Gattin. Die starb allerdings, bevor sie alles ausgegeben hatte, und weil sie vergessen hatte, ihr Testament zu ändern, bekam Alfred

Stemmler genug zurück, um sich für die restliche Zeit ein Selbstzahlerzimmer im Horizont leisten zu können.

Else Muttnick (Paprikazimmer) entdeckte mit zwölf Jahren die Liebe zum Eiskunstlauf, und wenig später auch, dass sie Talent für diese Sportart hatte. Sie war da allerdings schon zu alt für eine Sportlerlaufbahn. Für die kleinen Eisrevues, die es hier und da gab, war sie noch nicht gut genug – und später dann ebenfalls zu alt. Sie gab den Traum schließlich auf, ist aber bis ins höhere Alter begeisterte Eisläuferin geblieben und noch länger begeisterte Zuschauerin. Die berühmte «Wiener Eisrevue» und ähnliche Veranstaltungen hat sie viele Dutzend Male angeschaut, bis sie nicht mehr reisen konnte. Wenn der Winter kalt genug ist und die Gewässer zufrieren, wird Else Muttnick sehr melancholisch. Sie hat nie geheiratet, weil sie sich nicht zu Männern hingezogen fühlte.

Martha Fluhr (Paprikazimmer) bekam ihren Sohn in dem Jahr, als ihr Ehemann im späten Zweiten Weltkrieg fiel, 1943 an der Ostfront, am «Kursker Bogen». Ingo wurde ihr Ein und Alles. Ihr gesamtes Dasein galt nur noch dem Sohn, von dem sie glaubte, er wäre für etwas Besonderes bestimmt, für eine hohe Aufgabe. Sie wich ihm nicht von der Seite. Wenn zu wenig Geld da war, aß Martha Flur nicht, damit Ingo essen konnte. Sie trug jahrelang dieselbe Kleidung, damit für ihn neue gekauft werden konnte. Aber Ingo wurde nie zu mehr als der Sohn von Martha Flur. Als er an Leukämie starb, war er noch nicht einmal dreißig Jahre alt. Sie redete sich ein, er wäre nur auf einer Reise und würde bald zurückkehren, um mit ihr nach Mallorca zu fahren – der einzige Urlaub hatte sie in einem Frühling Anfang der Sechziger dorthin geführt. Sie redete sich das so intensiv ein, dass sie es schließlich glaubte und nie wieder damit aufhörte.

Marlene Kauter (Gurkenzimmer) galt schon in ihrer Kindheit als «schwächlich» und anämisch, aber es wurde nie eine Krankheit diagnostiziert. Ihre relativ betuchten Eltern brachten sie ans Meer und in die Berge, sie erhielt Privatunterricht und wurde von der Außenwelt abgeschottet. Sie verbrachte die meiste Zeit ihres Lebens damit, mehrere tausend Kreuzworträtsel zu lösen. Als die Eltern starben, wurde sie zum Sozialfall.

Gerhardt Kutscher (Salatzimmer) fand seine Bestimmung, als er Gärtner wurde. Er liebte seinen Beruf, und es erfüllte sein Leben, zwei große Parks zu betreuen, die er sogar an den Wochenenden durchwanderte, um nach dem Rechten zu sehen. Kutscher hatte eine Frau und ein Kind, mit denen er ein harmonisches Leben führte. Die Tochter wanderte allerdings nach Australien aus, die Frau starb, als sie zweiundsechzig war. Kutscher gab vor seiner Pensionierung viel Geld dafür aus, die berühmtesten Gärten der Welt zu sehen, sodass er bis zu seinem Tod im Altenheim die Schulden dafür abzahlen musste.

Selma Bergstein (Apfelzimmer) war die berühmteste Bewohnerin, die das Horizont je hatte. In den vierziger und fünfziger Jahren spielte sie in mehreren Kinofilmen Nebenrollen, bis ihr Typ nicht mehr so gefragt war und sie nur noch als Statistin und schließlich überhaupt nicht mehr vor die Kamera trat.

Selma versuchte sich am Theater, hatte dort aber kein Glück. Sie heiratete einen Kameramann, was sie mit der Hoffnung verband, über diesen Umweg ins Kino oder wenigstens ins Fernsehen zurückkehren zu können, aber das gelang nicht. Immerhin gab es bis zu ihrem Tod ein paar Cineasten, die sich an Selma Bergstein als böse kleine Schwester der Hauptdarstellerin in *Der Fluch des Birkenhains* (1954) erinnerten. Den Film sahen damals fast zweihunderttausend Deutsche im Kino.

Tessa Birkholz (Zwiebelzimmer) hatte sehr lange geglaubt, sie würde einfach nie alt werden. Sie war schon etwas über siebzig, als sie plötzlich bemerkte, dass es längst geschehen war. Das Altsein traf sie völlig unvorbereitet, wie eine Naturkatastrophe. Aber dann fand sie sich schnell damit ab, weil man gegen solche Kräfte, wie sie meinte, ohnehin nicht ankommt. Es machte ihr nichts aus, dass das Altenheim ihre letzte Station war. Dafür durfte sie fast sieben Jahrzehnte lang jung sein, fand sie.

Als **Friederika Meier** (Radieschenzimmer) fünfzehn war, hatte ihr Vater für sie beschlossen, dass sie eine kaufmännische Laufbahn einschlagen sollte, und obwohl ihr das zuwider war und sie sich für die Näherei begeisterte, hatte sie die Handelsschule besucht und anschließend fast fünfzig Jahre in einem Kontor gearbeitet, bis zu dem Tag, an dem ihr bis ins hohe Alter despotischer Vater starb und sie die einseitige Abmachung nicht mehr einhalten musste. Aber sie stand da schon kurz vor dem Renteneintrittsalter, also arbeitete sie weiter im ungeliebten Job und ging anschließend in den Ruhestand. Auf die Idee, noch irgendwas anzufangen, das sie erfüllen würde, kam sie nicht.

Irmgard Fährmann (Birnenzimmer) träumte bereits als kleines Mädchen davon, viele eigene Kinder zu haben, am liebsten eine ganze Fußballmannschaft. Aber sie war schon fünfundzwanzig Jahre alt, als sie den dafür geeigneten Mann fand, und es dauerte weitere vier Jahre, bis das erste Kind kam. Das fünfte Kind – da war Irmgard Fährmann schon fast vierzig – kostete sie beinahe das Leben, aber trotz des energischen Protests ihrer Ärztin wurde sie noch einmal schwanger. Das sechste Kind überlebte die Geburt nicht. Irmgard Fährmann musste die Gebärmutter entfernt werden. Als der gesamte Nachwuchs aus dem Haus war, verstreute er sich sofort in alle Himmelsrichtungen und meldete sich kaum noch bei der Mutter. Irmgard Fährmanns Mann starb noch vor seiner Pensionierung.

Gustav Weber (Kartoffelzimmer) war mit neunundachtzig Jahren einer der ältesten Bewohner, die das Heim je hatte. Als er Mitte fünfzig war, starb ein gleichaltriger, sehr guter Freund von ihm an einer schweren Krankheit. Da hatte er gedacht, dass es die Zukunft, für die er gespart hatte – und er war damals ziemlich geizig –, möglicherweise nie geben würde, also hat er seine Arbeit gekündigt und innerhalb von zwei Jahren all sein Geld verprasst. Von da an wartete er in einem Zimmer, auf dessen Tür eine Kartoffel abgebildet war, auf seinen neunzigsten Geburtstag. Er lachte bitter, aber meistens war Gustav Weber ziemlich fröhlich.

Josef Kröcketal (Kohlzimmer) verlor seinen Vater im Ersten Weltkrieg. Im Zweiten Weltkrieg starben seine beiden Brüder. Josef wurde aufgrund der Tatsache, dass sein Gehör von Geburt an sehr schlecht war, erst 1944 zum Volkssturm eingezogen, wo er im «Aufgebot II» eingesetzt wurde, weil er in einer Munitionsfabrik arbeitete. Aufgrund eines Unfalls bei Schanzarbeiten musste sein linkes Bein amputiert werden. Nach Kriegsende lebte er zurückgezogen von seiner schmalen Rente und schrieb rund um die Uhr pazifistische Gedichte, die nie veröffentlicht wurden. Er kam ins Altenheim, weil das Mietshaus, in dem er schon immer gelebt hatte, baufällig wurde und abgerissen werden musste.

Janin Sächtling (Meerrettichzimmer) war Ehefrau, zweifache Mutter, Hausfrau, achtfache Großmutter, arbeitete zeitweise als Sekretärin und war ehrenamtlich in der evangelischen Gemeinde tätig. Als sie siebzig wurde, wollte sie niemandem mehr zur Last fallen und zog ins Heim um. Ihrer Familie hinterließ sie einen Abschiedsbrief, aber keine Adresse.

Credits

Das ist leider schon wieder nicht autobiographisch.

Den Namen *Pepik Novak* für den Arzt, der das *Alten- und Pflegeheim Horizont* regelmäßig aufsucht, habe ich von einer Figur entliehen, die sich mein Freund, der Comedian Thomas Nicolai, für seine Programme ausgedacht hat und deren Namen zu verwenden er mir freundlicherweise gestattet hat. Danke!

Den Buchhändler, der nur Bücher verkauft, die er gelesen hat und wirklich liebt, gibt es übrigens – er heißt Tom Heilmann, und sein Laden «Herr Heilmann – Gute Bücher» ist in der Altstadt von Bamberg zu finden.

Sämtliche Buchtitel und Autoren, die im Text erwähnt werden, sind frei erfunden.

Die Gedichte in diesem Buch, die vermeintlich von Jan Friesmann stammen, sind mit Hilfe des Gedichtegenerators «Poetron» erzeugt worden, der schon seit Jahren unter der Adresse «poetron-zone.de» im Internet erreichbar und ein großes Vergnügen ist. Der Schöpfer der Software, Günter Gehl, hat mir freundlicherweise gestattet, ihre Erzeugnisse zu verwenden. Dieses Programm ist in seiner ursprünglichen Fassung übrigens in den frühen Achtzigern in der DDR entstanden und war eigentlich ein Scherz.

Titel	**Poetron-Gedicht-Nr.**	**Schlagworte**
Krieg für Gott	10169211	Gott, Krieg, schlachten, präzise
Schlichte Schulen	11303607	Lehrer, Schule, kämpfen, schlicht
Neidische Freitage	11540054	Dichter, Freitag, schreiben, neidisch
Die Ankunft und das Fell	11547653	Tourist, Ankunft, reisen, interessant
Das Lieben der Heimate	11615246	Held, Heimat, lieben, stark
Das Dichten der Städte	11699576	Betrüger, Stadt, dichten, falsch